KB076405

내가 히틀러라니!

1

글 슈타인호프

길찾기

| 목차 |

1장
내가 히틀러라니!!!

1

"총통께서는 아직도 심기가 불편하신가?"

"예, 원수님. 급한 용건이십니까?"

외눈안경을 끼고 서류뭉치를 든 백발의 노장군이 안절부절 못하는 태도를 보였다. 하지만 거대한 목재 문 앞을 지키는 금발의 미청년은 미동도 하지 않았다. 청년의 제복은 노장군과 색깔은 같았지만 부착물의 종류와 위치 등, 사소한 곳에서 많은 차이가 있었다.

"이봐, 부관. 지금 사방의 전선에서 시급한 보고가 줄을 잇고 있단 말일세. 어서 총통께 보고하고 그에 대한 지시를 받아야 해!"

"총통께서는 어떤 보고도 듣지 않고, 어느 누구도 만나지 않겠다고 언명하셨습니다. 그래서 이틀 동안 친위대 전국지도자나 선전부 장관, 공군 총사령관[1] 등이 찾아왔지만 아무도 만나지 않으셨습니다. 심지어

---

[1] 친위대 전국지도자는 SS의 사령관인 힘러의 정식 직책명이며 선전부 장관은 괴벨스, 공군

늘 행동을 함께 하시던 당 의장[1]께서 방에 들어오는 것마저 거부하셨습니다. 총통각하의 부관으로서 소관은 총통각하의 명에 따라 방문자를 통제해야 할 의무가 있습니다. 원수님께서도 총통께서 마음을 바꾸실 때까지 기다리십시오. 이미 어제도 들어오지 말라고 명령하시지 않았습니까."

"하지만 전선의 사정은 기다려주지 않는단 말일세! 바뀐 전황에 대해 보고를 해야 한다니까, 못 알아듣는 건가!"

총통이 군인들을 만나지 않겠다고 하는 일은 지금까지도 가끔 있는 일이었다. 하지만 장성들이 아니라 나치당 내의 최고 심복인 힘러, 괴벨스, 괴링에다 보어만의 접견마저 거절했다면 보통 일이 아니다.

그러나 국방군 총사령관인 빌헬름 카이텔로서는 총통의 직접 명령도 아니고 고작해야 친위대 최상급돌격지도자, 즉 육군으로 따지면 대위에 불과한 애송이를 통해서 나온 전언 한 마디에 이틀 연속으로 순순히 물러날 수는 없었다.

"그 문제라면 총통께서 이미 어제 명령하셨지 않습니까? 당장 전선에 조치할 일이 있다면 육군 최고사령관 브라우히치 원수나 육군 참모총장 할더 상급대장, 아니면 휘하 참모장이신 요들 대장과 협의해서 처리하십시오. 그리고 그렇게 급하지 않은 용건이시라면 총통께서 마음을 돌리고 문을 여실 때까지 미뤄두셔도 되지 않겠습니까? 국방군 최고사령관님께서 총통을 뵙게 해달라고 아무리 간청하셔도 저로서는 이 문을 열어드릴 수 없습니다. 만약 제가 문을 연다고 해도 총통께서 원수님을 내쫓으실 것입니다."

총사령관은 괴링을 가리킨다. 이들 세 사람은 히틀러 바로 아래에 있는 나치 독일의 최고 권력자이다.

1 히틀러의 비서실장격인 마르틴 보어만.

국방군 총사령관인 카이텔을 앞에 두고도 젊은 장교는 전혀 두려워하지 않았다. 히틀러의 경호원이자 독일민족의 엘리트인 무장친위대 장교로서의 우월감도 있었지만 카이텔은 명목상 독일군 총사령관일 뿐, 어차피 총통의 꼭두각시에 불과한 사람일 뿐이었다. 장교는 총통의 부관으로서 자부심과 위엄을 가지고 차갑게 대꾸했다.

"지금 총통께서는 사흘째 식사도 하지 않고 계실 정도로 매우 심기가 불편하십니다. 청소부는 물론이고 저와 같은 부관이나 비서들조차 들어갈 수가 없습니다. 만약 원수 각하께서 억지로 들어가려고 하신다면 얼마나 분노하실지…."

–쨍그랑! 탕! 탕! 탕!

부관의 말이 채 끝나기도 전에 접시가 깨지는 소리가 들리더니 연달아 총성이 울렸다. 노원수가 그 소리에 놀라 흠칫했지만 젊은 부관은 이미 익숙해져 그 자리에서 꼼짝도 하지 않았다.

"어쩌면 해임당하는 정도가 아니라 그대로 사살당하실지도 모릅니다. 총통께서는 지금 심한 흥분 상태에 빠져 계셔서 저희도 알아들을 수 없는 욕설을 퍼부으며 물건을 마구 부수고 계십니다. 어제 저녁부터는 권총도 쏘고 계시는데 벌써 몇 번째 저렇게 쏘셨는지 모릅니다. 심지어는 급히 모셔온 주치의 테오도르 모렐 박사의 이름을 듣자마자 문을 향해 총을 난사하시는 바람에 자칫하면 모렐 박사가 맞을 뻔 했습니다."

부관의 말은 거짓이 아니었다. 문짝에 총알구멍 몇 개가 나 있는 것을 카이텔은 그제야 깨달았다. 심지어 복도 반대편 벽에도 총알 자국이 있었다.

"그, 그럼 뭔가! 총통께서 단순히 기분이 나쁜 것이 아니라 착란 상태에라도 빠지셨다는 말인가? 제국을 통치하는 우리의 지도자께서!"

부관의 설명을 들은 카이텔은 크게 당황하여 두 눈을 왕방울만 하게 떴다. 하지만 노원수를 바라보는 젊은 부관의 표정은 여전히 차가웠다.

"함부로 말씀하시지 마십시오, 원수님. 지금 총통께서 정신이 어떻게 되셨다는 말씀입니까? 그저 피로에 지친 나머지 다소 심한 흥분 상태가 지속되고 있을 뿐입니다. 각하께서 설마 총통 각하의 정신적 피로에 대해 낭설을 퍼뜨려 국가적 혼란을 초래하시지는 않으시리라 믿겠습니다."

"아, 알겠네. 그렇다면 그만 집무실로 돌아가지. 혹시 총통께서 안정되시면 내가 꼭 뵈었으면 한다고 말씀드리고, 방문을 허락하신다면 반드시 연락해주게."

"알겠습니다."

고개를 끄덕인 부관이 장화 뒤꿈치를 붙여 딱 소리를 내면서 나무랄 데 없는 자세로 거수경례를 했다. 친위대식이 아닌 육군식 경례가 점잖은 축객임을 깨달은 카이텔은 인상을 구기면서 오른손을 들어 간단히 답례한 뒤 몸을 돌려 돌아갔다. 원수를 돌려보낸 부관은 다시 뒷짐을 진 자세로 총통의 침실 문을 막아섰다. 문 너머에서 들리던 물건 던지는 소리나 총소리는 어느새 그쳐 있었다.

2

"야, 나 두 시간만 잘게. 4시에는 꼭 깨워라. 친구들하고 밥 먹으러 명동 갈 거야."

"명동? 뭐 먹으러 가는데?"

"당연히 중국음식 먹으러 가지. 화교들이 하는 중국집 맛있잖아."

"좋겠다! 나도 데려가라, 응? 오빠들 얘기에는 안 끼어들고 밥만 먹을게!"

내 침대에 누워 만화책을 쌓아놓고 읽던 여동생은 반색을 하면서 상체를 발딱 일으켰다. 나는 곧바로 들고 있던 수건을 여동생의 얼굴에 집어던졌다.

"아, 뭐야! 나이도 다섯 살이나 어린 데다 세상에 하나뿐인 여동생이 밥 좀 얻어먹겠다는데! 방해 안 하고 밥만 먹는다고 했잖아!"

여동생이 신경질을 내며 수건을 되던졌다. 나도 인상을 쓰며 대답했다.

"그래서 더 안 돼! 야 이 기집애야, 넌 네가 여고생이라는 자각이 있냐? 맛집만 갔다 하면 왜 그렇게 돼지처럼 처먹어? 내 친구들 앞에서 그 꼴을 선보이겠다고? 그리고 다이어트도 안 하는데 그 먹은 건 다 어디로 가냐?"

"어디로 가긴, 오빠 때문에 스트레스로 다 날아가지. 쳇, 다들 부러워하는 미소녀 여동생한테 밥 좀 사주면 어때서."

여동생은 다시 만화책을 읽기 시작했다. 나는 로션을 바르면서 잔소리를 했다.

"미소녀고 자시고 고2나 됐으면 이번 여름방학부터는 정말 입시공부 좀 해야 하는 거 아니냐? 만화책 전형이라도 있어서 만화책 많이 보면 합격시켜준다던?"

"엄마가 자기한테 똑같은 소리 할 때는 길길이 뛰던 인간이 뭔 헛소리야. 내 앞길은 내가 알아서 준비하니 신경 끄셔. 잔소리하려면 밥이라도 사주고 해."

여동생은 '오빠의 친절한 조언'을 받으면서도 고개도 돌리지 않았다. 늘 있는 일이라 새삼스럽지도 않았지만.

"아무튼, 이따가 좀 깨워줘. 모처럼 만나는 블랙 크로스 친구들이니까 늦으면 곤란해."

"오늘은 좀 사람 같은 친구들 만나러 가나 했더니 또 독빠 밀덕들 만나러 가? 오빠 핸드폰에도 알람 있잖아. 오빠가 알아서 일어나."

일어날 기색이 없는 여동생을 보고 천천히 침대 위로 한쪽 발을 올렸다. 그리고 핫팬츠를 입은 여동생의 엉덩이를 지그시 밟으며 말했다.

"야, 알람이라는 소리만 들어도 군대 생각나서 짜증난다. 어차피 오늘은 약속 없어서 밖에 안 나가고 집에서 뒹굴 거면서 뭔 앙탈이야? 오빠 한번 깨워준다고 돈 드는 것도 아닌데 괜히 까칠하게 굴지 말고 좀 깨워라."

엉덩이를 밟고 있는데도 동생의 반응이 없자 잠시 말을 멈췄다. 동생을 벌떡 일으킬 수 있는 멘트를 고민하다가 좋은 생각이 났다. 나는 스스로가 듣기에도 닭살이 돋을 것 같은 다정한 목소리로 말을 건넸다.

"사랑하는 동생아~~나도 '오빠, 일어나실 시간이 다 됐어요. 그만 일어나세요~♡'하는 여동생의 사랑스러운 목소리에 한번 잠에서 깨보고 싶구나. 자칭 '미소녀 여동생'이면 오빠에게 그쯤은 해줄 수 있는 거 아니겠니?"

먹혔다. 동생이 인상을 쓰면서 벌떡 일어나 앉았다. 그리고는 곧바로 내 얼굴을 향해 자기가 베고 있던 내 캇찡 캐릭터 베개를 집어던졌다.

"군대 제대한지 4일 된 인간이 저런 소리를 하면 내가 이해를 하지,

4개월이나 지났다고! 이제 다음 달에 복학도 해야 하는데 정신 좀 차리지? 오빠가 이야기하는 그런 여동생은 현실에 없거든! 이제 그만 모니터 밖으로 나가, 이 덕후 새끼야!"

"어허, 하늘같은 오라버니에게 욕질이냐? 이번 달 알바비 받은 걸로 치킨 좀 시켜줄까 했더니 싫은 모양이네?"

"그깟 치… 몇 시에 깨워달라고 하셨지요, 오라버니?"

치킨의 위력은 막강했다. 동생은 잠깐 멈칫하더니 눈을 초롱초롱 빛내며 요구를 받아들였다. 하지만 5초도 안 가서 가면을 벗어던진 뒤 잔소리를 잔뜩 늘어놓았다.

"아오, 치킨이 웬수다! 오빠라고 하나 있는 게 귀찮게 굴기나 하지 도무지 인생에 도움이 안 돼. 그나마 군대 가 있을 때는 이 방도 내가 쓰고 만화책도 실컷 보고 참 좋았는데 지금은 귀찮아 죽겠다. 아아, 이 놈의 나라에서 여동생으로 사는 건 너무 힘들어."

얼토당토않은 헛소리를 지껄이던 여동생이 갑자기 생긋 미소를 지었다. 밀어닥치는 불안감에 뒤로 살짝 물러서는데, 아니나 다를까 여동생이 반격으로 개소리를 시전하기 시작했다.

"오빠! 그냥 군대 한 번 더 가라. 요즘 취직도 잘 안 되는데 그냥 군대 한 번 더 가서 직업군인 하면 어때? 안 그래도 오빠는 원래 밀덕이니까 군대 좋아하잖아? 봉급 안 나올 염려도 없는 평생직장, 좋잖아? 오빠, 군대 한 번 더 가!"

히죽히죽 웃으며 올려다보는 동생의 얼굴에 '나는 안 가지롱'하는 글자가 보였다. 그대로 손에 들고 있던 수건을 한 번 더 집어던져 동생의 얼굴을 덮었다.

"끔찍한 소리 하지 마! 혹시 북한하고 전쟁이라도 나서 강제로 소집

되면 모를까, 죽어도 한국 군대는 다시 안 간다. 밀리터리 매니아라고 직접 몸으로 구르는 것도 좋아하는 줄 아냐? 이 오라비는 직접 총 들고 뛰는 것보다 책장 넘기는 걸 좋아하는 사람이다. 네가 아무리 날 치워버리고 싶어도 안 사라질 테니까 어서 만화책 내려놓고 내 침대에서 꺼지고, 이따가 4시에 깨우러 오기나 해."

"알았어, 칫!"

수건을 털어낸 여동생은 문을 쾅 닫고는 투덜거리며 사라졌다. 흐흐흐, 21개월 군복무를 마치고 제대한지 이제 겨우 4개월 지났는데 재입대라니, 그게 무슨 미친 소리야? 요즘 경기가 안 좋은 건 사실이니 혹시 부사관 재입대 정도는 졸업하고도 취직이 안 된다면 생각해 볼 수 있겠다. 하지만 복학을 앞두고 있는 지금 시점에서 군대에 다시 기어들어가라니, 천부당만부당한 일이다. 파릇파릇한 새내기 수백 명이 캠퍼스에서 나를 기다리고 있을 텐데… 아 왜 눈물이….

아무튼 동생이 나가고 나서 휘파람을 불며 컴퓨터 앞에 앉았다. 좀 피곤하긴 하지만 컴퓨터를 정리해 놓고 나가야지, 안 그러면 저 기집애가 뭘 들여다보고 어떤 참극을 벌여놓을지 모른다. 저놈의 기집애는 고스펙 전략시뮬레이션 게임용으로 맞춰놓은 내 컴퓨터로 온갖 뻘짓을 한답시고 난리를 친다. 연예인 동영상 같은 걸 편집할 거면 지 노트북으로 해도 충분할 텐데 왜 내 걸 넘보는지 도무지 이해할 수가 없다.

동생이 내 컴퓨터를 아예 못 쓰게 하려면 패스워드를 걸어 잠가놓으면 간단하다. 문제는 두 달 전에 한번 그렇게 했더니 저 망할 년이 오빠가 비싼 컴퓨터로 야동이나 본다고 엄마한테 고자질을 하는 바람에 컴퓨터의 모든 폴더를 확인받아야 했다. 다행히 하드 속에서는 아무것도 나오지 않았지만… 웹하드란 참 좋은 시스템인 것 같다(먼산).

컴퓨터 자체에 암호를 걸어두는 게 불가능한 이상, 외출할 때는 진행하던 게임을 확실히 저장한 뒤 종료까지 해 놓아야 했다. 컴퓨터를 그냥 켜두고 나가면 그새 컴퓨터를 차지한 여동생이 속도 느려진다고 내가 켜놓고 간 프로그램을 게임이건 워드건 가리지 않고 세이브도 안 한 채 죄다 꺼버리는 만행을 저지르기 때문이다. 엔딩 직전에 모든 것을 날려버리는 경험은 두 번으로 충분하다.

"자, 이제 모스크바 진격 상황을 체크해 볼까? 흐흐흐! 오늘밤 소련을 붕괴시키고 나면 곧바로 동쪽으로 진격해서 일본을 폐허로 만든 뒤에 중경에 있는 임시정부를 승인하여 대한독립을 이룬다! 일본을 밟는 거야말로 대체역사의 로망이지!"

낄낄거리며 진행하고 있는 2차 세계대전 전략시뮬레이션 게임, 〈강철의 파도(Waves of Steel)〉의 현 상황을 확인했다. 실제 바르바로사 작전은 발칸 전역으로 연기되지 않았고, 본래 예정대로 5월 15일에 실시되었다. 나는 유고슬라비아가 반기를 드는 사태를 예방하기 위해서 베오그라드에 일찌감치 소규모 군대를 투입, 파블레 대공을 몰아내려던 반역자들을 사전에 제거함으로써 발칸 전역을 실제보다 축소시킬 수 있었다. 유고슬라비아를 치지 않고 그리스만 손봐주면 되니 병력 소요도 훨씬 줄었고, 나는 정말 다른 전선에 대해서는 신경 쓸 필요 없이 소련과의 전쟁에 모든 것을 집중할 수 있었다.

공세에 투입한 병력은 유럽 전역에서 동원한 병력 4백만 명에 7천량의 전차, 8천기의 항공기라는 막대한 수였다. 하여 1941년 5월 15일부로 개시한 바르바로사 작전은 3개월간 순조롭게 진행. 이제 내 군대는 모스크바를 눈앞에 두고 있었다. 이 정도라면 라스푸티차가 시작되어 모든 도로가 진창으로 변하기 전에 크렘린에 철십자를 꽂을 수 있을 것 같다. 고증대로 하자면 스바스티카를 꽂아야겠지만 게임 제작사가 나치색을 줄인다고 그렇게 고쳐놓았으니, 좀 아쉽기는 해도 어쩔 수 없는 일이다.

나는 현재 상황을 확인한 뒤 천천히 저장 버튼을 클릭했다. 워낙 덩치가 큰 게임이다 보니, 저장 버튼을 누르고 저장이 완료되는 데만 4분이 걸렸다.

"저 망할 계집애가 마구 끄지만 않아도 이 고생을 좀 덜 해도 되는데. 쳇."

컴퓨터를 끈 후, 잘 때면 듣는 부드러운 음악을 틀고 창문의 롤스크린을 내렸다. 그리고 침대 위에 누워 익숙한 노래 구절을 흥얼거렸다.

"포어 데어 카제르네 포어 뎀 그로센 토어, 슈탄트 아이네 라테르네 운트 슈테트 지 노흐 다포어(Vor der Kaserne Vor dem großen Tor, Stand eine Laterne Und steht sie noch davor)~."

릴리 마를렌을 부른다고 내가 엘 알라메인에 가게 되는 건 아니지만, 그래도 이 노래를 흥얼거리고 있으면 북아프리카 전선에서 참호를 파고 대치하고 있던 독일군과 영국군 병사들의 심정이 조금은 느껴지는 것 같았다. 잠시 콧노래를 흥얼거리는 사이 머리가 점점 무거워졌고, 내 의식은 사라져 갔다.

한참 기분 좋게 자고 있는데 누군가가 조심스럽게 나를 흔들어 깨웠다. 뭐라고 속삭이는 소리가 들렸지만, 귀에 익은 여동생의 째지는 듯한 높은 목소리는 아니었다. 하지만 여동생 외에는 지금 나를 깨울 사람이 없었으므로 나는 손을 휘저어 여동생을 쫓았다.

"으음, 조금만 더 잘게. 10분, 아니 20분만. 어차피 약속은 6시니까, 준비하는 시간 조금 줄이면 돼. 집에서 명동까지 전철 타고 20분밖에 안 걸리는데…."

내 어깨를 흔드는 손은 멈추지 않았다. 치킨 안 시켜줄까 봐 환장을 했나 하고 생각하는데, 문득 나를 깨우는 목소리가 다르게 느껴졌다. 분명히 여동생의 목소리가 아니었다.

"총통, 어떻게 안 하던 잠꼬대를 다 하십니까? 깨우라고 하신 시간이 되었으니 그만 일어나시지요. 낮잠이 길어지십니다."

내 귀에 들린 것은 분명 굵고 억센 남자의 목소리였다! 그것도 한국어가 아니라 외국어로 지껄이는! 그리고 내 어깨를 흔드는 손길도 여동생의 작고 부드러운 손이 아니라 남자의 크고 억센 손이었다!

"?!"

눈을 번쩍 뜨며 황급히 침대에서 일어나 보니 처음 보는 금발벽안의 백인 청년이 무척이나 송구하다는 태도로 눈앞에 서 있었다. 그리고 금발청년의 입에서는 분명한 독일어가 흘러나왔다.

"총통, 안 좋은 꿈이라도 꾸셨습니까? 표정이 좋지 않으십니다."

"다, 당신 누군가? 여긴 어디지?"

놀라운 일이었다. 내 입에서 어떻게 독일어가 이렇게 자연스럽게 나오는 거지? 고등학교 때 제2외국어로 독일어를 배우기는 했다. 하지만 수업이 너무 지루해서 독일어 시간에는 늘 잠만 잔 터라, 가사를 외우고 있는 2차 세계대전 때 군가 몇 개를 제외하면 제대로 구사할 수 있는 독일어 문장도 없고 상대가 하는 말을 알아들을 수도 없다. 물론 간단한 인사 정도는 할 수 있고, 〈티거〉나 〈판터〉같은 명사 몇 개 정도는 알지만…, 그러나 절대 저렇게 길고 복잡한 말을 알아듣지는 못한다고!

아니, 그러고 보니 저 청년이 입고 있는 저 회록색 제복은? 칼라에

붙어 있는 룬 문자는? 설마?

"자, 자넨 누구야? 여긴 어디고? 오늘은 며칠인가?"

듣기만 되는 것이 아니었다. 내 입에서도 자연스러운 독일어가 술술 흘러나왔다! 하지만 내 귀에 들려온 〈나〉의 목소리는 늘 듣던 그것이 아니라 탁하게 갈라진 나이든 남자의 목소리였다. 질문 내용에서 '난 누군가!'라는 질문이 나오지 않은 것은 그나마 내가 최대한으로 이성과 자제심을 발휘한 결과였다.

"총통, 오늘은 1941년 8월 13일이고 여기는 베를린의 총통관저입니다. 피곤해서 잠시 침실에서 낮잠을 주무실 테니 주치의인 모렐 박사가 진료하러 올 시간에 맞춰 4시에 깨우라고 하지 않으셨습니까. 혹시 잊으셨습니까? 그리고 저는 총통을 모시는 부관…"

청년의 뒷말은 귀에 들어오지도 않았다. 앞부분만으로도 너무나 충격적이라 할 말을 잊을 지경이었다. 지금이 1941년? 그리고 내가 총통이라고? 게다가 저놈이 자기를 보고 총통의 부관이라고 했고, 내 주치의가 모렐 박사라고 했겠다? 저 녀석의 말인즉슨 나는….

"Mein Gott!!!"

"초, 총통! 무슨 불쾌한 일이라도…?"

"나가! 네놈이고 누구고 아무도, 내가 들어오라고 할 때까지 이 방에 들어오지 마!"

"아, 알겠습니다. 필요하시면 언제든 불러 주십시오."

내 부관이라는 청년은 서둘러 방을 나가며 조용히 문을 닫았다.

혼자 남게 된 나는 얼굴에 흐르는 식은땀을 느끼며, 급히 주변을 살펴 거울을 찾았다. 책상 위에서 작은 손거울을 발견한 나는 떨리는 손으로 그 거울을 집어 들어 내 얼굴을 비춰보았다. 짧고 검은 콧수염을 기른 늙은 백인의 얼굴이 두려움과 공포로 가득 뒤덮인 채 그 안에 있었다. 포마드를 발라 말끔하게 넘긴 검은 머리와 인중을 덮은 같은 색깔의 콧수염을 보면서 나는 인정할 수밖에 없었다. 내가 바로 인류 사상 최악의 독재자, 아돌프 히틀러의 몸속에 들어와 있다는 사실을.

벌써 사흘 전의 일이었다.

2

"제기랄, 어떻게 해도 현실로 돌아가지지를 않네. 이건 분명 내가 꾸고 있는 꿈일 거야. 내가 히틀러라니, 꿈이 아닐 리가 없어. 난 분명 2016년 대한민국의 22살 대학생이라고. 군대까지 멀쩡히 갔다 온! 그런데 이런 일이 일어나다니, 이게 말이 되는 거야?"

지난 사흘은 정말 길었다. 방에 있는 물로 약간 목을 축이는 것 외에는 3일 내내 아무 것도 먹지 않았고, 계속해서 잠만 잤다. 낮잠 자다가 이 세상에 왔으니, 한 번 더 잠이 들어서 제대로 깨면 이번에는 우리 집, 내 침대 위에 있을 거라고 생각했기 때문이다. 하지만 아무리 잠을 청해도 다시 눈을 떴을 때 보게 되는 것은 을씨년스러운데다가, 갈수록 난장판이 되어가는 '히틀러의 방'뿐이었다.

몇 번이고 다시 눈을 떠도 변하지 않는 방 풍경에 절망하여 물건을 부수고 총을 쏘면서 발광을 하다가 지쳐서 잠이 들기를 여러 번. 발광을 할 기력도 없을 때는 멍하니 앉아 창밖을 내다볼 뿐이었다. 계속해서 문을 두드리는 녀석들이 있었지만 아무도 들어오지 못하게 했다. 카이텔이 동부전선에서 왔다는 보고사항을 들고 처음 나타났을 때 브라우히치든 누구든 적당한 상대와 의논해서 알아서 처리하라고 고함을 질러 쫓아버린 것도 어제 이렇게 지쳐 있을 때의 일이었다.

"난 타임머신을 탄 것도 아니야. 시공의 틈에서 나타난 초인을 만나지도 않았고, 핵폭발이 일어나는 충격으로 갈라진 차원의 틈에 빠지거나 초자력 태풍의 눈 속으로 빨려들지도 않았어. 죽어서 다른 이의 몸으로 들어가지도 않았고, 뭔가에 맞아서 정신을 잃지도 않았어. 나는 그저 잠시 낮잠이 들었을 뿐이야."

백 번째인지 천 번째인지 알 수 없는 혼잣말을 되뇌다가 생각을 멈추고 주변을 한번 돌아보았다. 사흘 동안 밥도 먹지 않고 미쳐 날뛰기만 한 결과 방 안은 아수라장이었다. 여기저기에 깨진 유리와 사기 조각, 찢어진 천과 구겨진 종이, 부서진 가구가 나뒹굴고 있었고 유리창도 반 가까이 깨져 삐죽삐죽한 모서리가 날카롭게 드러나 있었다. 내가 의자나 꽃병 따위를 창문에 대고 집어던진 흔적이었다.

소파에 뚫려 있는 총알구멍이 눈에 들어오자 나는 맥없이 손을 내려 책상 위의 발터 PPK[1] 권총을 집어 들었다. 세 번이나 탄창을 갈아가며 쏘아댄 권총에서는 화약 냄새가 진하게 풍겼고, 나는 조용히 그 총구를 코에 갖다 대고 거기서 풍기는 냄새를 맡았다. 군대에서 사격훈련을 한 뒤에 언제나 맡았던 그 냄새, 총탄의 추진제로 쓰이는 그 톡 쏘는 화약 냄새를. 꿈이라기에는 너무 실감나는 느낌이었다.

—찰칵, 탁.

나는 탄창멈치를 눌러 탄창을 빼낸 다음, 탄환이 아직 남아있는 것을 확인하고 도로 총 안으로 밀어 넣었다. 이 총으로 벽을 쏘는 대신에 내 머리를 겨누고 방아쇠를 당기면 아마도 꿈에서 깨겠지. 잠을 잔다는 것은 휴식을 위해 의식적인 삶을 잠시 멈출 뿐이지만, 총으로 머리

1 독일의 총기 제조사 발터사에서 만든 호신용 소형 권총. 히틀러를 비롯한 나치 간부들이 많이 사용했고 히틀러가 자살할 때 쓴 총도 이 총이다.

를 날린다는 것은 잠깐의 휴식이 아니라 확실하게 인생에서 퇴장을 보장하니까.

―철컥.

잠시 망설이던 나는 슬라이드를 당겨 탄창 맨 위의 탄환을 약실에 장전한 다음 천천히 들어 올려 관자놀이에 가져다 댔다. 이제, 이제 손가락을 움직이기만 하면 이 어처구니없는 상황에서 벗어날 수 있다. 여동생이 일어나라고 깨워 주고, 군사동호회 친구들과 명동 중국집에 가서 저녁을 먹는 그 날이 돌아오겠지. 집게손가락에 지그시 힘이 들어갔다.

"제길…. 아무리 꿈속이지만 이건 못 하겠다."

하지만, 아무리 꿈속이라고 해도 차마 내 손으로 머리에 총을 쏠 수는 없었다. 허탈하게 웃고서 권총을 저쪽 벽으로 던져버린 나는 쓰러지듯이 안락의자에 주저앉았다. 잠시 멍하니 있던 내 입이 열리면서 누구 하나 듣는 이 없는 방 안에서 홀로 하는 독백이 시작됐다.

"내가 히틀러라니, 내가 역사상 최악의 독재자라니! 이런 말도 안 되는 일이 현실일 리가 없어. 난 그저 지금 좀 길고 복잡한 꿈을 꾸고 있는 게 분명해. 많이 실감나기는 하지만, 어차피 꿈이라는 것은 머릿속의 뇌가 스스로 만들어내는 자극일 뿐이야."

숨이 찼다. 잠시 쉬었다가 다시 입을 열었을 때, 내 입에서는 내가 생각해도 개소리라고밖에 할 수 없는 헛소리들이 튀어나오고 있었다.

"어차피 일상의 감각이라는 것도 뇌가 외부의 자극을 전기적인 신호로 받아들여서 만들어내는 환상의 총합일 뿐이잖아. 전선을 통해 외부세계를 인식하는 통 속의 뇌라면?"

어느새 나는 혼자서 미친 듯이 웃어대고 있었다.

"하하핫! 그래, 내가 히틀러라니? 이건 현실일 수가 없어. 꿈이 분명해. 꿈속에서 히틀러가 되다니, 이것도 재미있는 일 아닌가? 그래, 흔한 일은 아니겠지만 내가 히틀러가 되었다는 게 그렇게 놀랍거나 불가능한 일은 아니야. 꿈속에서야 뭐든 될 수 있고, 어디든 갈 수 있는 거 아냐? 나는 마침 내가 좀 아는 세계로 떨어진 것뿐이야."

포기하고 나자 마음이 좀 편해졌다. 사실 히틀러가 되어 독일을 지배하는 것은 내가 이제까지 게임 속에서 자주 해오던 일이었다. 단지 내 턴이 돌아올 때마다 마우스와 키보드를 통해 명령을 내리며 시뮬레이션을 진행하던 게임이, 이제는 실시간으로 서류와 육성을 사용해서 명령을 내려야 하는 현실로 바뀌었을 뿐이다. 그렇게 생각하니 기분이 좀 가벼워지면서 마음이 새로워졌다.

어떻게든 히틀러로 살아보자고 마음을 고쳐먹자 갑자기 지독한 허기가 나를 엄습했다. 생각해 보니 그저 돌아가고 싶어서 미쳐 날뛴 사흘 동안 입에 댄 것이라고는 물 몇 모금이 전부였다는 것이 떠올랐다.

배가 고프다, 먹어야 한다. 하지만 지금 이 방에는 먹을 거라곤 아무것도 없는데…그 순간 시킬 일이 있으면 언제든 부르라고 하던 녀석 생각이 났다. 그래, 이런 게 부관이라는 인간들이 하는 일이지? 이름으로 부르면 더 좋겠지만 그 부관이라는 녀석의 이름을 모르니 그냥 대충 불렀다.

"이봐! 들어와!"

"예, 총통!"

내 부관이라고 하던 친위대 장교는 바로 방문을 열고 들어와서 나치식 경례를 올렸다. 친위대 군복을 입은 이 젊은이는 방 안의 참상을 보고는 움찔한 듯 했지만, 곧바로 표정을 지웠다. 그리곤 긴장한 채 내 명령을 기다리고 있었다.

"내 총을 가져가서 닦아 놓고, 청소부를 불러서 방을 정돈하게 해라. 부서진 물건은 몽땅 갖다 버려. 오늘 중으로 끝낼 수 있겠나?"

"끝내겠습니다!"

뒤꿈치를 붙이며 대답하는 자신감 있는 태도가 만족스러워 나는 고개를 끄덕였다.

"좋아. 몹시 시장하군. 준비가 되면 식당으로 나를 안내해라."

부관 뒤를 졸졸 따라서 식당으로 가느니 혼자 식당으로 가는 게 편하겠지만, 난 총통관저 어디에 식당이 붙어 있는지 모른다. 그런 것은 애초에 관심도 없었고, 이 '히틀러의 몸'에는 히틀러와 관련된 어떤 기억도 남아 있지 않았다. 나는 순전히 '내 기억'만 가지고 이 몸을 움직여 나가야 했고, 밥을 먹고 화장실에 가는 당장의 사소한 일상사에서조차 남의 도움을 받지 않으면 손도 까딱할 수 없는 상황이 되고 말았다.

"예, 총통. 당장 주방에 지시를 내리도록 하겠습니다. 그럼 식단은 어떻게 하시겠습니까? 딱히 따로 드시고 싶으신 음식이 없으시다면 늘 저녁에 드시던 채식요리 메뉴로 준비를 시키겠습니다."

그제야 생각이 났다. 여기서 '나'는 금주주의자에 채식주의자였지 참…. 에라 모르겠다, 먹고 싶은 거 먹자. 명색이 독일의 총통인데 먹고 싶은 것도 마음대로 못 먹는다는 게 말이 되느냐는 말이지. 식사를 자제하는 금욕주의자로서의 내 이미지? 그따위 거 알 게 뭐냐(먼산). 나는 곧바로 거칠게 내쏘았다.

"됐어. 생각해보면 채식주의자란 볼셰비키나 마찬가지로 사회에 해악이나 끼치는, 모조리 말살해야 할 종자들이야. 채식이니 뭐니 그딴 것 다 집어치우고 구운 소시지와 맥주를 준비하라고 해. 맥주는 적당히 독하고 시원하기만 하면 어느 지방, 어느 회사 제품이건 상관없다."

"예…에에?? 총통, 소시지와 맥주라고 하셨습니까, 방금?!?!!"

지금까지 침착함을 유지하던 부관 청년은 내가 맥주와 소시지를 식사로 준비하라고 하자 경악한 듯 눈을 크게 떴다. 상관의 급격한 변모에 놀란 건 이해한다만, 한꺼번에 몰려오는 사흘치 배고픔에 슬슬 짜증이 올라오고 있던 나는 그의 감정 상태를 일일이 고려해 줄 정도의 인내심이 없었다.

"그래! 채식 따위는 갖다 버려! 인간은 술과 고기를 충분히 먹어야 건강히 사는 거다. 그게 백만 년 인류 진화의 핵심이야! 내가 고기를 좀 먹겠다는데 무슨 잔말인가?"

"아, 알겠습니다. 당장 주방에 지시를 내려서 소시지와 맥주를 준비하도록 하겠습니다. 혹시 으깬 감자도 드시겠습니까?"

"물론이지. 설탕을 넉넉히 넣고, 자우어크라우트도 빼놓지 말도록."

"알겠습니다. 당장 주방에 지시를 전달하겠습니다."

청년의 얼굴에는 처음 떠오른 당혹감에 뒤이어 노골적으로 기뻐하는 기색이 스쳐갔다. 아마, 이제 자기들도 내 눈치를 보지 않고 식탁에서 마음껏 고기를 먹을 수 있겠다는 기대감 탓이 아닐까. 헌데 잠시 망설이던 이 녀석이 엉뚱한 이야기를 꺼냈다.

"아, 저, 총통. 모렐 박사의 진료는 어떡하시겠습니까? 원래 사흘 전이 정기진료를 받으실 날짜였는데 계속 진료를 거절하셨습니다. 혹시 식사 후에 모렐 박사를 불러 진료를 받으시겠습니까?"

"모렐? 테오도어 모렐 말이냐?"

"예, 총통. 평소 신임하시던 주치의 모렐 박사 말입니다."

모렐의 이름을 듣는 순간 어제 그 돌팔이가 찾아왔다는 소식을 듣고 방문에다 대고 총을 난사했던 기억이 떠올랐다. 푸짐한 식사에 대한 기대로 즐거워져 있던 내 기분은 싹 날아갔고 나는 거리낌 없이 분노를 폭발시켰다.

"그 돌팔이를 당장 해임한다! 모렐처럼 무능한 의사를 그대로 유임시키는 건 치료를 빙자해서 날 독살하려는 행위를 방임하는 거나 마찬가지다. 다시는 내 앞에 나타나지 말고 자기 병원이나 잘 운영하라고 해. 만약 총통관저에 들어오는 모습이 내 눈에 보이면 총살해 버리겠다."

"아, 알겠습니다! 그럼 바로 가서 식사부터 준비시키겠습니다."

청년은 일련의 지시에서 받은 당혹스러움을 지울 수 없었는지 고개를 내저으며 나갔다. 뭔가 좀 의심스러운 모양이지만 뭐 어쩌겠는가? '나'는 정말 그 녀석의 상관인 바로 그 사람인 것을…. 핫핫핫.

어쨌든 이 〈꿈〉을 제대로 즐겨 보기로 한 이상, 저 청년 부관을 시작으로 하여 주변인들과의 접촉을 늘리면서 이 세상에 대한 파악을 해 나가야겠다. 저 녀석 뿐 아니라 다른 사람들도 '나'의 급작스런 변모에 꽤나 놀라게 되겠지만 얼마 안 가서 적응이 되겠지. 내가 히틀러인데, 자기들이 나한테 안 맞추고 어쩌겠나?

그럭저럭 주변 파악을 마친 뒤에는 본격적으로 이 세상이 돌아가는 꼴에 개입을 해 볼 생각이다. 여기가 1941년의 독일과 똑같은 세계라면, 내가 진짜 히틀러와 똑같이 군다면 4년 뒤에 독일은 패망하고 나도 내 머리에 총을 쏴 자살하게 될 거다. 하지만, 난 그런 최후를 맞고 싶은 생각은 절대로 없다. 전쟁이야 지든 이기든 간에 어떻게든 난 살아남을 거고, 전범으로 처벌받지도 않을 거다. 역사를 바꾸든, 어디로

도망치든 무슨 짓을 해서라도 살아남고야 말겠다.

"식사준비가 다 되었습니다, 총통."

"좋아, 가지."

잠시 결의를 다지는 동안 부관 청년이 들어와 식사가 준비되었다고 알렸다. 식사를 집무실로 가져오라고 할 수도 있지만, 관저 내의 지리를 익힐 겸 해서 부관의 뒤를 따라 식당으로 발걸음을 옮겼다. 복도를 지나가려니, 중간에 마주치는 관저 근무자들이 연달아 나치식 경례를 올렸다. 당연한 일이지만 그중에서 누군지 알아볼 수 있는 사람은 하나도 없었으므로 나는 그저 묵묵히 고개만 끄덕이며 복도를 지나갔다.

마침내 식당에 도착하여 거품이 이는 맥주와 기름이 자르르르 흐르는 소시지가 차려진 식탁 앞에 앉으니 마음에도 조금 여유가 생겼다. 아, 일단 실컷 먹고 푹 자자. 지난 사흘은 밥도 밥이지만 잠도 마음 편히 잔 게 아니었으니까. 그러고 나면 이 빌어먹을 세계에서 어떻게 살아남아야 할지 뭔가 보이는 게 있겠지. 조끼에 든 맥주를 한 모금 들이켠 다음 소시지를 포크로 찍어 한 입 베어 물다 말고 또다시 치솟는 걱정에 한숨을 쉬었다.

아아, 내가 히틀러라니! 제기랄, 전 인류가 미쳐 있는 거나 마찬가지인 이 시대에서 어떻게 해야 살아남지? 오, 하느님! 저를 구원해주소서. 제가 히틀러라니요!

…그래도 소시지는 맛있구나.

외전 1
우리 총통이 변했어요!

1

"총통께서는 잠자리에 드셨나?"

"네, 11시가 되자마자 칼같이 침대로 들어가셨습니다."

"좋아. 5시에 깨워드리는 거 잊지 말도록."

총통 전속 수석부관 슈문트 대령은 오늘 함께 당직을 맡은 칼 리히터 중위의 보고를 받고 고개를 끄덕였다. 하루를 마무리하는 마지막 절차까지 별 일 없이 평온하게 끝난 것이다.

"무슨 이유인지는 모르겠지만 요즘 총통께서 달라지셔서 정말 다행이야."

"예, 기분도 좋으시고 말입니다. 아무래도 전황이 잘 풀리는 덕이 아니겠습니까?"

지난 6월 22일에 시작한 바르바로사 작전은 대성공을 거두고 있었다. 국경을 방어하고 있던 소련군은 줄줄이 무너져나가며 수많은 전사자와 포로를 양산했다. 일선에 있는 각 부대들이 포로 처리에 애를 먹을 정도였다.

"이런 식이면 얼마 안 가서 모스크바를 함락시킬 수 있으리라 보입니다. 소련군은 모두 허수아비들입니다."

"아직 안심할 단계는 아니야. 나폴레옹도 모스크바를 점령했지만, 결국 패하지 않았나."

슈문트 대령은 총통 주변에 있는 인물들이 너무 낙관적인 태도를 보이면 좋지 않다고 판단했다. 참모본부를 비롯해 각 사령부에서는 곧 승리하리라고 호언장담하고 있었고 다들 소련 정복이 멀지 않다고 여겼지만, 유독 총통 본인만은 예외였기 때문이다.

총통은 각 전선에서 들어오는 희망찬 보고 내용을 늘 담담하게 받아들였다. 아무리 대승을 거두어도 딱히 기뻐하지 않았다. 물론 공을 세운 장병들에게 대한 포상을 잊지는 않았지만, 어딘가 시큰둥한 태도였다. 전혀 승리의 지도자 같아 보이지 않았다.

도대체 왜일까? 무너뜨려도, 무너뜨려도 계속 나타나는 소련군 때문에? 그렇다고 보기에는 또 태도가 적절하지 않았다. 분명히 8월 중순까지만 해도 연이어 들어오는 승전보에 선두에서 기뻐 날뛰던 사람이 바로 총통이었기 때문이다. 왜 태도가 바뀌었을까?

이상한 점은 그뿐이 아니었다. 총통은 새로이 전선에 투입되는 소련군 규모에 대해서도 정확하게 예측하고 있었고, 전선에서 적 대군과 직면했다고 호들갑을 떨어도 전혀 놀라지 않았다. 꼭 이 전쟁의 모든 결과를 미리 알고 있었던 사람처럼 보였다.

슈문트 대령은 신중하게 처신하기로 했다. 무슨 이유인지는 알 수 없어도 총통이 전쟁 상황을 낙관적으로 보지 않고 있는데, 주변에 있는 인물로서 지나치게 흥분해서 그 기분을 거스를 필요는 없었다. 수석 부관으로 재임한지 벌써 3년, 총통의 성격을 알 만큼은 알았다.

"총통께서도 신중하게 판단하고 계신다. 총통께서 냉정을 유지하고 계시는데 우리 같은 사람들이 지레 날뛰어서 좋을 일이 있나? 자중하도록 하게."

"알겠습니다, 대령님."

가벼운 나무람을 받은 리히터 중위가 머리를 긁적였다. 리히터 중위는 9월에 부관실이 급작스럽게 대대적으로 개편되면서 새로 들어온 젊은 장교로, 야전부대 출신이라 총통에 대해서는 신화적인 존재로 생각하는 정도 수준이었다. 당연히 과거의 총통이 어떤 사람이었는지, 지금 무엇이 바뀌었는지 따위도 알지 못했다.

"저, 그런데 대령님. 혹시 이 이야기 들으셨습니까?"

"무슨 이야기 말인가?"

잠시 상념에 잠겨 있는데 리히터 중위가 말을 걸었다. 고개를 든 슈문트 대령을 향해 중위가 슬쩍 웃어 보였다.

"그, 조리장이 했다는 이야기 말입니다."

2

"총통께서 드디어 인간이 되셨어!"

"마, 말조심해요!"

오늘 저녁, 볼프스샨체(늑대굴) 조리실 안에서는 짧은 소동이 있었다. 저녁 식사로 쇠고기 스테이크와 닭고기 스프를 준비하라는 지시를 받은 조리장이 환희에 미쳐 날뛰었던 것이다.

"아니, 내가 기뻐하지 않게 됐냐고! 모름지기 인간이라면 고기를 먹어야 해! 그런데 총통께서는 그동안 고기라곤 드시지를 않아서 내가 얼마나 걱정했는지 아나! 오오오!"

총통은 금연, 금주, 거기에 더 나가서 채식주의자다. 술은 어쩌다 가끔 건배를 하는 정도로 입에 대는 경우가 있었지만 담배는 손도 대지 않았고, 10여 년 가까이 고기라곤 일체 입에 대지 않았다. 그러다 보니 같은 식탁에 앉는 사람도 고기를 먹기 힘들었다.

고기를 먹어야만 사람이 살 수 있다고 굳게 믿는 조리장으로서는 한탄할 일이었다. 그래서 총통이 먹을 음식에 어떻게든 고기를 넣었다. 스프 솥에 고기국물을 한 국자 넣기도 하고, 반찬에 돼지기름을 섞기도 하고, 채소요리에 고기를 은근슬쩍 곁들이기도 했다.

문제는 총통이 귀신같이 고기를 가려냈고, 어쩌다가 고기가 들어간 음식을 먹으면 나중에 꼭 알아채고 화를 냈다는 점이었다. 육식주의자인 조리장으로서는 어떻게든 총통에게 고기를 먹여야 한다는 일생의 염원을 드디어 이룬 셈이었다.

"오늘 저녁뿐만이 아니야. 내일 아침에는 닭고기와 채소를 섞은 샐러드를 식탁에 내라고 하셨고 내일 점심은 튀긴 닭고기를, 저녁에는 돼지 통구이를 내라고 하셨다고! 매 끼니 소시지는 기본으로 곁들여서! 어떻게 내가 기뻐하지 않을 수가 있겠나!"

조수들도 조리장의 기분은 이해할 수 있었다. 하지만 '총통이 인간이 되었다'는 둥 주변에서 들어넘길 수 없는 수준의 말을 마구 해 대는 것까지 들어넘길 수는 없었다. 만약 총통을 경호하는 친위대원들이 이 말을 들었다가는 조리장이 치도곤을 당할 게 분명했으니까 말이다.

자칫하면 조리장 한 사람으로 끝나지 않을 수도 있다. 게슈타포가 혹시 욕심을 품는다면 조리실 인원 전원이 반역 혐의를 뒤집어쓰고 체포될 수도 있었다.

“조리장님! 그만 진정하시고 요리를 시작하십시오! 이러다가 저녁 시간에 늦으십니다!”

보조 요리사들이 필사적으로 말린 결과 조리장은 겨우 정신을 차렸다. 그리고는 번개처럼 빠른 속도로 음식을 마련하기 시작했다.

조리장에서 벌어진 소란은 이 정도로 마무리가 되었지만, 비밀은 지켜지지 않았다. 누가 혀를 놀렸는지는 알 수 없어도 총통이 스테이크를 썰기도 전에 소문이 퍼지기 시작했다. 지금은 볼프스샨체 내 일반인 직원 대부분이 그 이야기를 알고 있었다.

“총통께서 그 정도 일로 조리장을 책망하지는 않으실 테니까, 걱정 안 해도 되지 싶은데.”

“하지만 충분히 불경한 언사가 아닙니까. 고기를 드시기 전의 총통은 ‘인간이 아니었다’는 소리니 말입니다.”

“흥분해서 그런 소리를 한 거니 총통께서 안다고 해도 별로 화는 내지 않으실 거야. 친위대가 지레 나서서 경거망동하다간 도리어 꾸지람을 들을 수도 있네. 과거 총통께서는 먹기 싫다는 고기를 자꾸 먹이려는 조리장에게도 어떤 처벌도 하지 않으셨는데, 고기 드신다는 이야기에 기뻐서 말실수를 좀 했다고 처벌하시진 않아.”

슈문트 대령의 머릿속에 과거 조리장이 총통을 속이고 고기를 먹였을 때가 떠올랐다. 고기가 들어간 음식을 먹고 복통을 일으킨 총통은 조리장을 호출해서 격하게 호통을 쳤다. 그리고 앞으로 볼프스샨체에서 먹는 자기 식사는 보리죽과 구운 감자만 내놓으라고 엄명했다.

얼핏 생각하면 독재자인 자기 명령을 어긴 조리장을 처형하거나 강제수용소에 수감하리라고 다들 생각할 것이다. 좀 더 온건하게 나간다고 해도 조리장을 해고하는 게 당연할 것이다. 하지만 총통은 단지 말로 나무랐을 뿐이었다. 악의를 가지고 한 일이 아님을 알았기 때문이다.[1]

"총통께서는 적들에게는 엄하시지만 주변 사람들에게는 늘 관대하고 자비로우시다네. 늘 온화한 신사이시지."

"비서진들 이야기는 좀 다르던데 말입니다."

3

슈문트 대령이 깜짝 놀랐다.

"다르다니?"

"요즘 총통께서 이상한 부분이 하나는 있다고 하더군요."

"뭐가 말인가?"

"사람을 알아보지 못하신다는 겁니다. 저는 9월에 새로 와서 잘 모르겠습니다만."

슈문트 대령도 이 지적에는 반박할 수가 없었다. 리히터 중위가 지적하는 바가 사실이었기 때문이다. 대령의 기억은 8월 중순, 총통이 사흘 동안 식음을 전폐하고 혼자서 미쳐 날뛰었던 그 때로 돌아갔다.

사흘 만에 방에서 나온 총통은 이제까지 한 번도 주문한 적이 없는 맥주와 소시지를 가져오라고 했고, 실컷 먹고 마신 다음 뻗어서 꼬박 24시간 동안 잠을 잤다. 잠에서 깬 뒤에 제일 먼저 슈문트 대령을 불러 내린 명령은 총통 관저 근무자 전원의 인사기록부를 가져오라는 것

---

1 실제로 히틀러는 자기에게 억지로 고기를 먹이려고 한 볼프스샨체의 요리사에게 어떤 처벌도 가하지 않았다. 단지 자기 식사 메뉴를 고기를 넣으려야 넣을 수 없는 것들로 바꾸고, 그래도 요리사가 고기를 내놓으려고 시도하자 사병식당 담당으로 바꿔버렸을 뿐이다.

이었다.

총통은 다시 사흘 동안 두문불출했다. 그리고는 슈문트가 보는 앞에서 인사기록부를 내팽개치더니, 부관실 및 경호실 인원 전체를 갈아치우라고 명령했다. 업무의 연속성이 유지되지 않을 수도 있다는 지적에 대한 총통의 답은 이러했다.

"대령, 나는 지금 과거의 아돌프 히틀러가 아니다! 나는 독일 민족에게 과거 지워졌던 비참한 운명을 완전히 뒤바꾼다는 사명을 가지고 지금 새롭게 태어났다. 새로운 내 업무 방침에 걸맞게 나를 보좌하려면 구습에 익숙하지 않은, 완전히 새로운 인원이 아니면 안 돼."

당황했지만 어쩔 수 없었다. 그전까지 총통을 직접 대면하면서 모시던 모든 요원들이 러시아, 프랑스, 아프리카 등 각 전선으로 흩어졌다. 전선 경험을 쌓고 돌아오라는 명분을 가지고 취해진 조치였지만 돌아오는 이가 있으리라고는 슈문트 자신도 믿지 않았다.

이들 대신 들어온 인원들은 거의 일선부대 출신이라, 총통에 대해서는 보도매체를 통해 유포된 이미지로 인식하고 있을 뿐이었다. 총통관저에 있는 군인들 중에서 이전의 인간 아돌프 히틀러에 대해 충분히 아는 사람은 이제 슈문트 한 명 밖에 남지 않았다.

다만 민간인인 비서들은 교체되지 않았다. 볼프스샨체를 비롯해 총통이 이용하는 다른 시설들을 관리하는 인원들도 마찬가지였다. 슈문트로서는 그 이유까지는 몰랐다.

"비서들이 뭐라고 하던가?"

"크리스타 슈뢰더 여사 아시지 않습니까?"

"비서들 중에 가장 선임인 사람이지. 1933년부터 총통을 모신 사람이 아닌가."

"네. 그 슈뢰더 여사가 제게 말하기를, 총통께서 자기를 알아보지 못하시더라는 겁니다. 자기뿐만이 아니라 다른 비서들도 모두 생판 처음 보는 남인 것처럼 대했다고 하시더군요. 친절하고 정중하기는 하지만 거리감을 느낀다는 사실을 감추지 않으셨다고 합니다. 지금은 좀 덜해지셨다고 하지만요."

"으음."

슈문트 대령은 신음을 삼켰다. 이 문제는 그 역시 마찬가지로 느끼고 있었기 때문이다. 그때 사흘 동안 벌인 단식과 발광 이후, 첫 식사를 마친 총통은 집무실로 찾아온 슈문트를 마치 처음 소개받는 사람을 만나듯이 대했다.

"자네가 슈문트 대령이란 말이지."

"그, 그렇습니다."

그날 슈문트 앞에 있던 총통은 주변 사람들에 대한 일을 모조리 잊어버린 듯했다. 심지어 수석부관인 슈문트 대령, 자신까지 말이다.

분명 전황에 대한 일이나 국가 지도에 대한 사항들은 잘 기억하고 있었다. 군부나 정부 요인들에 대한 기억도 완벽했다. 하지만 사적 영역에서 자신과 접촉하던 사람들에 대해서는 모조리 잊어버렸다. 기억하는 사람의 경우도 사적인 관계는 거의 기억하지 못했다.

아니, 총통이 사람들을 대하는 태도를 유심히 살펴보면 '잊어버린' 게 아니었다. 그 사람을, 또는 그 사람과 있었던 일을 아예 처음부터 모두 모르고 있었던 것처럼 행동했다. 상대가 그 이야기를 끄집어내면 무시하거나 물 흐르듯이 자연스럽게 넘겨 버렸다.

더욱 이상한 점은 그토록 아끼고 사랑하던 에바 브라운과의 관계였다. 원래 대외적으로 드러내던 사이가 아니긴 했지만, 이제는 사적 영역에서도 에바를 경원시하면서 거리를 두려는 태도가 명백하게 보였다.

그런 태도를 드러낸 지 얼마 되지 않았으니 다른 이들은 이 갑작스러운 변화를 깨닫지 못했을지도 모른다. 하지만 슈문트 대령은 알 수 있었다. 당사자인 에바도 틀림없이 알고 있을 터였다. 다만 전쟁 지도가 주는 부담 때문에, 일시적인 변덕을 부리는 정도로 알고 있으리라.

슈문트 대령이 보기에, 이 모든 변화는 정신착란이나 기억상실이 아니었다. 분명히 애초에 모르고 있었던 사람을 대하는 태도였다. 하지만 그 사람이 슈문트 자신이 알던 총통인 것은 분명했다. 그리고 주변 사람들에 대한 기억은 일부 사라졌을지 몰라도 군사 및 정치에 대한 기억은 완벽했다. 그거면 충분하지 않은가.

더구나 지금의 총통에게서는 예전의 괴팍하던 면이 거의 사라졌다. 일찍 자고 일찍 일어났으며 가리지 않고 음식을 먹었다. 수상쩍은 의사인 모렐 박사가 처방하던 그 괴상한 약물들도 모조리 손을 끊었다. 그리고 문제가 생겼을 때 격하게 흥분하지도 않았다.

여기에다 예전과는 좀 달라도 주변 사람들에게 친절하게 대하는 태도는 근본적으로 같았다. 단지 고기와 술을 조금 더 먹을 뿐, 검박한 생활 습관에도 별 차이가 없었다. 리히터 중위를 비롯해 새로 총통 관저에 들어온 사람들은 지금의 총통에게 급속하게 익숙해져가고 있었다.

단지 슈문트를 비롯한 일부 예전 사람들이 과거 자신들이 알던 총통과 다른 모습에 괴리감을 느낄 뿐이었다. 구체적으로 묘사하기는 힘들어도 과거 자신들이 잘 알던 그 총통에서 뭔가가 분명 바뀌기는 했으니까.

슈문트 대령은 총통이 예전과 다른 사람이 된 것 같다는 의구심을 굳이 리히터 중위 앞에서 표현할 필요는 없다고 생각했다. 태도에 의심쩍은 구석이 있을지는 몰라도 분명 그 사람은 독일 민족을 이끄는 영도자, 아돌프 히틀러가 분명했으니까.

"괜히 쓸데없는 이야기로 총통의 심기를 거스르지 않도록 하게. 전쟁 지도가 얼마나 부담되는 일인지, 자네는 아직 잘 모를 거야. 사소한 일은 잊어버릴 수도 있어. 그러니, 괜히 이상한 이야기를 유포하지 않도록 하게. 묵묵히 그분을 모시는 게 주변에 있는 사람의 도리일세."

"알겠습니다, 대령님."

고개를 끄덕여 동의를 표한 리히터가 근무지를 순회하러 나갔다.

조용히 팔짱을 끼고 앉은 슈문트 대령은 요 근래 총통이 보여준 나타난 총통의 변화에 대해 다시 한 번 생각해 보았다.

분명 총통은 바뀌었다. 서운한 부분도 있었지만 국가지도자라는 측면에서 볼 때 긍정적인 부분이 훨씬 크다고 판단됐다. 그렇다면 사적인 면에서 아쉬운 점이 좀 나타나더라도 문제없지 않을까. 주지육림을 차려 놓고 주색을 만끽하는 정도라면 모를까, 그건 어디까지나 총통의 사생활이니까.

2장
동부전선 정지!

1

"오늘이 벌써 10월 3일이란 말이지."

나는 아무도 따라오지 말라고 한 뒤 총통 관저의 정원을 걸으며 조용히 중얼거렸다. 저만치 경비병이 서 있기는 해도 혼잣말이 들릴 만한 거리는 아니었다.

"시간 참 빠르구나. 여기서 살게 된지 벌써 두 달이라."

현재 동부전선의 전황은 대략 내가 알고 있는 역사대로 진행되고 있다. 이 세계에 대해서 살펴가며 소소한 것들에 대해 적응해 나갈 시간도 필요하고 해서 육해공군의 작전에 별다른 간섭은 하지 않았다. 대부분의 군사행동은 이미 짜여 있는 작전 계획에 따라 진행해 나가도록 했고, 부하들이 판단을 청할 때면 내가 알고 있는 히틀러의 지시를 그대로 내렸다. 그래야 역사가 모르는 길로 가지 않을 테니까. 역사가 바뀌는 것도 내가 이 세계에 적응을 한 뒤에 바뀌어야 하지 않겠나?

대부분의 시간을 눈앞의 전투보다는 분명히 실패할 올해의 작전 목표, 모스크바 점령을 대신할 내년 이후의 전략을 수립하는데 골몰했다. 내년 이후의 작전을 걱정하는 머릿속에는 하나의 긴 문장이 굵은 글씨로 콱 박혀 있었다.

"머리 위의 버섯구름은 당연히 싫고, 국회의사당의 붉은 깃발도 싫다! 테이블 밑의 폭탄도 거부한다!"

내가 원래 살던 세계에서 거론되던, 2차 세계대전의 몇 가지 가능성 있는 결말에 대한 이야기들은 분명히 기억하고 있었다. 밀덕이라면 누구나 한번쯤 들어본 이야기들이다. 내가 가장 인상 깊게 들었던 가능성 중에 두 가지만 꼽는다면 다음과 같다.

–만약, 1945년 8월까지 독일이 버텼다면 미국이 실전에 투입한 첫 번째 원자탄인 리틀 보이는 히로시마가 아닌 베를린에 떨어졌을 것이다.

–만약, 1944년 6월 6일에 노르망디 상륙작전이 실패하여 서방 연합군이 유럽 대륙에 진출하지 못했다면 차근차근 진격한 소련군이 유럽 대륙 전체를 정복했을 것이다.

당연한 이야기지만 나는 핵폭탄에 맞아 죽고 싶지 않다. 베를린의 티어가르텐[1]에 리틀 보이가 투하되는 일은 사절이다. 티어가르텐은 숲속에서 산책하며 동물원을 구경하러가는 공원이지, 원자탄의 표적이 아니다.

물론 소련군이 베를린의 국회의사당 옥상에 붉은 기를 꽂고 나를

1 베를린 중심가에 있는 공원.

전범재판장에 세운 다음 교수형에 처하게 만들고 싶지도 않다. 더구나 종전을 원하는 슈타우펜베르크[1]건 결전을 원하는 힘러건 그들이 내 탁자 밑에서 폭탄을 터트리게 만들고 싶지도 않다. 육체의 껍데기는 어쩔 수 없는 히틀러라고 해도 머릿속에 들어있는 알맹이는 분명히 나다. 때문에 폐허가 된 베를린에서 머리에 권총을 쏘고 싶지도 않다.

정신을 차렸던 그날 분명히 결심했지만, 가장 큰 목표는 이 세계에서 무사히 살아남는 거다!

이건 정말 어려운 문제였다. 내가 비극적인 최후를 맞이하지 않으려면 독일은 전쟁에 져야 하는가, 이겨야 하는가?

미–영–소 연합군을 상대로 독일 혼자 싸워 이긴다는 것은 불가능하다. 어느 정도 버티는 건 가능한데, 너무 오래 버티면 머리 위에 핵이 떨어지고 너무 빨리 무너지면 소련군이 총통관저로 짓쳐들어온다.

내부의 문젯거리도 별로 다를 게 없다. 전쟁을 오래 끌겠다고 발악하면 종전파가 쿠데타를 일으킬 테고, 항복이든 강화든 빨리 전쟁을 끝내서 비극을 줄이겠다고 결심하면 전쟁 지속을 주장하는 골수 나치들이 쿠데타를 일으키겠지. 원래 내 것이 아닌 점령지 따위 연합군에게 적당히 양보한다고 해서 아까울 것이 하나도 없지만, 내 뒤통수에 총알을 박을 놈들에게는 그렇지 않을지도 모른다. 지금의 나로서는 그런 중요한 결단을 내리기가 아무래도 불안하다. 좀 더 시간이 필요해.

여기에 또 한 가지 골치 아픈 문제는 내가 나치를 정말 싫어한다는 사실이다. 그런데 골수 나치들 사이에 앉아서 하루 종일 열등인종이 어쩌니 위대한 게르만 민족의 운명이 어쩌니 하는 소리를 듣고 있으려

1 히틀러 암살을 시도했던 독일의 군인. 〈작전명 발키리〉라는 영화가 이 사람이 일으키려고 한 쿠데타를 소재로 다뤘다.

니 아주 돌아버릴 지경이다. 아 이 미친놈들.

내가 원래 세계에서부터 계속 독빠였고, 역사 속의 여러 군대 중 독일군을 가장 좋아하는데다 독일군이 최강이라고 생각하는 것도 맞지만 내가 좋아하는 것은 독일〈군〉이지 나치, 아니 〈국가사회주의〉가 아니다. 제정신을 가진 21세기 대한민국의 20대가 어떻게 정신 나간 헛소리라고밖에 할 수 없는 나치의 이념 따위에 공감할 수가 있단 말인가?

2차 대전사에 대해 한참 책을 찾아보기 시작하던 스무 살 때쯤, 히틀러의 생각을 알고 싶어 히틀러가 쓴 〈나의 투쟁〉을 읽어본 적이 있다. 그 두꺼운 책을 여섯 번이나 읽고 나서 나는 히틀러가 확실히 미친놈이라고 결론지었다. 이런 인간이 최고 권력을 쥐고 있으니 전쟁에서 이길 리가 있나.

히틀러와 그 주변을 둘러싼 멍청이들은 자신들을 권좌에 올린 그들만의 망상에 사로잡혀 초지일관한 결과 바로 자신들의 제국을 파멸로 몰아넣었다. 나라면 절대 그렇게 하지 않았을, 아니 않을 거다. 이미 일어난 일들은 어쩔 수 없다고 해도, 앞으로 벌어질 일들이라도 확실히 바꿔서 피할 수 있는 것은 피해야 한다.

'진짜' 히틀러와 그 부하들이 저지른 헛짓거리는 많고도 많지만, 그 중에서 최고는 역시 미국 및 소련이라는 두 거인들을 도발하여 전쟁을 시작한 일이다.(이건 평상시 내 지론이다)

소련과의 전쟁은 이미 시작했으니 어쩔 수 없지만 아직 시작하지 않은 미국과의 전쟁은 어떻게 해서든 피해야만 한다. 괴벨스를 보내서 루즈벨트의 엉덩이를 핥게 해서라도 미국과 안 싸울 수 있다면 그렇게 할 거다. 소련만이라면 어떻게 할 수 있겠지만 미국과도 싸우게 된다면 독일은 100% 패배할 테니까. 절대 그럴 수는 없다.

"총통각하, 회의 준비가 다 되었습니다."

나긋나긋한 목소리가 내 상념의 틈을 비집고 들어왔다. 고개를 돌리자 신입 부관들 중 한 명인 엘사 슈나이더 소위의 검은 제복과 눈부신 금발이 보였다. 그 금발 아래에 있는 에메랄드 같은 초록색 눈과 오뚝한 콧날, 광택이 흐르는 핑크빛 입술을 보자 나도 모르게 입꼬리가 슬쩍 치켜져 올라갔다.

"음, 회의실로 가지. 앞장서도록."

어흠, 흠, 웬 여자 부관이냐고? 진짜 히틀러는 여자 부관 같은 거 안 뒀다고? 아 그야…응, 이건, 그러니까, 그래! 주변에 사내놈들만 우글거리는 게 싫어서 몇 명 뽑았다! 왜, 부럽냐? 기왕 한 나라를 지배하는 독재자가 됐으면 주변에 미녀 몇 명 정도는 둘 수 있는 거 아니야? 아방궁을 만들겠다는 것도 아니고 기껏해야 비서랑 부관 몇 명인데 좀 어때?

여자 부관을 뽑겠다니까 주변에서 좀 떨떠름해하긴 했지만 노골적으로 반대를 표하는 사람은 히틀러의 정부, 에바 브라운 하나밖에는 없었다. 에바는 질투가 워낙 심한지라 내 주변에 여자들이 오는 꼴을 보지를 못했다. 그래서 나는 보르만을 시켜 에바에게 다이아몬드와 모피코트를 잔뜩 안겨 주게 했다. 혹시 진짜 히틀러에게 에바가 가끔 그랬던 것처럼 자살소동이라도 벌이면 죽건 말건 내버려 둘 생각이었는데, 보르만이 선물보따리와 함께 총통께서는 그저 여성적인 섬세함과 부드러움을 지닌 부관이 필요하실 뿐이라고 구워삶은 것이 그럭저럭 먹힌 듯 더 이상 불만을 표하진 않고 조용해졌다. 물론 가끔 새 부관들에게 도끼눈을 뜨긴 했지만.

미녀 부관들을 얻기까지의 그 험난했던 기억을 털어내기 위해 힘차게 머리를 흔든 나는 즐거이 눈앞의 경치를 만끽했다. 회의실로 가는 길을 알면서 일부러 슈나이더 소위를 앞장서게 한 것부터가 애초에 그럴 목적이었다.

머리는 한 묶음으로 단정히 묶는 것도 좋군. 으음, 치마가 조금 더 짧으면 좋겠지만 이 시대의 기준을 생각하면 그건 무리겠지. 바지를 입으라고 할 수도 있긴 하지만 친위대 제복 바지는 승마바지라서 라인이 안 산단 말이야. 스키니는 짧은 치마보다 더 거부감을 살 테고…아아, 발레 공연이라도 보러 가야 하나.

온갖 뇌내망상을 즐기고 있는데 갑자기 이 세계에 적응하기로 결심한 그날이 생각났다. 내가 이제부터 아침 6시에 식사를 하고 오전 8시부터 일일 최초 상황회의를 할 예정이니 당장 내일 회의에 참가할 인원들에게 시간 변경 고지를 하라고 하자 수석부관 슈문트 대령이 놀란 표정을 짓던 일이 떠올라 나도 모르게 소리 내어 피식 웃고 말았다.

"크큭."

"총통각하, 무슨 하실 말씀이라도…."

"아니, 됐네. 그냥 재미있는 일 하나가 생각나서 말이야."

슈나이더 소위가 돌아보았지만 가볍게 대답하고 계속 앞으로 가라고 손짓했다.

사실 슈문트 대령은 '내'가 여기에 온 뒤로 가장 큰 혼란을 겪은 이들 중 하나였다. 분명히 해가 뜰 때 잠자리에 들어서 정오까지 퍼질러 자는 주침야활의 히키코모리였던 상전이 23시에 잠들어서 새벽 4시에 일어나는 종달새 인간으로 하루아침에 변모했으니, 그게 적응이 될 리가 있겠는가?

물론 슈문트 대령 뿐 아니라 여비서에서 요리사에 이르기까지 총통

관저에 근무하는 모든 사람들이 하루아침에 바뀐 라이프사이클에 적응하느라 애를 먹었지만, 그래도 다들 '내'가 정신을 차린 것을 좋아했다. 나뿐 아니라 자기들도 남들이 일하는 시간에 일하고 쉬는 시간에 쉴 수 있었기 때문이다.

슈나이더 소위가 열어주는 회의실 문을 들어서면서 문득 한 가지 사실이 궁금해졌다. 이 몸의 주인, '진짜 히틀러'의 혼은 어디로 사라졌을까? 혹시 내 혼과 맞바꾸어 2016년 대한민국의 대학생으로 바뀌어 있을까? 그렇다면 히틀러를 가엾게 여길 수밖에 없었다. 나는 '내'가 누구인지 알고 있기나 하지, 히틀러는 '자기'가 누구인지도 모르고 당황해서 미쳐 날뛰고 있지 않겠나. 느닷없이 정신이 나간 아들과 오빠 때문에 당황하고 있을 부모님과 여동생을 생각하니 한숨이 나왔다. 하지만 뭐, 어쩔 수 없다. 그냥 생각을 말자.

2

"새 암호체계 시그마의 준비는 잘되고 있는가?"

"체계를 새로 만드는 작업이라 시간이 조금 더 필요합니다. 하지만 늦어도 12월까지는 완료될 예정입니다. 12월 말이면 필요한 수량만큼의 암호생성기 및 해독기의 제작이 완료되고, 1월 말까지는 각 부대 및 함선에 대한 지급까지 완료되어 전군에서 사용이 가능해질 것입니다."

오늘의 회의는 매우 중대한 의미가 있으므로 제3제국에서 방귀 깨나 뀐다고 하는 인물들은 모조리 참석시켰다. 베를린에 상주하는 요인들 뿐 아니라 선봉의 기갑부대와 함께 동부전선의 최일선을 달리고 있는 전방 지휘관들도 몇 명 소환되어 커다란 테이블 한구석에 자리를 차지하고 앉아 있었다.

"하지만 총통, 굳이 지금 시점에서 암호체계를 교체할 필요가 있습니까? 총통께서는 영국이 분명히 우리 암호를 해독하고 있다고 말씀하시지만, 그렇다고 보기에는 우리 군의 작전이 별다른 지장을 받고 있지 않습니다. 지중해에서 우리 수송선이 격침당하는 것도, 영국으로 가는 호송선단이 우리 유보트의 초계망을 피해가는 것도 늘 있는 일입니다."

아프베어, 즉 국방군 정보국의 국장 빌헬름 카나리스 대장의 보고를 들은 내가 만족스럽게 고개를 끄덕이자 해군 총사령관 에리히 레더 대제독이 그 문제에 대해서 불만을 표했다. 새 암호기를 제작하는 비용이 막대하게 들었을 뿐 아니라 설치와 취급권한을 가진 자들에 대한 재교육 때문에 해군의 작전도 다소 지장을 받았으므로, 레더가 불만을 가지는 것도 당연했다. 나는 그 점에 대해서 별로 화가 나지는 않았다. 그저 암호를 바꿔야 할 필요성에 대해 차분히 설명했을 뿐이다.

"제독에게는 말하지 않았지만, 이미 전쟁이 시작되기 한참 전에 폴란드의 돈에 매수된 반역자들이 우리 에니그마 암호체계를 폴란드 정보기관에 팔아먹었소. 폴란드가 얼마나 우리 독일의 체제에 위협적인 존재였는지 이로써 확실히 입증된 셈이오. 그리고 우리 암호를 빼낸 사악한 폴란드 놈들은 자기들이 복제한 에니그마 기계와 해독표를 영국에 넘겼고, 영국인들은 런던 교외의 블레츨리 파크라는 곳에 대규모 해독시설을 만들어 놓고 우리 암호를 대대적으로 풀어내고 있소."

나는 인상을 찌푸렸다. 에니그마가 언제쯤부터 확실히 정보를 뱉어내기 시작했는지 기억이 안 났기 때문이다. 이게 영국 본토 항공전에서도 활약을 했지 아마?

"이것 때문에 영국에 대한 우리 공습이 그토록 쉽게 방해를 받았던 거요! 그리고 우리가 창끝을 소련으로 돌리자 영국은 에니그마 해독을 통해 얻은 정보를 대대적으로 소련에 넘기고 있지. 게다가 이번 여름에 저들이 격침시킨 우리 잠수함과 무장상선에서 해독기와 암호집이 추가로 회수되었소. 이는 우리 정보가 물 새듯이 새고 있다는 이야기고, 그걸 원천적으로 차단하자면 새로운 암호체계가 필요하오."

내가 아는 역사에서도, 독일은 42년부터 새 암호체계를 사용하여 손해를 줄였다. 물론 얼마 안 가서 또 뚫렸고, 전쟁 말에는 해독한 암호문이 넘쳐나서 모든 정보를 제때 활용할 수가 없을 정도였다. 물론 지금 내가 만들라고 지시한 암호체계도 시간이 지나면 뚫리겠지만, 핵심은 영국이 오랜 기간 우리의 정보를 얻을 수 있을 만큼 한 암호체계를 유지하지 않는 거다. 백신 프로그램이 업데이트가 필요하듯, 암호도 주기적인 업데이트와 패치를 통해 복잡성을 유지해야 생명을 유지할 수 있지 않은가. 에니그마가 절대 뚫리지 않으리라 믿었던 독일군이 바보 멍청이들일 뿐이다. 나는 화제를 바꿨다.

"그리고 우리 사령부 내에조차 수많은 배신자가 있소. 작게는 우리 병사들에게 지급할 러시아어 회화집을 빼돌려 소련 스파이에게 내준 인쇄소 주인부터, 장군 계급을 달고 사령부 내에 있으면서 소련인들에게 작전계획을 직접 누출한 자에 이르기까지! 카나리스 제독! 내가 알려준 반역자들의 혐의는 모두 확인되었겠지!"

"네. 총통께서 알려주신 자들 대부분은 혐의에 대해 순순히 자백했습니다. 일부 부인하는 자들이 있긴 했으나, 총통께서 알려주신 증거들을 제시하자 그런 자들도 낯빛이 종이처럼 하얘지면서 자신의 배반 행위를 모두 시인했습니다. 저로서는 총통께서 어떻게 그런 자세한 정보들을 확보하셨는지 궁금할 따름입니다."

보고하는 카나리스의 표정은 무척이나 씁쓸해 보였다. 얼핏 보면 정보국장인 자신도 모르는 배반행위를 내가 알고 있는 것에 대한 놀라움이나 열등감, 또는 아쉬움을 나타내는 감정이겠지만 나는 그렇게 생각하지 않았다. 저 영감은 적어도 4년 전부터 '나'를 타도하려고 계획해 온 장본인들 중 하나이기 때문이다. 이유? 그야 당연히 '내'가 독일을 파멸로 이끌 거라고 확신했기 때문이지.

나는 이제부터 내가 독일을 파멸시키지 않을 사람임을 보여서 저 영감의 충성을 확보할 생각이다. 왜 날 타도하려는 반역자를 중용하려고 하냐고? 야 이 양반아, 잘 생각해 봐라. '히틀러'에게 진심으로 충성하는 인간이 제대로 된 인간이냐, 인간 말종이라고 확신하고 타도하려고 노력하는 인간이 제대로 된 인간이냐?

어쨌든 난 이 영감이 마음에 들어서 기회를 주었다. 일단 소련에 정보를 넘긴 '붉은 오케스트라'에 속한 놈들의 체포 명령만 내리고 한스 오슈터처럼 서방 연합국과 내통했던 '검은 오케스트라' 놈들은 눈감아 주었다. 게다가 이 내통자들에게 더 이상은 정보를 누출시키지 말라는 경고가 될 만한 메시지도 주었다.

모르긴 몰라도 내가 체포하라고 명령한 소련과의 내통자들 중에서도 카나리스의 암묵적인 허락을 받았거나, 혹은 카나리스의 방관 아래에서 활동하던 자들이 물론 있을 것이다. 하지만 그가 이 첩자들을 체포하지 않는다면 다른 이의 손에 넘어가게 되어 있었고, 그럴 경우 수사 결과에 따라 자신이 위험에 처하게 될 수도 있었다. 그럴 바에야 카나리스 자신의 손으로 혐의자들을 체포, 적당히 꼬리를 자르는 것이 신변에 유리할 것이다. 왜냐하면 그가 하지 않았다면 대신 스파이 혐의자들을 붙잡아 처치했을 장본인이 바로….

"총통, 소관은 총통께서 혐의가 분명한 반역자들을 제게 맡기시지 않고 굳이 아프베어에 넘기신 이유를 모르겠습니다. 아프베어는 본질적으로 군 내의 정보보안과 적의 정보를 탐색하는 기관이지, 치안기관이 아닙니다. 반역자들을 체포하고 그 죄상을 밝혀내는 것이라면 마땅히 게슈타포가 맡아야 할 일이고, 훨씬 더 잘 할 수 있습니다."

검은 제복을 입고 안경을 쓴 코맹맹이 목소리, 바로 하인리히 힘러다. 친위대 사령관으로서 전 독일의 경찰권을 손에 넣고 있는데, 이 녀석은 아프베어도 자기 손에 쥐어준다면 절대 사양하지 않을 놈이다. 분명히 어떤 수단을 동원해서든 체포한 혐의자들과 카나리스가 얽혀있는 실타래를 찾아내어 그걸 빌미로 카나리스를 쫓아낸 다음 자기가 아프베어까지 차지하려 할 테니까.

"친위대 사령관, 아프베어는 군 내부에서 방첩임무도 맡고 있는 만큼 현역 군인으로서 적과 내통하는 자가 있다면 아프베어에서 일단 처리하는 것이 당연하네. 만약 아프베어가 정보를 입수했으면서도 일을 제대로 하지 못한다면 그때 가서 게슈타포가 나서도 늦지 않지."

내가 너한테 아프베어까지 줄까 보냐. 그래도 게슈타포의 영역은 인정해 주마.

"하지만 만약의 경우를 대비해서 그대에게도 관련자들의 정보를 주고 만약 아프베어가 혐의를 캐내지 못할 경우 이어받아 수사를 하라고 명령하지 않았는가? 그리고 현역 군인 신분이 아닌 자들의 혐의에 대해서는 게슈타포에서 즉시 수사하라고 했는데. 그 수사 결과는 어찌되었나? 나를 실망시키지는 않겠지?"

"물론입니다. 용의자 전원을 체포했고 역시 전원이 자신에게 제기된 혐의를 인정했습니다. 총통께서 주신 모든 정보가 사실이었으며, 반역자들에게는 그들이 받아 마땅한 처벌을 가하도록 하겠습니다."

나는 말없이 고개를 끄덕였다. 게슈타포의 새디스트들에게 가혹한 고문을 받았을 사람들에게는 안 된 일이지만 어차피 지금 독일의 모든 경찰권은 힘러에게 있다. 힘러가 가진 다른 권한들을 줄여나가기로 마음먹은 이상, 이 정도 먹이라도 던져주지 않으면 무슨 수작을 벌일지 짐작이 가지 않았다. 이제 그 말이 나올 참이었다.

"하지만 총통, 총통께서 지난 9월에 아인자츠그루펜[1]의 활동을 곧바로 금지시키고 대원들을 최전선에 투입하라고 하신 것은 이해가 가지 않습니다. 아인자츠그루펜 대원들은 독일 민족을 위하여, 벌레와 같은 유대인들을 처치하는 실로 성스러운 과업을 수행하던 참이었습니다."

그래, 아인자츠그루펜. 인간쓰레기 집합소. 하지만 지금은 대놓고 그렇게 말할 수가 없는 입장이다. 나로서는 학살 중지 명령을 내리는 이상의 행동을 할 수 없었는데 이는 내가 내린 몇 안 되는 새로운 명령 중 하나였다.

"그것이 필요한 임무임은 인정한다. 하지만 아인자츠그루펜이 맡은 임무는 너무 부담이 컸다. 비록 유대인이라고 해도 피와 뇌수를 뒤집어써 가면서 수백 수천 명을 일일이 쏘아죽이다 보면 대원들이 정신적인 충격으로 폐인이 되고 만다. 귀관도 8월에 민스크에서 총살당한 유대인들을 보고 매우 불쾌감을 느끼지 않았는가?"

힘러는 반론하지 못했다. 나는 두 번째 이유를 댔다.

---

1 Einsatzgruppen der Sicherheitspolizei und des SD을 줄여 부르는 말. 번역하면 '특수임무부대'가 된다. 이들의 특수 임무는 바로 인종학살로, 폴란드전에서 이미 수천 명을 사살하였으며 소련에서는 백만 명 이상을 죽였다. 유대인을 직접 총으로 쏘던 이 부대 대원들이 살인에 지쳐 심리적인 부담을 느끼면서 독일 당국이 유대인을 죽이는 수단을 가스실로 바꾸게 된다.

"그리고 우리가 지금 유대인 제거를 시작할 여유가 있는가? 우리 제3제국이 달성해야 할 최우선 목표는 볼셰비키 정권을 타도하는 것이다. 볼셰비키들을 타도한 뒤 유대인 청소에 나서도 충분한데 왜 우리가 볼셰비키의 심장을 향해 쏘기에도 부족한 탄환을 유대인의 머리에 박아 넣어야 한다는 것인가?"

"하지만 총통, 가까이 있다는 것만으로도 우리의 피를 오염시키는 유대인의 존재를 그대로 용납할 수는 없습니다. 총통 자신께서 무엇보다 최우선적으로 처리해야 할 과업으로 유대인의 제거를 말하지 않으셨습니까?"

제기랄, 이놈들은 다 미친놈들이었지. 그리고 히틀러는 분명히 그런 소리를 여러 번 해왔다. 그래서 나는 속으로 분노를 곱씹으며 힘러를 억눌러야 했다.

"물론 유대인 문제의 해결은 매우 중요한 일이다. 하지만 지금 당장 볼셰비키들과 총구를 겨누고 있는 상황에서 시급한 과제는 그게 아니야! 소비에트를 붕괴시키는 것이 최우선이라고 몇 번을 말해야 하겠나? 소비에트를 무너트려서 전쟁을 끝내기만 하면, 유대인 따위는 파리 떼를 후려치듯이 한 방에 쓸어낼 수가 있다고!"

내가 흥분할 기색을 보이자 힘러가 입을 다물었다. 나는 조용히 머리카락을 쓸어 올리며 이 문제에 쐐기를 박았다.

"유대인 문제는 볼셰비키를 먼저 처리한 뒤에 본격적인 해결에 들어간다. 알겠나!"

"알겠습니다."

힘러는 일단 침묵했다.

아오, 바비야르 학살[1] 같은 건 못 하게 막았어야 하는데 저 씨발놈이 아인자츠그루펜에 대한 학살작전 중지 명령을 곧바로 시행하지 않고 뭉그적거리는 사이 학살일인 9월 29일이 지나버렸다. 결국 명령이 완전히 시행되기 전까지, 그 사건을 비롯한 서너 건의 학살이 더 일어나 약 10만 명의 유대인이 더 살해당했다. 이게 무슨 끔찍한 사태난 말이냐.

하지만 이제부터 시작할 이야기는 여기 있는 영감들을 지금까지보다 더 화들짝 놀라게 할 이야기겠지. 나는 심호흡을 한 다음 단단히 각오를 하고 입을 열었다.

"자, 그럼 이제 앞으로의 전략에 대해 결론부터 내리도록 하지. 모스크바 점령은 포기한다."

3

"총통각하! 모스크바를 포기하시다니요!"

회의실 안에서는 경악이 흘러나왔다. 즐비하게 둘러앉은 장군, 관료들은 입을 딱 벌린 채 내 얼굴만 쳐다봤다. 안타깝게도 나는 이 자리에 앉아서 내 얼굴을 쳐다보고 있는 인간들 중 아직 1/3 정도밖에 이름을 외우지 못했다(…).

"마침 브랸스크와 비야즈마에서 대승을 거두었으니 중부집단군 전면의 소련군은 와해되었고, 키예프 포위전에서 남부집단군 전면의 적도 붕괴시켰다. 북부집단군 역시 레닌그라드를 포위한 상태로 저들을 말려죽이고 있으므로, 포위 돌파를 위한 공격 이외에 대규모의 반격은

---

1 아인자츠그루펜이 저지른 대표적인 학살. 1941년에 우크라이나 키예프 인근의 바비야르 골짜기에서 36시간 만에 37,771명의 유대인 남녀노소를 사살했다.

없을 것이다. 따라서 3일 전부터 시작된 타이푼 작전의 목표를 모스크바 점령이 아니라 동계 방위선 확보를 위한 적의 반격능력 제거로 변경한다."

내 지시가 너무나 의외였기 때문인지 장군들은 멍하니 듣고만 있었다. 그 틈을 이용해서 나는 이야기를 계속했다.

"우리 군은 현재 모자이스크에 구축되고 있는 적 방어선을 돌파한 뒤에는 그 이상의 점령을 중단한다. 모자이스크는 모스크바 교외에서 겨우 64km 떨어진 지점, 거기를 고수한다면 모스크바는 확실히 위협할 수 있으니까. 그쯤만 되어도 소련 놈들은 분명히 수도를 포기할 준비를 하겠지. 아마 놈들의 임시 수도는 쿠이비셰프일 것이다."

나는 자리에서 일어서서 마치 신이라도 된 것 같은 표정을 지으면서 임석해 있는 부하들 – 그렇다, 내 부하들이다! – 의 얼굴을 근엄하게 내려다보았다. 하지만 '이 몸'의 키는 겨우 165cm! 제기랄, 내 키가 원래 세계 정도만 되어도 10cm쯤 더 높은 위치에서 저놈들을 벌레 보듯 내려다볼 수 있을 텐데.

"하지만 총통, 타이푼 작전은 이제 막 시작되었고 우리 국방군은 지금 소련군을 햇볕이 눈 녹이듯 쳐부수며 진격하고 있습니다. 서두르면 겨울이 오기 전에 모스크바를 함락시킬 수 있습니다. 모스크바는 적의 수도이자 철도 교통의 중심으로, 모스크바만 함락시킨다면 소련은 제대로 저항할 수 없습니다. 중부집단군에 진격을 계속하라는 명령을 내려 주십시오!"

비행기를 타고 와 회의에 참가한 구데리안이 나서서 내 명령에 이의를 제기했다. 남부집단군 정면의 소련군을 섬멸하기 위한 키예프 작전에 참가하라는 명령을 받았을 때도 모스크바 진격이 늦어진다고 반발했던 구데리안이니 이 정도 반발은 당연할 것이다. 나 역시 그에 대한 대답을 준비해놓고 있었다.

"구데리안 상급대장, 모스크바로 이어지는 철도가 소련 각 지역의 물자나 병력을 집결시키는데 매우 중요하다는 사실은 나도 알고 있다. 하지만 모스크바 주변 철도망은 공군의 폭격으로도 파괴할 수 있다. 무엇보다도 진짜 중요한 건 날씨야!"

러시아 역사상 최고의 두 명장, 동장군과 진흙장군이 우리를 기다리고 있었다. 나는 그 둘을 생각하는 것만으로도 오금이 떨렸다.

"귀관을 포함하여 진격을 주장하는 장교들은 러시아의 날씨를 모르는 모양이지? 2,3일 안으로 소련의 가을장마가 시작된다. 며칠 안 가서 닥쳐올 라스푸티차로 동부전선의 모든 도로는 사람의 허벅지까지 빠지는 진흙탕이 될 텐데, 그런 도로라고 부를 수도 없는 도로를 이용해서 모스크바로 간다니 말이 되는가? 우리 독일 병사들이 아무리 강철 같은 의지를 가지고 있다고 해도, 인간으로서 한계가 있는 것이다. 나는 대독일의 아들들에게 불가능한 일을 해내라고 요구하진 않아!"

어느새 내 목소리가 커지고 있었다. 아아, 책에서만 보던 쟁쟁한 장군들, 역사 속의 별과 같이 빛나는 그 인물들에게 내가 호통을 치고 있다니! 벅찬 마음에 가슴 속이 떨려오면서 얼굴에 홍조가 오르고 두 손이 부들부들 떨렸다. 흥분한 상태에서 테이블 쪽을 흘깃 바라본 나는 장군들과 관료들이 바짝 긴장해서 내 쪽을 바라보고 있음을 깨달았다.

'왜 저렇게 긴장하고 있는 거지? 난 아직 별다른 질책의 말을 한 것도 아닌데…아!'

그 순간 깨달았다. 저놈들, 내가 화가 나서 이러는 줄 알고 있어!

수천, 수만의 후세 인물들이 존경하고 두려워하는 장군들에서부터 전 세계가 그 이름을 기억하고 혐오하는 악마 같은 이들에 이르기까지, 인류 역사에 큰 발자국을 남긴 사람들이 내 말 한 마디, 몸짓 하나 하나를 두려워하고 있다! 흥분감에 고조된 나는 회의실 앞을 마구 걸어 다니며 신나게 떠들기 시작했다.

"우리는 사악한 볼셰비키들을 쓸어버리고 이 세상에 정의를 회복해야 할 의무가 있다! 그때까지는 진정한 국가사회주의의 실현을 미루고 현실과 타협해서라도 저놈들을 타도해야 해. 크렘린의 돔 위에 스탈린의 목을 매달고, 볼셰비키라는 종자들은 시궁창의 더러운 물속에서나 찾아볼 수 있을 때가 오기 전에는 신중하고 또 신중해야만 한다! 진군을 제때 멈추지 않으면 우리 군의 선두부대는 재정비를 할 여유도 없다. 게다가 보급로가 계속 신장되면서 우리 보급부대는 보급능력의 한계를 이미 넘어섰다. 소련 지역의 철로 궤간을 변경하는 작업을 할 시간도 없어서 중계역에서 짐을 이 열차에서 저 열차로 옮겨 싣느라 시간을 허비하고 있는 것을 그대들은 모르는가? 11월 15일 정도면 장마가 그치고 한파가 닥쳐 진흙이 굳어질 것이므로 다시 전차가 도로를 달릴 수 있게 되겠지. 하지만 그 뒤로 길어야 2주면 겨울 한파로 전차가 얼어붙게 되고 방한복과 부동액, 충분한 식량을 공급받지 못한 우리 병사들은 추위와 굶주림, 기동이 불가능한 장비를 끌어안고 시달리게 될 것이다. 그것은 영광이 아니야, 단지 비극일 뿐이다! 이미 올해 안에 이 전쟁을 끝내는 것은 불가능해졌다!"

흥분하여 떠들어대는 내 장광설에 맞서는 이는 없었다. 왜냐고? 당연하잖아. 난 신성불가침의 〈총통〉이니까! 게다가 전선의 장군들 자신도 보급물자의 부족에 대해서는 알고 있었다. 구데리안이 불만 가득한 표정으로 고개를 숙인 채 아무 말도 하지 않는 것을 보면서 나는 속으로 낄낄거리고 웃었다.

'구대리, 나도 님하가 한 일들이나 가진 능력이 정말정말 대단하다고 생각하고 많이 존경하지만 올해 안에 모스크바까지 가는 거는 내가 아무리 생각해도 불가능하니 부디 좀 참아 주쇼. 대신 올해 겨울에 전선이 안정기에 들어가면 논공행상하면서 님 계급도 원수로 올려주고 기갑총감도 시켜줄게, 응?'

두 달 뒤의 일을 생각하며 내가 속으로 낄낄거리고 있는데 갑자기 참모부 소속 장군 하나가 나섰다. 계급장을 보니 중장인데, 내가 이름을 기억하지 못하는 2/3의 임석자 중 한 명이었다(…).

"하지만 총통, 우리가 진군을 늦추면 저들이 모스크바 전면의 방어선을 강화할 것입니다. 우리가 겨울을 난 뒤에 소련의 봄장마까지 지나고 나서 땅이 굳어진 뒤에 공세를 벌인다고 가정하면 적어도 내년 5월까지 7개월이 지나야 하는데, 이는 우리가 작전을 시작하고 나서 지난 시간의 두 배에 달하는 시간입니다. 그동안 적의 반격으로 현 전선에서 뒤로 밀려나지는 않는다고 해도, 그 긴 시간 동안 적에게 방어선을 강화할 여유를 준다면 내년 봄에 어떻게 우리가 그 강화된 방어선을 뚫고 모스크바를 점령한다는 말입니까? 절대 불가능합니다. 게다가 지금까지 우리가 사살하거나 포로로 잡은 소련군이 5백만 명 가까이 되지만 저들은 아직도 수백만의 병력으로 전선을 유지하고 있으며 미국과 영국의 원조도 대량으로 받아들이고 있습니다. 우리가 공세에 나서지 않는다면 저들은 후방에서 조달한 병력과 장비를 가지고 반격을 가할 것이고, 러시아의 겨울은 우리보다는 저들에게 유리합니다. 대규모 소련군이 겨울 날씨를 이용하여 반격을 가한다면, 우리 전선이 자칫 위험에 처할지도 모릅니다."

이름을 까먹은 장군의 긴 말을 참고 끝까지 들은 나는 간단히 대답했다.

"그럼 귀관이 동부전선으로 가라. 그리고 일선에서 소련군의 방어선을 돌파해 보도록."

"…방어진지 구축에 동의합니다."

어휴 이 찌질한 새끼.

속으로 욕을 던진 나는 관료와 장군들을 다시 한 번 둘러보며 일갈했다.

"귀관들은 명심해야 한다. 우리는 절대 패배해서는 안 되는 전쟁을 하고 있다. 볼셰비키라는 짐승들을 쳐 없애는 이유는 그자들이 공산주의로 세계를 정복하려는 사악한 존재들이고, 또한 그 사악함의 핵심에는 유대인이 자리 잡고 있기 때문이다! 우리는 유럽에서 그들을 모조리 제거한 뒤에야 비로소 유대인 문제를 해결할 수 있다."

회의실 안에서 입을 여는 것은 나 혼자뿐이었다. 도취감에 들뜬 내 열변이 이어졌다.

"하지만, 독일 영내의 유대인을 모조리 추방하거나 처치한다고 해도 소비에트가 무너지지 않는다면, 사악한 유대인의 힘은 계속해서 우리를 위협할 것이다. 따라서 우리는 소비에트의 파괴를 그 무엇보다 우선시해야 하며, 그러기 위해서 우리의 본래 뜻과 어긋나는 방침이라도 일시적으로 취할 수밖에 없는 것이다! 그리고 귀관이 낭비라고 주장한 7개월은 우리의 후방을 다지고, 우리 점령 하에 들어온 소련인들에게 어떤 체제를 따르는 것이 이득인지 판별하게 해주는 소중한 시간이 될 것이다!"

둘러앉은 장군과 각료들은 입을 꾹 다문 채 내 이야기를 듣고 있었다. 헌데 겨우 화를 진정시키고(시킨 척을 하고) 자리에 앉으려니 괴벨스가 갑자기 이의를 제기하고 나섰다.

"총통, 아무리 슬라브인들을 우리 편으로 끌어들이기 위한 현실적인 방편이라고 하나, 당근을 지나치게 주고 계신 것 같습니다."

"내가 슬라브인들에게 당근을 지나치게 주고 있다고?"

내가 눈썹을 치켜 올렸지만 괴벨스는 그에 굴하지 않고 자기 할 말을 시작했다. 아마 자기 나름대로는 <직언>을 하겠다고 작심을 한 모양이다.

"총통! 우리가 소련을 공격하게 된 것은 저들이 유대볼셰비즘[1]의 주구로서 해악을 퍼뜨리고 있어서이기도 하지만, 그것에 더해 우리 독일 민족의 번영에 필요한 광대한 토지를 그들이 가지고 있기 때문이기도 합니다. 우리 제3제국은 튜튼 기사단[2] 이래 계속된 동방개척의 원대한 의무를 잇고 있습니다. 총통께서도 러시아의 광대한 농지에 독일 농민들을 이주시켜 독일을 위한 식량 공급원을 확보함과 동시에 강건한 독일의 다음 세대를 기르게 해야 한다고 말씀하셨잖습니까!"

나는 잇새로 무거운 신음을 내뿜어가면서 둘러앉은 이들의 표정을 살펴보았다. 그러자 군인들은 아니지만 상당수의 당 간부들이 괴벨스와 의견을 같이하고 있음을 알 수 있었다. 나는 반박을 위해 천천히 입을 열었다.

"선전장관. 잡아먹기 위한 가축이라고 해도 일단 먹이를 주고 돌봐야 하지 않는가! 동방영토의 슬라브인들은 장차 우리 독일을 위한 저

---

1 히틀러와 나치 수뇌부는 유대인들이 소련의 핵심 권력을 장악했다고 굳게 믿고 있었다.

2 중세 독일에서 결성된 십자군 조직. 초기에는 이교도인 슬라브인들을 목표로 하는 십자군이었으나 후기에는 동쪽으로의 영토 확장을 목표로 하는 정치조직이 되었다.

급 노동력을 공급하게 될 것이다. 그러자면 저들이 스탈린의 통치보다는 우리의 지배가 낫다고 생각하게 해야 할 것 아닌가? 자네는 내가 내린 명령들이 불만이란 말인가?"

이번에 당원들이 불만을 가질 만한 명령은 뻔했다. 8월 18일자 소련군 장교 및 정치위원을 제외한 일반포로 석방명령과 포로에 대한 가혹행위 금지조치, 9월 1일자로 현지 행정을 주민들의 자치기구에 위임한다는 선언, 그리고 내년 1월 1일부로 집단농장을 폐지한다는 선언은 자신들이 생각하던 평소의 내 지론과 큰 차이가 있을 테지.

포로 학살 금지명령은 내가 정신을 차리고 이 세상에 적응하기로 결심한 뒤 내린 최초의 명령들 중 하나였다. 개전 초의 혼란 중에 벌어진 일들이야 어쩔 수 없었다고 치자. 하지만 시간이 지난 뒤에도 항복하는 자들을 몽땅 굶겨죽이거나 사살한다면 도대체 누가 항복을 한단 말인가? 심지어 동쪽으로 진격하며 하루에도 수만 명씩 붙잡히는 그 많은 소련군 포로를 수용할 능력이, 독일군에게는 없다는 것도 자명했다. 그렇다면 내가 내릴 수 있는 결론은 간단했다. 무장해제만 한 다음 다 집에 가라고 풀어줘 버리면 될 거 아냐? 어차피 소련은 붕괴중인데?

"총통께서는 하사관 이하의 소련군 병사에 한해서, 곧바로 고향으로 돌아갈 것이며 다시는 독일에 대항해서 총을 들지 않겠다는 서약을 한다면 석방하라는 명령을 내리셨습니다. 하지만 그렇게 석방된 포로들 중 일부가 소련군으로 복귀하고 있다는 증거가 보고되었습니다. 이는 우리의 적을 늘리는 조치로, 당장 중단되어야 합니다."

괴벨스의 공격은 내 예상범위 내에 있었다. 나는 곧바로 준비해둔 답안을 내놓았다.

"선전장관, 우리 군은 지난해 있었던 프랑스 전역에서도 저항할 의지를 잃은 프랑스군 수천 명을 포로로 잡지 않고 그대로 집으로 돌려보냈지만 그들이 모두 다시 총을 잡고 반항하지는 않았네. 스탈린 때문에 강제로 전쟁터에 끌려나왔다가 우리의 관대한 조처로 무사히 집으로 돌아간 소련 젊은이들의 지지는 어디를 향할 것이라고 생각하는가?"

생각할 필요도 없는 질문이다. 나는 곧바로 제2탄을 내놓았다.

"게다가, 소련 당국은 그렇게 포로가 되었다가 복귀하는 병사들을 우리의 스파이로 취급하여 그 자리에서 NKVD의 총살대에 넘겨 총살하거나 강제수용소에 처넣고 있다. 아직 남아 있는 소련 병사들이 그 꼴을 본 뒤에도 소련군으로 돌아갈 거라고 생각하는가? 절대 그렇지 않다! 소련군을 내부에서 와해시키기 위해서라도, 포로의 석방은 계속되어야 한다!"

"총통께서는 소련군이 우리 포로가 되었던 자들을 붙잡아 총살하고 있다는 것을 어떻게 확인하셨습니까?"

"내가 모르는 것이 있단 말인가? 나는 내게 필요한 모든 것을 알고 있다!"

"…그러시다면 할 말이 없습니다."

괴벨스가 원래 이렇게 '내' 말을 잘 들었는지는 모르겠는데 하여튼 괴벨스는 잠시 내 명령에 대한 반박을 멈추었다. 나는 내친 김에 다시 연설을 시작했다.

"우리에 의해 볼셰비키로부터 해방되고, 우리에 의해 전쟁에서 풀려난 소련인들! 그들이 누구를 지지하겠는가? 말할 필요도 없다! 바로 우리 제3제국, 위대한 독일 제국이다! 독일을 지지하게 된 그들을 우리는 의용군으로 선발하여 볼셰비키 토벌에 동원할 수도 있고 자원자를 받아 독일에 노동자로 데려올 수도 있다. 우리 독일을 위한 총알받이와 노동력 공급원으로써, 동방의 슬라브인들은 무궁한 가치를 가지고 있는 것이다."

"하지만 총통! 저희는 슬라브인들을 말살하고 우크라이나의 그 넓은 평원에 독일인을 이주시켜야 합니다! 그러자면 전쟁과 노예노동으로 그자들의 수를 대폭 감소시켜야 한다고, 총통 스스로 누누이 강조해 오지 않으셨습니까!"

괴벨스는 아무래도 포기한 게 아니었던 모양이다. 결국 나도 진짜로 폭발하고 말았다.

"지금 당장 소련인을 모조리 죽여 버리면 소는 누가 키워? 소는 누가 키우냐고!"

이 말을 내가 쓰게 될 줄이야(…). 홧김에 고함을 빽 지르고 나서 다소 진정이 된 나는 차분하게 좌중을 설득하기 시작했다.

"우리가 자기들을 죽이러 왔다는 것을 알았을 때, 소련인들이 과연 도살장의 양떼들처럼 순순히 죽어줄 것 같은가? 절대 그렇지 않다! 우리는 소련인들 중 러시아인이 아닌 소수민족들에게 독립의 희망을 주고, 러시아인들에게는 볼셰비키 타도의 희망을 주어 그들을 우리 편으로 만들고 이용해야 한다. 소련인들은 지난 3년간의 대숙청으로 볼셰비키의 통치라는 것이 어떤 의미인지를 뼈저리게 깨달았으며, 여기서 해방시켜줄 구원자를 바라고 있다. 우리 국방군이 소련 각지에서 해방군으로서 환영받고 있다는 사실을 그대들은 모르는가? 빵과 소금을 들고 우리 병사들을 환영하는 우크라이나인들을 보라![1] 그 환영의 꽃

1 빵과 소금은 목숨을 부지하기 위한 필수품이고, 우크라이나에서는 귀한 손님에게 빵과

다발이, 증오의 수류탄으로 바뀌기를 바란단 말인가!"

중부집단군 사령관 페도르 폰 보크 원수가 조심스럽게 내 뜻을 지지하는 의견을 보였다.

"총통께서 말씀하신 그대로입니다. 우리 점령 하에 들어온 백러시아[1]와 우크라이나에서는 지난 8월의 포로 석방 조치로 집으로 돌아오게 되어 기뻐하던 청년과 그 가족들이 9월의 집단농장 폐지 및 자치기구 구성에 관한 선언을 듣고는 말 그대로 기쁨에 미쳐 날뛰고 있습니다. 내년 1월 1일부로 집단농장을 개편하여 집단농장 토지의 2/3와 모든 가축을 개인 소유로 분배한다는 약속이 해당 지역 농민들의 소련 정권에 대한 지지를 완전히 뒤집었습니다."

북부집단군 사령관 리터 폰 레프 원수도 같은 이야기를 했다.

"발트 일대는 최근에 소련에 합병되었기 때문에 한층 더 강한 지지를 받고 있습니다.[2] 이미 다수 지역에서 소련군 패잔병과 빨치산을 소탕하기 위한 지역 주민들의 민병대가 조직되어 지역 사령관들의 승인 하에 활동하는 상태가 되어 있습니다. 이들은 패주한 소련군의 무기로 직접 무장을 갖추고 나서서 숲속의 소련군 패잔병을 소탕하는가 하면, 도망가지 못하고 마을에 숨어 있던 공산당 끄나풀들도 모조리 색출해내고 있습니다. 아직 자치권이 정식으로 부여되지 않은 상태에서도 소

소금을 내밀며 환영하는 풍습이 있다.

1 벨라루스를 독일어에서는 Weißrussland(백러시아)로 부른다.'

2 리투아니아, 라트비아, 에스토니아의 발트3국은 1차 세계대전으로 러시아에서 독립했다가 2차 세계대전 때 히틀러와 결탁한 스탈린의 손으로 소련에 재합병되었다. 1년 남짓한 합병기간 동안 발트3국의 지도층이나 반소인사 수십만이 처형 또는 강제수용소 유형에 처해졌다. 이들은 독일이 소련을 침공하자 곧바로 독일군 편에 섰고, 수천 명이 독일군과 무장친위대에 입대했으며 전쟁이 끝난 뒤에도 몇 년 동안 소련군을 상대로 게릴라전을 벌였다. 오늘날에도 발트 일대에서는 무장친위대에 참가한 발트인을 나치 전범이 아니라 독립투사로 대우한다.

련 시민들은 스스로 선출한 읍장과 시장을 내세워 스스로 일을 해 나가려고 하면서 군정 당국과 협조하고 있습니다. 확실히 총통께서 주민들에게 좀 더 온정을 베푼 효과가 나타나고 있습니다."

"위험한 일입니다! 지금 저들이 내세우고 있는 벨라루스 민주 공화국, 자유 우크라이나 공화국 같은 것들을 허용하면 저들은 급격히 세력을 키운 뒤 우리 독일로부터 벗어나려고 시도할 것입니다. 아예 그 싹을 잘라야 합니다!"

역시 내가 이름을 기억하지 못하는 2/3에 해당하는 당 관료 중 하나였다. 괴벨스만한 가치도 없는 자인데다가, 이미 폭발해 있었기도 해서 나는 그 작자를 맹렬하게 쏘아붙였다.

"그럼 네놈부터 당장 우크라이나로 가서 직접 농사를 지어라! 강건한 독일, 물론 좋은 것이지만 그것을 달성하려고 모든 독일인이 농민이 될 필요는 없다. 농민의 강건함과 소박한 가치를 잊지 않는다면 그가 어디에 있건 농민의 혼을 가진 것이다! 인류 역사상 가장 강건한 전사들이 누구였는가? 일당백의 스파르타의 전사들, 그리고 바이킹의 전사들이었다! 이 전사들은 절대 직접 농사를 짓지 않았다. 다른 이들을 지배하여 공물을 받고, 패자의 재산을 약탈하여 부를 쌓았다. 우리 독일이 그렇게 하지 못할 이유가 무엇이란 말인가? 동방의 광대한 영토는 슬라브인들이 농사짓게 내버려 두어라. 우리 독일인들은 강건한 전사로서 그들을 지배하고 다스리면 충분한 것이다!"

"하지만 총통, 수천만에 달하는 소련의 슬라브인들을 그대로 놓아두면 독일로 가져올 수 있는 식량은 얼마 되지 않습니다. 7천만의 독일인을 위한 추가적인 식량을 얻으려면 최소한 수백만의 소련인이 굶어야 합니다! 총통께서 바꾸신 지시에 따라 저들을 우대한다면, 독일에서 식량이 부족해져 국민들의 불만이 심해질 겁니다."

저 대머리 놈은 끈질겼다. 나는 분노를 억누르며 대답할 말을 정리해야 했는데, 만사가 내 뜻대로 되는 독재자로서의 삶에 익숙해지다 보니 그것도 쉽지가 않았다. 생각 같아서는 확 싸질러버렸으면 좋겠는데 차마 총통 체면에 욕지거리를 할 수는 없고.

'멍청이들, 이런 식이니 전쟁에 졌지.'

속으로만 욕을 하던 나는 천천히 말했다.

"여기 있는 장군들은 잘 알고 있을 것이다. 소련군은 끝이 없는 병사의 파도로 우리를 밀어붙이고 있다. 그렇지 않은가?"

"그렇습니다."

보크 원수를 비롯한 장군들이 내 말에 고개를 끄덕였다. 군인들은 전선의 군사적 필요에 대해 알고 있는 만큼, 내가 소련인들에게 내놓은 〈당근〉의 가치를 이해하고 있었다.

"스탈린이 병사의 파도로 우리를 익사시키려 한다면, 우리 역시 그들에게 맞설 수 있을 만큼의 병력은 동원할 필요가 있다. 하지만 우리에게는 그만큼 많은 독일 병사가 없다! 그러니 우리가 스탈린으로부터 해방시킨 소련인들에게 자기 것, 지킬 것을 준다! 그러면 저들은 우리에게 받은 것을 지키려고 최선을 다해 스탈린과 싸울 것이다."

"총통, 한참 말씀하고 계시는데 죄송합니다만…."

"무슨 일인가? 레더 대제독."

조금 전에 해군 장교 한 명이 살짝 들어와서 해군 총사령관 에리히 레더 제독에게 쪽지를 전달하는 것을 보기는 했지만 내 이야기에 나 스스로가 도취하다 보니 신경 써서 보지를 못했다. 설마, 안 좋은 소식인가?

"이틀 전에 우리 유보트가 호송선단에 참가하고 있던 미국 구축함을 어뢰로 공격했습니다. 요즘 호송선단을 따라다니는 미국 구축함들이 뻔질나게 영국 해군에 우리 잠수함에 대한 추적 정보를 제공하고 있을 뿐 아니라, 폭뢰까지 투하하고 있다 보니 승무원들이 지나치게 분개한 것으로 보입니다만…. 정식으로 보고가 올라온 것이 아니고 미국 측 라디오 방송을 청취한 것이라, 공격한 잠수함의 신원은 아직 불명입니다."

"뭣! 미국 구축함을? 아니 그럴 리가, 분명 2주 남았을 텐데…."

"옛? 2주가 남다니요…? 그게 무슨 말씀이십니까, 총통?"

"아, 아니다. 헛 나온 소리야."

나는 급히 말을 얼버무렸다. 원래 역사에서 미국 구축함 DD-432 커니(Kearny)의 피격은 10월 17일, 정확히 지금으로부터 2주 뒤의 일이다. 하지만 그것까지 내가 〈미리〉 알고 있을 수는 없는 거니까. 하여튼 멍청한 해군 놈들, 그렇게 주의하라고 했는데 미국 구축함에 어뢰를 날려? 하긴 지금 화를 내 봐야 이미 일어난 사건이 바뀌지는 않겠지.

"이 사건의 근본책임은 남의 전쟁에 끼어드는 루즈벨트에게 있다! 그자가 렌드리스 정책으로 영국과 소련에게 물자를 대고, 미국 해군에게 그 물자를 호송하는 임무 같은 것을 지시하지 않았다면 우리 유보트와 저들의 구축함이 충돌하는 것 같은 사태도 일어나지 않았을 것이 아닌가? 하지만 일단은 중립국인 미국 군함이 우리 잠수함에게 피해를 입었다고 하니 만약 그 보도가 사실일 경우를 대비한 유감 표명 정도는 해야겠지. 선전장관!"

"예, 총통."

괴벨스가 고개를 숙였다.

"공식 발표를 준비하시오. 일단 사망하거나 부상을 입은 미국 해군 장병들에게 대한 애도를 표하고, 이 모든 책임의 근본은 타국의 전쟁에 비정상적으로 끼어든 루즈벨트 행정부에 전적으로 있음을 아주 강하게 드러낼 수 있는 내용으로. 다만 오인보도일 수도 있으니, 미국 정부가 뭔가 움직임을 보이기까지는 기다리시오."

"맡겨주십시오, 총통."

괴벨스는 그 정도는 간단하다는 표정으로 내 지시를 받아들였다.

그래, 저 분야에서는 확실히 괴벨스가 최고지. 그렇다 보니 저놈을 숙청할 수가 없단 말이야. 돌쇠 힘러를 제거할 수 없는 것과 같은 이유다. 힘러 저 자식은 분명 개새끼지만 친위대를 확실히 휘어잡고 있으면서 '나'에게는 절대 충성하는 놈이다 보니 저 놈을 제거했을 때 그 자리를 꿰어 찰 놈을 믿을 수 있을지 확신이 없다. 일단 전쟁이 끝날 때까지는, 괴벨스도 힘러도 그 자리에 두어야 한다. 권한은 다소 줄일지언정.

"선전장관, 그러고 보니 미국 인구 비중에서 독일계가 2위를 차지하니 그들을 상대로 홍보 활동을 펼치면 미국을 우리 편으로 끌어들일 수 있다고 주장했던 자가 있지 않았소? 그 자를 당장 해임하시오. 그 자는 베를린 선전부에 있는 것보다 동부전선으로 가서 러시아인들에게 독일 지배의 정당성을 설파해 주는 것이 훨씬 도움이 될 것 같소."

"아…, 알겠습니다."

"그리고 외무장관!"

"예, 총통!"

자기 직함이 불리자 요아힘 폰 리벤트로프가 벌떡 일어섰다. 뭐 일어설 것까지는 없었는데.

"우리 독일이 미국과 보다 안정적인 관계를 가지려면 외교 관계를 복원해야 한다. 미국 정부에서 다시 대사를 보내오지 않더라도 상관없으니 38년에 소환한 한스 하인리히 디크호프 대사를 다시 워싱턴으로 보내도록.[1] 그리고 미국 정부와의 협상은 어렵겠지만, 미국 조야에 우리 입장을 전하는 임무에 최선을 다하도록 명한다."

"알겠습니다, 총통!"

미국 인구 중 독일계가 2위인 것은 사실이다. 이 '동포'들을 상대로 뭔가 퍼뜨리려면 아무래도 대사가 있는 편이 낫다. 그리고 내게는 지금 결정적인 한 방이 준비되어 있다. 나는 내가 직접 지시를 내린 관계자들에게 시선을 돌렸다.

"보크 원수, 예의 그 건에 대한 확인이다. '트로이'의 발굴 진행 상황은?"

"위치는 모두 확인했습니다. 이제 본격적인 발굴에 들어가기만 하면 됩니다. 다만, 비가 내리기 시작하면 일정에 다소 차질이 있을 것으로 보입니다."

"땅이 얼기 전에만 파내면 된다. 선전장관, '프리아모스의 보물'에 대한 촬영 및 보도 준비 상태는 어떤가?"

"특별기가 필요한 모든 기재를 싣고 대기하고 있습니다. 총통께서 명령만 내리시면 당장 제작반이 스몰렌… 아니, '트로이'로 날아갈 것입니다. 베를린 주재 각국 기자단을 현지로 나르기 위한 특별기도 준비해 두었습니다."

"외무장관?"

---

1 미국과 독일은 1938년에 파리에서 유대인 청년이 독일 외교관을 암살한 사건을 빌미로 벌어진 〈수정의 밤〉이라는 유대인 박해 사건 때문에 서로의 대사를 소환했고 이후 다시 파견하지 않았다

"일본[1], 스웨덴, 스페인, 스위스, 포르투갈, 터키 등 중립국 소속 주재무관들로 관전무관단이 구성되어 있습니다. 무관들에게는 소련 측이 저지른 참혹한 전쟁범죄 현장을 공개하겠다고만 해 두었습니다. 미국 무관은 참석을 거절했습니다."

"좋아, 완벽해!"

나는 이 회의가 시작된 이후 처음으로 크게 미소를 지으면서 두 손바닥을 힘 있게 마주쳤다. 정말로 소련에게 크게 한 방을 먹일 수 있는 일, 실제 역사에서 독일이 하지 못했던 일이 이제 이루어지는 것이다. 나는 단호하게 명령을 내렸다.

"작전명 쉴리만을 이 시간부로 발동한다! 선전장관은 즉시 특별제작반을 '트로이'로 보내 발굴 진행 상황을 촬영하라! 외무장관은 관전무관들을 보내서 발굴의 객관성을 확보하도록!"

"알겠습니다!"

자, 이 '쉴리만 작전'에 대한 미국의 반응은 어떨 것인가? 영국은? 이것은 모스크바 함락보다 더 큰 충격을 줄지도 모른다! 세상이 뒤흔들릴 그 모습을 예상하며 나는 만족스럽게 웃었다. 으핫핫핫핫!

---

1 진주만 기습 이전까지 일본은 법적으로 중립국이었다.

3장
소련이여, 왕따가 되라!

1

"여러분, 이쪽입니다."

독일군이 점령한지 얼마 되지 않은 스몰렌스크 외곽의 비행장에는 지상에서 파괴된 소련군 전투기의 스산한 잔해가 아직 여기저기 놓여 있었다. 방금 전 비행기에서 내린 스웨덴, 스위스, 일본, 에스파냐, 포르투갈, 중국, 터키, 멕시코 등의 중립국 주재무관들은 안내를 맡은 무장친위대 소령의 뒤를 따라 활주로 옆에서 대기하고 있는 승용차 쪽으로 발길을 옮겼다. 베를린에 있는 중립국 주재무관들 중 미국 주재무관만 빠져 있었다.

안내자인 소령은 비행기를 타고 오는 동안 쓰고 있던 정모를 벗고, 그 대신 따로 가져온 철모를 썼다. 주재무관단 일행이 그 모습을 보고 웅성거리자 소령은 그 이유를 설명했다.

"조심하십시오! 우리가 들어갈 숲에는 아직 소련군 패잔병과 그들을 펀드는 빨치산이 상당수 남아 있습니다. 그놈들은 소련군복 외의 복장을 착용한 사람에게는 무조건 총탄을 날려댑니다. 적군과 아군을 식별하는 훈련 같은 것도 제대로 받지 못한 무식한 놈들입니다. 저희 부대원들이 일단 주변을 한 번 정리하기는 했습니다만, 혹시 모르는 일이니 충분히 주의하셔야 합니다. 만약을 위해 철모를 쓰시라고 권하고 싶지만, 그럴 경우 저들이 정말 독일군으로 오인할 수 있기 때문에 제공하지 않겠습니다. 그럼 출발하겠습니다."

앞으로 지나갈 길의 위험성에 대해 경고한 소령이 자기 옆에 있는 퀴벨바겐[1]의 출입문을 열었다. 다소 긴장한 중립국 무관들도 제각기 자기들 앞에 있는 승용차에 오르자 차량대열은 천천히 비행장을 벗어났다. 소령의 퀴벨바겐이 달리는 앞에는 Sd.Kfz.221 경장갑차 한 대가 대열을 선도하면서 전방을 경계했고, 중립국 무관들이 탑승한 세 대의 호르히 대형 승용차, 경호병력이 탑승한 두 대의 하프트랙[2]이 천천히 그 뒤를 따랐다.

비행장에서 내놓은 소령의 경고가 빈말이 아니라는 것은 숲에 들어서자마자 알 수 있었다. 길가 여기저기에 소련군 또는 빨치산들의 시체가 놓여 있고, 독일군 병사들이 사살한 적의 시체와 노획한 무기들을 모으고 있었다. 중립국 군복은 독일군과 분명히 달랐지만 악에 받쳐 있는 소련군 패잔병들이 과연 그 차이를 구분해 줄지는 미지수라고밖에 할 수 없었다. 친위대 소령의 말대로, 그저 주의하는 게 상책이었다.

"그래도 스즈끼 대위는 총 맞을 일은 없겠소. 아예 백인이 아니니까."

---

1 미군의 지프 역할을 하는 독일군의 야전 승용차.

2 앞쪽 운전석 아래는 바퀴, 뒤쪽 차체에는 무한궤도가 달린 반궤도 장갑차를 이르는 말.

"맞아. 게다가 군복도 아주 확실히 다르고 말이오. 정말 눈에 확 띄는구먼."

"소련군 저격수는 저 군복을 피해서 주변 사람만 쏘면 되겠어."

긴장을 잊기 위해서인지 두 번째 승용차에 타고 있던 중립국 무관들이 농담을 나누며 키득거렸다. 확실히 일본 무관은 일행 중 나머지 사람들과 확연히 다른 외모에 노랗고 후줄근한 군복으로 눈에 띄는 것이 사실이었다. 동아시아에서는 위장효과가 있을지 몰라도, 러시아의 숲 속에서는 확실히 아니었다.

"표적을 제공해서 미안하게 됐소이다."

놀림의 대상이 된 일본 무관은 딱 한 마디만 하고 응대하지 않았다. 저들의 놀림 속에 인종차별적인 의도가 숨어 있음을 간파했기 때문이다. 지금 자신이 핏대를 세운다면 싸움이 벌어질 뿐이다.

일본 무관이 대응하지 않자 기껏 흥이 오르던 승용차 안의 분위기가 식으면서 다시 수그러들었다. 아무도 입을 열지 않는 가운데, 몇 사람이 단조로운 바깥 풍경을 지겨워할 즈음 분위기가 일변했다.

"음? 검문소?"

스위스 무관이 앞을 보고 눈을 크게 떴다. 십여 명의 독일군 헌병들이 숲 안쪽으로 들어가는 전방의 도로를 차단하고 있었다. 헌병들은 차량은 탑승자를 확인하고 들여보냈고, 도보나 마차로 지나가려던 소련 민간인들은 모두 오던 길로 돌려보냈다. 이쪽을 인솔하는 친위대 소령을 보자 검문소를 담당하고 있던 헌병 중사가 다가와 경례를 붙였다.

"오셨습니까? 뒤에 차로 함께 오시는 분들은?"

"통보는 받았을 텐데. 시찰차 방문한 중립국 무관단이다."

"알겠습니다. 지나가십시오."

헌병 중사가 손짓을 하자 차단기가 올라갔다. 검문소를 통과한 시찰단 일행의 차량 행렬이 더 좁은 숲길로 접어들었다. 삼십여 분을 더 덜컹거리며 숲으로 들어간 뒤에 소령이 차를 세웠다. 참관하러 온 손님들이 차에서 내리자 소령은 차분하게 설명했다.

"바로 여깁니다. 여기가 바로 소련군이 벌인 거대한 범죄의 현장입니다."

"도대체 어떤 범죄입니까, 소령? 베를린에서부터 이야기를 들었지만 그 구체적인 내용은 아무도 이야기해 주지 않더군요."

"직접 보시면 아실 겁니다. 바로 이 앞입니다."

터키 무관의 질문에 대답하는 소령의 얼굴은 마치 철가면을 쓴 것처럼 무표정했다. 아무 감정도 보이지 않는 그 얼굴에 의구심을 품으면서도 무관들은 그 뒤를 따랐다. 나무 사이를 몇 번 더 빠져나가자 커다란 공간이 갑자기 나타났다.

"자, 여기가 바로 목적지입니다."

눈앞에 펼쳐진 광경을 본 중립국 무관들은 벌린 입을 다물지 못했다. 벌판 한가운데는 커다란 구덩이가 파여 있었고, 그 옆에는 썩어가는 시체가 헤아릴 수 없을 정도로 많이 쌓여 있었다. 그리고 구덩이 속에서는 소독약에 적신 수건으로 입과 코를 가린 독일군 병사들이 계속해서 새로운 시체를 발굴하고 있었다.

"이, 이게 다 뭡니까?"

코끝을 찌르는 시체의 악취에 스웨덴 무관이 자기도 모르게 코를 막고 뒷걸음질을 치면서 물었다. 친위대 소령은 여전히 무표정한 얼굴로 대답했다.

"보시다시피, 소비에트 당국에 의해 무고하게 처형당한 사람들입니다. 우리는 이 사건에 대한 정보를 입수하고 스몰렌스크를 점령하자마자 발굴을 위한 팀을 편성했습니다. 스탈린 시절의 공포 때문인지, 입을 잘 열려고 하지 않는 현지 주민들을 어르고 달래며 이곳 카틴 숲을 이 잡듯이 뒤진 결과 며칠 전에 마침내 매장지를 발견할 수 있었습니다."

경악하여 입을 열지 못하고 있던 스웨덴 무관은 물론이고, 다른 주재무관들도 말을 잇지 못했다. 그들이 보고 있는 중에도 시체는 계속 발굴되고 있었고, 시체의 품속에서는 갖가지 서류와 유류품들이 쏟아져 나왔다. 시체를 발굴하던 독일군 병사들은 모든 시체의 머리맡에 흰 천 하나씩을 펴고 그 위에 유류품들을 정리해 놓았다. 스웨덴 무관이 악취를 무릅쓰고 다가가서 시체 한 구의 머리맡에 있는 수첩을 집어 들어 펼쳤다.

"이건…폴란드어로군. 소령, 이 희생자들은 폴란드인입니까?"

친위대 소령은 묵묵히 고개를 끄덕였다. 소령의 입에서 끔찍한 설명이 흘러나왔다.

"이미 발굴한 시체들이 가지고 있던 서류와 개인소지품 등 다양한 유류품을 조사한 결과, 이들은 모두 1939년에 소련군의 포로가 된 폴란드군 장교들인 것으로 밝혀졌습니다. 처형 시점은 약 1년 반 전, 시체의 부패 상태로 보아 그 즈음이 확실하며 소지하고 있는 수첩이나 편지 등에 기재되어 있는 날짜도 1940년 4월 이후의 것은 없었습니다. 또한 전원이 무릎을 꿇린 상태에서 후두부에 권총 1발을 맞고 사망했습니다. 이는 이들이 숙련된 처형자에 의해 집단으로 처형되었음을 입증하는 증거 중 하나입니다."

"어떻게 그걸 알 수 있습니까?"

일본 무관이 의심스러운 듯 질문했다. 소령은 여전히 감정을 드러내지 않는 표정으로 간단히 대답했다.

"보면 압니다."

"보면 알다니요? 이런 건…."

"아니, 소령의 말이 맞소. 이 시체들은 모두 처형된 거요."

에스파냐 무관이 인상을 굳힌 채 제지하고 나섰다. 질문을 방해받은 일본 무관은 상대를 바꿔서 신경질을 냈다.

"이봐요, 그걸 어떻게 압니까? 혹시 전염병으로 인한 집단 매장지 같은 게 아니라는 보장이 있습니까? 당신은 어떻게 그걸 확신합니까?"

"보면 압니다."

친위대 소령과 똑같은 대답에 일본 무관이 할 말을 잃었다. 표정이 굳은 에스파냐 무관은 아무 말 없이 시선을 돌리더니 가방에서 카메라를 꺼내들었다.

"이 잔인한 놈들! 역시 공산주의자들은 세상에서 단 하나도 남기지 않고 쓸어버려야 할 악마들이오. 본국에 보낼 보고용 사진을 좀 찍고 싶은데 괜찮겠소?"

"물론입니다. 얼마든지 찍고, 얼마든지 촬영해서 알려 주십시오. 이런 일은 하루빨리 세상에 널리 알려서 소비에트 러시아가 어떤 집단인지, 스탈린이 어떤 자인지 폭로해야 합니다."

소령의 양해를 얻은 무관들은 손수건으로 코를 막으면서 제각기 흩어져 돌아다니기 시작했다. 발굴된 시체의 사진을 찍고, 주머니 속에서 나온 수첩이나 편지를 펼쳐보며 정말 폴란드군 장교들인지 신원을 확인했다. 누구도 입을 열지 않았다.

반쯤 해골이 된 시체들의 사진을 찍은 뒤 그 앞에서 성호를 긋던 에스파냐 무관은 문득 검은색 가톨릭 사제복을 입은 사람들이 발굴현장 한쪽에서 분주하게 움직이고 있는 것을 알았다. 사제들이 제단을 설치하고 있음을 깨달은 에스파냐 무관은 안내역인 친위대 소령을 향해 고개를 돌렸다.

"저 사람들은 누구요?"

"바르샤바 대주교대리 일행입니다. 이 숲에서 처형된 4천 명, 다른 곳에서 죽어간 포로들을 합치면 2만 5천을 넘는 폴란드 포로들의 영혼을 위로하는 미사를 드려 주십사 하고 우리가 초빙해온 겁니다. 폴란드인들의 영혼을 위한 것이니 폴란드 주교를 데려오는 게 당연하지요."

대답하는 소령의 얼굴에는 여전히 표정이 없었지만, 주교가 모시는 위령미사라는 이야기에 에스파냐 무관은 말없이 모자를 벗고 성호를 그으며 무릎을 꿇었다. 그러는 사이 괴벨스의 선전반, PK는 이 모든 것들을 열심히 촬영하고 있었다.

2

〈스탈린의 대학살!〉

〈소비에트 정권의 야만성 입증!〉

〈이런 정권이 존속해야 하는가?〉

독일 국내의, 아니 독일이 점령하고 있는 전 유럽의 도시에서는 이런 제호를 달고 있는 신문들이 10월 말부터 가두를 빽빽하게 메웠다. 물론 반독 성향을 유지하고 있는 현지의 민간 신문들은 대놓고 반소적인 기사를 싣기를 주저했으나, 관영 신문들은 독일 당국의 발표 내용을 보도하지 않을 이유가 없었다.

“이것은 우리 총통께서 소비에트 정권의 야만성을 일찍이 간파하셨기 때문에 파악할 수 있었던 사건입니다!”

베를린의 포츠담 광장에 30만이 넘는 인파가 모였다. 구름처럼 모인 대규모 청중 앞에서 괴벨스가 분노의 일성을 터트렸다.

“공산주의는 계급간의 투쟁을 그 근본으로 하며, 일개인이 죄를 지었는지의 여부와는 관계없이 특정 계급에 속해 있다는 이유만으로 타도해야 할 적대자로 간주합니다. 게다가 그러한 파괴적인 이념에 동조하지 않는다는 이유만으로, 노동의 대가로 얻은 부 역시 인정하지 않습니다. 게다가 그 계급 자체를 말살하여 없애버리려고 합니다. 독일 국민 여러분, 어떻게 이런 사악하고 잔인한 자들을 용납할 수 있겠습니까!”

당연히 청중은 환호하며 박수를 쳤다. 괴벨스는 마치 신들린 듯 스탈린과 소비에트의 야만성을 계속 설파했다.

“심지어 저 사악한 볼셰비키들은 자기들 내부에서조차 살육을 벌이고 있습니다. 에스파냐에서 전쟁이 벌어지던 3년 동안, 우리는 그런 사실을 전혀 몰랐지만 소비에트 러시아가 친 철의 장막 안에서는 스탈린과 소련 국민 사이에 또 하나의 전쟁이 벌어지고 있었습니다! 스탈린은 자신의 권력을 확고히 하기 위해서 당과 군부는 물론이고, 정부조직, 학계, 문화예술계, 기타 모든 생각할 수 있는 분야의 무고한 사람들을 반혁명 혐의자로 몰아 투쟁의 대상으로 삼았습니다. 그리고 가엾은 피해자들을 재판도 없이 처형하거나 강제수용소에 감금하여 중노동형을 부과하였습니다. 우리 독일 정부가 파악하기로, 스탈린은 단 3년 동안의 학살로 2천만 명 이상의 소련 국민을 스스로 죽였습니다."

과장된 수치지만 그건 중요하지 않았다. 요점은 스탈린의 악마성을 부각하는 것이니까.

"이것이 전부가 아닙니다. 십여 년 전 벌어진 우크라이나의 대기근을 기억하십니까? 세계정복이라는 망상을 가진 스탈린은 소련의 뒤떨어진 군사력을 강화할 기반을 얻기 위해서 대대적이고 강제적인 공업화와 농업집산화를 벌였고, 이로 인해 우크라이나에서는 그 풍요로운 농촌이 완전히 붕괴되어 대기근이 일어났습니다! 우크라이나를 해방시킨 우리 독일군이 상세한 조사를 한 결과, 스탈린이 대기근을 일으켜 죽인 우크라이나 농민만 천만 명에 달한다는 사실을 우리는 알게 되었습니다."

이것 역시 마찬가지. 소련 당국이 의도적으로 우크라이나인들을 아사로 몰아넣은 것은 아니다. 그저 산업화와 공산주의 경제체제 완성을 위해 농업집산화를 추구하는 과정에서 농민들의 반발이 거세지면서 어쩌다 보니 대재앙이 일어났을 뿐. 죽은 사람도 내가 알기로 천만 명까지는 안 되고 4백만 정도일거다, 아마.

"그렇습니다! 혁명 이후 십여 년 동안 죽여 댄 사람들은 별도로 하더라도, 스탈린은 명백한 자국민을 불과 최근 몇 년 사이에만도 3천만 명이나 죽인 것입니다! 게다가 2년 전에 에스토니아, 라트비아, 리투아니아를 점령한 뒤에는 현지의 지도자급 인사 백만 명을 숙청하여 총살하거나 시베리아의 강제수용소로 보냈습니다. 만약 그해 겨울의 전쟁에 패하여 굴복했다면 우리의 영용한 동맹국, 북방의 사자 핀란드인들도 같은 운명에 처했을 것입니다."[1]

---

1 발트 3국을 차지한 스탈린은 핀란드에게 영토 할양 및 소련군 진주를 허용하라는 요구를

게슈타포도 바다사자 작전에 성공해서 영국에 상륙하면 체포할, 처칠을 필두로 한 중요인사 2천 6백 명의 명단을 만들었었지. 노동이 가능한 남성 전원을 유럽대륙으로 압송할 거고 말이야. 결국 나치나 소련이나 하는 짓은 똑같다는 거다.

"마찬가지로 그해 폴란드에서도 30만 이상의 사람들이 소련군과 비밀경찰에게 끌려가 그 행방이 묘연해졌습니다. 그렇게 포로수용소에서 사라진 현역과 예비역 장교들, 2만 5천 명이나 되는 폴란드 지도층 인사들은 바로 카틴 숲의 나무뿌리 밑에 있었습니다! 나머지 폴란드인들은, 그리고 발트인들과 우크라이나인들은 과연 어디로 갔겠습니까! 우리는 독일군이 진격했을 때 스탈린의 비밀경찰이 최소한 50만에 달하는 각 지역의 '반동분자'들을 우리 손에 넘겨주지 않고자 숲 속과 감옥 안에서 총과 다이너마이트로 학살했다는 사실도 알고 있습니다!"

광장에서는 공포의 물결이 일어났다. 수백만을 넘어선 수천만 명 규모의 학살, 떠올리는 것만으로도 무서운 일임이 분명했다. 그리고 괴벨스의 연설은 아직도 끝나지 않았다.

"우리는 기억해야 합니다! 스탈린이 왜 이런 짓을 벌이고 있는지를! 스탈린의 악행은 모두 볼셰비키들의 세계정복을 위해서입니다! 세계를 정복하기 위해서 군사력이 필요했고, 군수공업 확충을 방해하는 농민에 대한 전쟁을 벌였으며, 무의미한 전쟁을 반대하는 정부 내 반대자들과 사회의 평화주의자들을 제거했습니다. 그리고 점령지의 지도층을 제거하여 소비에트의 꼭두각시들만을 남겼습니다. 그리고 우리 독

했다. 핀란드가 이를 거절하면서 양국은 전쟁에 돌입했고 이를 〈겨울전쟁〉이라고 부른다. 핀란드는 용감히 싸웠지만 결국 패하여 소련의 요구를 들어줄 수밖에 없었고, 이때의 원한을 풀고 빼앗긴 영토를 되찾기 위하여 독일과 손을 잡고 소련과 다시 전쟁을 벌이는데 이를 겨울전쟁의 연장이라는 의미에서 〈계속전쟁〉이라고 부른다.

일이 보유하고 있는 것보다 두 배가 넘는 전차와 전투기를 준비하여 침공을 준비했습니다."

괴벨스는 여기서 한 번 숨을 몰아쉬었다. 긴장은 더욱 더 고조되었다.

"독일 국민 여러분! 우리는 정말 아슬아슬한 위기를 겪었던 것입니다. 우리 독일이 영국과의 전쟁에 주력하느라 배후에 대한 경계가 소홀하다 여긴 스탈린이 7월 1일을 기해 독일에 대한 침략을 개시할 계획이었다는 사실을 이 자리에서 최초로 공개합니다. 우리의 총통께서 이를 파악하고 사전에 분쇄할 것을 명령하시지 않았다면 우리 독일은 저들의 기습을 받아 패망했을지도 모릅니다. 만약 그랬다면 우리 독일인의 30%는 저들과 싸우다가 전사했을 것이며 40%는 기근과 수용소에서의 학대로 사망했을 것입니다. 그리고 나머지 30%는 저 열등한 슬라브인들의 노예가 되어 비참하게 멸망했을 것입니다. 그런 운명을 상상할 수 있습니까!"

광장을 채운 공포 분위기는 끝없이 고조되었고, 이들을 현혹하는 괴벨스의 웅변도 어느새 클라이맥스를 향해 치솟고 있었다.

"우리 독일인은 세계를 이끌어나가야 할 선택받은 민족입니다. 그렇기에 우리는 저 사악한 게오르기엔의 백정 스탈린의 마수로부터 전 세계를 구출해야 할 책임이 있습니다. 지금 우리는 동방의 이교도들을 교화시키기 위해서 천 년 전 튜튼 기사단을 조직한 조상들의 뜻을 이어받아 동방에 대한 십자군 원정을 수행하고 있습니다. 그리고 전 유럽이 우리와 함께 하고 있습니다. 북으로는 노르웨이와 핀란드에서 남으로는 에스파냐에 이르기까지, 전 유럽에서 볼셰비키 타도라는 대의에 동참하는 의용병의 대열이 물밀 듯이 밀려오고 있습니다. 우리 국방군과 무장친위대의 자랑스러운 군복을 입고 볼셰비키 타도를 위한 성전의 대열에 선 이 용사들은 독일인 전우들과 어깨를 나란히 하고 자신의 피와 영혼을 바쳐 싸우고 있습니다. 이 놀라운 대의, 이 놀라운 단결! 이것이야말로 독일의 선도 아래 하나가 된 유럽을 보여주는 것이 아니겠습니까!"

괴벨스에게 답하는 폭풍과 같은 환호와 박수갈채가 베를린의 하늘을 뒤흔들었다. 선전활동의 마술사, 괴벨스의 연설은 가히 천재적이었다. 이쯤 흥분시켜 놓으면, 독일도 39년에 폴란드를 점령했을 당시 1만 명은 족히 되는 폴란드 지도층 인사들을 잡아다 처형했었다는 사실에 대해서는 아무도 주목하지 못할 거다. 참, 게오르기엔은 독일어로 그루지아(조지아)를 의미한다.

3

"선전장관의 연설은 매우 좋아. 발굴현장에서 촬영한 필름과 함께 전국의 극장에서 계속 상영하도록. 점령지도 포함해서."

작전명 쉴리만, 그것은 바로 카틴 대학살의 실체를 전 세계에 폭로하는 선전전이었다. 괴벨스의 연설을 담은 뉴스영화의 상영이 끝나고 영화감상실의 불이 켜지자 나는 만족스러운 기분으로 지시를 내렸다.

내가 써준 초안으로 연설하는 괴벨스의 모습 따위를 보러 포츠담 광장에 갈 생각은 애초에 없었다. 편안히 영화로 보면 그만이다. 이 영상의 의미를 알고 있는 나는 특별히 이 영화를 최고급 아그파 칼라필름으로 촬영하도록 지시하기까지 했다. 발굴 현장을 촬영한 영상이 카틴 시리즈의 1부, 이어서 이 괴벨스의 연설이 2부가 될 것이다.

괴벨스와 같은 목소리의 성우가 있을 리 없으므로 이 필름을 새로

더빙할 수는 없지만, 프랑스어와 네덜란드어, 폴란드어, 스페인어, 이탈리아어, 영어 등 각국의 언어로 자막을 넣는 것은 어렵지 않았다. 영어판이 있는 이유는 미국에서 공개하려는 목적도 있지만 우리가 점령하고 있는 유일한 영국 영토, 채널 제도에서도 상영해야 하기 때문이다.

"총통, 〈카틴 학살〉로 보도된 이번 뉴스로 인해 전 유럽 차원에서 소련과 스탈린에 대한 반감이 치솟고 있습니다. 의용병 지원도 늘었고, 볼셰비키 타도에 사용해 달라며 헌납하는 기부금과 물자의 양도 상당합니다. 우리의 의도는 충분히 달성되었습니다."

괴벨스는 자신이 거둔 성과를 자랑스럽게 보고했다. 단지 민족이 다르다는 이유로 유대인을 탄압하던 자가 공산주의의 계급 간 적대에는 저토록 분노하는 모습을 보이는 것이 우스웠다. 일단은 내 의도를 맞추기 위해 행동하는 이상 괴벨스의 연기를 비난할 필요는 없었다. 하지만 짚을 점은 짚고 넘어가야 했다.

"아직 부족하다. 폴란드인들의 반응을 담은 3부의 제작은 어떻게 되고 있는가?"

"현지에서 치른 위령미사 장면에, 신원이 밝혀진 사망자의 가족들을 찾아가 시신 발견 사실을 알리고 가족들의 반응을 찍은 뒤 적당한 모습을 보이는 이들을 중심으로 편집하여 제작하고 있습니다. 현재 가족이 저기 묻혀있다는 사실을 알게 된 폴란드인들의 반응을 보면, 지원자를 모아서 동부전선에 종군할 폴란드인 부대로 편성해도 될 것 같다고 판단될 정도입니다. 다만…."

"다만?"

"그 분노가 시간이 지나면 독일로부터의 해방을 원하는 방향으로 전환될 가능성도 큽니다. 어쨌거나 저들은 열등한 슬라브인이고, 우리 제3제국은 소련과 함께 폴란드를 분할한 당사자입니다. 당연히 폴란드인들에게는 독일을 증오하는 마음이 살아있으며 저들을 섣불리 무장시키는 것은 위험합니다. 더구나 저들은 우크라이나보다도 더 베를린에서 가깝습니다. 폴란드를 확실히 찍어 눌러 제압하지 못한다면 동방영토 전체의 통치가 곤란해집니다."

괴벨스는 또 유대인과 슬라브인들을 소멸시켜야 한다는 옛 슬로건을 들고 나왔다. 당면한 전쟁의 승리를 위해서는 이상을 잠시 포기해야 한다고 지난번 회의에서 그렇게 강조했건만, 여전히 미련을 버리지 못한 모양이다.

"맞습니다, 총통. 폴란드는 가혹하게 통치해야 합니다. 그렇지 않으면 언제 다시 들고일어날지 알 수 없습니다. 그래서 제가 한스 프랑크에게 통치 방침을 바꾸도록 명령한 것입니다."

"그래서, 그 방침 이후 폴란드인들이 양순해졌나? 아니지 않은가! 도리어 더 격렬하게 반항하고, 우리 군경과 관리들을 마구 살해하고 있어! 그것이 성공한 폴란드 통치인가!"

내가 벌컥 화를 내자 중간에 끼어들었던 힘러는 입을 다물었다. 폴란드에서 빈발하고 있는 저항활동의 현황을 떠올리자 화가 난 나는 마구 소리를 질러댔다.

"스탈린의 폴란드 포로 학살을 들어 소련을 비난하면서, 우리 스스로가 폴란드인들을 마구 죽이면 과연 폴란드인들이 우리 편을 들겠는가? 지금 이 시간부로 한스 프랑크를 폴란드 총독에서 해임하여 독일 본국으로 소환한다!"

홧김에 소리를 지르고 보니 후임자를 정해놓지 않았다. 잠시 망설이던 내 머릿속에 곧바로 적임자 하나가 떠올랐다.

"폴란드 총독의 자리에는 제국보안본부장 라인하르트 하이드리히를 임명하고, 기존의 강경책을 대폭 완화한 통치를 펼칠 것을 명한다. 폴란드에서 우리 행정당국의 활동 기준은 프라하와 같은 대우를 한다는 것이 되어야 할 것이다. 장기적으로 폴란드 자치정부를 결성하여 경찰권 및 행정권을 부여하고, 총독은 이를 뒤에서 통제하는 업무만 담당하도록 한다!"

폴란드인들 중에도 독일과 협력하려는 이들은 분명히 있었다. 히틀러가 무시했을 뿐이지. 폴란드 역시 파시스트적인 체제를 가지고 있었던 터라 전쟁이 터지기 전까지는 독일과 꽤 가깝게 지내왔었다. 친독인사를 모으면 괴뢰정부 정도는 충분히 구성할 수 있다.

"카틴 학살에 대한 충격적인 정보 전달과 함께 이런 당근을 제공한다면 폴란드의 여론은 분명 우리 쪽으로 크게 기울 것이다. 체코인들과 마찬가지로 가톨릭을 신봉하는 서유럽 문화의 일부분인 폴란드인들은 장래 독일에 동화될 수 있으며, 우리에게 러시아의 넓은 땅을 지배하기 위한 하급 관료와 병사들을 제공하게 될 것이다. 이로써 우리는 전 유럽을 하나로 만드는데 더 가까워질 수 있다!"

유대인 문제는 뒤로 미룬다, 슬라브인들에게 더 많은 당근을 제공한다, 테러에 대한 보복으로 민간인을 처형하는 것을 금지한다….

모두 지난 9월부터 내가 지시한 것들이었다. 그리고 당 간부들과 친위대의 고위 간부들은 여기에 대해 불만을 품었지만 국방군과 무장친위대의 일선 지휘관들은 이런 전향적인 조처를 환영했다. 이런 유화적인 조치들이 후방의 안정을 가져오고 더 나아가서 전선에 투입할 수 있는 병사의 수를 늘릴 것이기 때문이다. 후방이 안정되거나 현지인의 협조세력을 동원할 수 있게 되어 치안 유지 임무에 독일군을 투입할 필요가 없다면, 독일군은 전선에서 소련군과 싸우는 데만 집중할 수 있는 것이다.

게다가 협조세력에게 많은 것을 양보하면, 점령 상태에 대한 점령국 국민들의 불만이 줄어든다. 뿐만 아니라 남아있는 불만과 분노도 점령군이 아니라 자신들을 직접 대면하는 앞잡이들에게 우선적으로 향할 것이다. 그런 만큼 독일이 겪는 부담은 모든 면에서 줄어든다. 뒤에서 감시하기만 하면 되는, 나로서는 가지 않을 이유가 하나도 없는 길인 셈이다. 하지만 꼴통들은 여전히 그에 대해 불만을 표했다.

각 점령지의 지배권을 쥔 관료들, 특히 힘러의 입김이 닿는 자들은 유화적인 조치를 전혀 취하지 않았다. 친위대 소속의 총독들 중 내 뜻을 곧바로 이해하고 자신의 관할구역을 그전보다 훨씬 부드럽고 융통성 있게 통치하기 시작한 자는 한 놈도 없었다. 내가 폴란드 통치를 하이드리히에게 맡긴 것은 겁나게 똑똑한 이놈이라면 왜 유화적인 통치를 요구하는지 충분히 이해하고 원하는 바를 수행할 수 있다고 믿기 때문이다. 다만 이 능력 있고 야심 있는 놈이 폴란드라는 큰 땅을 손에 쥐고 뭔 수작을 꾸밀지가 문제인데…. 철저히 감시하는 수밖에 없겠지.

체코에는 39년부터 그 자리에 있던 전 외무장관 콘스탄틴 폰 노이라트를 그대로 유임시켰다. 정통 외교관 출신인 노이라트는 그래도 정부 내에서 온건한 편이고, 힘러의 말 따위는 듣지 않고 체코를 비교적 관대하게 관리해 왔기 때문이다. 나는 노이라트에게 체코인들을 다독여서 반항을 줄일 수 있도록 하는데 집중하라는 지시를 내렸다. 아마 이쪽 세계에서는 《새벽의 7인》이 다른 장소를 배경으로 만들어지겠지, 흐흐.

4

11월 초반 동안 내가 가장 신경을 쓴 것은 당연히 쉴리만 작전이었다. 이 작전은 유럽대륙 내에서의 반응도 중요했지만 영국과 미국 쪽의 반응도 매우 중요했다. 이 두 나라야말로 무기와 물자, 전투의지 등 다방면에서 소련을 지원해서 싸움을 포기하지 않게 만드는 존재들이었기 때문이다. 하지만 이들이 소련의 만행에 충격을 받고 소련에 대한 지원을 중단하는 일은 결코 일어나지 않았다.

먼저 영국인데, 중립국의 신문과 뉴스 영화를 통해 사건에 대한 정보를 입수한 영국 정부는 〈독일의 모략이다〉라는 한 마디 외에는 어떤 논평도 내놓지 않았다. 오히려 라디오 방송에 나온 영국 외무장관은 독일을 철저히 응징할 것을 약속하며 연합군의 동맹은 굳건할 것임을 공언할 뿐이었다. 나와 내 각료들 전원은 영국 정부의 태도를 비웃었지만, 저들이 이렇게 나올 수밖에 없다는 것은 나 역시도 잘 알고 있었다. 그것은 전쟁의 정당성과 관련된 문제였다.

폴란드 때문에 전쟁에 뛰어든 영국으로서는, 자신들의 동맹인 소련군이 수천 명의 폴란드 포로를 죽였다는 소문을 사실로 인정해 버린다면 대대적인 스캔들이 되어 참전의 정당성 자체가 타격을 받는다. 당장 국민들이 전쟁을 끝내자고 나설 리야 당연히 없겠지만, 적어도 소련에 대한 원조 제공을 재고하라는 국민적 압력이 소규모라도 가해질 것은 분명했다. 때문에 처칠은 스탈린과 손을 잡고 모든 것이 조작이라고 주장하는 것이겠지만, 영국 국민들조차 그의 말을 믿을지는 의문이다.

"수상께서는 소련의 폴란드군 포로 학살에 대한 독일의 발표에 대해 어떻게 생각하십니까!"

"폴란드 망명정부가 크게 분개하고 있던데요."

"독일의 발표는 모두 모략이라는 정부의 공식 발표를 인정하십니까?"

사건에 대한 언급 자체를 거부하는 정부의 태도에도 불구하고 몇몇 기자들은 어떻게든 진실을 캐내려고 시도했다. 의사당 뒷문에서 나오다가 기자들에게 붙들린 처칠은 위와 같이 쏟아진 기자들로부터의 질문을 철저히 무시했다.

"수상 각하! 제발 말씀해 주십시오!"

처칠을 뒤따르며 어떻게든 답변을 얻어내려던 기자들은 모조리 경호원들에게 체포되었고, 경찰에 넘겨져 스코틀랜드 야드에 있는 유치장에 5일간 구류되었다. 이 모든 소식을 런던 주재 에스파냐 대사관으로부터 입수한 나는 그저 폭소를 터트렸을 뿐이었다. 어차피 '마누라가 일곱 명'인 그 대머리 뚱땡이는 언론을 통제하고 있는데, 몇몇 기자들이 진실을 캐낸다 한들 지면에 보도가 될 수 있을까? 내가 편집장이라도 안 실어줄 걸?

미국에서는 상황이 또 다르게 전개되었다. 미국 정부는 처음부터 사건을 폭로하려는 우리 의도를 의심했고, 사건이 공개된 뒤에도 주재 무관을 보내서 학살현장을 시찰하게 하라는 제안을 거부했다. 하지만 내게는 별 상관이 없었다. 어차피 내가 설득하려던 것은 빨갱이 물이 든 루즈벨트가 아니었으니까. 나는 루즈벨트에게 압력을 가할 수 있는 이들을 알고 있었다.

〈경악! 우크라이나 카틴 숲의 비극!〉

〈폴란드 포로 25,000명의 행방 밝혀지다〉
〈소련 대사관, 일체의 논평을 거부〉

내게 필요한 것은 바로 이 헤드라인 몇 줄이었다. 미국이 어떤 나라인가? 윌리엄 랜돌프 허스트와 조셉 퓰리처[1]의 나라, 옐로 저널리즘의 원조가 아니던가? 소련 정권에 대한 미국 국민들의 증오를 불러일으키는 것이 우선이었고, 사실상 주재무관 따위는 안 와도 상관없었다. 내게 진짜 필요한 것은 특종에 눈이 먼 기자들이었고, 내 바람은 아주 훌륭하고 완벽하며 만족스럽게 달성되었다.

아직 베를린에 남아 있던 미국 기자들은 우리가 사건 현장을 독일 및 기타 국가의 언론에게 공개하자마자 한달음에 달려왔다. 그리고 저마다 사건 현장의 사진을 찍고 중립국 무관들이 서명한 우리의 조사 결과를 받아갔다. 그리고 미국의 모든 신문에서는 곧바로 폭탄이 터졌다.

"국무부는 독일의 폭로에 대해 어떤 평가를 내리고 있습니까?"

"영국 정부는 모든 것이 독일의 조작이라고 주장했습니다. 국무부도 영국 측의 견해에 동의합니까?"

"소련 대사관은 사건에 대한 일체의 논평을 거부하고 있습니다. 국무부가 소련 정부에 직접 해명을 요구할 의향은 없으십니까?"

---

1 미국의 신문왕으로 불리는 이들 두 사람이 1890년대 후반에 자극적인 기사를 통해 자기 신문에 더 많은 독자를 끌어 모으려고 경쟁한 것이 옐로 저널리즘의 시초다. 이들은 서로 기자, 편집자, 만화가 등을 치열하게 스카우트했는데 그 중에서도 인기 만화인 〈옐로 키드〉를 둘러싼 싸움 때문에 이들의 선정성 경쟁이 〈옐로 저널리즘〉으로 불리게 되었다.

기자들은 출근하는 헐 장관이 차에서 내려 현관으로 들어가는 그 순간까지 진드기처럼 달라붙어 대답을 재촉했다. 헐 장관은 개미떼처럼 몰려드는 기자들의 입과 손을 피해 간신히 자기 사무실로 도망쳤고, 국무부 공보관을 통해서 "독일이 주장하는 〈카틴 학살〉에 대하여 우리는 아무 정보도 가지고 있지 않으며, 소련 정부에 대해 의견 발표를 요청하고 있다"는 간단한 성명서만 내놓았다. 당연히 여론의 역풍이 몰아쳤다.

—독일의 발표가 과연 거짓인가?

—거짓이 아니라면, 소련은 왜 그런 학살을 저질렀는가?

—소련이 그런 학살을 저질렀다면, 그런 소련을 계속 도와야 하는가?

—나치나 소련이나 똑같은 놈들이라면, 왜 악마들의 싸움에 우리 미국이 관여해야 하는가?

이 모든 것은 본래부터 고립주의 성향이 강한 데다 민주주의국가인 미국의 여론으로서는 실로 자연스러운 결과였다. 자국민과 전쟁포로를 대량 학살하는 국가가 미국으로부터 정상적인 평가를 받을 리가 없지 않은가?

…라고 말하는 것은 사실 매우 낯부끄러운 일이다. 왜냐하면 유대인을 학살하고 소련에 대한 절멸전쟁을 수행한 제3제국이야말로 바로 그 일을 가장 대규모로 벌인 장본인이기 때문이다. 이미 이야기했지만, 독일 역시 폴란드를 점령한 직후 지도층 인사 수천 명을 체포해서 사살했다. 그 학살을 지휘한 장본인이 바로 이제 폴란드 총독으로 가는

하이드리히라는 것이 아이러니지만.

그런데 내가 이 몸에 들어온 시점이 실로 절묘했다. 아직까지는 유대인들에 대한 상당한 규모의 박해는 있을지언정 학살수용소를 통한 대량학살은 벌어지지 않았고, 동부전선에서의 유대인 학살이나 소련군 포로에 대한 학살도 본격적으로 시작되지 않았기 때문에 사태가 걷잡을 수 없어지기 전에 어느 정도 선에서 억누를 수 있었다. 11월 1일부로 조사한 결과를 받아보니 학살금지 명령을 내리기 전까지 아인자츠그루펜에게 처형된 유대인의 수는 25만 명 정도, 포로수용소에서 기아와 학대로 사망하거나 사살된 소련군 포로의 수는 60만 명 정도였다.

이 정도라면 실제 역사에서 죽은 사람 수와 비교하면 절반도 안 되는 숫자고, 동부전선 개전 초기의 혼란을 이용해서 어떻게든 묻어버릴 수 있는 수치다. 넉 달 사이 잡힌 포로가 삼백만이 넘는데 관리미숙으로 20% 정도는 죽을 수 있는 거 아니냐…고 어떻게든 무마해야지. 이 사실이 외부세계로 알려진다면….

하여튼 이야기해서 좋을 거 없는 부분은 넘어가고, 요는 독일이 한 짓보다 소련이 해온 짓이 훨씬 잔인하며 대규모라는 인식을 미국민에게 심어주는 것이다. 때문에 다시 워싱턴에 부임한 우리 대사는 아예 극장을 하나 빌려 〈카틴 숲의 폴란드인들(The Poles in the Katyn forest)〉이라는 제목으로 괴벨스가 완성한 3부작 칼라영화를 매일 2회씩 무료로 상영했다. 물론 다른 극장에는 유료로 공급했고, 미국에서만 튼 것이 아니라 사실상 소련과 영연방 국가를 제외한 전 세계로 나갔지만.

여기에다 독일 정부의 이름으로 미국 출판사와 계약을 체결하여 사건 보고서를 아예 미국에서 출판해버렸다. 신원이 파악된 희생자 2,852명의 명단까지 실린 이 책은 당연히 센세이션을 일으켰으며 12월

1일에 발매되자마자 그날 하루에만 7만 부가 팔렸다. 누가 그렇게 많이 샀느냐고? 당연한 걸 뭐하려고 물어보는 거야? 폴란드계 미국인들이 물밀 듯이 몰려와 구입했다!

5

『우리는 조국 폴란드를 침략한 나치를 증오한다! 하지만 카틴 숲에서 발견된 수천 구의 시체는 나치가 공산주의자들보다 차라리 낫다는 것을 증명했다. 사람의 탈을 쓴 악마, 스탈린의 소련은 2년 전의 전쟁에서 폴란드 장교단을 맞아 정정당당하게 싸워서 쓰러트리지는 못하고, 이들이 불행하게도 앞뒤로 적을 맞아 패하자 비열하게도 포로 상태에서 몰살시킴으로써 자신들이 나치보다 더 혐오스럽고 지구상에 함께 존재할 수 없는 악마들의 집단인 것을 스스로 입증했다. 우리는 결단코 진실한 대답을 원한다. 스탈린이여! 그대가 1939년부터 붙잡은 나머지 폴란드인들은 어디에 있는가? 전장에서 포로가 된 이들과 갑자기 고향에서 끌려 나가 집으로 돌아오지 못한 우리의 동포, 우리의 형제들은 러시아의 황량한 광야 어디에서 비참한 운명을 맞았는가!

루즈벨트 대통령에게도 감히 묻는다. 우리는 정의를 원한다! 대통령은 정의를 실천할 의사가 있는가? 의도적으로 폴란드인을 학살한 집단살해자의 죄를 심판하기 위해 루즈벨트 대통령이 미국의 힘과 권위를 사용할 의사가 있는지, 우리 폴란드계 미국인들은 의심하고 있다. 나치가 악이라 하여 더 큰 악을 방관한다는 것은, 거기에 돈과 물자를 주어 돕기까지 한다는 것은 말이 되지 않는다. 우리는 강력하게 요구한다! 학살자들을 돕지 마라! 정의를 실천하라!』

미국의 주류 언론을 비롯한 여론도 당연히 난리가 났지만, 특히 폴란드계 미국인들의 여론은 굳이 거론할 필요가 없을 정도였다. 폴란드계 신문 중 하나가 쓴 위 사설이 그런 여론을 대표하고 있었다. 폴란드계 미국인들의 수는 약 5백만, 미국 인구의 4% 정도에 해당하며 이 정도면 충분히 정치적인 힘을 가질 수 있는 것이다. 물론 그렇다고 이들이 조국의 나머지 절반을 침략한 독일을 좋아하게 된 것은 아니니 오해는 마시기를.

폴란드계 미국인들만이 아니었다. 런던의 폴란드 망명정부도 큰 충격에 휩싸였다. 이제까지 그들이 행방을 추적하고 있던 그 사람들이 스몰렌스크의 땅 속에서 나왔으니까. 이쯤 되면 지난 39년 이후 사라진 폴란드 포로 20만 중 나머지가 어디로 갔는지, 그 자신들이 생각하기에도 뻔한 것 아닌가?

『우리는 나치에 맞서는 동맹국이다. 하지만 우리 폴란드는 독일 정부가 공개한 학살된 폴란드인들에 대한 보고서 내용에 경악을 금할 수가 없다. 독일 정부가 소련에 의해 학살되었다고 공표한 폴란드인들의 신상은 1939년에 소련군의 포로가 된 이들과 일치하며, 소련 정부는 그들의 생존 여부에 대해 전혀 확인을 해 주지 않았다. 우리는 이에 소련 정부에 대해 요청하는 바이다. 독일의 선전 여부가 사실인지, 그리고 해당 선전이 거짓이고 그 포로들이 살아 있다면 편성중인 자유 폴란드군에 포함시켜 함께 서부전선으로 보내줄 것을 요망한다.』

정말 피를 토하는 내용이었던 폴란드계 미국인들의 목소리와는 달리, 망명정부 쪽에서 보이는 태도는 확실히 좀 더 온건했다. 망명정부가 런던에 소재한 이상, 소련의 학살을 부정하는 영국 정부의 눈치를 봐야 하는 현실을 무시할 수가 없을 테니까.

그리고 폴란드 망명정부가 나선 뒤에야 이 사건에 대해 겨우 입을 열기 시작한 소련 측의 답변은 매우 간단했다. 먼저 몰로토프가 나서서 이렇게 주장했다.

"시체로 발견된 폴란드군 포로들은 원래 스몰렌스크 인근의 수용소에 수용되어 있었다. 수용소를 발견한 독일인들이 자신들의 손으로 폴란드 포로들을 학살한 뒤 연합국의 전선에 균열을 내기 위해 소련 당국에 누명을 씌우는 것이다! 모든 유류품은 독일인들에 의해 조작되었으며, 오래된 것으로 보이는 시체들은 수용소에서 생활하던 중 질병으로 사망하여 오래 전에 매장되었던 것들이다."

이게 끝이 아니었다. 폴란드 망명정부 측의 추궁이 계속되자 소련 당국은 급기야 영국 및 폴란드 망명정부와 약속했던 자유 폴란드군의 편성과 출국을 위한 절차를 모조리 중단시켰다. 그리고 억류하던 폴란드인들을 다시 수용소에 처넣었을 뿐 아니라 이러한 조치에 항의하면서 카틴의 진상을 공개하라고 피터지게 요구하는 폴란드 망명정부와의 외교관계를 단절해버렸다. 에헤라 디야~.

사태가 이런 식으로 전개되자 소련에 대한 분노를 '안전하게' 표출할 수 있는 장소인 미국 내에서 폴란드인들의 분노가 폭발했다. 폴란드인들이 거주하는 지역의 소련 영사관에는 수시로 돌이 날아들었고 워싱턴의 소련 대사관 앞은 폴란드인들, 그리고 반공주의자들의 규탄시위로 조용해질 날이 없었다. 미국 내에서 반소 분위기가 심각해지자 독일에 대한 비난은 상대적으로 줄어들었다. 물론 루즈벨트는 여전히 해군을 동원해 유보트들을 추적, 공격하고 있었지만 아직 전면 참전을 한 것은 아닌지라 독일군의 영국 봉쇄작전을 결정적으로 위협할 정도까지는 되지 않았다.

카틴 학살의 폭로가 이뤄낸 정치적 효과는 상당했다. 본래 히틀러(나 말고 진짜)가 〈독일민족의 생활영역 확보〉와 〈열등인종 박멸〉을 위해 일으킨 사악한 전쟁이었던 이번 전쟁을 순식간에 〈세계를 삼키려는, 인류의 보편적인 원칙에 반하는 볼셰비키들의 위협에 대항하는 전 인류 차원의 성전〉으로 재포장하여 승화시켰으니까. 이 대의에 공감하여 공산주의 박멸을 위해 총을 잡겠다며 유럽 각지의 무장친위대 모병소에 밀려드는 비독일인 반공주의자들의 물결이 급증했다. 미국에서조차 공산주의와 싸우기 위해 반공십자군에 입대하겠다는 상당수의 자원자들이 대서양을 건너 날아왔다. 주로 독일계 미국인들이긴 했지만.

이런 이벤트들을 치르면서 이번 11월은 매우 만족스럽게 보낼 수 있었다. 선전전은 대성공을 거두었고 아직 날이 덜 추울 때 방어선을 구축하고 장병들에게 휴식을 주는 작업도 순조로웠다. 그리고 슬슬 빅 이벤트가 걸린 12월이 다가오고 있었다.

4장
굿바이, 괴링

1

이쯤에서 내가 이 세계에 와서 고민한 여러 가지 문제들 중 또 한 가지를 털어놓을 때가 된 것 같다.

2차 세계대전, 그 중에서도 독일 쪽에 깊은 관심을 가진 사람은 다들 알겠지만 나치 정권 내에서는 협조라는 것을 찾아보기 힘들었다. 각 파벌끼리 서로 세력다툼이나 벌여대느라 정부기구의 활동이 극도로 비효율적이었다. 게다가 정권 내에는 유능한 인재만큼이나, 그 이상의 비율로 무능한 놈들이 많았다. 제 뱃속이나 채울 뿐, 능력이라고는 연병장에 굴러다니는 자갈 줍는데 쓸래도 없어서 전쟁 수행에 전혀 도움이 안 되는 놈들이 말이다.

내가 히틀러가 되고 나서 가장 고민했던 문제 중 하나는 바로 나치당의 꼭대기부터 바닥까지 가득 들어찬 이 "쓰레기들"을 어떻게 제거하느냐 하는 문제였다. 이 무능한 놈들은 독일의 전쟁 수행 능력에 심대한 타격을 주고 있었다. 이놈들을 쓸어내 버리고 업무수행을 위한 조직을 체계적으로 개편하면 전쟁을 위한 보다 효과적인 국가적 역량 동원이 가능해질 터였다.

인적 청소의 첫 번째 단계는 제거할 대상자를 확실히 골라내는 일이다. 나는 세 명의 나치 고위 수뇌부들의 이름과 주요 특기사항을 적은 종이를 눈앞에 놓고 그 내용을 몇 번이고 반복해서 읽었다.

파울 요제프 괴벨스 – 44세, 선전부 장관.
대중을 상대로 한 선전활동에 대한 재능은 타의 추종을 불허함.
히틀러에 대한 충성심은 매우 굳음.

하인리히 루이트폴트 힘러 – 41세, 친위대 사령관.
크게 유능하지는 않으나 히틀러에 대한 충성심은 매우 굳음.

헤르만 빌헬름 괴링 – 48세, 공군 총사령관.
이루 말할 수 없을 만큼 욕심이 많고 무능함.
히틀러에 대한 충성심은 매우 굳음.

이 세 명은 자타가 공인하는 나치 독일의 TOP3다. 물론 나, '히틀러'는 이들의 머리 위에 있으므로 권력투쟁의 경쟁상대가 되지 않는다는 것은 다들 알 수 있을 것이다. 이 세 사람이 '나'에 대한 충성심이 매우 굳은 것도 당연한 것이, 충성스럽지 않았다면 '본래의 내'가 애초에 이들을 지금처럼 높은 지위에 앉혔을 리 없지 않은가.

나는 일단 이 세 명 중에서 제거할 녀석을 고르기로 했다. 물론 이

밑의 중간 이하급에서도 전쟁 수행에 도움이 안 되는 무능한 놈들은 얼마든지 있고, 그놈들도 골라서 쳐내야 하는 것이 사실이다. 하지만 쓰레기는 높은 자리에 있을수록 아래로 내려가며 미치는 해악이 크니 일단 위에서부터 청소를 진행해야 하지 않겠는가? 나는 연필을 들어 세 사람의 이름 아래에 차례로 밑줄을 한 번씩 그었다.

2

일단 괴벨스. 괴벨스는 도저히 제거할 수가 없다. 괴벨스의 대중을 선동하는 천재적인 능력은 나치 정권 유지에 없어서는 안 되는 재능이다. 이걸 부인할 사람이 있으면 내 눈앞에 나와 보라고 하고 싶지만, 아무도 안 나설 게 분명하므로 그런 말은 안 하련다. 다만 괴벨스와 나 사이에 요즘 문제가 하나 있는 것이….

"총통! 유대인은 우리 독일제국과 유럽문명을 좀먹는 해충이자 쥐새끼이고 악마들이며 슬라브인들은 도저히 구제할 수 없는 저질 인종들입니다! 그자들에게는 온정을 베풀 필요가 전혀 없단 말입니다. 총통께서 요즘 주장하시는 온정적인 통치는 그만 두시고, 철권으로 통치하여 몽땅 박멸함으로써 하루빨리 이 지구상에서 그 존재를 말살해야 합니다!"

"볼셰비키 타도가 이번 전쟁의 최우선 목표다! 스탈린과 그 정권을 먼저 무너뜨리고 독일이 주도권을 잡지 못한다면, 그 어떤 이상도 실현시킬 수 없어! 그리고 스탈린을 타도하려면 독일제국이 가진 모든 역량을 전쟁에 투입해야 한다. 이미 우리 손에 들어온 유대인과 슬라브인을 일부러 굳이 제거하는 일 따위에 쏟을 여력이 없단 말이다! 무슨 유대인만 골라 죽이는 세균이라도 있어서 유럽 상공 전역에 뿌릴 건가? 아니면 한 발에 백만 명씩 죽이는 폭탄이라도 3백발쯤 있단 말인가! 그런 게 있으면 모스크바에 던지게 일단 한 발 내놔 보게!"

…이런 말다툼이 2,3일에 한 번씩은 꾸준히 반복되고 있다. 국가사회주의의 교조주의자(…)라고 할 수 있는 괴벨스는 이 전쟁을 기회로 하여 나치당의 기본 이념 중 하나였던 유대인 축출과 슬라브인 제거를 완전히 해치우자는 확고한 결심을 하고 있었다. 그것 때문에 내가 딱히 지시를 하지 않는데도 온갖 반유대주의 선전물을 제작하여 열심히 유럽 각지에 뿌리고 있었다.

나로서는 그런 선전물을 보는 것이 그다지 유쾌하지 않았다. 게다가 유대인 박해 자체가 나치의 최대 악행 중 하나인지라 그만두게 하고 싶었지만, 반유대주의는 나치 정권을 돌아가게 하는 핵심 연료(!) 중 하나인 것이 사실이므로 '히틀러'인 내가 나서서 중단시킬 수도 없었다. 게다가 유대인에 대해서 너무 심하지는 않게 어느 정도의 박해를 지속하는 것은 연합군에 대한 정치적인 무기가 될 수도 있는 까닭에…아차차, 이 이야기는 나중에 하자.

하여튼 괴벨스와는 요즘 이 문제 때문에 트러블이 많기는 하지만, 근본적으로 내게 반기를 들고 나설 인물은 절대 아니다. 게다가 반복해 말하지만, 그 선전에 대한 재능을 대체할 수 있는 인물이 없다.

괴벨스는 내 새로운 정책에 대해서 불만을 표하면서도 자기가 할 일에서 사보타주를 하지는 않았다. 독일 국민들을 상대로 하는 각종 선전용 자료 – 선전물이라는 단어를 보고 뭔가 이상하게 생각할지 모르겠는데, 반유대주의 선전물만 선전물이 아니다. 독일군이 거둔 승리를 홍보하기 위한 것, 독일 정부의 시책을 알리고 따르도록 권유하는 것도 선전물이다 – 를 제작하고 대외적인 홍보활동을 펼치는 것은 전적으로 선전부의 책무이고, 괴벨스는 그 수장으로, 명실상부한 '제3 제국의 입'으로서의 활약을 나무랄 데 없이 펼쳐주고 있었다. 이런 괴벨스를 처치한다는 것은 상상도 할 수 없는 일이다.

3

다음 차례는 힘러. 사실 나치 수뇌부 3인방 중 내가 본래 세계에서부터 가장 싫어하는 게 힘러다. 힘러 개인적으로야 외동딸에게는 참 '자상한 아버지'에 아내에게는 '제3제국 제일의 공처가' 남편이고, 자기 부모가 자기 관용차로 외출했을 때 그 비용을 자기 봉급에서 공제할 정도로 '청렴한 공직자'라고 하지만, 히틀러의 뜻을 받들어 수백만 유대인의 학살을 진두지휘했다는 그 악마성은 누구도 따라갈 수 없다. 게다가 그 자신은 학살 현장에서 단 한 명의 유대인이 죽어가는 모습도 끔찍해서 제대로 보지 못했으면서 베를린의 책상 앞에서는 태연스럽게 부하들에게 유대인 학살의 당위성을 설파하고 그 실행을 명령했다. 그 이중성이 내게는 한층 더 혐오스러웠다.

힘러의 또 한 가지 문제는 온갖 뻘짓을 저지른다는 거다. 바로 이런 거 말이다.

"그러고 보니 친위대 사령관, 일전에 착수한 일은 어떻게 되고 있나? 상황을 보고해 보게."

"지크프리트의 검 〈발뭉〉을 찾는 일은 지금 난관에 처해 있습니다. 일단 검의 행방은 거의 확실히 추적해 냈습니다. 〈니벨룽의 노래〉에 따르면 〈발뭉〉이 마지막으로 사용된 것은 훈족의 왕 아틸라의 궁정에서 아틸라의 왕비 크림힐트가 부르군트 왕 군터의 신하인 용사 하겐을 살해할 때입니다. 크림힐트 역시 그 자리에서 곧바로 디트리히 폰 베른의 부하인 용사 힐데브란트에게 살해당했습니다. 그 이후 어떤 전설에서도 발뭉이 등장하지 않는 것을 보면, 발뭉의 원 소유주인 니벨룽족이 멸망하고 뒤이어 그 검을 소유한 지크프리트–하겐–크림힐트가 연달아 살해당하는 것을 본 아틸라 왕이 저주받은 검이라 여겨 땅에 묻어 없애버린 것이 분명합니다. 아틸라 왕의 궁전은 현재의 헝가리 영토인 판노니아 평원에 있었을 것이 확실하므로 우리의 발굴을 저지하려 하는 헝가리 정부를 전복시킨 뒤 헝가리 전역을 파헤쳐 보면 그 검을 찾아낼 수 있을 것입니다. 하지만 헝가리 정부를 지금 무너뜨리기에는 다소 곤란한 점이 있어서 아쉬울 뿐입니다."

"아니, 지금 무슨 소리를 하는 건가? 나는 동부전선에서 복무중인 무장친위대 장병들에게 보낼 동계피복을 다 준비했는가 하는 문제에 대해서 묻고 있단 말일세!"

"…아, 그 문제라면 사령부의 보급담당관에게 확인하겠습니다."

…이 빌어먹을 자식은 오덕, 그것도 정말 아무 짝에도 쓸모가 없는 오컬트 덕후다! 오컬트와 게르만 신화에 빠진 이 자식이 이제까지 돈과 인력을 낭비하며 저질러 온 온갖 뻘짓에 대해서 이야기하려면 책 한 권으로도 모자라리라. 차마 그 상세한 세부내역을 줄줄이 읊고 있을 수는 없으니 몇 가지만 예를 들어보자.

이른바 순수한 게르만 민족의 성스러운 출산의 장소라고 해서 친위대원의 아이를 가진 여자들을 위한 레벤스보른(생명의 샘)이라는 전용

출산병원 겸 산후조리원 설립, 중세 기사단의 성채처럼 만들어 놓은 친위대 본부 베벨스부르크 성의 건설, 중동 전역에 걸친 성배 탐색, 인도-티벳을 오가며 벌인 '아리안족 종교의 근원' 찾기.

보면 알겠지만 정말 도움 안 되는 것에만 관심을 쏟고 일을 저질러댔다. 여기에 비하면 괴링이 해댄 정말 덕후스러운 덕질이 훨씬 낫다!

힘러의 이런 뻘짓들에 대해서 '진짜 히틀러'는 거의 개입을 하지 않았고 관심도 갖지 않은 것으로 안다. 하지만 나는 이 자식의 헛짓거리가 정말 신경이 쓰였다. 게다가 무장친위대를 끝없이 확장시키고 싶어 하는 힘러의 욕심도 마음에 들지 않았다.

'히틀러'야 국방군보다 친위대를 훨씬 더 신뢰하고 있었으니 상관없었을지도 모른다. 하지만 나는 친위대가 너무 커지는 게 싫다. 까놓고 말하자면 나는 친위대의 광신성이 무섭다. 게다가 정규군에서는 사단장이, 군단장이 휘하 병력을 사유화할 수 없지만 친위대에서는 힘러가 전 무장친위대를 자신의 손에 틀어쥐고 마음대로 움직일 수 있다. 이는 엄청난 위험요소다.

문제는 친위대 사령관이라는 지위를 아예 없애지 않는 한, 힘러의 후임자가 자신의 손에 있는 무력을 사용하여 내 지위를 넘보려는 음모를 꾸미지 말라는 법이 없다는 거다! 지금의 내 입장에서 힘러가 딱 두 가지 잘하는 일이 있다면 – 장점이라곤 말 안 했다 – 그 첫 번째는 힘러가 내게 절대적으로 충성한다는 기본적인 배경이다 그리고 2인자의 출현에 대한 철저한 경계와 견제로 친위대 내에 자신을 대체할 수 있을만한 인재를 만들어두지 않았다는 것이 바로 두 번째다.

즉, 중요한 사항에서 내 뜻을 거스르는 경우를 제외하고, 힘러가 지금의 지위에 그대로 있으면서 마음대로 행동하도록 내버려두는 한 나는 친위대가 행여 불온한 행위를 감행할지 모른다는 염려 같은 것을 하지 않아도 된다.

원래 세계의 역사에서 히틀러가 죽었을 때, 대통령으로서의 전권을 되니츠에게 넘긴다는 유언장 내용을 듣는 것만으로도 힘러는 반항을 포기하고 순순히 되니츠의 밑으로 들어갔다. 그것만 봐도 이 돌쇠 같은 놈은 내가 먼저 자기를 쳐내지 않는 한은 얌전히 내 밑에 있을 거다. 게다가 게슈타포와 친위대를 관리하는데 있어서도 딱히 이렇다 하고 흠을 잡을 부분이 없으니, 괴벨스처럼 대체가 불가능한 인물은 아니지만 당장 제거해야 할 만큼 전쟁 수행에 지장을 주는 존재는 아니다.

4

그리고 마지막으로…1차 대전의 용사, 공군원수 괴링. '히틀러'의 정말 친한 동료이자, 나치당의 극초기부터 당의 간판으로 나서서 재정형편이 좋지 않은 나치당의 활동자금 조달 및 유력인사들과의 커넥션 형성에 지대한 공헌을 했다.

1차 세계대전에서 막대한 격추 기록을 세운 미남 에이스이자 리히트호펜[1]의 서커스단[2]을 이어받은 지휘관으로서의 명성, 스웨덴 출신의 귀족 아내 등을 가진 괴링의 참여가 없었다면 나치는 자리를 잡기가 훨씬 어려웠을 것이다. 다만 그렇게 모아들인 당 후원비를 모두 당

1 1차 세계대전 최고의 에이스 만프레트 폰 리히트호펜(1892~1918), 격추 기수 80기.

2 리히트호펜은 연합군 조종사들을 위압하기 위해서 자기가 지휘하는 전투비행단의 전투기들을 화려한 원색으로 칠했다. 비행단이 열차로 이동할 때면 독일군 병사들은 알록달록한 전투기를 가득 실은 열차가 꼭 서커스단의 열차 같다고 하여 리히트호펜의 비행단을 서커스단이라고 불렀다

에 납입하지 않고 상당한 액수를 중간에서 유용했지만, 지금의 나에게는 그건 별 문제가 아니다. 애초에 과거지사고, 내 주머니에 들어온 돈을 갖다가 처먹은 것도 아닌데 무슨 상관인가.

문제는 괴링의 지나친 욕심이었다. 훈장 수집에 직위 수집은 뭐 넘어가 주자. 명예욕이라는 것이 있는 인간인 이상, 훈장도 달고 싶고 감투도 쓰고 싶을 것이다. 히틀러의 등까지 쳐 가면서 모은 광적인 미술품 수집도 뭐 인간적인 면이라고 보고 눈감아 줄 수 있다. 문제는 그 욕심이 개인적인 취미생활이 아니라 공적인 영역에 속하는 독일공군의 전력 양성 및 육해군과의 협조활동에까지 악영향을 미친다는 것이다.

괴링은 날아다니는 것이라면 참새부터 폭격기까지 뭐든 자신이 관리해야 한다[1]고 주장했고, 특히 군용으로 쓰는 항공기는 단 한 대의 예외도 없이 공군에 속해야 한다고 주장했다. 날아다니는 거라면 뭐든 공군에 배치하는 군대야 사례가 없는 게 아니다. 원래 세계의 이스라엘군도 그렇게 하고 있으니까, 그게 내게 있어서 딱히 낯선 주장은 아니다. 하지만 20세기 후반~21세기 초의 이스라엘군이 처한 상황과 지금 독일군이 처한 상황이 내가 보기에는 전혀 다르다는 것이다.

이스라엘군은 전시 동원을 실시해도 50만이 안 되는 소규모 군대를 좁은 국토에서 통합적으로 지휘해야 하는 까닭에 군대 자체가 통합군이다. 그러니만큼 헬리콥터를 포함한 모든 항공기가 공군 소속이라고 해서 안 될 이유가 없다. 어차피 한 지휘관이 육군이건 공군이건 다 지휘하니까.

하지만 지금 독일군은 병력이…얼마더라? 정확한 숫자는 지금 기억이 안 나는데, 육해공군을 다 합치면 최소한 7백만은 족히 되는 군대

---

1 실제로 괴링은 수렵장관을 맡아 날아다니는 새들도 자기 관할에 포함시켰다.

가 북아프리카와 대서양, 그리고 유럽 전역에 흩어져 있다. 당연히 공군의 작전구역도 이 넓은 영역 전체인 것이다.

그렇다면 공군은 폭격과 방공 같은 순수한 항공작전만 수행하는데도 힘이 부치는 것이 당연하며, 육군항공대나 해군항공대를 만들어 공군의 임무 일부를 그들과 나누어도 문제가 되지는 않을 것이다. 육군항공대의 창설을 거부한 것이야 어차피 육군항공대가 하게 될 근접항공지원이나 수송 등의 임무는 공군이 원래부터 해오던 일이라 영역이 겹치니까 그렇다 치자. 하지만 해군이 정말 필요로 하는 대서양의 선단 탐색 및 기상관측 임무를 수행하는 해군항공대 창설조차 거부한 것은 괴링의 욕심이라는 말 외에는 설명이 불가능하다.

심지어 괴링은 장거리 폭격기인 FW200 콘도르를 장비한 1개 비행대만 공군 소속을 유지한 채 해군에 파견하여 잠수함대 지원, 기상관측 임무 등을 수행하게 하자는 국방군 총사령부의 타협적인 조정안조차 거부했다. 내가 오기 전에 있었던 일인 그라프 체펠린의 함재기 제공 거부 사건까지 생각하면, 이 돼지는 그냥 욕심쟁이였다. 하지만 항공기에 대한 독점욕은 차라리 약과라고 할 수 있다. 괴링은 공을 탐낸 나머지 공군에다가 본격적인 지상전투부대를 만들었다!

처음에 육군 소속이었던 공수부대를 빼앗아다 공군에 넣었던 것은 그래도 애교 수준이라고 할 수 있다. 지금 시점에서는 아직 현실화되지 않았지만, 실제 역사에서 괴링이 만들었던 헤르만 괴링 강하기갑사단, 아니 군단이었던가? 하여간 그 괴물과 스무 개가 넘는 공군 야전사단들을 생각해 보라! 공군 소속 기갑사단과 수십 개의 차량화보병사단이라니! 거기 투입된 인력과 자원으로 정규 육군 사단들을 지원했다면, 하다못해 무장친위대에라도 지원했다면 얼마나 더 효과적이었겠는가?

갈란트를 비롯한 부하들의 충언을 받아들이지 않는 이기적이고 독선적인 태도, 독일 공군이 처한 현실은 무시하고 히틀러의 지시에만 맹종하는 줏대 없는 짓거리 등은 더 말할 나위도 없다. 물론 '나'는 '히틀러'가 아니니까 저쪽 세계의 진짜 히틀러가 공군에게 내린 것 같은 바보 같은 지시들을 내리지는 않을 거다.

속도만 빠르면 전투기건 정찰기건 가리지 않고 어떤 비행기든 폭격기로 만들게 한다거나, 모든 폭격기에 급강하 폭격 기능을 넣는다거나, 연합군의 폭탄이 독일 상공에서 쏟아지는데도 방공을 위한 전투기가 아니라 반격을 위한 폭격기 생산에 집중하게 한다거나 하는 것 같은 짓 말이지.

다만 괴링의 문제는, 아무리 저놈이 무능하다고 해도 내 손으로 죽이고 싶지는 않다는 거다. 왜냐구? 괴링은, 괴링은…저 뚱땡이는…오덕이잖아!! 나와 내면이 같은 부류의 인간이라고!

괴링은 정말 다양한 분야에서 덕질을 했다. 덕중지덕은 양덕이라더니, 괴링이 커버하는 덕질의 범주는 정말 넓어서 철도모형 제작, 모형범선 제작, 맹수 사육, 사냥에 이르기까지 정말 다양한 범위에 걸친 덕질을 하고 있다. 아마 이 시대에 우리 시대처럼 미소녀 모에가 있었다면 미소녀 덕질도 하고 있었을지 모른다. 아니, 분명히 했을 거라 확신할 수 있다.

게다가 사냥을 즐기는 만큼, 동물을 보호해야 한다고 주장하며 수렵금지 기간을 도입한 자연보호론자이기도 하며 – 사냥꾼이 동물보호를 외치는 것이 이해가 안 가는 사람들도 있을 텐데, 사냥꾼이야말로 동물의 숫자가 줄어드는 것을 피부로 체감할 수 있기 때문에 동물보호를 주창하기가 쉽다. 동물의 수가 늘어나야 자기가 계속 사냥을 즐길 수 있지 않은가? – 자기랑 친한 유대인들만, 그리고 비싼 대가를 받고 한 일이기는 해도 유대인을 구해주기도 했다! 이런 '저 녀석도 실은 좋은 구석이 있는 녀석이었어!'의 표본 같은 놈!

게다가 괴링에게는 개인적인 스캔들도 없다. 군수업자나 암상인 등 여기저기서 뇌물 받아먹은 거야 이놈의 정권에서 안 그러는 놈을 찾기가 거의 불가능하니 넘어간다고 치고, 다른 면에서는 어떻게 트집을 잡을 게 없는 것이다.

스웨덴 출신 아내가 죽은 뒤 재혼한 지금 아내는 유명 영화배우 출신이니 블롬베르크[1]가 추방당했을 때처럼 창녀와 결혼했다는 스캔들을 조작할 수도 없고, 분명한 이성애자니까 〈장검의 밤〉사건 때 제거당한 돌격대 참모장 에른스트 룀[2]처럼 '더러운 호모새끼!'라고 하면서 총살해버릴 수도 없다. 심지어 그 흔해빠진 정부(情婦) 하나 없고 마누라만 일편단심이다!

젠장, 트집을 잡을 만한 개인적인 약점이라고 있는 것이 모르핀 중독 하나뿐이라니! 그나마 그 모르핀 중독도 '나'를 위해 일으킨 쿠데타였던 〈맥주홀 봉기〉의 부상 후유증 때문에 시작된 거라서 트집거리로 쓸 수가 없어!!

더군다나 괴링은 '나'에게 절대적으로 충성하고 있으며, '내' 입장에서 타도해야 할 기득권의 잔재도 아니고 나치당 초창기부터 참여한 정

1 1938년에 국방군 총사령관이던 블롬베르크 원수가 젊은 여자와 재혼을 했다. 그런데 이 여자는 포르노 사진 모델 노릇을 한 적이 있었고, 그 사진을 입수한 게슈타포가 매춘 경력이 있다는 조작을 덧붙여 모함하면서 블롬베르크는 자리를 지키지 못하고 사직했다. 직후에 육군 총사령관 프리치 상급대장이 게이라는 누명을 쓰고 해임당하면서 육군의 주도권이 히틀러에게 넘어온다.

2 나치당의 준군사조직인 돌격대(SA)의 참모장이던 룀은 나치당 좌파에 속했고, 군과 정부의 기존 체제를 뒤엎어버릴 것을 계획했다. 대통령 힌덴부르크와 국방군이 룀에 대한 혐오를 강력하게 표현하자 히틀러는 안정된 집권을 위해 '장검의 밤'이라는 숙청을 벌여 룀을 제거했고, 룀이 타락한 동성애자라는 사유를 제시했다.

권 창출의 일대 공신 중 하나다. 썩을 놈의 나치인데다가 무능하기까지 하지만 개인적으로는 충분히 인간미가 있는 인간인데다가, 같은 오덕으로서의 동질감까지 느끼게 되자 괴로운 선택을 눈앞에 둔 내 결심이 흔들렸다.

그래, 이놈이 무능하다고 하지만 '히틀러'의 지시는 잘 들으니까, 마지막으로 한 번만 설득을 시도해 보자. 내가 시키는 대로 따라오기만 한다면, 그 무능함을 참고 넘어가 줄 수 있다. 사실 원래 세계에서 괴링이 보인 무능함의 반 이상은 히틀러한테 그 근본적인 책임이 있었으니까. 이제 여기서는 히틀러가 '히틀러'가 아니지 않은가.

5

"제국원수, 러시아 전선에서 벌어지는 공군작전을 지도하느라 고생이 많은 줄 아네."

"아닙니다, 총통! 전쟁 전체를 지도하는 총통의 노고에 비하면 소관의 활동 같은 것은 바닷가의 모래 한 줌 같은 것입니다."

제국원수란 별이 6개 있는 대원수로, 전 독일군에서 오직 괴링 한 사람만 가지고 있는 계급이다. 광채가 나는 제국원수의 계급장을 달고 번쩍번쩍 빛나는 원수장을 손에 들고 하얀 실크 군복으로 돼지처럼 뒤룩뒤룩한 몸을 감싼 괴링은 내 집무실로 들어와 나치식 경례를 올렸다. 나는 고갯짓으로 그 인사를 중단시키고 탁자 앞 의자에 앉도록 했다.

"오늘 그대를 부른 건 다른 게 아니라 일전에 이야기를 나눈 적이 있는 해군항공대 창설 문제 때문이야. 레더 대제독과 되니츠 제독이 제발 제국원수를 설득해 달라고 신신당부를 하더군. 지금 대서양에서 벌어지고 있는 유보트 작전이 영국의 생명줄을 끊는 유일한 수단이라는 것은 제국원수 그대도 알지 않는가?"

"그렇습니다만…."

괴링은 말끝을 흐렸다. 그런 태도를 보이는 의도가 뻔히 눈에 보였으므로, 나는 거침없이 밀어붙였다.

"지금 영국군은 지난 5월에 침몰한 우리 유보트에서 손에 넣은 암호와, 신개발품인 항공기 장착 레이더를 활용하여 우리 잠수함들을 마구 몰아붙이고 있어. 게다가 저들의 호송선단 체계도 크게 바뀌었네. 위험을 분산시키기 위해 30척 규모의 선단 여러 개를 운용하던 기존의 방식 대신 60에서 70척에 달하는 대규모 수송선단을 편성하고 있어. 중소규모 선단 여럿보다는 대규모 선단 하나가 우리 유보트들의 초계망을 피해 나가기가 더 쉽고, 걸려들더라도 소규모 선단일 때보다 딱히 피해가 더 크지도 않을뿐더러 호위함도 더 집중시킬 수 있다는 것을 깨달은 거지. 때문에 우리는 올 한 해에만 경험 많은 잠수함 에이스 상당수를 잃었네. 지금 우리에게 남아 있는 유보트로 효과적인 봉쇄 작전을 펼치려면, 해군이 직접 통제할 수 있는 항공전력이 필요해. 수가 적어진 적의 호송선단을 발견해서 알려주고, 먼 해상의 기상정보를 파악하여 해군 작전 수립에 도움을 주는 그런 장거리 항공기가 필요하네. 그런 기상 정보 획득은 해군 뿐 아니라, 공군과 육군에도 큰 도움이 될 것이야."

내가 이 긴 이야기를 하는 동안 괴링의 얼굴에는 먹구름이 가득 끼었다. 불안, 초조, 분노 등이 뒤범벅된 그 얼굴을 보자 나는 적이 불안해졌다. 뭐야, 설마 이 자식이 날 한 대 치려는 건 아니겠지? 하지만 괴링은 그저 자리에 앉은 채 호소해 왔다.

"총통, 그래서 제가 어떻게 하기를 원하십니까?"

"제국원수에게 많은 것을 요구할 생각은 없네. 나는 그저 해군의 제독들이 원하는 대로, Fw200 콘도르 2개 비행대를 해군에게 제공하여 각기 프랑스와 노르웨이에서 선단 수색에 종사하게 하고, 후일 더 장거리를 비행할 수 있는 우수한 초계기가 개발되면 그 기체들도 해군항공대에 우선적으로 배치하기를 바라는 거야. 지중해에도 하나 배치하고 싶지만, 지중해에서는 이탈리아 공군을 활용할 수 있으니 꼭 필요하진 않을 것 같아. 그러니 제국원수가 2개 비행대만 양보해 주면 고맙겠네."

괴링의 입술이 꿈틀거렸다. 나는 괴링이 마음껏 자기주장을 펼칠 수 있도록 조용히 기다려 주었다. 잠시 후 괴링의 항변이 시작되었다.

"총통! Fw200들은 이미 작년 겨울부터 대서양 전선에서 적 호송선단에 대한 대함 공격에 참가하고 있으며, 올해 봄까지 30만 톤이 넘는 격침 전과를 올렸습니다. 하지만 적이 수송선단에 전투기를 배치하기 시작하면서 선단을 공격하는 우리 콘도르 폭격기들은 큰 위협에 처했습니다. 격추당하는 콘도르들이 8월부터 연달아 나왔고, 공군 총사령관인 저로서는 더 이상 조종사들에게 위험을 무릅쓰라고 할 수가 없습니다. 해군 파견은 거부하겠습니다!"

"제국원수! 파견이 아니라 정식으로 배속을 전환하여 해군항공대로 하겠다니까! 그리고 내가 지금 빈약한 자체무장밖에 없는 콘도르들에게 적 선단을 찾아 폭탄을 떨어트리라고 요구하는 게 아니지 않은가? 해상수색을 위한 레이더를 달고, 정찰에 숙련된 관측수를 태운 다음 영국으로 가는 호송선단의 위치를 탐색하여 잠수함대 사령부에 알려주기만 하면 되는 거야. 선단에 근접할 필요도 없고, 쫓아오는 적 전투기를 상대할 일도 없어. 해상작전에 숙련된 초계비행대를 만들려면, 해당 임무를 전담하는 해군항공대의 창설이 필수란 말일세!"

"총통! 모든 항공기는 공군에서 통합하여 관리해야만 최적의 효율을 얻을 수 있습니다. 기체의 수도 고작 수십 기밖에 안 될 해군항공대가 얼마나 효율적인 군수지원을 하겠습니까? 그것도 문제입니다만, 배속된 인원들의 진급은 또 어떻습니까? 공군에 있으면, 유능한 파일럿들은 계속 진급하여 장군이 될 것이고 장차 원수가 되는 것도 바라볼 수 있습니다. 하지만 기껏해야 인원이 몇 백 명밖에 없을 해군항공대가 얼마나 진급을 보장해 주겠습니까? 기껏해야 항공대 사령관으로 대령 정도가 끝맺음일 것입니다. 공군의 효율적인 작전 수행을 불가능하게 할뿐더러 제 부하 장교들의 진급까지 방해하는 해군항공대의 창설은 절대 찬성할 수 없습니다!"

흥분한 괴링의 얼굴은 붉게 달아올라 있었다. 나는 조용히 입을 닫기로 했다.

"…알겠네. 해군항공대 문제는 내가 심사숙고를 할 테니까 그만 돌아가 보도록 하게."

"아니, 총통께 이 말씀은 꼭 드려야겠습니다. 칭얼대기만 하는 해군의 응석에 넘어가셔서는 절대 안 됩니다! 모든 항공기는 공군에 속해 있어야만 효율적인 운용이 가능합니다! 총통, 저야말로 공군이라면 제3제국에서 최고의 경력자이자 전문가가 아니겠습니까? 공군에 관한 문제라면 절대 다른 사람의 말을 듣지 말고 제 말을 따라 주십시오!"

괴링의 주장을 들은 나는 나도 모르게 머릿속으로 중얼거리고 말았다. 야 이 백돼지 새꺄, 네가 제3제국 최고의 항공전 경력자이자 전문가라고? 비행정 타고 지나가던 빨간 돼지가 웃겠다.

괴링을 내보내고 난 후 나는 조용히 팔짱을 끼었다. 솔직히, 별로 놀라운 결과는 아니었다. 이렇게 될 거라고 예상했고, 괴링은 정확히 내가 예상한 대로 반응했다. 혹시라도 괴링이 마음을 고쳐먹는다면 좀 더 데리고 가겠다고 생각하면서 불렀지만 이렇게 나오는 이상 어쩔 수 없다. 괴링과의 담판을 보는 이 없이 치르고 싶어 부관들도 모두 내보낸 상태였으므로, 나는 조용히 전화기로 손을 뻗쳐 직접 수화기를 들었다.

"교환실인가?"

–하일 히틀러! 그렇습니다, 총통각하.

"SD의 발터 셸렌베르크를 연결해"

–예, 알겠습니다!

잠시 지루한 시간이 흘렀다. 몇 분 지나지 않아 상대방이 나왔다.

–하일 히틀러! 셸렌베르크입니다.

"당장 내 집무실로 와라. 예의 그 건이다."

–알겠습니다.

6

괴링을 제거하는데 누구 손을 더럽힐 것인가도 매우 오랫동안 심사숙고한 문제였다. 7년 전 룀이 제거되었을 때처럼 힘러와 친위대를 사용하는 것도 가능하겠지만, 괴링이 반역이라도 도모했다면 모를까 그렇지 않다면 친위대 혹은 게슈타포를 동원해 체포할만한 명분이 없다. 더군다나 힘러를 이용해 현재 정권 내에서 명실상부한 2인자인 괴링을 제거하게 되면 힘러 놈의 권력을 더 강화시켜주어 그놈을 확실한 2인자로 만들어버림과 동시에 엉뚱한 욕심을 가지게 만들 수도 있다. 괴링을 제거하고 친위대와 게슈타포를 손에 쥔 힘러가 유사시에 얼마나 골치 아픈 존재가 될 수 있는지 생각하면, 절대 그런 괴물을 만들어내서는 안 된다.

결국 나는 내 수족이 되어 움직일 실행라인을 하나 새로 만들어야 했다. 내가 선택한 장기말은 발터 셸렌베르크, 즉 SD(친위대 정보부)의 책임자이자 RSHA(제국보안본부)의 차관이었다.

힘러의 부하라는 것을 알면서도 셸렌베르크를 선택한 것은 이 자가 나치즘의 충실한 신봉자이면서도 대학 교육을 받은 지성인으로, 상황에 맞는 옳고 그름을 합리적으로 판단할 수 있으리라 생각했기 때문이다.

효율적인 전쟁 수행을 위하여 불가피하게 괴링을 제거하고자 하는 내 의도를 밝혔을 때, 처음에 셸렌베르크는 이런 반응을 보였다.

"제국원수가 맡은 분야에서 제대로 일을 하지 못하고 향락에 빠져 뒹굴고 있다는 것은 SD에서도 잘 파악하고 있는 바입니다. 제국원수가 가진 정치적 지위와 그 영향력으로 보아 다른 고관들처럼 〈해임〉하고 후임자를 선발하는 일반적인 방법으로 해결할 수 없다는 총통의 말씀에도 동의합니다. 하지만 저로서는 당에 공훈이 큰 제국원수를 굳이 제거해야 하는지 조금 망설여집니다. 총통께서 제국원수를 설득하여 건강 문제 등을 사유로 해서 은퇴하게 하시는 편이 낫지 않겠습니까? 그렇지 않아도 제국원수는 모르핀 중독 상태이니만큼 이를 활용할 수 있을 것으로 보입니다만…."

"상급돌격대지도자(친위대 계급으로 중령), 그 돼지는 절대 공군을 내놓으려 하지 않아. 공군을 그 돼지로부터 되찾고 후임자를 앉히려면 돼지를 죽이는 수밖에 없다. 마지막으로 내가 나서서 고집을 버리도록 설득을 한 번 해볼 참이기는 하지만, 돼지가 끝내 거부할 경우를 대비한 대비책이 필요하다."

"알겠습니다. 총통께서 원하신다면, 방법을 강구해 보도록 하겠습니다."

이렇게 된 것이다. 같은 조건을 가진 다른 요원들도 여럿 있는데 굳이 이 자를 고른 것은…예전에 내가 읽은 〈독수리는 날아오르다〉라는 소설 속 이미지가 크게 작용을 했다. 그 소설에서는 셸렌베르크가 힘러가 꾸미는 총통 암살 음모를 분쇄하는 중심축이었는데, 설마 여기서는 힘러랑 손을 잡고 배신을 때리거나 하는 건 아니겠지.

"총통께서 일전에 말씀하신대로 구체적인 실행방안을 생각해 보았습니다. 이미 알고 계시겠지만, 우리 대원들이 직접 암살하는 것은 불가능합니다."

"그야 당연한 일이지. 내란이 일어날 거야."

나는 고개를 내저었다. 분명 괴링을 직접 암살하는 것이 가장 확실하고 빠른 해결책이기는 하지만, 대가가 너무 컸다. 뭐니뭐니해도 괴링은 나치 정권의 창립에 큰 공을 세운 일등공신이다. 그런 괴링이 '내' 손에 제거된다면, 남아있는 놈들은 자연스럽게 이렇게 생각할 것이다. '괴링 원수가 반역을 저지르지도 않았는데 처형된다면, 그 다음은?'

"총통께서 내리신 명을 따르기 위해, 여러 방법을 고민해 보았습니다만 대부분의 방법은 실행이 극히 어렵습니다. 제국원수 개인의 품행과 사교성 때문에 스캔들 조작을 통한 처리가 불가능합니다. 부패 문제는 제국원수 한 사람만 잡을 수 있는 것이 아니라 다른 고관들도 줄줄이 엮여서 나올 문제라 역시 활용할 수 없습니다. 다만 3년 전 에스파냐 내전 당시 제국원수가 그리스를 통해 우리의 적인 공화정부에 수천 정의 총기를 밀매한 적이 있는데, 이 건을 활용하여 반역죄를 적용할까 생각해 보았습니다만 관계자 상당수가 마우저 및 라인메탈의 고위직인지라 군수산업계를 뒤집어놓을 가능성이…."

"됐다, 내가 스탈린도 아닌데 한참 전에 지나간 옛 일을 파헤쳐서 무엇을 하겠나?"

4년은 족히 지난 일을 가지고 새삼 거론하는 것도 좀 창피한 일이다. 한숨을 깊게 쉬고 있는데 셸렌베르크가 한 가지 제안을 했다.

"총통, 이 이야기를 듣고 어떻게 생각하실지 모르겠습니다만…. 제가 구상한 여러 실행수단들 중 확실히 효과적인 방법이 딱 하나 있기는 있습니다."

"뭔가?"

"공산당 레지스탕스를 활용하는 것입니다."

공산당 레지스탕스라는 말에 내 눈이 번쩍 떠졌다가 곧 꺼림칙한 느낌에 얼굴을 찌푸렸다. 셸렌베르크는 내 눈치를 살피다가 다소 망설이는 어조로 자신의 구상을 설명했다.

"저희 SD에서는 프랑스 공산당 내부에 이중첩자를 박아 놓고 있습니다. 이쪽 라인을 이용해서 제국원수의 프랑스 시찰 일정과 철도를 통한 이동 경로를 프랑스 공산당에 흘린다면, 파괴활동을 벌이고 있는 공산당 레지스탕스가 필히 테러를 획책할 것입니다. 제국원수를 제거할 기회라면 어느 레지스탕스도 망설이지 않을 것이고, 제국원수는 오직 전용열차로만 움직이기 때문에 일정과 경로에 대한 정보만 있다면 레지스탕스가 테러를 벌이기는 어렵지 않습니다. 우리가 할 일은 제국원수의 시찰 사실을 〈아무도 모르도록〉 초특급 비밀로 하는 것뿐입니다."

"그래, 〈아무도 모르도록〉 말이지!"

7

"제국원수 각하, 총통께서 전문을 보내 오셨습니다."

"거기서 읽어보도록."

전용열차 식당칸의 자기 자리에 앉아 막 식사를 시작하려던 괴링이 나이프를 든 오른손으로 손짓하자 공군 대위인 부관이 차렷 자세로 서서 전문을 읽었다.

"'제3제국의 번영을 위해 불철주야로 노력해 온 제국원수의 노고를 보답하는 의미에서 이번 시찰을 마치고 돌아오면 새롭게 제정한 〈백엽대 십자 철십자 훈장〉을 수여하고자 함. 시찰을 마치고 베를린에서 만날 날을 고대하겠음. 제3제국 총통 아돌프 히틀러.' 이상입니다!"

"역시 총통께서는 내 고생을 알아주시는군. 기쁜 일이야."

괴링은 나이프를 들고 접시 위의 송아지고기를 썰면서 한껏 흐뭇한 미소를 지었다. 곧바로 괴링의 입에서 자기자랑이 줄줄이 흘러나오기 시작했다.

"말이야 바른 말이지, 국가사회주의독일노동자당(나치의 정식 명칭)은 내가 일으켜 세우고 거름을 주어 키운 거나 마찬가지가 아닌가? 당 초기에 내가 총통께 힘깨나 쓰는 유력인사들을 줄줄이 소개해드렸고, 후원금을 모아다가 당 활동비로 쓰게 했지. 그리고 경찰권을 우리 손에 넣은 다음 공산당을 비롯한 반국가분자들을 때려잡는 작업을 진두지휘한 것도 바로 나란 말이야! 비록 지금은 힘러, 그 놈팡이가 가로채갔지만, 애초에 게슈타포를 만들고 운영한 것도 나였어. 내가 프로이센 내무장관으로 재직하면서 공산당 놈들을 때려잡았으니 오늘의 제3제국이 있는 것 아니겠나!"

피가 배어 나오는 송아지고기 한 점을 입에 집어넣은 괴링은 눈을 감고 고기를 씹으며 진하게 배어나오는 육즙의 향을 음미했다. 맛있는 요리를 즐기는 이 순간 존경하는 총통으로부터 새 훈장 서훈에 대한 연락까지 받다니, 정말 행복했다.

"제국원수께서 제3제국 건립의 초석이신 것을 모르는 이가 어디 있겠습니까. 총통께서 집권하실 수 있게 조력하신 것도 큰 공이지만, 소관이 보기에는 공군을 재건하신 것이야말로 각하께서 세우신 가장 큰 업적이라고 생각됩니다."

부관이 살짝 웃으며 아첨의 말을 건넸다. 부관은 이럴 때의 괴링에게 아첨의 말을 해 주면 무척 좋아한다는 것을 잘 알고 있었다. 역시나 부관의 말을 들은 괴링은 호탕하게 웃음을 터트렸다.

"물론이지! 나 아니고 누가 루프트바페를 지금의 위용을 갖도록 건설할 수 있었단 말인가? 수천 명의 조종사와 탑승원을 훈련시키고, 육군과 민간으로부터 인재들을 데려와 공군의 조직을 만들고, 산업계에 신형 항공기 개발을 독려하여 루프트바페의 격납고를 고성능 최신예 항공기로 채웠지. 비록 영국을 정복하는 데는 실패했지만 소련을 해치우고 나면 꼭 영국에 우리 루프트바페의 뜨거운 맛을 다시 보여주고 말 걸세!"

영국 공군에 대한 복수의 의지를 불태운 괴링은 주제를 바꾸어 자신의 공군 운영 방침에 대한 정당성을 설파하기 시작했다.

"귀관도 알겠지만 이제 공군 없이는 어떤 전쟁도 치를 수가 없어. 육군도 해군도 항공기의 도움을 받지 않고서는 승리하는 것은 물론 스스로를 지키는 것조차 할 수 없지 않은가! 그런 만큼 모든 항공기는 공군에서 관할해야 해! 그래야만 전체적인 전국에 따라 항공전력을 특정 전선에 집중시켜 효과적인 목표 달성을 할 수 있지 않겠는가? 육해군의 모든 전선에서 항공전력 지원을 요구하지만 그 모든 요구에 응할 만큼 많은 비행기는 없어! 그러니만큼 항공전력의 운용에 있어서는 매우 큰 유연성이 필요하단 말이야!"

괴링은 목이 타는지 잠시 연설을 멈추고 포도주 한 모금을 목구멍으로 넘겼다.

"그러니 아무리 총통께서 부탁하신 일이라고 해도 해군항공대의 창설은 절대 용납할 수 없어. 내, 되니츠 그놈을 만나면 단단히 혼구멍을 내서 다시는 해군항공대의 'ㅎ'자도 입 밖에 꺼내지 못하게 만들어야지! 곧 로리앙이지?"

"예, 각하! 이제 조금만 더 달리면 잠수함대 사령부가 있는 로리앙역에 도착합니다. 급수와 급탄 때문에 전 역에 정차했을 때 전화를 걸어 되니츠 제독이 오늘은 외부로 나가지 않고 계속 영내에 있는 것도 확인했습니다."

"그렇다면 되니츠가 감히 내 초대를 거절하지는 않겠군. 잠수함대 사령관의 기를 죽이기에 충분한 최고급 요리를 준비하라고 요리사에게 전하게."

부관의 보고를 들은 괴링이 호탕하게 웃음을 터트리자 부관도 슬며시 미소를 지었다. 그런데 바로 그 순간, 열차 앞쪽에서 쿵 하는 폭음이 들리더니 갑자기 열차가 크게 기울어지며 미끄러지기 시작했다.

"어어어, 이게 무슨 일이야!"

"열차가 타, 탈선한 모양입니다. 조심하십시오, 제국원수 각하! 으아악!"

열차가 다리 밑으로 떨어지면서 일순간에 식당칸이 완전히 뒤집혔다. 비틀거리면서도 중심을 잡으려던 부관은 벽에 내동댕이쳐져 의식을 잃었고, 의자에 앉아 있던 괴링은 열차가 뒤집히는 순간 의자 및 식탁과 함께 거꾸로 떨어져 천정에 머리를 부딪쳤다. 괴링의 두 팔은 강물 속으로 가라앉기 전에 잠시 꿈틀거렸을 뿐이었다.

"독일 국민 여러분! 지금 저는 심장이 찢어지는 아픔을 느끼면서 여러분 앞에 서 있습니다. 지금 우리가 제3제국 건국에 있어서 총통각하를 제외하면 누구보다 큰 역할을 맡았던 영웅을 떠나보내고 있기 때문입니다!"

추도 연설을 하던 괴벨스가 베를린의 중심가인 운터 덴 린덴 거리의 연단에서 폭포수 같은 눈물을 흘리며 외쳤다. 수십만의 군중이 몰려들어 괴링의 영구가 실린 포차가 지나가는 모습을 숙연하게 바라보았다. 포차에는 내가 괴링에게 수여하겠다고 약속했던 〈백엽 대 십자 철십자 훈장〉이 찬연한 광채를 자랑하며 걸려 있었다.

"우리의 영웅! 제국원수께서는 우리 국가사회주의독일노동자당이 대중을 향해 손을 내미는 그 순간부터 우리와 함께 하셨으며 총통각하를 보좌하여 사악한 공산주의자들을 몰아내고 국가사회주의 체제를 수립하는데 말로 다 표현할 수 없는 크나큰 공헌을 하셨습니다. 지난 20여 년 동안 고인이 국가사회주의와 독일 국민을 위해 바친 희생과 열정의 가치는 우리 독일 국민 전원이 엎드려 감사를 표한다 해도 모자랄 것입니다."

내 생각엔 지금 시점에서 가준 것에 대한 감사를 더 크게 표해야 할 것 같지만.

"그러한 영웅을 우리 독일 국민의 품에서 앗아간 것은 누구입니까? 그것은 바로, 고인께서 그토록 증오하시고 말살하고자 하셨던 공산주의자들입니다! 고인을 폭탄으로 살해한 공산주의자들은 기필코 체포되어 법에 따라 목을 매달 것입니다. 우리는 사악한 공산주의자들이 사방에서 국가사회주의를 파괴하려고 노리고 있는 현실을 이 사건으로 다시 한 번 절감해야 합니다!"

괴링의 이동이 〈너무나 엄중한 비밀〉로 유지된 덕에 철도 관리를 맡은 독일군 경비대나 프랑스 철도 당국은 괴링이 열차를 타고 지나가는 것도 몰랐고, 그저 특별 열차가 하나 지나가니 선로를 비워놓으라는 지시를 받았을 뿐이었다. 지나치게 빈틈없는 보안이 이루어진 덕분에 교량 관리 담당자들은 딱히 교량을 철저히 경비해야겠다고 생각하지 않았다.

이 허술한 경계 상태가 레지스탕스들의 폭탄 설치 작업을 용이하게 해주었다. 레지스탕스들은 딱 열차를 탈선시킬 만큼의 폭약을 장치했다. 폭탄이 작으면 설치 시간도 짧고, 탈선한 열차가 강으로 추락하기만 해도 다수의 익사자가 나올 것이므로 굳이 다리를 날릴 만큼의 많은 폭약을 설치할 필요는 없다고 생각한 듯하다. 그리고 실제로 그렇게 되었다.

나는 부하들의 만류에도 불구하고 내 발로 걸어서 영구가 실린 포차의 뒤를 따랐다. 괴링을 죽게 한 것이 좀 미안하긴 했지만, 그 이유 때문은 아니었다. 그보다는 '내'가 후계자로 지정했던 괴링의 죽음을 이토록 슬퍼하고 있다는 사실을 과시하기 위함이었다.

괴링을 추모하고 공산당을 비난하는 괴벨스의 연설에 감동한 시민들은 줄줄이 눈물을 흘렸지만, 당연히 내 눈에서는 눈물 한 방울도 흐르지 않았다. 그런데 주변에서는 동지의 죽음으로 인한 내 슬픔이 너무 커서 눈물조차 말라버린 줄 아는 듯, 아무도 신경을 쓰지 않았다. 고맙게도 말이지.

대성당에서 성대한 장례식을 마친 뒤, 스탈린에 대한 저주와 공산주의자들에 대한 분노의 부르짖음이 가득 차 있는 운터 덴 린덴 거리를 차로 달려 같은 거리 한쪽에 위치하고 있는 총통관저로 가면서 나는 혼잣말로 조용히 중얼거렸다. 잘 가게, 덕후 동지. 부디 자유로운 20세기 말에 정치와는 상관없는 평범한 일반인으로 다시 태어나 다종다양한 취미생활을 실컷 즐기며 즐겁게 살아주시게나.

그러고 보니 내가 의도한 건 아니지만 오늘이 바로 12월 6일이었다. 석양은 서쪽 하늘을 붉게 물들이는 것이 맞건만, 오늘따라 서쪽이 아닌 동쪽 하늘에 걸친 구름 조각이 왠지 핏빛으로 보였다. 그건 역사를 알고 있는 내 기분 탓이겠지, 아마도

5장
일본, 진주만 기습!

1

"총통, 그럼 물러가겠습니다. 편히 쉬십시오."

부관이 경례를 하고 내 침실을 나갔다. 나는 편한 옷으로 갈아입은 채 안락의자 위에 몸을 눕혔다. 어제는 괴링의 장례를 치르고 오늘은 그에 따른 잡다한 의전을 수행해야 했다. 내 '후계자'가 죽었는데 장례식을 치렀다고 해서 곧바로 일상으로 돌아갈 수는 없는 일 아니겠는가. 피로한 하루를 보낸 뒤 늘어져 있으려니 온몸이 노곤했다. 역시, 22세의 정신으로 52세의 몸을 끌고 다니는 것은 너무 힘들었다.

그렇게 늘어져서 격렬하게 아무 생각도 안 하고 있는 중인데 갑자기 머릿속에서 번개가 쳤다. 오늘이 12월 7일이라는 사실과 함께 2차 세계대전 최대의 빅 이벤트가 눈앞에 다가와 있다는 것이 갑작스럽게 생각났다. 벌떡 일어난 나는 급히 시계를 찾았다.

"아차, 지금 몇 시지? 미리 준비를 해야 하는데!"

벽에 걸린 괘종시계는 마침 고장이 나서 수리하라고 보낸 터라, 급히 책상 위를 뒤졌지만 시계라곤 하나도 없었다. 아침에는 여자 부관들이 와서 깨우니까 자명종이 울리는 탁상시계 같은 것은 당연히 없고, 손목시계도 없었다. 하긴 이건 내가 일부러 안 쓰는 거긴 하지만…. 진짜 히틀러가 손목시계를 차고 다녔는지는 모르겠지만 나는 무게를 잡으려고 일부러 시계를 차지 않았다. 왜냐고? 부관이나 비서에게 지금 몇 시냐고 한 마디 던지는 게 내 손목을 들여다보는 것보다 훨씬 있어 보이잖아!

하여튼 시계가 없어 난감해진 나는 쓰러지듯 안락의자에 주저앉았다. 그리고 지금 몇 시쯤 되었을지 곰곰이 생각했다.

"일단 해는 졌고 저녁밥도 먹었으니 대충 한 저녁 8시쯤 됐겠지. 그러면 시차가 있으니까, 하와이는 지금…어이쿠! 벌써 한 시간 전이잖아!"

나는 두 손으로 머리를 쥐어뜯었다.

"제기랄! 제기랄! 그 백돼지 새끼 장례식 치르느라 그 큰 이벤트에 대처할 준비하는 걸 까먹다니! 젠장, 할 수 없다. 지금부터 대충이라도 준비해야지. 아아, 이 빌어먹을 세상에 오기 직전에 새로 샀던 노트북이 여기 있으면 얼마나 좋을까. 총통 체면에 독수리 타법으로 타자기나 두드리고 있을 수도 없고."

푸념을 해 봐야 없는 물건이 생겨나지는 않는다. 나는 투덜거리면서 책상 위에 쌓여 있는 종이 한 장을 서판 위에 놓고 비서들이 깎아 놓은 연필을 들었다. 이 시대에 문서를 쓰려면 펜에다가 잉크를 찍어서 쓰는 게 정석이겠지만 펜을 안 만져 본 세대인 나한테는 너무 힘들었다. 볼펜은 최초의 발명품이 저기 헝가리 어느 구석에 있을 터인데 아직 실용화가 되려면 멀었고, 만년필도 안 써봐서 어색하니 그냥 연필이 제일 나았다. 나는 투덜거리며 방송을 통해 세계 각국에 선포할 선언문의 초안을 쓰기 시작했다.

…아, 무슨 선언이냐고? 그야 당연하지 않아? 달력 안 봤어? 아니, 앞에서 내가 오늘 며칠이라고 했지? 오늘은 바로 12월 7일이고, 지금 시간은 베를린 시간으로 대충 저녁 8시야. 그렇다는 이야기는 하와이 시간으로는 지금이 12월 7일 아침 9시라는 이야기지. 이제 이해가 가? 지금 진주만이 폭격을 당하고 있다고!

나는 연필로 한참 선언문을 쓰다 말고 잠시 묵념을 했다. 비열한 일본놈들의 폭격으로 사망한 미국 해군 장병들을 위하여. 하지만 기뻐하는 마음이 샘솟기도 했다. 왜냐고? 당연한 거잖아! 이제 일본이 망할 테니까! 한국도 다시 독립하고!

물론 독립이 거저 오지는 않는다. 수많은 한국인들이 일본의 전쟁에 군인으로, 노무자로, 위안부로 끌려가 죽거나 상처를 입게 되겠지. 한반도에 남은 사람들도 일본의 전쟁수행에 필요한 물자와 비용을 대느라 죽을 고생을 할 것이다. 세금, 공출, 징용, 징병….

하지만 지금 일본은 5년째, 맞나? 하여간 벌써 몇 년 째 한국인이 가진 한민족으로서의 의식 자체를 지워버리기 위해 민족말살통치를 진행하고 있다. 이제 전쟁이 터졌으니 한국인을 일본인으로 만들기 위한 정책을 한층 더 강력하게 추진하고 있을 거다. 설사 전쟁으로 인해 동화정책이 가속화되지 않고 이제까지 해온 '비교적 완만한' 동화정책이 계속된다고 해도 언젠가는 한민족이 사라져 버리고 말리라. 그걸 생각하면 전쟁으로 겪게 될 우리 민족의 희생이 가슴 아픈 일이기는 해도 일본이 태평양전쟁을 일으켜 스스로 망하는 것이 낫다 싶기도 했다.

나는 다시 연필을 들었다. 일본 정부가 방송을 통해 정식으로 대내외에 진주만 공습 및 미국, 영국과의 개전 사실을 공표한 것이 12월 8일 오전 6시다. 도쿄 시간으로 오전 6시는 베를린 시간으로는 오후 10시니까 정말 조금밖에 시간이 남지 않았다. 대응할 때를 놓치지 않으려면 얼른 이놈을 완성해야 한다.

2

정말 미친 듯이 썼다. 평생 이래본 적이 없을 정도로 열과 성을 다해 썼다. 아마 내가 이 정성을 가지고 소설을 연재했으면 매일 3연참을 하며 독자들에게 엄청난 환호를 받았겠지.

"아우, 졸려."

마침내 마지막 문장을 마무리하고 나자 연필을 방 저편으로 집어던지고 침대로 가서 누워버렸다. 글씨가 빽빽한 종이 두 장에는 긋고 지운 표시가 가득했다. 두 시간 만에 선언문을 다 쓰는 데 성공한 것이다. 늘어져 있는데 책상 위의 인터컴이 울렸다,

– 총통각하.

"누군가?"

– 마린도르프 소위입니다. 리벤트로프 외무장관이 급히 각하를 뵙고 싶답니다.

"들여보내게."

인터컴을 통해 들어온 보고에 나는 벌떡 일어나 기지개를 켰다. 그리고 파자마를 입은 채 그대로 책상 앞에 앉았다. 오래 기다릴 필요 없이 문이 벌컥 열렸다. 나는 정말 처음으로 리벤트로프의 당황한 목소리를 들을 수 있었다.

"총통, 일본이, 일본이 미국을 공격했습니다!"

"응, 알고 있네."

내가 전혀 놀라지 않자 리벤트로프는 순간적으로 어처구니없다는 표정을 지었다. 아마 내가 깜빡 잠이 들었다가 덜 깨서 자기가 무슨 말을 하는 건지 못 알아들었다고 생각했는지도 모르겠다. 하여튼 내가 조용히 다음 말을 기다리고 있었더니, 잠시 헛기침을 하며 표정을 고친 리벤트로프가 급히 이야기를 계속했다.

"총통, 지금 일본 제국 정부가 라디오를 통해 공식적으로 선포를 했습니다. 네 시간 전에 일본군 항공기들이 하와이의 미국 태평양함대 기지를 대대적으로 공습했으며, 싱가포르와 상하이 등 아시아의 여러 군사 요충지에 대해서도 공습이 가해졌다고 합니다! 괌과 웨이크 같은 태평양상의 미국 거점에 대해서도 공습을 가했다는 것이 일본 측의 발표입니다."

"일본이 결국 미국의 봉쇄를 깨고 석유를 얻기 위해 전쟁을 일으켰다, 그 말이지? 정말 엄청난 이야기로군. 하지만 이 사태에 대한 적절한 대책을 마련하자면 우리가 흥분하지 않는 것이 좋겠네. 그 일에 대해서 혹시 미국 측에서는 공식적인 발표가 나온 것이 있는가?"

엄청난 소식을 가져왔는데도 딱히 반응이 없으니까 리벤트로프가 답답해하는 것 같았지만 나는 내 태도를 의도적으로 차분하게 유지했다. 리벤트로프의 흥분이 가라앉지 않았기 때문에 더더욱 그랬다. 이 인간도 침착하게 머리를 식혀야 시키는 일을 제대로 할 것이 아닌가.

"아니, 아직 없습니다. 오늘이 일요일이었기 때문에 아마도 미국 정부에서도 어떻게 해야 할지 몰라 난리가 나 있을 것입니다. 내일, 월요일이 되어야 본격적인 반응이 나올 것이지만 제가 추측하기로는 분명 미국은 참전하리라고 봅니다. 그 자존심 센 미국이, 동양의 원숭이들이라고 내심 멸시해오던 상대방에게 주력함대가 머무르는 해군기지를 공격당하고도 가만히 있을 리가 없습니다. 피해가 얼마나 났을지는 모르겠습니다만."

내가 흥분하지 않고 조용히 리벤트로프의 얼굴을 쏘아보고만 있었더니 그도 좀 진정이 되었는지 말하는 투가 많이 차분해졌다. 나는 그러한 태도 변화에 대해 만족하여 고개를 끄덕이며 미군의 피해에 대해 내가 아는 바를 살짝 알려주었다.

"진주만의 미국 함대는 전투에 대한 대비가 전혀 되어 있지 않았네. 여기에 더해서, 일본 해군의 조종사들은 수년 이상의 훈련을 받고 실전 경험을 가진 진짜 베테랑 조종사들이지. 비록 항공기의 성능은 우리 독일 공군이 가지고 있는 기종들보다 전반적으로 뒤처지지만, 조종사 개개인의 숙련도는 매우 높기 때문에 공격에 사용된 어뢰와 폭탄의 명중률은 매우 높을 것이네. 이를 감안하면 진주만의 미국 전함 중 2척 정도는 완전히 침몰했을 것이고, 5척 정도는 대파되었다고 봐야 할 것이야. 그 외에 순양함이나 구축함 같은 소형선의 피해도 있을 테고, 하와이 주둔 항공대도 수백 기 수준의 상당한 피해를 입었을 것이라고 생각하네. 인명피해는 최소한 2천 명 이상 발생했겠지."

리벤트로프는 어떻게 그런 것을 알 수 있느냐는 듯 입을 딱 벌린 채 내 얼굴을 쳐다보고만 있었다. 나는 그런 것은 못 본 체 하고 화제를 돌렸다.

"그래서 미국과 일본이 전쟁에 돌입하게 되었다 이 말인가, 외무장관?"

"그렇습니다! 아까 말씀드렸지만 일본의 선제공격을 받은 미국, 그리고 영국은 당연히 반격을 시작할 겁니다. 그 두 나라가 평소 백인보다 열등하다고 간주해 온 아시아인들의 공격을 받고 가만히 있을 리가 없습니다."

나는 안락의자에 깊이 몸을 묻으며 대답했다.

"열등한 아시아인이라…뭐, 좋아. 그 열등한 아시아인들과 미국인들이 싸우는 데 있어서 우리 제3제국이 어떤 반응을 취해야 한다고 생각하는가? 물론, 일본이 이탈리아와 더불어 우리 독일과 동맹조약을 체결한 독일의 동맹국이라는 점은 나 역시 잘 알고 있네."

리벤트로프는 손수건을 꺼내 이마에 흐르는 땀을 닦았다. 그러고 보니 지금은 12월인데 리벤트로프의 이마에는 땀방울이 잔뜩 맺혀 있었다.

"총통, 우리 세 나라가 체결한 삼국동맹은 분명 어느 한 가맹국이 비가맹국으로부터 공격을 받았을 때 다른 가맹국들이 원조할 것을 규정하고 있습니다. 하지만 일본은 미국으로부터 공격을 받은 것이 아니고 그 자신이 스스로 선제공격을 가했습니다. 조약상으로 볼 때 우리 독일은 일본을 도와 미국과 전쟁을 시작할 의무가 없습니다. 하지만 총통께서 그동안 일본에 대해 평가하시기를…."

나는 리벤트로프의 말을 끊으며 선선히 고개를 끄덕였다.

"아니, 내가 오늘 이전에 일본을 어떻게 평가했는가 하는 것과는 별개 문제로, 지금 발생한 급변상황에 대해서는 나 역시 그대와 같은 판단을 내렸다는 점을 분명히 하겠네. 여기, 이번 사태에 대해서 우리 독일 정부가 공식적으로 취해야 할 입장을 내가 직접 정리했으니 자정에 라디오를 통해 방송하게."

리벤트로프는 내가 조금 전 완성해 놓은 두 장의 원고를 받아들었다. 그리고 연필로 빽빽하게 쓴 글자들을 잠시 들여다보더니 두 눈을 화등잔 만하게 떴다.

"이런 것을 미리 다 준비하셨다는 말씀이십니까? 일본이 오늘 미국을 공격할 것을 총통께서는 어떻게 아셨습니까?"

"외무장관! 그 정도는 세계정세를 보는 눈이 있다면 누구든지 알 수 있네. 모르는 이들의 식견이 부족한 것이지, 내가 대단한 것이 아니야!"

…미리 다 알고 있었다고, 격침된 군함 이름과 함선마다 발생한 사상자 숫자까지 알고 있다고 말하고 싶어 죽겠다. 말하고 싶어 죽겠다고!

3

베를린 시간으로 자정, 외무장관 리벤트로프의 목소리로 나가는 일본의 진주만 공습에 대한 제3제국의 공식 성명이 베를린 중앙 무선국의 전파를 통해 전 세계로 퍼져나갔다. 사실 괴벨스가 이쪽으로는 더 전문이긴 한데 괴벨스는 국제적인 이미지가 별로 안 좋지 않은가. 그래서 일부러 서방의 적대감이 조금이라도 덜한 리벤트로프에게 방송하도록 했다. 리벤트로프라고 서방에서 이미지가 좋은 건 아니지만, 그래도 괴벨스보단 나으니까.

"금일 저녁, 현지 시간으로 오전 8시에 일본제국의 전투기, 뇌격기, 급강하폭격기 수백 기로 이루어진 공습편대가 미국령 하와이 제도의 오아후 섬에 있는 미국 태평양함대를 기습적으로 공격하였다. 아무런 사전 통보 없이 일요일 새벽에 가해진 이 기습으로 인하여 미국 태평양함대는 막대한 피해를 입었으며, 민간인들이 입은 인명피해도 수백 명, 재산 피해는 수십만 달러에 달했다. 우리 독일 정부는 중립을 표방하던 미합중국 태평양함대에 행한 이와 같은 일본제국의 공격행위에 대해 심심한 유감을 표하는 바이다. 근래 수개월간 발생했던 양국 사이의 외교적 분쟁에는 평화로운 해결의 여지가 분명히 존재한다고 판단하였기에 본 정부는 개입하지 않았다. 이를 평화적으로 해결하지 못하고 먼저 선제적으로 무력을 행사한 것은 명백한 일본제국 정부의 과오라고 할 것이다. 무력으로 위협을 받지 않았음에도 먼저 무력을 행사하여 평화적 교섭의 여지를 파괴한 일본제국 정부는 스스로 초래한 위기에 대해 무한한 책임을 지게 될 것임을 명심해야 할 것이다.

더불어 우리 독일 정부는 이번 미국과 일본의 무력 충돌에 있어서 엄정한 중립을 지킬 것임을 선포하는 바이다. 비록 독일과 일본제국 두 나라가 이탈리아 왕국과 더불어 방공협정 및 삼국동맹을 체결하고 있는 것은 사실이나, 방공협정은 공산주의 타도를 위한 것이므로 미국을 대상으로 발효될 사유가 없으며, 삼국동맹은 〈적국의 침략을 받을 경우〉 발효하여 서로 간에 원조를 제공할 것을 규정하고 있는데 이번 충돌에서 본 장관은 일본제국이 미합중국으로부터 〈침략〉을 받았다고 인정할 수 없다.

이에 독일 정부는 이번 미국과 일본의 충돌에서 어느 한 국가를 지원하지 않는 엄정중립을 준수할 것이며 양국에 대해 동등한 태도를 취할 것을 선언하는 바이다."

라디오에서 흘러나오는 리벤트로프의 목소리를 들으며 나는 얼음과 콜라가 든 잔을 기울였다. 12월의 겨울밤이라 그런지 굳이 냉장고 따위에 넣어두지 않아도 콜라는 시원했다. 미국의 참전이 미뤄지는 만큼

콜라를 더 오래 마실 수 있다고 생각하니 나도 모르게 입가에 흐뭇한 웃음이 흘렀다. 아…, 여차 하면 이 세계에서는 환타가 발명되지 않을 수도 있지 않을까?

방송이 끝나자마자 나는 리벤트로프에게 전화를 걸어 노고를 치하한 뒤, 내일 오전 중으로 베를린 주재 미국 임시대리대사(Chargéd'Affaires)인 릴랜드 버넷 모리스(Leland Burnette Morris)를 총통 관저로 호출하라고 명령했다. 목적? 그야 당연히 미국이 당한 비극에 대해서 심심한 위로의 뜻을 표하기 위해서지!

4

"총통, 미국은 지금도 우리의 전쟁 수행을 충분히 방해하고 있습니다. 미국 정부는 우리의 적인 영국과 소련에게 막대한 양의 무기와 물자를 거저 대주고 있고, 미국 해군은 영국 해군을 도와 대서양에서 활동하는 우리 잠수함들을 도발하면서 전쟁에 끼어들려고 하고 있습니다. 하지만 지금 우리는 미국과 전쟁 상태가 아니기 때문에 그에 대한 합당한 응징을 가할 수가 없습니다. 총통께서 미국과의 개전을 결정하는 결단만 내려주신다면, 우리 유보트 함대는 당장에 미국 해역으로 들어가 잠수함 공격에 전혀 대비 되어있지 않은 미국인들의 배를 무더기로 가라앉힐 수 있습니다."

난 되니츠가 바보가 아니라 천재에 가깝다고 생각했고 앞으로도 그렇게 믿고 싶은데 아무래도 이 양반이 하는 생각의 일부는 바보스러운 게 맞는 것 같다. 로리앙에서 급히 비행기를 타고 베를린으로 날아왔다기에 미국 임시대리대사를 만난 바로 뒤로 면담을 잡았더니 기껏 한다는 소리가 미국과 전쟁을 하자는 거라니 말이다.

"총통께서 인정하셨듯이 유보트를 통한 통상파괴전은 어떤 제한도 없이 단호하고도 철저하게 이루어져야 합니다. 영국으로 가는 배는 국적 불문하고 모두 격침시켜야 하고, 이를 막으려고 드는 군함은 어느 나라 함선이든 격퇴해야 합니다. 지금 미국 해군은 대서양 서부 해역의 선단 호위에 직접 참가하는가 하면, 자기들 영해도 아닌 대서양 서부의 광대한 수역에 우리 잠수함의 출입을 금지한다고 선포하고 해당 수역 안에서 우리 잠수함을 발견할 경우 가차 없이 공격하고 있습니다. 미국인들이 그런 불법적인 참전행위에 대해서 명분이라고 내놓은 것은 우리 잠수함들의 통상파괴활동이 국제법으로 금지된 해적행위라는 억지주장 하나뿐입니다.[1] 그뿐이겠습니까? 미국 군함들은 미국 국기를 감춘 채로 공공연하게 영국 제도 인근의 전투수역을 넘나들면서 우리 잠수함들이 자기들에게 선제공격을 가하도록 유도하고 있습니다. 이는 영국을 봉쇄하려는 우리 잠수함대의 노력을 심각하게 방해하는 행동이자, 우리 제3제국에 대한 명백한 적대행위입니다. 총통께서 마음을 바꿔 결단을 내려주신다면, 우리 잠수함대는 역사에 남을 대승리를 거둘 수 있습니다."

나는 깊은 한숨을 쉬었다. 되니츠 이 양반은 정말 눈앞의 잠수함전에 대해서만 생각을 하는 모양이다. 지금 당장 미국에 선전포고를 하면 대전과를 거둘 수야 있겠지만, 그게 과연 얼마나 가겠는가? 원래 세계에서, 42년 초에 미국 연안에서 벌어진 유보트의 대규모 사냥은

1 20세기 초의 전시국제법에 의하면, 군함이 적국으로 가는 화물선을 격침시키려면 먼저 상대 화물선을 정선시킨 후 화물의 종류와 양을 조사하여 군수품과 같은 전시금제품을 적재하고 있음을 확인한 후에야 민간인인 승무원들을 안전하게 대피시킨 후 배만 가라앉힐 수가 있었다. 하지만 방어력이 매우 취약한 유보트는 상선이 들이받기만 해도 침몰할 수 있었으므로 전쟁법규에 따른 해상로 차단을 하지 못하고 눈에 띄는 배를 모조리 어뢰로 격침시키는 수밖에 없었다. 이것은 명백한 전시국제법 위반이었고, 미국은 이를 빌미로 하여 상선을 공격하는 추축국 군함을 해적선으로 선포하고 공격했다.

겨우 6개월밖에 지속되지 않았다. 그리고 유보트가 매달 격침시킨 선박의 양은 그 최전성기에조차 단 한 번도 미국과 영국의 조선소에서 새로 건조되는 양을 추월하지 못했다. 나는 차분히 입을 열었다. 잠수함전에 대한 되니츠의 능력을 확실히 인정하고, 인간적으로도 좋아하며 존경하는 만큼 함부로 말하고 싶지는 않았다.

"되니츠 제독, 귀관이 영국을 완벽하게 봉쇄하기 위해서 얼마나 노력하는지는 잘 알고 있소. 하지만 미국과 전쟁을 할 수는 없소. 미국의 산업 능력은 수식할 말을 찾기 힘들 만큼 거대하며, 미국이 전면전에 뛰어들 경우 미국의 산업계는 독일과 비교가 되지 않을 만큼의 군수물자를 생산하게 될 거요. 선박 건조 능력도 마찬가지요. 미국인들은 온갖 기발한 아이디어와 이를 실현시킬 수 있는 행동력을 가지고 있소. 저들은 선거(dock)가 아닌 맨땅에서도 화물선을 건조하여 선단 규모를 계속 늘려나갈 수 있고, 우리는 아무리 가라앉혀도 새 배가 또다시 눈앞에 나타나는 현실 앞에 절망하게 될 거요."[1]

나는 잠시 입을 다물었다. 이번에 나올 말은 되니츠 제독에게 상처를 줄 수도 있었기 때문이다. 하지만 하지 않을 수가 없었다.

"미국인들은 구축함과 항공모함을 비롯한 호위함도 대량으로 건조할 테니 우리 잠수함들은 차츰 선단으로부터 밀려나 공격이 아닌 바다에서의 생존 그 자체를 위해 투쟁하게 될 거요. 적의 함선을 격침하기 위해서 바다로 출격하지 못하고 적의 해상전력 및 항공전력을 독일로부터 떨어트려 놓기 위하여 출격해야 할지도 모르는 잠수함 승무원들의 비참한 처지를 상상해 본 적이 있소? [2]어떤 면으로 생각해 보아도

---

1 미국이 조립식으로 2,710척을 대량 생산한 리버티 형 수송선의 평균 건조기간은 한 달이었고, 최단 건조시간 기록은 4일 15시간 30분이다.

2 실제 대서양에서의 전세가 완전히 뒤집어진 뒤 44~45년의 유보트 출격은 전과를 거의 올

미국과의 전쟁은 파멸 그 자체로 가는 길이오. 지난번 대전에서도 미국의 참전 때문에 우리가 결정적으로 열세에 몰렸다는 사실을 잊었소?"

독일이 1차 세계대전 최후의 대공세, 루덴도르프 공세를 벌였던 것은 유럽 전선에 미군이 본격적으로 동원되기 전에 승부를 내지 않으면 승산이 없었기 때문이다. 하지만 독일의 도박은 실패로 돌아갔고, 속속 도착한 미군은 독일을 몰아붙여 결국 항복을 받아냈다. 미군이 오기 전에도 미국이 보낸 각종 물자들은 영국과 프랑스의 전쟁 수행을 크게 도왔다. 되니츠가 반박하지 않는 것을 동의로 여긴 나는 이야기를 계속했다.

"게다가 전쟁을 완전히 끝내려면 적의 지상군을 완전히 격퇴하고 수도로 진군하여 승리의 깃발을 꽂아야 하오. 크렘린에, 버킹엄 궁전에 우리 제3제국의 국기를 꽂고 강화조약을 체결해야 소련, 영국과의 전쟁이 끝나는 거요. 그런데 미국과의 전쟁에서 그게 가능하다고 생각하시오? 유보트를 가지고 미국의 전쟁 수행 능력과 의지에 일부 타격을 줄 수는 있소. 하지만 미국 본토에 우리 국방군을 상륙시켜 워싱턴을 점령하는 것은 불가능하오. 미국이라는 나라는 과거 영국에게 워싱턴을 점령당하고도 항복하지 않았었는데[1], 고작 잠수함대의 공격으로 항복할 것 같소?"

미국은 전면전에서는 어느 누구에게도 패한 적이 없는 나라다. 많은 사람들이 미국이 실패한 전쟁이라고 까대는 베트남, 아프간, 그리고 이라크도 미국이 2차 세계대전에 뛰어들 때처럼 몰빵했으면 상대국

리지 못했음에도 출격이 계속된 이유가 이거였다. 여기서 히틀러의 대사는 실제로는 되니츠가 했던 발언이다.

1 1812년에 있었던 미영전쟁 중에 워싱턴을 점령한 영국군이 대통령 관저를 불태웠고, 이때 불에 탄 건물을 하얗게 칠하면서 화이트하우스라고 불리게 되었다는 속설이 있지만 실은 그 전부터 흰색이었다.

을 모조리 석기시대로 만들어버리고 끝냈을 것이다. 괜히 이런저런 명분을 끼우다가 실패했지.

"게다가 영국은 봉쇄하면 효과나 있지, 우리가 미국을 봉쇄한다고 쳐도 고달파지는 것은 봉쇄를 유지하려고 피가 마를 우리들일 뿐이오. 미국 영토 안에는 식량에서 석유까지, 필요한 모든 것이 쓰고도 남아 수출할 만큼 존재하오. 저들은 우리가 무슨 짓을 해도 끝까지 항복하지 않을 거요. 나는 절대 쓰러지지 않는 적을 상대로 싸움을 벌여 국민들을 고통에 빠뜨리고 싶지 않소."

나는 말을 마치고 그대로 소파에 쓰러졌다. 혼신을 다해 상대를 설득하는 건 역시 힘든 일이었다. 문제는 되니츠가 설득이 되지 않았다는 것이다!

"하지만 총통각하, 우리는 혼자 싸우는 것이 아닙니다! '세계 3위의 해군력'을 가진 일본과 함께 싸우는 것입니다. 미국 해군의 함정들은 상당수가 일본군을 상대하기 위해서 태평양으로 빠질 것이므로 대서양에서 우리에게 맞설 함선의 수는 그만큼 적어집니다. 미국 역시 우리와 마찬가지로 태평양과 대서양 양 전선에서 양면전쟁을 치르게 되는 것이고, 자신들이 감당할 수 없는 만큼의 피로를 느끼게 되면 적정한 선에서 협상으로 전쟁을 끝내는데 동의할 것입니다. 승산은 충분히 있습니다."

내가 그렇게 설득을 했는데도 되니츠는 끈질기게 대미 개전을 주장했다. 나는 짜증이 치솟았지만 그래도 이를 악물고 참았다. 내가 어려서부터 잠수함전의 영웅으로 느끼고 존경해 왔던 되니츠에게 화를 내고 싶지 않았다.

"제독, 미국은 이미 가지고 있는 군함의 수만 해도 상당하고 그 산업능력으로 본격적으로 군함을 건조하기 시작하면 수십 척의 전함과 항공모함, 백 척 단위의 순양함과 천 척 단위의 구축함을 건조할 수 있으니 두 개의 전선을 모두 감당하고도 남을 거요. 안타깝지만 우리 독일의 산업 능력은 미국을 상대할 만큼 넉넉하지 못하니, 미국과의 전쟁은 불가하오."

되니츠는 쉽게 물러나지 않았다. 결국 내가 먼저 자리를 박차고 나와 버려야 했고 나는 하루 종일 기분이 나빴다. 하지만 앞으로의 잠수함전을 생각하면 내가 좀 기분이 나쁘다고 되니츠를 해임할 수는 없는 일이니, 결국 화를 삭이는 것은 내 속에서 해야 할 일이었다. 그런 기분으로 전략회의를 주재하고 있는데 화를 돋우는 놈이 또 있었다. 내가 아직도 이름을 외우지 못한 1/5의 참석자 중 하나였다.

"총통각하, 루즈벨트 행정부가 유대인과 공산주의자에게 지배당하고 있다는 것은 총통께서도 잘 알고 계시지 않습니까? 우리 제3제국이 안정과 평화를 얻으려면 루즈벨트 역시 타도해야 합니다. 또한 우리는 일본과 동맹을 맺고 있는 바, 동맹국인 일본을 돕기 위해서 미국과 싸우는 일은 당연한 것 아니겠습니까?"

뭐, '일본은 우리 동맹'이니까 일본을 도와서 미국이랑 싸우라고? 그 X같은 쪽발이 새끼들을 위해서? 아직 되니츠 때문에 생긴 짜증이 가시지도 않았는데 그 말을 듣는 순간 내 머릿속에서 퓨즈가 끊겼다(…).

"일본은 독일민족의 생존과 유럽 문명의 수호라는 막중한 책임을 지고 소련과 싸우는 우리를 돕지 않고 있는데 왜 우리가 일본을 도와 미국과 싸워야 한단 말인가! 우리가 일본을 위해 미국에 선전포고를 한다고 해도 은혜를 모르는 일본은 절대 우리에게 호응하여 소련을 공격하지 않을 것이다. 지난 3년간 있었던 두 차례의 국경분쟁에서 일본군은 매번 소련군에게 완패했고, 그 때문에 소련군과 싸우는 것 자체를 두려워하는 겁쟁이들이다!"

장고봉 사건과 노몬한 사건, 그 대규모 전투를 '사건'이라고 줄여 부를 만큼 일본은 애써 상처를 감추려 했다. 하지만 실제 참패했다는 사실은 그들 자신이 잘 알았고, 결국 소련과 다시 싸우는 대신 남진을 택했다.

"게다가 중국대륙에서는 장개석의 국민정부와 모택동의 공산군을 상대로 끝이 없는 수렁에 빠져 있으면서 이번에 미국과 전쟁을 시작하기까지 했으니 일본은 더더욱 소련과 싸우려 하지 않을 테지. 우리가 일본을 도와 미국과 싸워봐야 우리의 일방적인 희생만 커질 뿐이야! 게다가 루즈벨트가 유대인의 손아귀에 놀아나는 꼭두각시라고 해도, 그자가 대서양 너머에 있고 우리가 유럽을 확실히 안정화시킨다면 그것으로 충분하다. 당면한 우리의 적은 스탈린이지 루즈벨트가 아니다!"

참모총장 할더에서 힘러, 괴벨스에 이르기까지 정신줄이 어느 정도 박힌 대부분의 고위 군인, 관료들은 모두 내 뜻을 따라 미국과의 개전을 반대했다. 당연히 일본을 돕자고 주장한 이 정신 나간 인간은 주변의 동조를 전혀 받지 못하고 찌그러졌다. 나는 그날 저녁에 당장 명령서를 작성하여 그 참모를 러시아 전선으로 보내버렸다(…).

5

딱히 달라진 요인이 없다 보니 이후 태평양전쟁의 초기 전황은 내가 알고 있는 것과 별 차이 없이 진행되었다. 미국 수비대가 분전했지만 결국 괌과 웨이크 두 섬은 함락되었고, 맥아더의 여러 삽질과 함께 필리핀이 무너졌으며 영국이 해군력을 쥐어짜서 파견한 프린스 오브 웨일즈와 리펄스는 말레이 앞바다에 가라앉았다. 싱가포르의 퍼시벌은 야마시타의 "예스카, 노카(예스냐, 노냐)!"의 위협적인 질문을 받고 무조건 항복 문서에 서명했다.

미일간의 전쟁에 우리가 중립을 선언했지만 일단은 일본 정부도 그다지 유감스러워하지 않았다. 애초에 일본의 입장에서도 미국과의 전쟁은 독일과의 동맹 가능성 같은 것은 고려하지 않은 수십 년 전부터 준비해온 것인데다가, 전쟁으로 얻은 과실을 동맹인 우리와 나눌 생각이 전혀 없었기 때문이다. 원래 세계 쪽 역사의 전례를 보아도 그렇다. 독일이 그토록 최선을 다해 일본을 도왔음에도, 일본은 점령한 동남아시아에서 현지에 진출해 있는 독일기업을 수익성 있는 현지사업에 참여하게 해주는 정도의 배려조차 해주지 않았다.

게다가 일본은 독일이 정말 도움을 필요로 할 때도 돕지 않았다. 대소전을 개시했을 때 일본이 시베리아를 공격했다면 독일로서는 큰 도움이 되었겠지만 일본은 결국 전쟁이 끝날 때까지 소련과의 중립조약을 구실로 전쟁에 뛰어들기를 거부했기 때문이다.

만약 우리가 함께 싸워주기를 일본이 진심으로 원했다면 사전에 개전 계획을 알려주고 협조를 요청했어야 하는 것 아닌가? 사실 저쪽 세계에서 독일이 참전한 이유도 일본이 협조를 요청했기 때문이 아니었다. 일본은 가만히 있는데 히틀러가 저 혼자 좋아서 지랄발광을 하면서 부하들의 갖은 반대를 물리치고 미국에게 선전포고를 한 것이었다. 난 그런 미친 짓을 반복할 생각이 전혀 없다. 태평양은 당분간 내버려두면 될 일이다.

6

미국에 대한 선전포고를 하지 않았다고 해서 러시아 전선의 사정이 눈에 띄게 좋아지지는 않았다. 도리어 실제 독일이 겪은 것보다 나을 것도 없는 악전고투의 연속이었다.

"전 전선에서 소련군의 반격이 끊임없이 벌어지고 있습니다. 도저히 감당할 수 없는 일부 지역의 주둔군에게 현 전선에서의 후퇴를 허가해 주셨으면 합니다만…."

"안 돼! 전 동부전선에서 방어태세로 들어갈 것이니 여유를 두고 방어진지를 단단히 구축하라고 내가 두 달 전부터 그렇게 강조하지 않았나! 후퇴는 없다!"

"알겠습니다, 총통. 일단 현지부대에 현 진지를 절대 사수할 것을 명령하겠습니다. 하지만 추후에 사정이 더 악화될 수 있다는 점을 부디 감안해주십시오."

동부전선에서 제대로 된 소련군의 반격이 나타나기 시작한 것은 대략 12월 초부터였다. 우리가 타이푼 작전을 방어에 중점을 두는 것으로 전환하고, 11월부터 진격을 중단하자 소련 정부는 숨 돌릴 여유를 얻었다. 그리고 독일군이 지쳤다고 생각한 스탈린이 작정하고 부대를 정비하여 실지를 탈환하기 위한 역공세를 벌이기 시작했던 것이다.

적의 반격을 맞는 우리의 상황에는 실제 역사의 독일군보다 유리한 점이 많았다. 대부분의 부대가 제대로 요새화할 만한 지형을 갖춘 선에서 진격을 멈추었고, 저쪽 세상의 독일이 한 것처럼 여름부터 해공군용 장비 생산을 증가시키지 않고 육군용 장비를 더 많이 생산해서 전선에 보급했다. 게다가 월동장비의 보급도 일찌감치 시작했으므로 모든 장병에게 겨울용 군복과 장화 일습 정도는 지급해 줄 수 있었다.

대신 본토에서 창설할 예정이던 신규 부대에 배정했던 인원과 장비까지 모두 전선으로 보내서 방어선 구축에 투입해야 했지만. 원래 역사에서, 1941년 동부전선의 독일군들은 하계 복장을 입은 그대로 얼어붙은 땅바닥에서 참호도 없이 시베리아에서 몰려온 소련군의 반격에 직면했던 것이다. 이렇듯 현재 동부전선에 있는 장병들의 처지는 원래 역사의 장병들보다 훨씬 양호했다.

문제는 시간을 얻은 소련군이 벌이는 공세는 독일군의 공세가 계속되는 동안-즉, 원래 역사에서 보여주었던 허접한 반격과는 격이 달랐다는 사실이다. 그동안 소련군이 반격이랍시고 벌인 삽질들이 각 전선에서 돌발적으로 벌어지고 병과간의 협조도 제대로 안 되며 종종 자멸적이기까지 했던 전례와는 달리, 12월 10일 경부터 벌어진 소련군의 진짜 반격은 보병과 포병, 전차, 항공기 등의 협조가 효율적으로 이루어졌다. 이제 더 이상 보병의 지원도 받지 않으면서 탄약 없이 무턱대고 돌격하는 소련 전차부대는 없었다.

특히 모스크바 방면에서 가해지는 소련군의 체계적인 반격 양상에 대한 보고를 받으면서, 나는 필시 주코프가 모스크바 방위 사령관이 되어 지휘권을 잡은 것이 분명하다는 결론을 내렸다.

하긴 실제 역사에서도 그랬으니, 이쪽에서도 그렇게 되는 게 당연하겠지. 하지만 이럴 게 분명하다는 걸 알기에 두 달 전부터 방어 준비를 하라고 그렇게 명령했잖아!

방어태세에 들어가려고 일부러 요새화에 유리한 거점을 택해서 진격을 멈추었고, 만전을 기하려고 예비진지까지 구축하도록 했다! 심지어 일부 지역에서는 방어에 적합한 전선으로 선제적으로 후퇴하면서까지 방어준비에 노력을 경주했다! 그런데도 소련군의 반격을 완전히 막아내지 못하고 철수해야 할 정도로 밀리고 있다는 것은 문제가 심각했다. 심지어 소련군이 공세를 준비하고 있다는 것을 파악하고 몇 차례 파쇄공격을 가해 적의 전력을 대규모로 깎아냈는데도 이런 참극이 벌어졌다. 전쟁에서 공세의 주도권을 빼앗긴다는 것은 내가 생각했던 것보다 훨씬 더 지독한 것이었다.

적의 반격을 당해낼 수 없다고 인정하고 철수를 승인한다면, 내 자존심은 바닥으로 떨어진다. 2개월 전 전략회의에서 내가 방어태세로의 전환을 준비하라고 명령했을 때, 참모들 중에 적에게 공세로 나설 여유를 줄 수 있으니 아군의 공세를 지속하여 공세 역량이 완전히 소진되기 전에 모스크바를 함락시키는 편이 낫다고 주장하는 놈이 있었던 사실을 기억하는가? 내가 만약 현 전선의 방어가 난감하다는 사실을 인정한다면 그 놈은 자기가 맞았었다고 기고만장할 것이다! 그 꼴을 볼 수는 없으므로, 나는 무조건 현 전선의 절대사수를 명령했다. 그리고 당연한 결과지만 실패했다(…).

일부 결함도 있지만 전반적으로 대부분의 독일군 전차보다 우수한 성능을 갖춘 소련군의 T-34와 KV-1, KV-2 등의 전차는 강력했다. 성능은 확실히 열세지만 압도적인 숫자를 갖춘 소련군의 각종 항공기도 부담스러웠다. 그리고 시베리아에서 증원되었고 추위에 익숙한 시베리아 사단의 전투력은 정말로 무시하기 힘든 것이었다. 게다가 아무리 방어진지를 강화하고 휴식을 취했다고는 해도 러시아 최고의 명장 동장군의 힘은 확실히 감당하기 힘들었고, 추위에 마비된 독일군 장병들은 속절없이 소련군의 반격에 털려나갔다.

여기서는 내 발로 구멍을 파서 틀어박힌 것이고 저쪽 세계의 역사에서는 지쳐 떨어진 탓이었지만, 결과적으로 볼 때 독일군의 진격이 멈추고 소련군에게 회복의 시간을 주었다는 점에서는 마찬가지 결과였다. 5개월 동안의 격전으로 최소 3백만의 포로와 숫자도 셀 수 없는 전사자를 내었으면서도 소련군의 수는 여전히 독일군 및 기타 연합군을 합친 것보다 많았다. 이런 대군이 맹렬한 반격을 퍼부어대자 우리는 밀렸다.

힘을 비축한 소련군의 반격은 이 정도면 되겠거니 하고 구축한 방어선을 여기저기에서 터트렸다. 적의 공세가 워낙 맹렬하다보니 내가 기획하고 지시한 기갑부대를 주력으로 한 기동방어에도 한계가 있었고, 러시아의 추위와 무리한 가동으로 인한 피로 누적은 아군의 장갑차량들을 속절없이 폐물로 만들었다. 결국 인정하기 싫어 계속 미뤄왔던 결정을 내릴 수밖에 없었다.

"제기랄, 러시아의 추위가 무섭다고 해서 일찌감치 굴 파고 틀어박히라고 했더니 이렇게 될 줄이야."

"총통 각하, 그렇더라도 후퇴를 승인해 주셔야 합니다. 지금 전선을 유지하는 것은 우리 병사들에게 너무 큰 부담입니다."

나는 생각나는 온갖 욕을 모조리 내뱉으며 육군 참모총장 프란츠 할더 상급대장이 가지고 온 후퇴 승인 명령에 서명했다. 독일군 부대들이 '굴'을 확보하고 있다고는 해도 그 주변의 벌판을 우회한 대규모 소련군에게 보급 및 통신망이 완전히 차단당하기 직전인 곳이 허다한 상황에서 후퇴를 승인하지 않을 수가 없었다.

엎친 데 덮친다더니, 육군 총사령관직을 맡고 있던 오토 폰 브라우히치 원수가 패전으로 인한 부담 때문에 심장마비를 일으켜 뻗어버렸다. 병상에서라도 업무는 다 처리하고 있긴 했지만, 차마 환자에게 계속 그런 부담을 지우고 싶지 않아서 내가 공식적으로 해임 명령을 내렸…아니야! 내가 너무 갈궈서 심장마비 일으킨 거 아니라고! 맡은 전선의 전황이 생각대로 안 풀릴 때 담당자가 욕 좀 먹는 건 당연한 거잖아! 난 절대 진짜 히틀러처럼 브라우히치를 악독하게 족치지는 않았단 말이야!

후임자로는 솔직히 실제 역사에서처럼 내가 직접 사령관직에 오르고 말까…하는 고민을 안 했다면 거짓말이다. 하지만 그 자리에서 얼마나 격무에 시달려야 할지 생각하면, 그냥 사령관을 한 명 임명하고 그놈만 다그치는 게 낫다는 결론에 도달했다.

내가 가장 처음 떠올린 후보자는 사실 발터 라이헤나우였다. 일단 내 말을 아주 잘 듣는데다가 군사적인 능력도 충분하다고 알고 있기 때문이다. 문제는 이 새끼가 지나친 나치추종자라서(사실 그래서 나한테 충성하는 거지만) 유대인과 슬라브족을 아예 절멸시켜야 한다는 나치즘의 이념을 맹목적으로 신봉하는데다, 국방군이 무장친위대나 나치당의 영향력 하에 들어가는 것을 혐오하는 참모본부의 극렬한 반대가 이쪽 세계에서도 있었다.

결국 나는 그런 면에서는 훨씬 깨끗하고 나치가 아닌, 북부집단군 사령관 빌헬름 리터 폰 레프 원수를 영전시켜 육군총사령관으로 임명했다. 공군과 기갑부대를 활용해 기동전을 펼치는 현대전에 대한 이해는 좀 부족할지 모르지만, 그래도 훌륭한 장군이다. 게다가 국방군 전체 연공서열 2위를 이 자리에 앉혔으니, 아마 장군들이 알아서들 잘 기겠지?

연공서열 1위인 남부집단군 사령관 게르트 폰 룬트슈테트도 브라우히치의 후임으로 고려하긴 했다. 마침 이 양반이 백수(…)이기도 했던 것이, 남부집단군 전선에서 후퇴가 많았던 데 빡친 내가 잘라버렸기 때문이다. 자르고 나서 문득 '히틀러'랑 똑같은 짓을 했다는 것을 떠올리고 이불킥…을 수없이 해야 했지만.

그런데 문제는 원래 골초에 술고래였던 룬트슈테트가 전황 악화에 대한 스트레스로 심장마비를 일으켜 쓰러졌었고, 내가 룬트슈테트를 해임한 표면적인 사유도 이로 인한 건강 문제였다는 거다. 성급한 해임에 대한 사과의 의미에서 룬트슈테트를 육군총사령관으로 올려줄까 생각해 보긴 했는데, 브라우히치가 심장마비 일으켰다고 해임했는데 역시 심장마비 일으킨 영감을 그 자리에 앉힐 수는 없었다. 게다가 이 양반이 뒤에 활약한 걸 생각해보면 전선에 내보내는 게 더 나을 것 같아서 그냥 쉬라고 보냈다.

소련군의 반격에 일단 무너지기 시작한 동부전선은 그러는 동안에도 줄줄이 깨져나갔고, 데미얀스크와 홀름 등의 주둔군이 적에게 포위되었다. 하지만 레프 원수가 지휘권을 잡고 채찍으로 후려치기 시작하자 동부전선의 병사들은 어느 정도 방어 태세를 갖추고 적의 진격을 막아냈다. 결국 안정화된 전선은 내가 아는 1942년 봄의 그 전선….
나 정말 뭐 한 거지.

결과는 비참했다. 한 달이라는 시간 동안 공을 들여 요새화한 거점의 상당수가 소련군의 손으로 넘어갔고, 그런 지점에 기껏 비축한 물자 중 소개하지 못한 분량은 모조리 폭파, 소각 처분되었다. 여기에 내 화를 돋운 것은 미국의 렌드리스였다.

쉴리만 작전을 통한 카틴 학살 사건의 폭로로 인해 지금 미국 국민들의 대소련 감정은 매우 나빠졌다. 게다가 독일이 잽싸게 일본에 대한 꼬리 자르기를 시전하고 미국 정부 및 국민들을 상대로 심심한 위로의 뜻을 표한 덕분에 독일과 싸우는 소련에 대한 미국의 지원은 실제 역사에 비해 극히 미미했다. 이는 정말 환영할 만한 일이었지만, 기이하게도 결과적으로는 소련으로 들어가는 미국제 물자의 양은 원래 세계와 별 차이가 없었다!

문제는 망할 놈의 영국놈들이었다. 처칠은 자기들이 미국으로부터 지원받는 물자의 상당부분을 소련으로 그대로 실어 보내고, 그만큼 미국에 요청하는 물자의 양을 늘리는 황당한 짓을 했다. 이 사실이 언론에 새어나가자 미국 여론에서는 소동이 일어났지만 루즈벨트 행정부는 그냥 묵살하고 영국이 달라는 대로 물자를 계속 퍼주었다. 아오 X발.

동부전선의 상황에서 한 가지 다행인 것을 뽑으라고 한다면 41년 여름에 점령한 소련 영토 대부분을 확보하는 데는 성공한 것이다. 특히 벨로루시, 우크라이나 지역에서는 스탈린을 몰아내 준 독일군에 대한 주민들의 지지가 급속히 상승하고 있었다. 점령 초기의 학살과 군정에서 민정으로 넘어가는 과도기의 탄압 문제는 조기에 봉합했으니, 대충 무마할 수 있을 것 같아 보인다.

그리고 병력 및 장비 손실도 실제 독일군이 1941년 동계 전역에서 입은 것에 비해서는 1/3 정도 선에서 그쳤다. 조기에 구축해 둔 방어 진지들과 빠른 철수로 인해서 그나마 손실을 줄였기 때문이다. 덕분에 나, 그리고 가장과 자식들을 전선으로 떠나보낸 수많은 독일 가정들이 안도의 한숨을 쉴 수 있었다. 지금으로선 보급품 비축과 장비 보충도 비교적 원활하니 5월이 되면 다시 공세에 나설 수 있을 듯한데, 손을 내밀기가 조금 망설여진다. 어느덧 역사의 오차…가 적잖이 쌓이고 있으니 앞으로도 과연 내 생각대로 일이 다 될까?

7

육군 총사령관만 후임이 필요한 게 아니었다. 일단 바꾸기 시작하니, 후임자를 원하는 공석이 줄을 지어서 기다리고 있었다.

먼저 괴링의 뒤를 이을 공군 총사령관의 후임자를 정해야 한다. 나는 몇몇 후보자를 놓고 생각한 끝에 에르하르트 밀히 원수를 괴링의 후임자로 앉히기로 했다.

잘생기고 재치도 있는 에이스, 전투기 총감 아돌프 갈란트에게 무척 호감이 가기는 하지만 갈란트는 솔직히 좀 무리였다. 갈란트는 아직 계급이 너무 낮고, 나이도 너무 젊다. 게다가 갈란트가 가진 능력을 보아도 그렇다. 갈란트에게 전투기 에이스로서의 솜씨와 일선 지휘관으로서의 역량이 충분한 것은 확실히 알겠지만, 수백만 명의 인원과 방대한 관료조직을 관리해야 하는 최고지도자로서의 능력도 충분히 가지고 있을지는 확신이 가지 않았다.

이에 반해서 밀히는 1차 세계대전부터 공군에 복무하며 공훈을 세운 원로 장군이며 공군의 창설에도 크게 공헌한 인재이다. 게다가 공군에서의 서열도 괴링 다음이었고, 충분한 연령과 권위를 갖춘 인재이니만큼 밀히가 공군 총사령관이 되는 것이 훨씬 자연스럽다. 게다가 정치적인 야심 같은 것은 괴링과 비할 바가 아니다 보니 밀히의 공군은 타 조직과 별로 충돌하지도 않고 매끄럽게, 효율적으로 잘 움직였다.

사람 바꾸는 김에 군수장관도 일찌감치 프리츠 토트 박사에서 알베르트 슈페어로 교체했다. 제3제국의 영원한 수도니 어쩌니 하는 게르마니아 건설계획[1] 따위는 이미 내가 자리를 잡자마자 중단시켰고, 슈

---

1 히틀러는 제3제국의 영원한 수도로 게르마니아라는 신도시를 건설하는 계획을 가지고 있었다. 이 건설 책임자가 '총통의 건축가' 알베르트 슈페어였다. 이 계획은 전황이 심각하게 악화된 뒤에야 완전히 취소된다.

페어는 그 뒤로 토트 박사의 보좌역으로서 군수생산 분야의 세부 사항들을 파악하며 업무를 익히고 있었다. 그러던 참에 동계전선에서 벌어진 일부 보급의 난맥을 명분으로 하여 군수장관을 교체한 것이다. 토트를 보좌하면서 업무를 충분히 습득한데다 내 전적인 신뢰를 등에 업은 슈페어는 군수장관에 임명되기가 무섭게 보급 문제의 혼란을 조정해나갔다.

그런데 군수장관에서 해임된 뒤에도 토트 기관[1]의 책임자로서의 지위는 유지하고 있던 토트 박사가 사고로 죽어버렸다. 대서양 방벽 건설 작업 감독을 위해 프랑스로 가려고 했는데, 동프로이센의 총통 사령부 인근의 비행장을 이륙하자마자 타고 있던 Ju-52기가 엔진 고장으로 추락하여 그 자리에서 사망하고 말았던 것이다.

정말 끔찍하게도, 사고가 일어난 날이 바로 원래 세계의 토트 박사가 죽은 날과 같은 42년 2월 8일이었다! 혹시나 싶어 환송한다는 핑계로 비행장에 나갔다가 토트 박사의 사고를 현장에서 목격하는 순간 더럭 겁이 났다.

이거, 내가 뭔 짓을 해도 결국 최종적인 타임 테이블은 실제 역사와 똑같이 돌아가는 것 아닐까? 나는 45년 4월 30일에 내 머리에 총을 쏘고, 베를린에는 소련군의 붉은 깃발이 휘날리게 되는 건가?

봄이 오면 동부전선에서의 공세도 재개해야 하고 밤마다 폭격기를 날려대는 영국의 심기를 불편하게 할 작전도 구상을 해야 하는데 비행장에서 돌아오는 내내 손발이 후들거리고 마음이 안정되지 않았다. 아직 잠들기에는 이른 시간이었지만 몸이 좋지 않다는 구실로

---

1 토트 기관은 토트 박사의 이름을 따서 설치된 곳으로, 나치 정권 하에서 민간 및 군에 필요한 많은 건설공사를 담당하였다. 외국인 노동자에게 강제노동을 시킨 것으로도 유명하다.

축객령을 내린 뒤 침실에 틀어박혀 머리끝까지 이불을 덮어썼다.

아아, 그동안 동부전선 때문에 골치를 좀 썩이기도 했으니 잠을 좀 푹 자고 나서 안정이 되거든 다시 생각해 보자. 혹시 우리 집 내 방에서 여동생의 부름에 깨어난다면 더 좋고.

6장
모기떼 작전, 개시!

1

내가 방관하는 사이, 일본은 원래 역사대로 태평양과 인도양에서 파죽지세로 날뛰었다. 이미 앞에서도 언급했지만, 미국이 나름 방어준비를 갖추어 둔 웨이크, 괌 등의 전초기지가 개전 초에 연달아 무너졌다. 영국이 가지고 있던 동방의 진주, 홍콩은 크리스마스 날 저녁에 함락되었다. 영국군은 가용한 자원을 모두 투입해서 홍콩을 지키려고 애썼지만 역부족이었다.

사실 일본군이 진주만보다 더 먼저 공격한, 태평양의 진짜 첫 포성이 울린 말레이 전선에서도 일본군의 기세가 하늘을 찔렀다. 야마시타 도모유키 중장이 지휘하는 일본 육군 제25군이 전차와 자전거로 말레이 반도를 종주하자, 전투의지가 낮은 인도군이 그대로 무너져 내렸다는 이야기를 내가 했던가? 적이지만 정말 꼴불견인 모습이었다. 아무리 식민지에서 동원된 충성도 낮은 병력이라지만 참….

만약 휘하의 부대가 전부 영국 본토 출신의 병력이었다면 싱가포르의 퍼시벌 중장은 굴욕적인 항복을 하지 않아도 되었을 거다. 뭐, 싱가포르 함락의 충격이 크다고 해 봐야 이미 앞에서 이야기한, 영국의 자랑이던 프린스 오브 웨일즈와 리펄스를 격침당한 사건만 했을까 싶긴 하지만. 프린스 오브 웨일즈는 독일 전함 비스마르크를 격침시킨 주역이니만큼 독일 해군으로서는 은근히 통쾌한 일이기도 했다.

아무튼 그 이후의 전적도 일본군이 압도적이기는 마찬가지였다. 영국령 동인도와 네덜란드령 동인도, 즉 말레이시아와 인도네시아가 일본군의 손에 들어가고 곧 영국령 버마도 함락되었다. 그 다음 차례로 영국령 실론, 즉 스리랑카의 콜롬보가 진주만을 공격했던 일본군 기동함대의 공격을 받았고 영국 인도양 함대는 대타격을 받았다. 반대편에서는 오스트레일리아의 다윈이 공습을 받았고, 일본 육군이 뉴기니 등 중부 태평양으로 진격하면서 연합군은 연전연패하고 있었다. 나도 알고 있었지만, 정말 일본군의 황금기라고 할 수 있는 시간이었다.

일본 정부는 자신들이 거둔 전과를 자랑스럽게 발표했고 도쿄 주재 독일 대사관도 일본군의 작전 상황에 대한 정보를 수집하여 보내왔다. 나는 아직까지 중립국으로서 독일과 외교관계를 유지하고 있는 미국으로부터도 많은 정보를 입수할 수 있었다. 미국 주재 독일 대사관 뿐 아니라 정보요원, 언론인, 경제계 인사 등 정보원은 얼마든지 있었다.

꼭 친독파라서가 아니었다. 독일과의 대립을 꺼려하고 영국 때문에 독일과의 전쟁에 말려들지 않을까 염려하는 많은 고립주의 성향의 미국인들도 우리에게 대일전에 대한 정보를 주었다. 아무리 고립주의적인 미국인이라도 독일보다 영국에 대해 더 친근감을 느끼기는 하지만, 일본과의 전쟁에 대한 정보제공이 딱히 영국에 해를 끼치는 것은 아니니까 말이다.

물론 짐작들 하겠지만 이런 정보들은 많은 면에서 부정확했다. 일본은 전과를 과장했으며 미국은 일본에 대해서 정확하게 알지 못했다. 일본과 미국 내에 펼쳐진 독일 첩보망도 충분하지 못했다. 솔직히 나 개인적으로만 따져 보면 이런 정보들은 굳이 얻어낼 필요도 없는 것들이었다. 왜냐하면 난 이미 다 알고 있는 이야기였으니까. 그럼에도 내가 미국과 일본의 전쟁에 대해서 가능한 많은 정보를 수집하도록 한 데는 두 가지 이유가 있었다.

첫째, 내가 아무런 정보도 입수하지 않는 상태에서 태평양 전선의 경과에 대해 너무 많은 것을 알고 있다는 사실이 주변에 있는 다른 사람들의 주목을 받는다면 그것은 위험한 일이다. 천 년 전의 중세 사회라면 '오오 총통께서는 신령하시다!' 정도의 반응으로 넘어갈 수 있겠지. 지구 반대편의 일을 알 수 있는 능력은 정말 신의 뜻으로 주어지는 수밖에 없으니까. 하지만 20세기, 그 중에서도 과학과 논리가 세계 최고 수준으로 발달한 독일에서는 그런 말이 통하기는커녕 아예 입 밖에 내는 사람도 없을 것이다.

물론 앉은 자리에서 세상 모든 일들을 들여다볼 수 있다 주장하는 작자들이 존재하기는 한다. 하지만 제대로 된 교육을 받고 상식을 갖춘 대중은 절대 그런 사기꾼들을 신뢰하지 않는다. 명색이 제3제국의 총통인 내가, 돌팔이 점쟁이 취급을 받으란 말인가?

힘러도, 진짜 히틀러도 점성술사의 조언을 매우 중요시하기는 했다. 하지만 자신이 점성술사라도 된 듯이 굴지는 않았다. 해석하는 능력이 엉망진창이라 그렇지, 그 인간들도 입수할 수 있는 정보를 가지고 자기 나름대로 머리를 굴린 뒤에 결론을 내렸다. 그런데 내가 아무 정보도 입수하지 않고 있으면서 상식적으로 알 수가 없는 바탄 요새의 미군 보급상황에 대해 알고 있다면, 어떻게 주변의 시선이 명쾌하기를 기대할 수 있단 말인가?

내가 여러 경로를 통해 태평양의 전황을 입수하는 모습을 주변에서 본다면, 주변에서는 내가 말하는 것들이 다 어디선가 입수한 정보이지 원래부터 알고 있던 사실이라고 생각하지 않을 것이다. 자기가 제공하지 않은 정보라고 해도, 다른 잡다한 소스들 중 하나에서 나왔다고 생각하겠지. 그 편이 불필요하게 주목받는 것보다 훨씬 낫다.

신적인 능력을 가진 사람으로 취급받는 것도 나쁘지 않겠지. 하지만 그런 식으로 내가 신탁이라도 받은 것처럼 행동하다가, 내가 말하는 것이 실제 벌어지는 일들과 다르게 빗나가기 시작하면 그 뒷감당을 어떻게 하겠나? 미래를 예견함으로써 생겨난 권위는 미래를 올바르게 예언하지 못하는 바로 그 순간부터 와그르르 무너져버릴 운명이니까.

이게 바로 내가 예언자연 하지 않는 두 번째 이유다.

내가 이 세계에 온 뒤 처음 몇 달 동안은 별다른 일을 하지 않았지만, 괴링을 제거하고 동부전선에서 수비태세를 취하고 미국에 대한 선전포고를 하지 않으면서 역사를 본격적으로 바꾸기 시작했다. 앞으로도 바꿔야 할 일들이 산더미같이 쌓였는데, 어떻게 내가 가지고 온 지식에만 의존하란 말인가?

내가 가지고 온 지식은 순전히 '내 세계'에서 실제로 일어났던 일들에 대한 역사다. 무기 스펙이나 인물의 성격 같은 거야 비슷하다 하더라도 전략적인 상황이나 국가 간의 정치적 관계 같은 것은 엄청나게 바뀔 거다. 주로 유럽이 많이 바뀌겠지만 태평양에서도 많은 것이 내가 아는 역사와 달라질 텐데, 저쪽에서 통용되는 지식만 가지고 잘난 척을 한다면 얼마 안 가 내 지식은 모조리 쓰레기가 될 것이다. 그럼 부하들은 실망할 것이고, 내 권위도 추락하겠지.

그렇게 되지 않으려면 지금은 수집된 정보에다가 내가 아는 것들을 적당히 가미해서 부하들에게 이야기를 풀어내고, 나중에는 그동안 수집한 정보를 바탕으로 해서 판단을 내려야 한다. 그러자면 정보 수집을 게을리 할 수가 없는 것이다. 물론 수집한 정보도 비판적으로 평가하며 정보원의 신뢰도를 파악한 뒤에야 받아들이는 걸 잊어선 안 되고.

모든 걸 다 떠나서, 내가 부지런히 정보를 수집하는 데에는 그런 심각한 이유만 있는 게 아니었다. 역사의 현장에서, 마치 영화를 보듯 이미 알고 있는 역사를 실시간으로 확인해 보는 재미도 나쁘지 않았다. 이미 승패를 알고 있다 해도 남이 싸우는 걸 보는 건 늘 흥미진진하지 않은가. 이제 와서 하는 말이지만 나는 〈바람과 함께 사라지다〉를 소설로 스무 번 읽고 영화로 열두 번 보았지만 결코 질리지 않는 사람이다(…).

2

"요들 참모장, 영국을 괴롭히려면 역시 잠수함 말고 다른 방안은 없겠지?"

"그렇습니다, 총통. 국방군 최고사령부에서도 가능하면 되니츠 제독의 계획을 지원하려고 하고 있습니다만, 총통께서도 아시다시피 동부 전선의 상황이 많이 곤란하다 보니 해군에만 더 많은 지원을 해줄 수가 없습니다."

1942년 3월 7일, 나는 군 최고 수뇌부 몇 명만 거느리고 소규모 전략회의를 가졌다. 이 자리에는 육군 최고사령관 리터 폰 레프 원수, 해군 최고사령관 레더 원수, 공군 최고사령관 밀히 원수 세 사람이 각각 자기 휘하의 참모장 한 사람만 거느리고 참석했다. 나는 사실상 내 개인 참모나 마찬가지인 국방군 총사령부 참모장 알프레드 요들 대장을 거느리고 그 자리에 앉았다. 국방군 총사령관 카이텔은 어쨌냐고? 그 영감은 자기 사무실을 지키는 게 일이니 오늘도 사무실을 지켜야지.

아, 그리고 군인이 아닌 사람이 딱 한 명 있다. 바로 군수장관 알베르트 슈페어. 3군의 군수생산을 전체적으로 총괄하는 사람이니만큼 슈페어는 이런 전략회의에 꼭 끼어야만 했다. 이상의 9명이 제3제국의 전쟁 수행을 결정하는 최고 군사 수뇌부였다. 물론 정치적인 면을 고려하자면 끼어야 할 사람이 더 늘어나지만, 적어도 순수한 군사적 문제에 대해서는 이 9명의 결정이 모든 일을 좌우했다.

"영국으로 가는 호송선단을 격멸하는 작전에서 되니츠 제독의 잠수함대가 큰 전과를 올리고 있습니다. 총통께서 작년 여름에 명령하셨던 유보트의 지중해 파견을 철회하시고 대부분의 함선을 대서양으로 보내도록 하신 조치가 좋은 결과를 낳았습니다."

레더 대제독은 잠수함 같은 비정통적인 무기보다는 해군의 전통적인 전투 형태에 따른 수상함 간의 결전을 더 선호하는 사람이어서 그런지 내 눈치를 살피는 듯 했지만, 보고를 이어나갔다.

"게다가 총통께서 지시하신대로 슈노켈을 장착한 배들은 적의 항공기가 장착한 레이더에도 쉽게 탐지되지 않아 작전활동이 훨씬 쉬워졌습니다. 현재 취역중인 모든 잠수함에 슈노켈 장착이 완료되었으며, 신조함은 처음부터 슈노켈을 장착한 상태로 건조되고 있습니다."[1]

---

1 슈노켈은 잠수함이 물 밖으로 선체를 드러내지 않고 잠수 상태로 외부의 공기를 빨아들

레더 대제독에겐 안타깝게도 독일이 처한 상황은 수상함을 중시하는 레더 제독의 꿈을 이루어주지 못했다. 원래 계획대로 1945년에 개전을 했더라면 함대전력 증강계획인 〈Z계획〉에 따라 함선 규모를 확충한 독일 수상함대도 영국 수상함대에 맞서서 어느 정도 위력을 과시하며 결전을 시도할 수 있었겠지만, 계획보다 6년이나 빨리 개전한 시점에서 독일 수상함대의 운명은 이미 결정된 것이나 마찬가지였다.[1] 저기 앉아 있는 레더 제독 자신이 '이제 얼마나 멋지게 죽느냐 하는 일만 남았다'고 탄식했었지 아마.

"좋아, 발터 교수가 내놓은 개선안에 따라 설계한 완전히 새로운 형태의 잠수함이 양산될 때까지는 일단 슈노켈을 사용해서 우세를 유지해야겠지. 미국 해군의 활동은 어떤가? 일본과의 전쟁을 시작한 이상, 저들이 대서양에서 우리 해군을 견제하는데 이전과 같은 대규모의 전력을 투입할 수는 없지 않겠는가?"

"되니츠 제독의 보고에 의하면 작전 수역에서 미국 해군 함정들 중에 순양함 이상의 대형 군함은 거의 관찰되지 않는다고 합니다. 총통께서도 알고 계시는 일이지만 미국 해군은 진주만에서 태평양함대가 보유한 전함을 전부 파괴당했고, 서태평양 해역에서 순양함과 구축함 다수를 잃었습니다. 태평양에 남은 미 해군의 전력은 사실상 항공모함과 잠수함뿐인지라 대서양 함대의 주력함들을 서둘러 태평양으로 이

여 디젤 엔진을 가동할 수 있게 해주는 장비다. 영어로는 스노클인데 보통 스노클처럼 그냥 긴 파이프가 아니고 물이 역류하는 것을 막는 장치가 되어 있다. 기존의 잠수함들은 선체를 부상시킨 뒤 디젤엔진을 가동해서 충전을 해야 했지만 슈노켈을 장착하면 물속에서 엔진을 돌려 배터리를 충전할 수 있다.

1 히틀러는 1939년 1월 27일에 1945년까지 해군을 대규모로 확장하는 Z계획을 지시했다. 독일 해군의 예정 확장 규모는 전함 10척, 항공모함 4척, 순양전함 3척, 장갑함 3척, 개량형 장갑함 12척, 중순양함 5척, 경순양함 60척, 구축함 68척, 어뢰정 90척, 유보트 249척이었다.

동시키고 있는 것으로 보입니다. 다만 선단호송의 주력인 구축함이나 호위함은 다수가 남아 있어서, 미국이 선포한 중립수역 내로 들어가는 것은 아직 곤란하다고 합니다."

"어쩔 수 없지. 미국이 전쟁에 뛰어들 명분을 주어서는 곤란하니, 되니츠 제독에게 자함 방어를 위해서 정말 필요한 상황이 아니면 절대 미국 군함을 공격해서는 안 된다고 강조해서 명령하게. 물론 필요하다면 미국이 선포한 중립 수역에서도 작전을 해야 하겠지만, 되도록 미 해군과 충돌하는 일은 없도록 주의해야 해. 알겠나!"

"알겠습니다."

레더 제독이 고개를 숙이고 물러나자 나는 의자에 기대며 한숨을 쉬었다.

"하아, 생각 같아서야 더 많은 유보트를 작전에 투입하여 단박에 영국의 숨통을 조이고 싶지만…. 군수장관, 어떻소? 유보트 생산을 더 늘리는 게 가능하겠소?"

슈페어는 고개를 저었다.

"어렵습니다, 총통. 해군에 배분하는 자원을 지금보다 늘리려면, 육군의 장비 생산을 줄여야만 합니다. 하지만 지금 러시아 전선의 상황을 볼 때 그건 현명하지 못하다고 사료됩니다. 이 건에 관해서는 육군 총사령관의 견해를 들어보심이 어떨까 합니다만."

슈페어의 대답을 들은 내 시선이 폰 레프 원수를 향했다. 내 무언의 시선을 받은 노원수는 차분하게 러시아 전선의 상황을 설명했다.

"소련군의 동절기 공세로 아군은 막심한 피해를 입었습니다. 솔직히, 현재의 전선을 안정되게 유지하고 봄에 가할 새로운 공세를 준비하려면 지금 보급되는 물자의 양으로도 부족합니다. 해군의 잠수함 건조를 위해 육군 몫의 자원을 줄이는 일에 저로서는 절대 동의할 수 없습니다."

잠깐 말을 멈춘 레프가 발언을 계속했다.

"총통, 러시아 전선의 소모를 보충하려면 적어도 한 달에 천 대의 전차가 새로 보급되어야 합니다. 또한 그 전차들은 소련군의 막강한 신형 전차와 상대할 수 있을 만큼 우수한 성능을 갖추어야 합니다. 지금 우리 전차들은 화력도, 장갑도 소련군의 신형 전차에 비해 뒤떨어집니다. 아직까지는 우리 전차병들의 숙련도가 소련군보다 월등히 높기 때문에 전차의 성능 차이를 운용기술로 메우고 있지만, 병기국에서 소련 놈들의 것보다 우수한 전차를 개발하지 못하면 우리군은 조만간 병사들의 피로 그 값을 치르게 될 것입니다."

"음, 그 문제라면 기갑총감 구데리안 상급대장과 더불어 우리 개발진이 최선을 다해 개발 작업을 진행하고 있소. 하지만 매달 천 대의 전차라…."

구데리안을 원수로 임명하려던 계획은 동계전선에서 죽을 쑤는 바람에 일단 연기했다. 전차 개발이라면 나도 개입해서 진행하고 있지만 전차를 매달 천 대나 생산해 달라는 요구는…. 내가 미간을 찌푸리자 슈페어가 끼어들어 난처한 상황을 대신 해결해주었다.

"원수 각하, 지금까지는 그만한 수의 전차 공급을 제공할 수 없었습니다. 하지만 총통께서 제게 군수생산 조정에 관한 한 전권을 주신 이상, 앞으로 전선에 공급되는 장비를 계속 증강토록 군수장관의 이름으로 보장하겠습니다."

"알겠소."

레프는 만족한 것 같진 않았지만 일단 물러섰다. 군수장관이 이렇게 장담을 하니, 결과도 보기 전에 따지고 들기는 곤란했으리라. 한숨을 돌린 나는 다시 레더 쪽으로 고개를 돌렸다.

"원수도 알겠지만 지금 우리가 영국을 제대로 위협할 수 있는 방법은 잠수함을 통한 해상보급로 차단밖에 없소. 원수의 재량 하에 잠수함대를 위해 해줄 수 있는 것이 있다면 뭐든 하고, 더 필요한 것이 있다면 내게 청하시오."

"알겠습니다, 총통 각하. 배려에 감사드립니다."

레더는 앉은 자세 그대로 정중히 고개를 숙였다. 회의가 부드럽게 진행되자 문득 분통을 터트렸던 두 달 전의 일이 생각났다.

3

연달아 울리는 폭음이 섬 전체를 진동시켰다. 마을 건물들이 타오르는 시커먼 연기가 하늘을 가득 채웠다. 살고 있는 어부들 외에 드나드는 이들도 별로 없는 북방의 한 섬에서 연달아 포성과 폭음이 울렸다. 즐거운 크리스마스를 보내고 나서 평상시처럼 하루를 시작하려던 수비대 병사들은 영국 순양함의 함포 사격에 제압당해 고개를 들 수 없었다.

영국군은 크리스마스 직후의 허술한 분위기를 노려 섬을 공격했다. 함포사격 뿐 아니라 수백 명의 병사들을 상륙시켜서 섬에 있는 생선기름 공장을 파괴하기까지 했는데, 이 섬에서 생산되는 생선기름이 글리세린으로 가공되어 폭약의 주요 원료가 되었기 때문이다. 항구에서 출항 준비를 하고 있는 화물선들도 물론 목표였다.

기습을 당한데다가 낡아서 제대로 작동도 되지 않는 벨기에제, 소련제 노획 대포로 무장하고 있던 해안포대들은 적의 포격에 맞서 제대로 응사도 하지 못했다. 함포사격이 멈추면서 영국군 보병들이 상륙하자 아직 전력을 유지하고 있던 독일 육군과 해군 주둔부대의 병사들은 치열하게 저항했지만 이미 기선을 제압당한 뒤였다.

약 570명으로 구성된 영국군 상륙부대는 200여명 정도에 불과한 우리 수비대를 완전히 압도했다. 결국 반이 넘는 병사들이 전사하고 98명이 포로로 잡혔다. 섬에 있던 생선기름 공장을 비롯한 군사시설은 완전히 파괴되었고 주민들의 가옥도 대부분 파괴되었다. 경비용으로 배치해 둔 전차 한 대를 잃었고 상실한 선박의 총톤수는 15,360톤에 달했다.

이렇게 분탕질을 벌이는데 성공한 영국군은 오후 2시에 철수했다. 내가 동부전선의 전황에만 신경을 쓰다가 미리 대처하는 것을 잊고 있었던 사건, 1941년 12월 26일에 발생한 영국군 제3코만도 부대의 복세이 섬 습격 사건이었다.

"수비대장은 면도를 하느라 수상한 배가 들어온다는 급한 전화를 받지 않고, 항만관리소의 당직 근무자는 상선이 아닌 구축함이 들어오고 있다는 보고가 들어오는데도 계획된 보급선단이 조금 일찍 올뿐이라며 꿈쩍도 하지 않고, 신호수는 관측소에서 수신한 신호가 해군의 신호라는 이유로 코앞에 있는 육군 해안포대에 알리는 대신 보트를 타고 손으로 노를 저어 해협 건너 항만장에게 갔다고! 이게 말이 되는가!"

…라고 화를 내고 싶었지만 그럴 수가 없었다. 왜냐하면 나도 전쟁 뒤에 나온 책을 봤기 때문에 겨우 알고 있을 뿐이지, 이건 완벽하게 당한 기습이라 당시 독일 당국에서는 아무도 그 사실을 몰랐었기 때문이다. 뭐, 지금 들어온 보고를 보니 원래 역사대로 수비대 거의 전원이

전사하거나 포로가 되어 영국에 끌려가 버린 상황이다. 알아보려 해도 당장은 힘든 일이었던 것이 당연했다.

게다가 우리 수비대의 눈을 복세이로부터 돌리기 위해 같은 날 행해진 로포텐 제도에 대한 2차 습격(1차는 내가 이 세계에 오기 전인 지난 3월에 있었을 것이다, 내 기억이 정확하다면)도 짜증을 치솟게 했다. 안 그래도 동부전선의 전황 때문에 미칠 것 같은데 코만도까지 뒤통수를 치다니!

"총통 각하! 노르웨이의 방어를 확실히 하자면 최소한 1만 2천 명의 보충병과 3개 사단의 추가 지원부대, 그리고 구형 노획장비가 아니라 고성능 최신 장비가 필요합니다. 노르웨이는 우리 제국의 북부 울타리이고, 영국과 소련을 연결하는 항로의 차단지점이면서 동시에 스웨덴으로부터 오는 철광석이 거치는 곳이니 충분한 병력으로 방어 할 필요가 있습니다. 만약 적이 노르웨이를 침공, 점령한다면 우리 독일의 전쟁 수행은 큰 지장을 받게 됩니다. 노르웨이 북부에 상륙한 영국군이 스웨덴을 침공하여 키루나의 철광산을 파괴하고, 우리 동맹국 핀란드의 배후를 위협하는 일이라도 생긴다면 어쩌시겠습니까?"

"그렇게 되면 아마 스웨덴이 직접 우리 편으로 참전하지 않겠는가? 환영할만한 일이로군."

얼결에 엉뚱한 대답을 하긴 했지만, 노르웨이 주둔군 사령관 니콜라우스 폰 팔켄호르스트 상급대장의 진언을 받은 나는 잠시 고민했다. 실제 히틀러가 그랬듯 37만이 넘는 대병력을 노르웨이에 박아두는 것은 분명히 삽질이다. 하지만 노르웨이가 중요한 전략적 가치를 가지고 있다는 점도 사실이다. 노르웨이의 험한 산과 복잡한 해안은 기동방어(주요 거점에 병력을 집중시켜두었다가 적이 상륙하면 출동하여 타격하는 방식)를 힘들게 했다. 제대로 지키자면 전 해안에 걸쳐서 대병력을 배치할 수밖에 없다.

"총통, 영국이 노르웨이를 점령하여 북쪽에서 우리 제3제국을 공격하려고 할 가능성은 없다고 봅니다. 소관의 생각에는 주요 도시에 수비대의 주력을 두고, 적절한 전력의 해공군을 배치하여 영국군의 출격을 충분히 감시할 수 있도록 하면 충분합니다. 정말 신경 써야 할 일은 북극해 항로를 통한 영국과 소련의 연결입니다. 영국은 이제 북극해를 경유해서 소련으로 향하는 물자 수송을 본격적으로 시작하고 있습니다. 충분한 해군 전력을 노르웨이에 배치하도록 승인해 주신다면, 북극해 항로를 차단하여 영국 놈들이 소련을 지원하지 못하도록 하겠습니다. 노르웨이의 전략적 가치를 활용하기에는 이 방법이 가장 효과적이라고 판단합니다."

레더 제독에게 노르웨이 문제에 대한 자문을 구하자 그는 명쾌하게 답했다. 해군의 입장에서는 확실히 그게 맞을 거다. 그리고 해전 전문가로서 노르웨이 '방어'에는 크게 신경을 쓸 필요가 없다고 여기는 거겠지.

레더 제독의 말을 듣고 곰곰이 생각해 보니 내 생각에도 영국이 노르웨이를 점령하는 바보짓을 할 것 같지는 않았다. 분명 우리가 노르웨이를 지키기는 힘들지만, 영국인들 역시 본토와 북아프리카에서 전투를 치르고 태평양에서 일본을 상대하며 소련에 물자를 수송하는 와중에 노르웨이 교두보까지 유지할 능력은 없음이 분명했다.

하지만 그렇게 방심하다가 노르웨이의 일부를 영국군이 점거하는데 성공한다면 어떻게 될까? 아마 덴마크와 우리가 확보하고 있는 노르웨이의 나머지 영토에서 출격한 잠수함과 항공기, 수상함들이 영국 본토와 노르웨이 주둔 영국군 사이의 보급로를 멋지게 차단해 줄 거다. 노르웨이 주둔 영국군 점령지 자체가 거대한, 자급자족하는 포로수용소가 되는 거지. 봉쇄를 막는답시고 이쪽 보급선단에 강력한 호위를 붙인다면 대서양과 지중해의 영국군 전력이 약화될 것이 분명하니, 영국군이 노르웨이를 침공해 준다면 나로서는 도리어 환영해야 하는 전략인 셈이다. 나는 결론을 내렸다.

"노르웨이에 대한 적의 소규모 게릴라 공격은 전 유럽에 걸친 우리의 방어선을 교란하려는 양동작전에 불과하다. 적의 공격을 막기 위한 방어는 엄중히 하되, 추가 병력 파견은 3만 명으로 제한한다. 다만 신병기의 지급은 곤란하다. 이번 복세이 섬 피습에서 관리가 부실했던 소련제 포가 작동하지 않은 전례를 거울삼아, 보유하고 있는 노획장비의 정비를 철저히 하여 사용에 지장이 없도록 하라!"

노르웨이 방어에 대한 최종명령을 내린 나는 소파에 앉아 이마의 땀을 닦았다. 하아, 전쟁 지도라는 거 생각보다 훨씬 힘들구나.

참, 불행 중 다행인 것이 노르웨이 지역 해군 부대는 아직 신형 암호체계인 시그마를 수령하지 못해서 에니그마를 사용하고 있었다. 복세이 섬의 우리 무장 트롤선에 있던 암호책이 영국군의 손에 들어갔을 텐데, 놈들은 그걸 그리 오래 써먹지는 못할 것이다. 그 책에 있는 모든 코드는 2월 1일부로 바뀔 거니까.

4

"세계를 지배할 우리 독일이 저 늙은 제국주의자들에게 당하고만 있을 수는 없다. 우리 역시 영국 본토에 대한 보복작전을 감행할 방안을 제시해 보라!"

문제는 반복되는 코만도의 습격뿐만이 아니다. 영국은 지금도 폭격기를 동원해서 독일에 대한 전략폭격을 가해오고 있다. 아직 치명적인 타격을 가하지는 못하고 있지만, 독일의 산업 생산에 어느 정도 타격을 주고 국민들을 집에서 쫓아내어 이재민으로 만드는 정도의 성과는 내고 있다. 여기에 대해서도 보복을 할 필요성이 있었다.

내 호통을 들은 국방군 총사령부의 참모들은 잠시 서로 눈길을 교환하더니 각자 준비해 온 몇 가지 기획안을 내놓았다. 먼저 공군 중장 하나가 입을 열었다.

"총통, 즉각적이고 빠른 보복을 위해서는 영국 본토에 대한 폭격을 재개하는 것이 가장 효과적입니다. 지금 루프트바페의 영국 본토에 대한 공격은 총통께서 내린 명령으로 인해 완전히 중단된 상태입니다. 적이 우리 도시와 점령지 프랑스의 주요 시설을 폭격하고 있는 만큼, 우리 역시 영국의 주요 도시를 폭격하여 보복하면 어떻겠습니까."

"그건 너무 비싸게 먹혀! 우리는 폭격기가 부족하다. 루프트바페가 영국 공군처럼 대형 중폭격기를 보유했다면 또 모를까! 이제 겨우 시제품이 나오고 있는 우리 중폭격기 He177[1]은 언제 승무원을 통구이로 만들지 모르는 불량품이고, 다른 경폭격기나 중형 폭격기로 저들에게 의미 있는 피해를 입히려면 지나치게 많은 기체를 투입해야 한다. 영국은 충분한 대공포와 요격전투기를 보유하고 이를 레이더로 통제하고 있는데, 이런 단단한 방공망에 아까운 폭격기를 들이밀어 헛되이 소모시키는 바보짓은 2년 전에 이미 한 번 치렀잖은가! 동부전선과 지중해에서 폭격기를 한 대라도 더 보내 달라 애원하는 판국에 왜 이런 헛수고에 비행기와 승무원을 낭비해야 한단 말인가?"

---

1 독일이 실전에 투입한 유일한 4발 중폭격기이다. 그런데 엔진 2개로 프로펠러 하나를 돌리는 복잡한 구조를 가지고 있어서 엔진에 화재가 일어나기 쉬운 결함이 있었다.

나는 영국 본토 항공전에서 독일이 입은 막대한 피해를 떠올렸다. 지금 영국을 상대로 투입할 수 있는 전력은 그때보다 훨씬 적다. 이 정도 전력으로라도 영국을 폭격한다면 영국인들의 화를 돋우는 정도는 가능할 테니 그건 그것 나름대로 의미가 있겠지. 하지만 치러야 하는 대가가 너무 컸다. 게다가 영국 상공에서 격추되면 조종사의 귀환도 불가능하지 않나 말이다.

"총통, 물론 런던과 같은 대도시를 폭격하는 것은 힘듭니다. 하지만 해안에 가까운 도시들 중에는 방비가 취약한 도시도 있습니다. 그런 곳들을 공격하면 우리 폭격기의 피해도 줄이면서 영국인들에게 타격을 줄 수 있지 않겠습니까? 게다가 폭격기는 뜨는 것이 눈에 보이기 때문에 우리가 반격을 하고 있음을 국민들에게 보여주는 선전활동을 하는데도 좋습니다만…."

"영국인들은 우리의 중요한 산업도시를 골라서 폭격하는데 우리는 표적의 중요도와는 상관없이 폭격의 용이성에 따라 폭격 목표를 정하자고? 그래가지고 무슨 전쟁을 하겠나! 물론 우리가 지금 영국인들에게 제대로 된 보복을 할 수 없다는 것은 나도 알고 있어. 상징적인 반격을 하는 것이 한계지만, 그러기에 폭격기는 비용이 너무 많이 든다!"

"폭격을 하지 말라고 하신다면 공군이 할 수 있는 일은 없습니다."

공군 중장이 침묵하자 이번에는 육군 중장이 나섰다.

"가장 비용이 적게 들이려면 역시 영국 놈들이 지금 대서양 연안에서 하고 있는 짓과 비슷한 방식으로 응전해주는 것입니다. 아프베어 휘하의 브란덴부르크 부대를 투입하여 영국 후방에 대한 파괴공작을 감행하면 어떻겠습니까? 브란덴부르크 부대는 후방교란 및 파괴작전 전문가들이므로 영국인들에게 큰 피해를 안겨줄 수 있을 것입니다. 낙하산을 이용하거나 유보트나 고속어뢰정을 사용하면 영국에 작전조를 침투시키는 것도 가능하다고 생각합니다. 총통께서 영국에 대한 보복 작전을 원하신다면, 육군이 공헌할 수 있는 유일한 방법입니다. 영국해협을 건널 수 없는 이상 다른 방법은 없습니다. 아일랜드를 경유하는 침투도 생각해 볼 수 있겠습니다만."

나는 잠시 고민했다. 특공대를 투입시켜 테러를 벌이는 것은 확실히 가장 값싸게 먹히는 보복이다. 투입할만한 정예 특수부대원의 양성에 매우 많은 비용이 드는 것은 사실이지만, 그 인력이야 원래 그러라고 있는 것 아닌가. 문제는 세 가지였다.

"장군, 좋은 의견이긴 하오. 하지만 브란덴부르크 대원들이 용맹한 전사이기는 하나, 그들이 받은 훈련은 주로 정규군의 작전을 보조하기 위한 사전 정지작업으로 적에게 혼란을 주는 것이지 않소. 한 번도 가본 적이 없는 영국의 도시와 산업시설을 어떻게 파괴하고 어떤 혼란을 줄 것인지, 그에 대한 훈련과 대비가 수립되어 있소?"

"영어에 능한 대원은 여럿 있습니다. 그들을 선발해서…."

나는 짜증이 났다.

"그런 작전은 단순히 영어만 할 줄 안다고 해서 감행할 수 있는 것이 아니오. 브란덴부르크 사단이 임기응변에 강하다지만, 어디까지나 그들의 강점은 야전에서의 활약이었소. 영국 내에서의 작전은 비밀작전이 될 수밖에 없으니 에방에말 요새를 기습했던 팔슈름야거처럼 목표에 대한 철저한 사전 조사와 예행연습이 필수요! 그런데[1], 우리의 영

---

1 에방에말 요새는 벨기에가 건설한 난공불락의 국경방어요새였다. 독일 공수부대는 이 요새를 공격하기 위해 옛 체코 국경에 있는 비슷한 요새에서 1939년 겨울 내내 모의 훈련을 벌였고 요새 건설을 맡았던 독일 건설회사로부터 도면을 입수해서 내부구조를 철저하게 학습했다. 그리고 실제로 공격에 나서자 에방에말 요새는 공격 개시 단 36시간 만에 함락되었다.

국 내 첩보망은 완전히 와해되지 않았소? 정보원들도 죄다 전향하여 이중첩자가 되었다고 보아야 하는 이상 그들로부터도 작전을 위한 제대로 된 정보를 얻을 수는 없소. 유럽에 올라온 영국인들은 프랑스인이나 노르웨이인들의 도움을 받을 수 있지만 우리 병사들은 영국인들로부터 어떤 도움도 받을 수 없지 않소."[1]

아무도 입을 열지 않았다. 한숨을 쉬고 난 나는 계속 그 의견을 비판했다.

"게다가 영국으로 어떻게든 들어갔다 하더라도 어떻게 귀환시킬 생각이요? 그리고 대원들 중에서 작전 도중에 포로가 되는 이가 있다면, 영국 정부는 포로로 잡은 우리 요원들을 내세워서 우리 독일이 스파이를 통한 파괴공작이나 벌이고 있다는 악선전을 해대겠지. 자기들은 당당하게 정규군을 동원해 작전을 펼치는데 독일인들은 그럴 능력이 없어서 비열하게 군다고 지껄이기 시작하면 우리 위신은 땅바닥에 추락하고 말거요. 제독, 해군에서는 뭔가 생각해 낸 계획이 없소?"

자기 자리에서 조용히 침묵을 지키고 있던 해군 중장은 서류뭉치를 옆에 내려놓더니 두 손으로 깍지를 끼며 조용히 말했다.

"옛날 같았다면 함대를 출동시켜 영국 해안을 포격했겠지만, 지금 해군의 능력으로 영국 본토에 대한 직접 공격은 불가능합니다. 총통께서 원하시는 보복을 감행하려면 공군 폭격기를 동원하는 것이 가장 현실적인 대책이라 생각합니다. 굳이 해군이 나서야 한다면 잠수함을 영국 근해에서 부상시켜 갑판포로 해안도시를 포격하라고 명령하는 정도밖에는 실행할 수가 없고, 그것은 곧 잠수함 승무원들에게 자살하라고 명령하는 거나 마찬가집니다. 정 해군을 동원한 반격을 원

1 실제로 영국 내의 모든 독일 스파이들은 처형되거나 전향한 상태였다.

하신다면 잠수함대에게 영국에 대한 봉쇄를 더 엄중히 하라고 명하십시오."

나도 안다. 기껏 생각해 봐야 비행기로 폭탄 던지는 것밖에는 보복이라고 할 만한 방법이 없다는 것쯤은. 사실 이 장군들이 제시하는 의견들도 그게 진짜 효과적인 공격수단이라 생각해서 말하는 것이 아니라 내가 요구하니까 비위를 맞추기 위해 나름 머리를 쥐어짜낸 것일 뿐이라는 점도 알고 있단 말이다. 그리고 내가 영국에 대한 보복을 해야 한다 주장하는 것이 무슨 중대한 전략적 이유 때문이 아니라 기습을 당한 데 대한 짜증을 내는 것일 뿐이라는 점도.

갑자기 이탈리아군이 부러워졌다. 이탈리아군에는 제10돌격정대(X–MAS)[1]의 특수전 요원들이 있다. 이들은 지난 9월에 지브롤터에서 2척의 유조선과 1척의 화물선을 격침시켰고, 며칠 전인 12월 19일에는 알렉산드리아에서 영국 지중해함대의 주력 전함인 퀸 엘리자베스와 밸리언트를 대파, 항구 바닥에 그대로 주저앉혔다.

독일군에도 그런 작전을 수행할만한 요원들이 있다면 얼마나 좋을까. 하긴 영국 본토의 항구는 죄다 잠수함 방어용 그물을 쳐놓았겠지만, 뚫고 들어가려고 하면 못 들어갈 이유가 있겠는가. 하지만 지금 그런 부대를 창설한다고 해도 준비에 시간이 필요할뿐더러, 훈련에는 또 얼마나 걸릴지 알 수가 없다. 잠깐, 잠수함?

"제독! 해군에게 영국 본토를 직접 공격하라는 명령을 내린다면 잠수함의 갑판포로 포격을 하는 수밖에 없다고 했소?"

"그렇습니다만…."

---

1 Decima Flottiglia Mezzi d'Assalto의 약자. 이들은 해군 특수전 부대의 원조 격으로, 인간 어뢰(사람이 탈 수 있도록 만든 특수 어뢰)를 타고 적의 항구 내로 침입해서 배 밑바닥에 폭탄을 달아 격침시키는 훈련을 받은 정예 특수부대였다.

나는 두 주먹으로 책상을 치면서 그 자리에서 벌떡 일어났다.

"그래! 바로 그거야! 오늘 회의는 여기서 끝내겠소!"

갑자기 내가 소리를 지르자 옆에 앉아있던 참모장 요들이 놀랐는지 눈을 동그랗게 떴다.

"총통, 무슨 일이십니까? 갑자기 무슨 말씀이신지요?"

"영국을 공격할 방법이 생각났소! 우리는 아무 피해도 보지 않고 말이오! 제독! 당장 해군 설계국의 잠수함 설계 전문가 한 명을 여기로 호출하시오. 그리고 국방군 참모장, 귀관은 육군병기국에서 로켓 병기 전문가 한 명을 호출하시오!"

"아…알겠습니다."

임석하고 있던 장군들은 어안이 벙벙한 표정이었다. 하지만 나는 기분 좋게 웃었다. 정말 기똥찬 아이디어가 – 적어도 내 생각에는 – 떠올랐기 때문이다. 이거면 우리 쪽의 피해는 거의 없이 영국에 상당한 혼란과 피해를 줄 수 있을 것이 분명했다.

5

"초, 총통! 그것이 가능하다고 생각하십니까?"

눈앞의 두 중령 – 공교롭게도 육군에서 온 로켓 전문가와 해군에서 온 잠수함 전문가는 둘 다 중령이었다 – 은 내 아이디어를 듣고 입을 딱 벌렸다. 순간 확 짜증이 났지만 꾹 참고 이들을 설득하기 시작했다.

"가능해! 물과 공기는 밀도가 다를 뿐 둘 다 유체(流體)가 아닌가? 매가 공기 중을 날아가듯이, 펭귄도 물속에서 날아다닌단 말일세! 물론 날개의 형태나 크기 같은 건 다르지. 하지만 중요한 건, 공기 중을 날아가는 물체는 물속에서도 '날아갈' 수 있다는 거야! 물속에 있는 표적이라고 총에 안 맞는 건 아니지 않나?"

"하지만 총통, 물 밖에서 쏜 총탄은 괜찮을지 모르지만 물속에서 총을 쏠 수는 없지 않습니까? 물은 공기보다 800배나 밀도가 높고, 깊이 들어갈수록 수압도 강해집니다. 깊은 바다에서 총을 쏜다면 분명 총이 터지고 말 겁니다. 물론 로켓은 총과 다르니까 점화한다고 모터가 터지지는 않겠지만, 제대로 발사되지 못할 겁니다. 수압 때문에 탄두가 폭발할 수도 있고, 후방으로 배출되는 가스의 열이 선체를 손상시킬 수도 있습니다. 최악의 경우, 안정된 탄도를 만들지 못하고 수중에서 춤을 추던 로켓이 발사한 잠수함으로 돌아와 잠수함을 격침시킬지도 모릅니다! 이건 너무 위험하고, 실현 가능성도 낮습니다."

베르너라는 육군 중령은 절망적인 표정으로 호소했다. 나는 가차 없이 그 말을 무시했다.

"비겁한 변명이다! 수중 상태에 따라 다를 수는 있겠지만, 로켓은 수중에서도 충분히 안정된 탄도를 유지할 수 있다. 귀관의 책무는 네벨베르퍼 41형을 잠수함에 장착하고 수중에서 발사할 수 있도록 준비하고, 승조원들에게 조작법을 훈련시키는 것이다!"

베르너를 침묵시킨 나는 고개를 돌려 알트만이라는 해군 중령을 쏘아보았다. 알트만은 급히 차렷 자세를 취했다.

"방금 베르너 중령이 제시한 위험이 실제로 일어날 수 있다고 생각하는가?"

"소관은 로켓 전문가가 아니기 때문에 다른 두 가지는 잘 모르겠습니다만, 적어도 배기열의 문제는 크게 신경을 쓰지 않아도 된다고 생각합니다. 선체는 바닷물로 냉각이 되며, 혹시 손상 여부가 걱정된다면 배기가스가 선체로 직접 뿜어지지 않도록 설계를 하면 될 것입니다. 방

염설비를 추가로 설치하는 것도 방법입니다. 나머지 두 가지 문제에 대해서는 확언을 드릴 수 없습니다."

"발사의 위험에 대해서는 차치하고, 탑재 가능성에 대해서만 묻겠다. 잠수함의 설계를 변경하여 로켓을 탑재하라면, 가능하겠나? 발사대를 고정부착할 경우 물의 저항을 증대시켜 속도가 느려지고, 소음도 커져서 적의 청음기에 들키기 쉬워진다. 분해한 발사대와 가능한 많은 로켓탄을 선체 내부에 탑재해야 하는데, 가능하겠나?"

알트만은 차렷 자세를 한 채로 눈을 감고 생각에 빠졌다. 2분 정도 시간이 흐르자 눈을 뜬 알트만이 조심스럽게 대답했다.

"가능합니다. 탑재할 수 있습니다."

"정말인가?"

"갑판의 비포를 철거하고, 갑판에 설치된 비포용 탄약고에 로켓을 적재하면 됩니다. 비포용 탄약고는 갑판 밑, 내압선각[1] 외부에 설치되어 있으므로 잠수함의 항해에 지장을 주지 않고 로켓 저장고로 전용할 수 있습니다. 로켓 발사기도 분해하여 갑판 아래 저장고에 넣고, 발사 시에만 설치하면 됩니다. 로켓공격 전용 잠수함으로 운용하는 것을 전제로 배를 개조한다면, 어뢰실 하부에 있는 예비 어뢰 저장고도 로켓 예비탄 저장고로 바꿀 수 있습니다. 발사관 자체는 함의 자위를 위하여 각 1발의 어뢰와 함께 남겨두는 편이 낫다고 생각합니다."

"음."

나는 팔짱을 끼고 집무실 안을 걷기 시작했다. 두 장교는 차렷 자세

---

1 수압을 직접 견뎌야 하는 본 선체. 이 시기의 잠수함은 둥근 내압선각 위에 수상항해시의 편의를 위한 뱃머리와 평평한 갑판을 얹는다. 갑판과 뱃머리가 추가된 잠수함은 둥그렇기만 한 오늘날의 잠수함보다는 수상함과 비슷한 외관을 가지게 된다. 이 갑판과 뱃머리에는 구멍이 뚫려 있어서 물이 자유롭게 드나든다.

로 내 다음 지시를 기다리고 있었다. 나는 알트만 중령에게 한 가지 질문을 했다.

"지금의 기술 수준으로는 수중에서 로켓의 장전과 발사를 반복할 수는 없다. 귀관이라면 이 문제를 어떻게 해결하겠는가?"

"출항할 때는 로켓을 설치하지 않은 채 출항하고 작전 목표를 앞둔 안전한 해역에서 부상하여 갑판 위에 발사대를 설치한 후 로켓을 장전합니다. 그리고 저속으로 수중 항해를 하여 목표 해역에 도달한 후, 밤이 되기를 기다려 목표를 향해 로켓을 발사하고 그대로 수중 항해로 안전 해역까지 철수합니다. 탑재한 로켓을 모두 소모할 때까지 이를 반복하며 임무를 완수한 후에는 독일로 귀항합니다. 한 번에 1회밖에 발사할 수 없으므로, 가능한 많은 수의 발사기를 탑재할 필요가 있습니다."

"좋아! 그렇게 운용하면 되겠군. 그런데 중령, 작전 목표가 영국이라고 하면 대서양 초계에 나가는 것만큼 많은 연료는 필요가 없지 않은가. 연료탱크의 일부를 탄약고로 전용할 수는 없을까? 그렇게 한다면 그만큼 더 많은 로켓을 적에게 퍼부을 수 있을 것이다."

"노력해 보겠습니다."

6

잠수함에 실은 로켓으로 지상을 공격하는 것은 실은 내 독창적인 아이디어가 아니었다. 독일군의 유보트 함장이었던 프리드리히 슈타인호프라는 장교가 1943년에 처음 착안한 아이디어였지만 히틀러와 되니츠를 포함한 독일군 수뇌부는 별로 실용성이 없는 무기라고 생각해서 채택하지 않았다. 나는 책에서 그걸 보고 상상력이 참 놀랍다고 하면서 기억해 두었었는데, 그게 이번에 갑자기 떠오른 것이다.

원래 무기개발은 완벽을 기하자면 한이 없다. 하지만 나는 관계자들을 다그쳐서 1942년 1월 4일에 발트해에서 발사실험을 한 다음, 수중에서 로켓의 발사가 가능하다는 사실을 입증하자마자 휴식중인 유보트 중에서 6척을 차출하여 개조하라는 명령을 내렸다.

개조라고 해봐야 앞, 뒤 갑판 전체에 탄약고를 증설하고 어뢰고를 로켓 저장고로 변경하는 정도에 불과했으므로 1주일 안에 끝났다. 연구원들은 실전에 투입하기 전에 다양한 환경에서 실험을 실시하여 로켓을 발사할 때 나타나는 궤도의 형태에 대한 데이터를 수집해야 한다고 했지만, 나는 실험함 1척만 남겨두고 5척은 그대로 실전에 투입하라고 명령했다. 뭐, 궤도야 어쨌든 로켓이 날아가기만 하면 그만 아닌가.

처음에는 항속거리가 짧아서 대서양에서 선단 초계 작전을 벌이는데 투입할 수 없는 소형의 2형 유보트를 이 작전에 동원할까 했는데, 실물을 보니 이놈이 작아도 너무 작아서 충분한 양의 로켓을 적재할 수가 없었다. 다행히 내가 '히틀러'와 달리 지중해에 유보트를 대량으로 보내지 않은 덕에 실제 역사에 비하면 7형 유보트의 숫자에 여유가 있어서 필요한 만큼의 잠수함을 확보할 수 있었다.

시험 평가를 겸한 첫 공격은 복세이 섬 습격으로부터 정확히 한 달 뒤인 1월 26일 밤이었다. 그리니치 표준시로 자정에 120발의 41형 로켓탄이 노퍽 주의 소도시, 그레이트 야머스를 향해 일제히 발사되었다. 이 도시는 어업항이자 휴양지일 뿐이어서 별다른 전략적 가치가 있는 곳은 아니었지만, 남쪽에 있는 로스토프트와 더불어 가장 독일에 가까운 영국 도시이기 때문에 1차 세계대전 때부터 줄기차게 폭격을 맞았었다. 영국 본토 항공전 때는 귀환하는 폭격기들이 남은 폭탄을 버리는 곳으로 쓰기도 했었고.

각설하고, 로켓을 투입한 첫 실전에서 확인한 것은 이게 갑판포를 사용할 때보다는 덜할지 몰라도 잠수함에게 무척 위험한 작전이라는 점이었다. 발사 자체는 수중에서 실시하지만, 쏘기 전에 위치를 확인하는 과정이 문제였다. 수중에서는 잠수함이 자신의 위치를 알 수 없으므로 잠깐이라도 부상해서 나침반과 천체관측을 통해 정확한 포격 위치에 도달했는지 자신의 위치를 확인해야 했기 때문이다. 다행히 이번에는 영국이 이런 방식의 공격을 전혀 예상하지 못해서 괜찮았지만, 목표가 될 만한 도시 인근에 해상이나 항공 초계를 강화한다면 잠수함이 매우 위험해진다.

네벨베르퍼에 쓰는 41형 로켓탄 자체의 문제도 컸다. 구경 150mm의 이 로켓탄은 사정거리가 최대 7km인데, 이게 육지에서의 화력지원용으로는 쓸 만 한 사거리일지 몰라도 바다에서는 정말 짧았다. 나는 충분한 안전거리가 될 거라고 생각했는데 전혀 충분하지가 않았다.

탑재한 무기의 사정거리가 짧으면 잠수함이 목표에 가까이 접근할 수밖에 없다. 그러면 항구를 보호하기 위한 적의 기뢰원에 들어가거나 해상 및 항공초계에 걸릴 가능성이 높아진다. 재수가 없으면 맨눈으로 경비를 하는 해안감시원의 눈에 띌 우려도 있었다.

게다가 맞기도 참 안 맞았다. 로켓이니까 명중률이 거지같은 건 당연할 거라고 예상하고 있었지만 그래도 120발 중에 절반이 시내를 벗어나서 떨어질 줄은 몰랐다. 탄착관측은 사진정찰기를 해협 상공에 띄워 놓고 야간전투기로 엄호하면서 진행했다.

어쨌든 이 공격의 효과에 대해서는 일단 합격점을 내릴 만 했다. 120발의 로켓에 든 폭약을 모두 합쳐 봐야 300kg밖에 안 되니 위력이야 항공폭탄 서너 발 떨어트린 정도밖에 안 되지만, 그걸 시내 전체에 흩뿌렸을 뿐 아니라 로켓 특유의 불꽃과 폭음이 더해지니 영국인들에게 혼란과 공포를 조성한다는 목표는 더 확실하게 달성할 수가 있었다.

문제는 이 효과를 얻기 위해 다섯 척의 잠수함이 대서양 선단 초계에서 빠지고, 상당한 양의 연료를 소비했으며 만약을 위한 야간전투기와 어뢰정 등의 엄호전력도 다수 동원되었다는 거다. 한 번 하는 건 괜찮다고 하겠지만 과연 이만한 비용을 들이면서 지속할 만큼의 가치가 있는 작전일지 조금 고민이 되었는데, 우습게도 그 답은 영국군이 제공해주었다. 포기하지 말고 계속하라고.

아닌 밤중에 해안도시에 로켓 세례를 받은 영국에서는 난리가 난 모양이었다. 해협 상공에 있던 우리 정찰기와 야간전투기는 놈들의 레이더에 포착이 되었겠지만, 숫자도 적고 움직임으로 보아도 별로 위협이 되는 대상이 아니었으니 영국 공군도 요격을 위한 야간전투기를 발진시키지 않았다. 확실히 이 비행기들이 로켓을 발사한 것은 아니고, 그렇다고 인근 해역에서 독일 수상함이 활동하는 것도 아니니, 로켓을 발사한 범인은 유보트가 될 수밖에 없었다. 내가 처칠이라도 그렇게 생각하겠지.

영국은 당장에 해안 지역에 대한 항공초계를 강화했다. 기뢰도 추가로 부설했지만 자기들 배도 다녀야 하니 그렇게 엄중하게 하지는 못했다. 그리고 우리 잠수함대 모항인 킬에 대한 폭격을 강화했는데, 내게는 그 호들갑이 가소로울 뿐이었다. 그날 5척이나 되는 우리 잠수함들이 발사한 로켓의 양은 영국 공군 폭격기 1대가 독일에 투하하는 폭탄의 양보다 적었으니까 말이다. 말 그대로 장난질 수준의 폭격이었다.

겨우 이 정도 공격 때문에 독일 본토의 산업지대를 폭격하던 폭격기들을 전용해서 해안초계를 돌리다니, 영국은 참 대단한 나라다. 하지만 그런 노력이 안타깝게도 나는 이 로켓 작전을 중단할 생각이 없었다.

"영국의 모든 해안도시를 공격하라! 방비가 허술한 곳일수록 좋다. 토미들도 우리 독일 시민들처럼 편안히 밤잠을 잘 수 없도록 만들어 줘라."

나는 로켓 공격을 주임무로 하는 새로운 전대를 아예 하나 창설하라고 명령하고, 18척의 유보트를 이 전대에 배속하도록 했다. 이들은 무장으로 자위용의 어뢰 5기[1] 이외에 로켓 6발을 한 번에 발사할 수 있는 발사기 5개, 로켓 150발을 탑재했다. 표적으로 삼은 도시를 닷새 연속으로 치건 2주 동안 주변을 맴돌면서 어쩌다 한 번씩 쏘건 그것은 함장의 재량에 맡겼다.

2월 말부터 이들이 본격적인 작전을 펼치기 시작하자 잉글랜드, 스코틀랜드, 북아일랜드의 전 해안도시가 우리 잠수함대의 로켓 공격에 노출되었다. 구축함과 기뢰원으로 확실히 보호받을 수 있는 도시는 몇 개밖에 없었고, 야간에 해안초계를 돌아야 하는 영국 연안항공대의 항공기 규모는 급격하게 증대되었다. 물론 그만한 비행기가 하늘에서 떨어질 리는 없으니 여기에 소요되는 항공기는 공군의 전략폭격부대에서 차출하는 수밖에 없었다.

당연한 일이지만 우리의 로켓 공격 작전, 암호명 〈무커(모기)〉는 영국에게 실제적인 피해는 별로 주지 못했다. 하지만 이름이 뜻하는 그대로, 모기가 사람의 잠을 설치게 하듯 영국인들의 신경을 긁고 자원

1 7형 유보트의 원래 어뢰 적재량은 14기다. 어뢰 5기는 4개의 전방 발사관, 1개의 후방 발사관에 하나씩 들어갈 양이다.

을 낭비하게 하는 데는 아주 성공적이었다.

일이 진행되는 양상에 만족한 나는 병기국에 명령을 내려 7km에 불과한 41형 로켓탄의 사정거리를 20km 이상, 가능하다면 30km까지 늘린 개량형을 개발하라고 명령했다. 이걸로 독일에 대한 영국의 폭격 규모를 좀 줄일 수 있을 거라 생각하니 안도감이 들었다.

이러한 조치가 시행되는 와중의 3월 7일 회의는 내게 희망적인 미래를 선사하는 듯 했다. 나는 육해공군의 세 수장과 함께 열심히 현안을 뒤적거렸다.

7장
아프리카 전선을 정리하라!

1

"오랜만에 얼굴을 보는군, 케셀링 원수."

"저 역시 자주 찾아뵐 수 있기를 희망합니다."

자, 3월 7일자 군사회의 오늘의 특별 게스트는 알베르트 케셀링 공군원수였다. 나는 케셀링을 지난 12월 20일부로 지중해 전역의 전 독일군에 대한 지휘권을 쥔 남부 전구 총사령관으로 임명했고, 이탈리아 당국과 교섭할 권한을 포함해서 지중해 일원에서 활동하는데 필요한 전권을 부여했다. 단 육군과 공군의 지휘권만 주었고, 해군에 대한 지휘권은 없었다. 지중해에 배치된 해군 전력이 유보트를 제외하면 거의 없기도 했고, 해군이 타군의 지휘를 받는 상황을 극도로 싫어했기 때문이다.

지난 3개월 동안 케셀링은 수많은 어려운 일들을 해결해야 했다. 왜냐하면 지중해 전역이야말로 지금 시점에서 영국 육군과 독일 육군이 격돌하는 유일한 전장이기 때문이다. 게다가 정말 중요한 문제가 있다. 〈이탈리아군과 함께〉 싸워야 한다. 사자 같은 병사들, 소시지 같은 장교들, 퇴비더미인 장군들과 함께 말이지. 롬멜의 말이었던가, 이거? 하여튼 러시아 전선에 파견됐던 이탈리아 원정군, CSIR[1]이 대부분 철수한 지금 이탈리아군이 대규모로 투입된 전선은 아프리카 전선이 유일하다.

으음, 기왕 이야기가 나온 김에 러시아 전선의 이탈리아군 이야기도 한 번 해보자. 대부분 아는 내용이겠지만, 작년에 열린 러시아 전선에도 이탈리아 원정군이 파견되었다. 하지만 처음에 1개 군단 병력이었던 이탈리아 원정군은 동계전역을 치른 뒤 상징적인 수준인 1개 사단으로 축소되었다. 피해가 커서 줄어든 게 아니고, 내가 철수시켰다. 누구나 알다시피 이탈리아군의 전투력이 딱히 기댈만한 수준이 되지 못했기 때문이다.

반공십자군의 상징성을 생각하더라도 어차피 대소전의 주력은 독일군이고, 다른 나라 군대는 들러리에 불과하다. 가능한 많은 국가가 소련 공격에 참가하여 명분을 세워주는데 의의가 있을 뿐이니만큼 이탈리아군의 참전은 1개 사단이면 충분했다. 에스파냐의 프랑코[2]도 고작 1개 사단의 의용병으로 입을 닦지 않았냐 말이다. 에스파냐 내전에서 독일이 프랑코를 돕지 않았을 경우 내전의 향방이 어떻게 되었을지 생각하면 1개 군단은 받아야 하겠지만.

이탈리아군이 빠지면서 생긴 전선의 구멍은 후방에서 재편성한 독

1 Corpo di Spedizione Italiano in Russia, 이탈리아 러시아 원정군단.

2 에스파냐의 독재자 프란시스코 프랑코(1892~1975)는 에스파냐 내전(1936~39)에서 독일과 이탈리아의 군사적 지원을 받은 덕분에 공화정부를 쓰러트리고 독재정권을 수립할 수 있었다.

일군과 후방 치안유지 임무에서 해제한 루마니아군, 헝가리군으로 메웠다. 이 동맹군들도 이탈리아군만큼 장비가 부족했지만 적어도 이들은 국경을 맞댄 소련에 대한 적개심과 영토 확장이라는 공통된 실익이 있었다. (문제는 이 두 나라는 소련보다도 각자를 더 싫어해서, 절대 인접구역에 같이 배치할 수가 없다. 반드시 둘 사이에 독일군을 끼워 넣어야 했다.) 그리고 이들 동맹국군이 맡던 치안유지 임무는 벨로루시와 우크라이나 현지인으로 구성한 보조부대가 맡았다.

그런데 말하는 쪽이건 듣는 쪽이건 참 어처구니없는 이야기지만, 이탈리아군을 러시아에서 빼내라는 내 명령에 대해 가장 강력하게 반대한 사람은 그동안 익숙해진 휘하 병력을 내놓아야 하는 남부집단군 소속 지휘관들이 아니었다. 바로 이탈리아의 두체[1], 무솔리니였다!

"총통! 우리 파시스트당은 애초부터 공산주의라면 불구대천의 원수로 여겼소. 이제야 겨우 공산당 놈들의 배후 근거지를 완전히 쓸어 없애는 숭고한 전쟁에 나서게 되었는데, 도대체 왜 우리 이탈리아군을 제외시키겠다는 거요?"

"두체, 내가 이탈리아군을 러시아에서 철수시키라고 한 것은 공산주의를 타도하려는 귀국의 의지를 믿지 못해서가 아니오. 다만 동부전선이 이탈리아에서 너무 멀고, 따라서 원정군에 대한 보급지원도 매우 곤란하기 때문이오. 이탈리아 본국에서 남부 러시아까지, 그 먼 길을 거쳐 원정군이 필요로 하는 탄약과 식량, 마필과 교체부품을 보급하는 게 쉬운 일이 아니지 않소? 그러니 대규모 원정군을 무리해서 보내지 않으셔도 되오."

1 Duce, 이탈리아어로 지도자 또는 영도자를 뜻하는 무솔리니의 칭호.

"하지만 총통! 고작 물자보급이 힘들다는 따위 이유로 우리 이탈리아군이 이 전쟁에서 빠질 수는 없소이다. 이 전쟁의 의의는 반공의 대의를 위해 전 유럽이 힘을 합친다는 데 있지 않겠소? 하루빨리 소련을 타도하고 유럽에서 공산주의를 박멸합시다!"

"두체, 이탈리아군의 열의는 내가 이해한다고 했잖소? 문제는 이탈리아군에게는 러시아보다 더 중요하고 가까운 전장이 있다는 거요. 지금 이탈리아는 북아프리카의 영국군을 상대하는 일이 더 급하오. 당신은 이미 동아프리카 식민지와 거기 주둔해 있던 수십만의 병력을 잃었잖소?[1] 만약 리비아 식민지까지 영국군에게 빼앗기기라도 하면 이탈리아 국민들의 불만은 파시스트당이 도저히 진정시킬 수 없을 정도가 될 거요."

이탈리아군을 철수시키려는 내 의사를 알게 된 무솔리니는 곧바로 내게 회견 요청을 했다. 급한 일이 많았지만 차마 최대 우방국의 지도자가 만나고 싶다는데 딱 잘라 거절할 수는 없었고, 움직이기 귀찮았던 나는 무솔리니에게 독일로 오라고 불렀다. 회견 날짜는 한 달 전인 2월 7일, 장소는 잠수함 발사 로켓탄이 개발되고 있는 페네뮌데의 로켓 실험장이었다.

내가 보기에 러시아 전선에 원정군을 유지하겠다고 우기는 무솔리니의 의도는 아무래도 독일에게 마음의 빚을 지게 하려는 것 같았다. 이탈리아가 이렇게 열심히 독일의 전쟁을 돕고 있으니 독일도 이탈리아를 더 배려하라는 의도겠지. 이탈리아군이 약체인 건 사실이지만 무

---

1 이탈리아 식민지였던 소말리아와 에티오피아, 에리트레아는 1941년 11월 말까지 모조리 영국에게 함락되었다. 일부 이탈리아군 패잔병이 산악지대를 무대로 1943년 말까지 게릴라전을 벌이다가 소탕되었다.

솔리니가 이렇게 눈물겨운 노력을 하는 걸 보니 차마 그 얼굴에다 대고 '리비아를 뺏기면 시칠리아가 넘어갈 거고, 그러면 당신 정권도 끝장이란 말이오!'라고 외칠 수는 없었다.

험한 말을 하지 않으면서 '공산주의 타도를 위한 성전에서 이탈리아군을 제외한다는 것은 이탈리아에 대한 모욕'이라고 떠들어대는 무솔리니를 설득하기는 꽤나 어려웠다. 무솔리니는 혹시 너무 적은 병력을 파견해서 화가 난 거냐고, 독일이 원한다면 원정군을 1개 군 규모까지 확대할 수 있으며 공군도 더 많이 파견하겠다는 제안도 했다. 나는 현재 이탈리아의 상황으로는 북아프리카 전선에 전력을 집중하는 편이 낫다는 설득을 세 시간 가까이 반복한 뒤에야 겨우 무솔리니의 요구를 철회시킬 수 있었다.

대신 남겨두기로 한 부대는 정말 최정예로 골랐다. 제3 아메데오 두카 데 아오스타 쾌속사단, 이탈리아군 중에서도 독일군이 호평했던 정말 정예부대다. 쾌속사단이라고 하면 독일군으로 치면 경기계화사단 정도 되겠지만, 예하에 차량화[1] 또는 기계화[2]된 보병을 가지고 있는 독일군 경기계화사단과 달리 장비가 부족한 이탈리아군에는 그런 사치스러운 건 없었다.

대신 이 부대에는 기병, 진짜 말을 타고 활동하는 기병이 2개 연대 있었다. 포병대대의 장비도 경포인 75mm와 105mm밖에 없고, 대전차포는 47mm에 대공포도 20mm 기관포밖에 없었다. 전차대대도 주포가 20mm 기관포인 이탈리아제 L6/40경전차를 가지고 있을 뿐이어서

1 motorized. 모든 보병이 트럭 등의 일반 차량으로 이동하는 부대.

2 mechanized. 모든 보병이 캐터필러를 장착한 병력수송용 장갑차량으로 이동하는 부대. 2차 세계대전 당시에는 궤도만으로 움직이는 병력수송용 장갑차는 없었고, 독일과 미국 모두 앞쪽에는 일반적인 운전석과 바퀴가 있고 적재공간에는 캐터필러가 달린 반궤도장갑차(half-track)를 사용했다.

제일선에 내세우기는 곤란한 부대였다.

그럼에도 불구하고 내가 이 사단을 러시아 전선에 남긴 것은 어설프게 기계화된 다른 이탈리아군 사단들보다 훨씬 더 효용성이 있었기 때문이다. 진창과 풀밭으로 덮여 있고 길도 제대로 없는 소련의 평원을 달리기에는 말과 경전차 쪽이 독일제 중전차보다 훨씬 효과적이었다. 트럭보다 나은 것은 말할 필요도 없고. 이 사단은 기동성이 우수한 만큼 제2선 지역의 방어나 빨치산 소탕 등에는 충분히 투입할 수 있었다.

무엇보다도 이 사단에는 제3 사보이아 기병연대가 있었다! 정규전에서 인류 역사 최후의 기병돌격을 성공시킨 사보이아 기병연대! 기병도와 수류탄을 가지고 소련군이 구축한 참호선을 돌파하고, 적이 당황하자 하마한 기병들로 전면을 압박하면서 참호를 돌파한 부대를 반전시켜 적 후방에서 재차 돌입함으로서 소련군 보병연대를 완전히 박살내버린 바로 그 사보이아 기병연대가 말이다!

과연 많은 것이 바뀌어버린 이 세계에서도 "사보이아!"를 외치며 돌격하는 사보이아 연대의 모습을 볼 수 있을지는 확실하지 않지만, 나는 그 모습을 꼭 보고 싶어서 사보이아 연대를 전선에 남겼다.

그렇게 동부전선 쪽을 정리해 놓고 나니 지중해 방면도 본격적으로 손을 대야 하게 되었다. 그래서 케셀링을 불러 특별회의를 준비한 것이다.

2

"케셀링 원수, 우리 모두가 동의하는 바지만, 지금 남부 전구에서 가장 급한 것은 영국 제8군과 대치하고 있는 북아프리카 전선이다. 지금 롬멜의 상황은 어떤가?"

"공격 금지 명령에 대해 매우 큰 불만을 표하고 있습니다. 헤라클레스 작전의 시행에 대해서도 극렬히 반대하며, 해당 작전에 투입할 병력과 물자를 아프리카군단에게 지원해 달라고 요구하고 있습니다."

다들 들어봤을 거다. 북아프리카 전선, 〈사막의 여우〉 롬멜이 용명을 떨친 바로 그 전선이다. 아마 다들 롬멜과 그 라이벌이었던 몽고메리의 이름 정도는 들어봤을 거라고 생각한다. 이 두 사람의 라이벌 관계는 영화로도 몇 번이나 나올 정도였으니까.

그런 한편으로 북아프리카의 사막에서 벌어진 독일과 영국의 이 전선은 매우 신사적으로, 멋지게 벌어진 전쟁으로도 유명하다. 이 전역에서는 민간인 피해도 거의 없이, 정말 양쪽 군대만 치고받으면서 교전규범도 거의 위반하지 않는 모범적인 전투가 이루어졌다.

그런데 사실 이렇게 되는 게 당연했다. 전투로 피해를 볼 만한 민간인이 그 황량한 사막 어디에 얼마나 있단 말인가? 고작해야 유목민 약간밖에 없는 그 사막에 피해를 볼 민간인이 있기나 한가.

일단 내가 이 세계에 온 41년 8월 시점에서, 북아프리카 전선은 원래 역사대로 대충 전쟁 이전의 리비아-이집트 국경과 비슷한 선에서 정체되어 있는 상태였다. 다만 이탈리아령 리비아의 주요 항구인 토브룩이 2만 5천에 달하는 영연방군 수비대가 지키는 상태로 독일-이탈리아 연합군에게 포위되어 있고, 이를 구출하려는 영국군의 반격인 배틀액스 작전은 아프리카군단의 방어에 막혀 간단히 실패로 돌아간 뒤였다.

배틀액스 작전 이후에도 41년 후반기 동안 나는 롬멜에게 별다른 간섭을 하지 않았다. 러시아 전선의 중압감이 엄청나게 크다 보니 아프리카까지 신경을 쓸 수 있는 여유가 없기도 했고, 41년부터 42년 초까지는 롬멜을 내버려두는 쪽이 낫다는 것을 알고 있었기 때문이다. 그래서 롬멜이 크루세이더 작전을 펼친 영국군에게 밀려날 때도 별 걱정을 하지 않았다. 적당히 밀려나다가 멈출 것을 알고 있었으니까. 물론 주변 사람들에게는 "나는 롬멜을 믿는다!"고 구라를 쳤지.

하여간 아프리카 전선은 당분간은 신경을 쓰지 않아도 된다. 적어도 42년 5월에 반격을 가해 토브룩을 탈환하고, 영국군을 다시 이집트 국경까지 몰아내는 정도까지는 롬멜이 마음대로 활약하게 내버려 둘 필요가 있었다. 여하튼 지금은 롬멜보다는 헤라클레스 작전이 우선이다.

"이탈리아군 사령부와 협조는 잘 되고 있나?"

"두체는 말로만 이탈리아군이 최선을 다할 것이라고 외칠 뿐입니다. 두체의 영향을 받은 탓인지 영국 해군에게 겁을 먹어서인지 이탈리아군 해군 수뇌부는 미온적입니다만, 저희와 직접 협조중인 이탈리아 제8군[1]과 참모총장 카발레로 장군은 최대의 열의를 가지고 헤라클레스 작전에 열중하고 있습니다."

"좋아! 몰타는 꼭 함락시켜야만 한다. 이탈리아 해군을 발레타 항구 앞에 모조리 가라앉히는 한이 있더라도 몰타를 잡아야 해. 이탈리아 해군 총사령관의 목을 졸라서라도 이탈리아 함대를 타란토에서 끌어내야 한다."

"물론입니다."

헤라클레스 작전은 몰타 섬을 영국으로부터 빼앗기 위한 작전이다. 시칠리아와 아프리카 사이에 알박기를 한 것 같은 이 조그만 섬은 에스파냐 국왕, 성 요한 기사단, 나폴레옹의 순서로 주인을 바꿨다가 넬슨의 손에 의해 영국의 차지가 되었다. 2차 세계대전을 치르는 지금 몰

1 실제 역사에서 이탈리아 제8군은 소련 원정군이었다. 본 작품에서는 몰타 공략을 위해 임시 편성된 군으로 설정했다.

타 섬은 영국의 불침항모가 되어 지브롤터에서 이집트로 가는 연합군 보급선단의 중간 기착지이자 이탈리아에서 북아프리카로 가는 추축군 보급선단의 차단거점으로 기능하고 있다.

내 세계에서 지중해 전역이 계속되는 동안 몰타 섬을 기지로 작전하는 영국군 잠수함과 폭격기는 추축국 보급선단에게 막심한 피해를 입혔다. 이쪽 역사에서도 몰타 섬의 역할은 마찬가지니만큼 더 큰 피해를 초래하기 전에, 우리 편 전력에 여유가 있을 때 몰타를 확실히 제압해야 했다. 42년 초라는 지금 이 시점이 지나가면 그런 여유는 없었다.

"하지만 총통, 강하작전 없이 점령에 들어가자는 참모본부의 제안은 재고해주십시오. 일단 지난 2개월 동안 강하작전을 실시하는 것으로 기본 계획을 진행해 왔는데 급작스럽게 계획을 변경하면 작전을 다시 연기할 수밖에 없습니다. 5월에 작전을 진행하지 못하면 항공전력을 다시 동부전선으로 돌려야 하기 때문에 몰타 공략이 불가능합니다. 게다가 몰타는 강하작전 이외의 방법으로는 공략할 수가 없습니다."

케셀링이 심각한 표정으로 발언을 계속했다.

"공수부대로 적 후방을 혼란하게 만들지 않으면 영국군은 해안 방어에 총력을 투입할 것이고, 그 상태에서 영국 해군의 방해를 물리치고 몰타에 군대를 상륙시키는 것은 매우 어렵습니다. 크레타에서 입은 손실 때문에 총통께서 걱정하시는 줄은 알겠으나, 작전의 특성을 생각하면 공수부대를 투입하는 것은 필수입니다. 함께 작전할 이탈리아군 공수부대도 수는 많지 않지만 나름 정예고, 우리 공수부대도 크레타에서 입은 손실로부터 충분히 회복이 되었다고 생각합니다. 크레타에서와 같은 대손실을 또 입는 것은 확실히 감당하기 힘듭니다만, 공수부대는 원래 그런 손실을 각오하고 투입하는 부대입니다."

케셀링은 공수부대 창설에 깊이 관여한 1급 관계자였다. 하지만 케셀링의 주장을 듣고 앉은 자리에서 곧바로 고개를 내저은 것은 뜻밖에도 같은 공군인 밀히였다. 사실 공군이 선도를 맡은 몰타 공략계획을 해군 중심으로 변경해서 진행하자고 제안한 장본인이 바로 밀히였다.

"아니, 저는 공수작전에 반대합니다. 공수작전의 성패는 작전 지역의 지형에 크게 좌우됩니다. 그런데 몰타의 지표면은 바위가 드러난 험준한 산악지형이 대부분이라, 낙하한 병사들이 바위에 부딪혀 죽거나 중상을 입을 가능성이 큽니다. 글라이더 역시 제대로 착륙하지 못하고 파괴될 공산이 크며 그럴 경우 탑승하고 있던 장병 전원이 총 한 발 쏘지 못하고 몰살당할 것이 뻔합니다. 점령작전의 주력은 함대의 지원을 받는 상륙부대가 되어야 합니다."

"총사령관, 몰타의 지형에 대해 연구해 보시지 않았습니까? 몰타의 해안선은 죄다 절벽으로 구성되어 있습니다. 상륙부대를 들이밀 곳이 별로 없어요. 공수부대를 모조리 잃는 한이 있더라도 공수작전을 중심으로 공격해야 승산이 있습니다."

지금 논쟁을 벌이는 케셀링과 밀히 두 사람 모두 루프트바페[1]의 재건에 크게 공헌한 공로자들이다. 하지만 두 사람은 출신성분부터가 명백히 달랐다.

케셀링은 히틀러가 공군을 재건하기 시작할 때까지 육군에서 복무하다가 공군의 부활과 함께 공군으로 전속한 사람이다. 공군의 재건에 아무리 크게 활약했다고 해도 캐셀링의 근본은 육군이었다. 따라서 케셀링은 공군의 전력을 육군의 작전을 수행하기 위한 보조전력 이상

1 Luftwaffe, 독일어로 공군을 뜻한다. 현대 독일 해군(Kriegsmarine → Marine)이 나치 시대의 명칭과 다른 이름을 사용하는 것과 달리, 육군(Heer)과 공군은 나치 시절의 명칭을 그대로 쓰고 있다.

으로는 보지 않았다. 사실 그랬기 때문에 전쟁 후반에 육군의 지휘권까지 잡고서 이탈리아 전역을 성공적으로 수행할 수 있었던 거라고 나 개인적으로는 생각하지만.

이에 반해 밀히는 임관은 육군이었으되 이미 1차 세계대전 이전에 항공부대에 들어갔고, 세계대전 중에는 전투기부대 지휘관으로 복무했으며 전간기에는 민간항공업계에서 일했다. 사업가로서 역량을 발휘하다가 공군을 재건하기 위해 인재를 모으던 괴링에게 발탁되어 공군으로 돌아온 인물이었던 만큼 말 그대로 진짜배기 순수혈통 공군이었고, 공군으로 전쟁을 끝낼 수 있다는 이탈리아의 사상가 줄리오 듀헤나 "레지스탕스의 공격으로 골로 간" 괴링의 사상을 공유하고 있었다.

당연히 두 사람의 이번 작전에 대한 태도도 차이가 났다. 케셀링은 공수부대가 소멸하더라도 몰타 점령이라는 작전 목표를 완수하는 것을 최우선으로 여겼고, 밀히는 공군의 전력인 공수부대의 보존을 보다 우선시했다. 그리고 나로서는 이 둘의 입장을 절충하여 최선의 타협안을 이끌어내야 하는 입장이었다. 하지만 답은 분명했다.

"강하작전을 중심으로 해도 마무리는 상륙부대가 하도록 되어 있었다. 케셀링 원수! 원래 안대로 진행하라. 작전 일정이 늦어질 정도의 계획 수정은 용납할 수 없다."

"알겠습니다!"

밀히의 인상이 구겨지는 것이 보였지만 어쩔 수 없었다. 몰타는 공수부대 2,3개 사단의 가치가 충분히 있으니까. 그리고 이 작전을 위해 수행해야 할 조치가 하나 더 있다.

"참, 케셀링! 반역자의 제거는? 마우제리 제독은 꼭 처단해야 한다. 그 배신자 놈!"

마우제리 제독은 이탈리아 해군 정보부장이다. 그런데 정보보안을 책임져야 할 바로 이놈이 영국 스파이질을 하고 있다! 원래 반파시스트였던 마우제리 제독은 애초에 이탈리아의 참전도 반대했다. 그럼에도 전쟁이 시작되자 이탈리아가 전쟁에 패하면 파시즘 체제가 무너질 것이라 여겼는지 최선을 다해 연합군을 도왔다. 트리폴리로 가는 수송선단의 항해일정 같은 것은 모조리 이놈의 손을 거쳐 영국 측으로 넘어갔다고 해도 과언이 아니다.(물론 에니그마 때문에 새어나간 것도 있었겠지만.) 이런 엑스맨을 놔두고 전쟁을 할 수는 없다.

"이탈리아 정부에서는 마우제리 제독의 혐의를 부인하고 있습니다. 확실한 물증도 없이 생사람 잡지 말라고 하더군요. 제가 판단하기에도 이탈리아 정부가 스스로 마우제리 제독을 처단하게 하려면 명확한 물증이 더 필요합니다."

"그래서? 그대로 두고 우리 정보가 새어나가는 꼴을 보자는 말인가?"

기가 막혀 콧방귀를 뀌는 내 모습을 보고 케셀링이 의기양양한 미소를 지었다.

"그럴 리가 있겠습니까. 몰타 공략과 관련하여 논의할 것이 있다고 해서 시칠리아로 끌어낸 다음, 영국군 코만도로 위장한 특수부대 1개 소대를 동원해서 벌집으로 만들어버렸습니다."

"좋아! 배신자의 종말로는 아주 마음에 드는군!"

나는 매우 만족하여 박수를 쳤다. 이대로 나가면 몰타를 충분히 손에 넣을 수 있다.

"이제 정보가 새어나갈 염려가 없으니 작전 실행 날짜를 결정한다. 몰타 공략을 개시하는 날은 5월 15일! 작년의 소련 공격작전 때처럼 늦어지지 않도록 해야 한다. 육해공 각군 총사령관들은 남부 전구의 작전에 최대한 협조하여 몰타를 기필코 손에 넣도록 하라!"

"알겠습니다, 총통."

3

영국군이 사용하는 브렌 기관총[1]의 총성이 치열하게 울렸다. 여단장의 바로 뒤를 따르던 공수부대원 두 사람이 피를 뿌리며 바닥에 나뒹굴었다. 루카 비행장 외곽 방어선의 일부를 구성하고 있는 구릉 위에 설치된 기관총좌 하나가 여단본부의 진격을 완전히 가로막고 있었다.

"처치해! 총류탄!"

"예!"

하사 한 사람이 총류탄 발사기를 장착한 Kar98k[2] 소총을 들고 앞으로 나섰다. 세심하게 목표를 조준한 하사가 방아쇠를 당겼지만, 전장의 치열한 소음 속에서 총류탄 발사기가 내는 텅 하는 정도의 소리는 주변에 들리지도 않았다.

"명중이다!"

모래주머니로 급하게 만든 터라 지붕도 없는 기관총좌는 쉬운 표적이었다. 총류탄을 겨눈 하사는 숙련된 사수의 솜씨를 유감없이 발휘했고, 곡선 탄도를 그리면서 날아간 30mm 구경의 대인유탄은 빨려들듯이 기관총좌 바로 위로 떨어졌다. 기관총을 잡고 있던 두 명의 영국군

---

1 브렌(Bren)은 체코슬로바키아제의 ZB26 경기관총을 영국군 제식 총탄에 맞도록 개조해서 1937년부터 라이센스 생산한 탄창급탄식 경기관총이다.

2 2차 세계대전 당시의 독일군 제식소총. 7.92mm 구경의 총알 5발을 장전하는 볼트액션 연발총이다.

이 진지 밖으로 튕겨지는 것을 본 람케 강하엽병여단[1]의 사령관, 헤르만-베른하르트 람케 준장이 단호하게 명령을 내렸다.

"전진!"

여단본부의 장교, 부사관, 병사 50여 명이 일제히 돌격했다. 기관총좌 주변에 있던 영국군 소총수들이 급히 물러서서 능선 반대편으로 후퇴했다.

4월 1일부터 투하한 것만 총 8천 톤에 달하는 대규모 폭격 끝에 대망의 몰타 공격이 개시된 5월 15일, 람케 여단을 비롯한 1만 2천여 명으로 구성된 독일·이탈리아군 공수부대 제1진이 새벽 5시 30분을 기해서 몰타의 주요 비행장인 타칼리, 루카, 할파의 세 비행장에 일제히 강하했다. 이들이 강하하기 직전, 폭격기들이 비행장을 폭격했으나 야간이다 보니 큰 성과를 내진 못 했다. 하지만 영국 공군도 독일 수송기를 제대로 요격하지는 못했으므로 결과적으로 공수부대의 낙하는 성공적이었다.

오전 11시경에는 이탈리아군의 폴고레 공수사단을 비롯한 제2진 공수부대 1만여 명이 수송기에서 뛰어내렸다. 목표는 몰타의 수도이자 최대 항구로서 수비대의 주력이 머무르고 있는 발레타 시 외곽과 주력부대의 상륙 예정지점인 몰타 섬 동남부에 있는 마르사실로크 만 배후. 오후 3시경에는 제3진 7천여 명이 마르사실로크 만 배후에 추가로 강하했다. 독일 전투기들이 몰타 상공의 제공권을 확보하면서 아군의 추가 공수를 막으려는 영국공군의 필사적인 노력은 모조리 좌절되었다.

---

1 강하엽병(降下獵兵)은 독일 공수부대를 뜻하는 팔쉬름예거(Fallschirmjäger)를 일본에서 직역한 단어로, 엽병이라는 표현은 근대 독일에서 영주들이 군대를 소집할 때 총기를 다루는 전문가인 사냥꾼들을 정예부대로 편성한데서 유래했다. 이 작품에서는 일반명사로서의 독일 공수부대 및 공수부대원 개인을 지칭할 때는 공수부대, 부대명에 들어간 고유명사로서는 강하엽병이라는 용어를 사용하겠다.

독일 공수부대의 목표는 몰타 섬의 주요 비행장을 근거지로 하는 영국 공군의 활동을 완전히 중단시키는 것, 수비대의 주력이 있는 발레타를 내륙 쪽에서 공격하여 이곳 주둔군이 다른 지역을 구원할 수 없게 하는 것, 마르사실로크 만 내부 주요 고지를 장악하여 상륙부대의 안전을 확보하는 것이었다. 몰타 섬 전체를 지키는 수비대의 수는 공수부대보다 적은 2만 6천 명 정도지만, 공수부대는 원체 경무장인 데다가 낙하 과정에서 발생할 비전투손실까지 감안해야 했으므로 우세를 장담할 수는 없었다.

공수부대의 교란작전에 말려든 영국군이 우왕좌왕하는 동안 폭격대가 발레타 항을 대대적으로 폭격하고, 시칠리아 근해에 대기하고 있던 이탈리아 해군 주력함대는 함포사격으로 마르사실로크 만의 방어진지를 제압한다. 영국군 수비대의 저항이 약화되면 이탈리아군을 주력으로 하는 7만 명의 육군 병력을 마르사실로크 만에 상륙시키고, 육로를 이용해 발레타 항구를 점령하고 나면 몰타 섬 전역을 제압한다. 주도인 몰타 섬 이외에 이 섬의 부속도서인 고조 섬, 코미노 섬 등은 몰타 섬을 장악한 뒤 천천히 제압해도 충분할 터였다.

성공하면 몰타는 추축군의 손에 들어오고 연합군은 지중해 중부에서 완전히 쫓겨난다. 실패할 경우에는 공수부대 전력 대부분을 상실함은 물론 이탈리아 해군 주력까지 소멸하면서 지중해 제해권을 완전히 영국군에게 넘겨줄 수도 있었다. 하지만 이 정도 도박은 해볼 가치가 있지 않겠는가?

"1대대가 활주로 서쪽 외곽 방어선에 돌입했습니다!"

"좋아! 각 대대, 1대대를 지원하며 적의 방어진을 계속 공략하라! 기지 시설은 가능하면 점거하되, 적의 저항이 거세 점거할 수 없으면 망설이지 말고 파괴하라!"

"알겠습니다!"

루카 비행장을 목표로 강하한 람케 여단은 강하 과정에서 20%의 병력 손실을 입었다. 어둠 속에서 작전을 실시한데다 강하에 불리한 몰타의 지형과 수비군의 대공포화가 핸디캡으로 작용했음을 감안하면 매우 양호한 결과였다. 신속하게 재집결한 나머지 병력은 비행장을 방어하는 영국군과 9시간째 치열한 교전을 벌이는 중이었다.

"그래도 빠르게 병력을 집결시키고 무장을 갖출 수 있어서 다행이었습니다."

"총통께서 특별히 내리신 지시를 따른 결과지. 무장 컨테이너의 수를 3배로 늘렸으니까."

"맞습니다. 무장 회수율을 높이기 위해서 인원수 대비 3배의 무장을 투하하라고 명령하다니! 정말 총통께서는 평범한 이들로서는 따라갈 수 없는 통찰력과 결단력을 가지고 계십니다. 대부분은 회수하지 못했지만 수거한 것만으로도 연대 잔여인원의 무장을 완료했습니다."[1]

언덕 꼭대기에 무전기를 내려놓은 부관의 보고를 들으며 람케 준장은 흐뭇한 미소를 지었다. 원래 부관은 낙하 후 람케와 만나기 전에 교전으로 사망한 탓에, 참모부 소속 중위 하나가 임시로 부관을 맡고 있었다.

"크레타에서 우리 공수부대가 큰 피해를 크게 입은 결정적인 이유

---

1 독일 공수부대는 사용하는 낙하산의 성능 부족 때문에 공수부대원들이 권총과 단검, 수류탄 이외의 무기를 휴대하고 낙하할 수 없었다. 소총과 기관총, 박격포, 대전차포, 예비 탄약과 같은 추가무장과 무전기 같은 장비는 모조리 전용 캡슐에 넣어서 투하하고 낙하한 병사들은 이를 회수하여 전투에 임했다. 장비를 회수하지 못하면 제대로 무장을 갖출 수 없었다.

가 바로 무기 회수에 실패한 탓이었지. 영국군은 그렇다 치고 구식 총이나 칼로 무장한 크레타 현지인 폭도들의 공격도 막을 수가 없었으니까."

크레타에서 벌어진 악몽을 떠올린 람케가 날카로운 눈으로 교전 상황을 살폈다. 어느새 1대대가 활주로 서편에서 영국군의 방어선을 뚫고 주기장에 진입하고 있었다. 아직 비행장 안에 남아있던 항공기 몇 대가 교전의 와중에 포탄을 맞고 불타올랐다.

"이탈리아군이 계획대로 상륙작전을 펼쳐 주지 못해도 상관없다! 비행장을 함락시키면 말레메에서처럼 수송기로 병력을 증원받아 섬을 함락시킬 수 있다. 다른 시설이 다 날아가도 활주로만 무사하면 되니까, 서둘러!"

작전 개시 사흘 전부터 이탈리아 해군은 위험할 정도로 몰타 해안에 접근했다. 이탈리아군이 소규모 상륙작전을 벌일 가능성이 있다고 생각한 영국군은 해안선에 배치하는 병력을 증가시켰고 후방의 비행장 경비는 상대적으로 허술해져 있었다. 이날 새벽에 벌어진 기습적인 공수부대 투하는 완전히 적의 허를 찌른 상황이었다. 람케는 자신만만하게 뇌까렸다.

"몰타는 제2의 크레타가 될 것이다! 설사 피해를 좀 크게 입더라도, 우리 독일 공수부대의 영광과 분투를 나타내는 상징이 되겠지."

람케가 부하들을 격려하는 중에도 뒤쪽에서 진을 친 다른 공수부대원들이 쏘아대는 박격포탄이 연달아 이들의 머리 위를 날아 활주로 근처에 떨어졌다. 참호 속의 영국군이 폭발에 휘말려 잇달아 쓰러지고, 석양빛을 등진 공수부대원들이 일제히 돌격했다.

4

"몰타 공략의 성공을 축하한다! 이탈리아군 장병들의 분투에 대해서도 충분히 치하하도록 하라. 다만 앞으로 몰타 방어에는 우리 독일군이 주도적으로 참여하도록 한다. 이탈리아군에게 너무 큰 부담을 주지 않기 위함이라고 설명하도록. 차후 전쟁이 끝나면 몰타의 통제권을 확실히 이탈리아에 넘기겠다고 말해두도록 하게."

공수부대를 선두로 감행한 몰타 침공은 다대한 희생을 치른 끝에 간신히 성공했다. 나는 특별히 아침 일찍 전화를 걸어 케셀링이 달성한 위업을 축하했다.

– 알겠습니다, 총통!

시칠리아에 독일군 병력이 집결하는 상황 자체를 숨길 수는 없었다. 하지만 암호를 해독하지 못해 정보를 얻을 수 없는데다가 마우제리 제독이 사라지면서 주요 정보원을 상실한 영국군은 옳은 판단을 내릴 수 없었다. 아프베어가 흘린 역정보에 넘어간 영국군은 시칠리아에 집결하는 추축군 병력이 롬멜을 위한 증원군이라고 판단하고 가잘라 방어선의 방어를 강화했다. 몰타 방어군의 경계가 다소 느슨해진 그 순간에 하늘에서 죽음의 천사들이 뛰어내렸다.

활주로 일대의 고지를 점령한 공수부대원들은 대전차포로 활주로와 주기장의 항공기를 저격하여 비행장에 남아있던 모든 영국 비행기들을 불타는 고철로 만들었다. 몇몇 전투기들은 독일군의 공격에서 벗어나 비상용 보조 활주로로 대피했지만 이들만으로는 1천 대의 항공기를 확보한 독·이 연합 공군의 물량공세에 맞서 몰타 상공의 제공권을 지킬 수 없었다.

몰타에 주둔하고 있던 순양함, 구축함들의 운명도 다르지 않았다.

이탈리아 함대의 위협이 현실화될 경우 출격할 준비를 갖추고 있던 이 함선들은 발레타 항에 새벽부터 몰아닥친 독일·이탈리아 공군의 폭격대에 공격당해 부두에서 대파되거나 격침당했다. 항구 밖으로 나온 일부 함정들은 몰타를 향해 진격하는 이탈리아 함대에 대한 요격을 시도했으나 압도적인 세력 차이를 확인하고 동쪽으로 철수했다.

하지만 영국 해군이 몰타를 완전히 포기한 것은 아니었다. 이탈리아 함대의 수상한 동향에 대한 보고를 입수한 영국군 지휘부는 이미 이틀 전 지브롤터와 알렉산드리아에서 지원함대를 출격시켰다. 하지만 몰타를 공격하는 이탈리아 함대가 다수의 전함을 보유하고 있는데다가 독일 공군의 위협도 있는 만큼 항공모함도, 전함도 없는 상태로 급히 출격한 알렉산드리아의 영국 함대는 쉽게 몰타에 접근하지 못했다. 몰타에 주둔하고 있으면서 아프리카군단의 보급로를 차단하는 작전에 종사하던 영국 해군 잠수함대만이 다소 위협이 되었을 뿐이었다.

외부의 지원이 차단된 상태에서 벌이는 수비군의 저항은 절망적이었다. 발레타 일대에 주둔하고 있던 제6왕립전차연대의 마틸다 전차들이 약간 위협이 되었지만, 몇 대 안 되는 전차로 전세를 뒤집기에는 영국군의 전체적인 전력이 너무 열세였다. 게다가 서부 전격전에서 이미 영국군 전차대를 상대해 본 공수부대원들은 빈약한 장비로도 잘 버텼다.

5월 15일 저녁에 마르사실로크 만으로 진입한 상륙부대는 별다른 저항을 받지 않고 상륙을 시작하는데 성공했다. 영국 공군은 비행장이 제압된 데다 잔존 기체들도 생존에 바빠 상륙거점을 공격할 수 없었고, 만내에 있던 해안포대는 이탈리아군의 폴고레 공수사단에게 배후로부터 공격을 받아 작전개시일 오후에는 모조리 제압되었기 때문이다. 16

일에는 전차부대의 상륙이 이루어졌고, 교두보를 소탕하기 위해 급히 몰려든 영국군과 치열한 교전이 벌어졌다. 하지만 장비도, 숫자도 부족한 영국군은 방어선을 오래 유지하지 못했다.

마침내 상륙 3일째 정오에 이탈리아군 산마르코 해병연대가 방어선에서 가장 취약한 고리인 영국군 소속 몰타인 부대의 진지를 뚫었다. 상륙이 시작된 지 닷새 뒤에는 루카 비행장을 점령하고 있던 람케 여단이 이탈리아군 나폴리 보병사단과 연결되었다. 같은 날에 이탈리아군의 검은 셔츠 대대와 리보르노 보병사단은 발레타를 공격하고 있는 라스페치아 공수사단과 합류했다.

발레타 수비대는 항복을 거부했고, 이에 따라 벌어진 시가전은 열흘 동안 지속되었다. 케셀링은 동부전선에서 노획한 소련군의 KV-1,2 전차 20여 량을 투입해서 이탈리아군을 지원하게 했고, 중장갑을 두른 이 전차들은 시가전에서 막강한 위력을 발휘했다. 열흘간의 격전을 치른 발레타 시가지는 폐허가 되었지만 대다수의 민간인들은 포위 초기에 라스페치아 공수사단이 편 허술한 포위망을 뚫고 북쪽으로 빠져나갔기 때문에 민간인 피해는 많지 않았다.

섬을 지키는 영연방군은 탈출할 길이 없는 탓에 필사적으로 저항했고, 전투가 길어지면서 지브롤터에서 출발한 영국 해군의 구원함대가 몰타에 접근했다. 여기에는 항공모함 두 척과 전함 세 척이 포함되어 있었으므로 이탈리아 수상함대가 단독으로 대결하기는 조금 무리였다.

그래서 이탈리아 함대 대신 500기에 이르는 뇌격기와 폭격기가 몰타에서 800km 떨어진 지점부터 쉴 새 없이 함대를 괴롭혔다. 400km를 진격하면서 꼬박 24시간 동안 맹타당한 영국 함대는 마침내 몰타 구원을 포기하고 지브롤터로 철수했다.

지브롤터 함대가 몰타 구원을 포기하자 이들과 호응하려고 지중해 상에서 대기하고 있던 알렉산드리아 함대도 알렉산드리아로 귀환했다. 결국 구원의 희망이 완전히 끊기고 나서야 몰타 수비군의 투항이 시작되었지만 일부 병사들은 한참동안 전투를 계속했다. 모든 저항이 종식된 뒤 마침내 몰타 섬 전체가 추축국의 통제 아래에 들어온 것이 6월 22일 새벽이었다.

– 하지만 아군의 피해가 예상보다 컸습니다. 공수부대 사상자는 전투손실과 비전투손실을 합쳐서 1만 5천에 달하며, 이탈리아군 상륙부대는 8천 명의 손실을 입었습니다. 항공기 손실은 3백기 가량 됩니다.

"그 정도 손실은 각오하고 벌인 작전 아닌가. 공수부대원들에게 충분한 휴식과 포상을 지급할 수 있도록 하고, 몰타 주민들을 잘 다독여서 우리 지배를 따를 수 있도록 하게."

– 알겠습니다, 총통. 그런데 저, 또 한 가지 보고드릴 일이 있습니다.

"무슨 일인가?"

– 롬멜 상급대장이 방금 전 토브룩을 함락시켰습니다.

"뭐, 뭐라고?! 그게 말이 되는 소린가!"

5

몰타가 함락될 위기에 처하자 지중해 전역의 영국군은 몰타 구원을 위해 필사적으로 전력을 집중시켰다. 상륙부대 차단을 위한 해군뿐만이 아니라 몰타에 이미 상륙한 이탈리아군을 격퇴하는데 필요한 육군도 준비해야 했는데, 그 병력을 급하게 차출할 수 있는 곳은 승세를 유지하고 있는 북아프리카밖에 없었다.

롬멜과 영국군은 2월부터 토브룩을 앞두고 있는 가잘라 방어선에서 대치하는 중이었다. 몰타 공략을 준비하는 남부 전구 사령부가 롬멜에 대한 지원을 늘리지 않았으므로 롬멜은 공세로 나설 수 없었고, 더 이상 서쪽으로 나가는데 부담을 느낀 영국군도 가잘라 방어선을 요새화하는데 중점을 두고 진격을 멈춘 상태였다. 영국군 사령부가 시칠리아에 집결하는 우리 병력의 의도를 오판하면서 이 경향은 더 심해졌다.

롬멜은 남부전구 사령부로부터 전선을 간신히 유지할 정도의 물자와 보충병력만 받으면서도 끈질기게 기회를 기다렸다. 그러던 중 헤라클레스 작전이 발동되면서 롬멜과 대치하고 있던 영국 제8군은 대혼란을 일으켰다. 몰타가 함락되어 지중해를 통한 보급루트가 차단되면 제8군이 사용할 수 있는 보급로는 희망봉 남쪽으로 우회하는 항로밖에 남지 않기 때문이다.

북아프리카방면 영국군 총사령관 오킨렉 대장은 병력을 차출하라는 명령을 받고 급히 토브룩 수비대와 가잘라 방어선의 병력 2개 사단을 후방으로 빼돌려 몰타 탈환에 투입할 준비를 했다. 자기 정면에 있는 독일군이 석 달째 별다른 움직임을 보이지 않고 있으므로 공격당할 가능성이 낮다고 판단한 것인데, 적진에 대한 정찰을 게을리 하지 않던 롬멜은 그 기회를 정확히 포착했다.

"공격! 영국군 방어선을 남쪽으로 우회한다!"

원래 세계의 실제 역사처럼 5월 26일에 시작된 롬멜의 가잘라 공세는 병력이 부족한 영연방군의 방어선을 말 그대로 유린했다. 롬멜이 가만히 있을 거라고 예측했던 영국은 허를 찔렸고, 가잘라 방어선은 모래로 만든 둑이 무너지듯이 붕괴되었다. 방어선 자체는 지뢰와 철조망,

대전차호, 기관총진지 등으로 든든하게 요새화되어 있었으나 돌파구의 형성을 막아야 할 기동력을 갖춘 예비대가 너무 부족했던 것이다.

이탈리아군 보병이 견제공격으로 영국군 주력을 붙들고 있는 사이 기계화 부대가 남쪽을 향해 달렸다. 비어 있는 방어선 남쪽을 돌파한 독일군 15기갑사단과 21기갑사단은 방어선에 고착되어 있던 영연방군의 배후를 포위해 들어갔고, 90경사단은 곧바로 토브룩을 향해 내달려 적의 후방을 헤집었다. 이탈리아군 아리에테 기갑사단은 그 측면을 방어했다.

비르 하케임에서 벌어진 프랑스 외인부대의 저항은 무척 강력해서 이탈리아군은 물론 증원된 독일군의 공격도 막아냈지만, 겨우 1개 여단 규모인 외인부대의 저항이 전세를 뒤집을 수는 없었다. 비르 하케임은 결국 6월 10일에 함락되었다.

사막전의 특징이긴 하지만, 일단 한번 무너지기 시작하자 그 기세는 돌이킬 수가 없었다. 가잘라 방어선에서 이탈리아군의 견제 공격에 묶여 있던 영국 및 영연방군 4개 사단은 후방으로 밀려드는 아프리카군단에게 포위되지 않기 위해 필사적으로 도주했다. 만약 이 녀석들을 추격하여 섬멸할 수 있었다면 그대로 카이로로 달려가는 일만 남았을 테지만 아쉽게도 그렇게 되지는 않았다.

리치가 이끄는 영국 제8군의 주력이 이집트를 향해 질주하자 뒤에 남겨진 토브룩은 겨우 1개 여단 병력을 보유한 채 사실상 무방비상태로 버려지게 되었다. 가잘라 방어선 구축 및 몰타 구원을 위해서 병력과 방어설비를 내놓아야 했던 토브룩 수비대는 저항할 만한 상태도 아니었으므로 제대로 된 교전도 없이 간단히 함락되었다.

토브룩을 함락시킨 롬멜은 영국군이 비축해 놓은 전차 30대, 차량

2천여 대, 화포 4백 문을 멀쩡한 상태로 손에 넣었다. 덤으로 5천 톤에 달하는 식량과 막대한 양의 피복, 연료, 탄약, 식수가 비축되어 있었다. 이 정도 양의 물자라면 아프리카군단 전 병력이 알렉산드리아까지 가는데 쓰고도 남을 정도였다. 영국군이 맞서지 않는다면 말이지만.

이 소식이 알려지자 전 독일군·이탈리아군 장병들은 물론이고 독일 국민들도 롬멜의 승전에 환호성을 올렸다. 나로서도 맨입으로 넘어갈 수는 없게 되었다. 22일 저녁, 베를린 라디오 방송국은 토브룩 함락에 대한 상세보도 끝에 다음과 같은 멘트를 덧붙였다.

– 총통께서는 아프리카 전선에서 혁혁한 전공을 세운 에르빈 롬멜 원수에게 원수장을 수여하기로 결정하셨습니다. 원수장 수여식은 사흘 뒤 베를린에서 이루어질 예정입니다.

6

"총통! 저는 아프리카에 있어야 합니다. 지금 영국군은 무너지고 있으며, 바로 이 순간이 그들을 몰아내고 북아프리카 전체를 차지할 기회입니다!"

롬멜은 훈장 수여식에 참석하라는 통보를 받고서도 베를린으로 오지 않겠다고 버텼다. 총통 명령이라는 점을 분명히 강조하고서야 간신히 롬멜을 끌어올 수 있었다.

"롬멜 원수, 귀관에게는 충분한 휴식이 필요하네. 게다가 아프리카 전선은 원래 이탈리아의 붕괴를 막기 위해 참여한 거고, 우리 독일군의 주목표는 소비에트를 무너뜨리는 것일세. 영국은 소비에트만 무너진다면 더 이상의 저항을 포기하고 우리와 타협할 것이니 귀관도 불가능한 목표를 고집하지 말기 바라네."

수여식 후 만찬에서도 롬멜은 아프리카에서 계속 공세를 펼쳐야 한다고 주장했다. 예상했던 일이니만큼 나는 차분히 롬멜을 설득했지만 롬멜은 역시 롬멜이었다.

"하지만 총통! 이미 몰타를 함락시킨 이상 남부 전구 사령부가 내세운 첫 번째 목표는 달성된 것이 아닙니까? 적이 몰타를 기지로 해서 활동하지 못하니 보급은 더 원활해질 것이고, 아프리카군단은 한결 용이하게 싸울 수 있습니다. 부디 진격 명령을 내려 주십시오! 열흘 안에 카이로에 도착할 수 있습니다!"

나는 한숨을 쉬며 와인으로 목을 축였다. 그래, 진짜 히틀러였다면 저 호언장담에 취해 공격을 승인해 줬겠지. 하지만 난 그 공세가 어떤 종말을 맞았는지 뻔히 알고 있다. 게다가 아프리카 전역은 어디까지나 주전역이 아닌 보조전역이다.

"원수, 나는 귀관이 아프리카를 떠나서 유럽으로 복귀해야 할 것 같다고 생각하네. 서부전선에서 장차 영국에 대해 벌일 공세를 준비할 사령관이 필요해. 영국인들에게 이름만으로도 공포를 주는 귀관이야말로 이 자리에 가장 잘 어울린다고 생각하네."

"총통! 아프리카는 어떡하시려는 겁니까!"

롬멜의 두 눈이 불을 토하듯 번뜩였다. 나도 모르게 그 눈빛에 움찔하기는 했지만 곧 마음을 굳게 먹었다.

"아프리카에는 위르겐 폰 아르님 상급대장을 귀관의 후임으로 보낼 생각일세. 우리가 해야 할 일은 이집트 정복이 아니라 리비아 방어야! 귀관의 재능은 아프리카의 사막이 아니라 영국 본국을 상대하는데 더욱 필요하다는 점을 명심해 주게."

롬멜이 뭐라고 더 항변했지만 나는 귀로 가는 신경을 차단하고 조용히 식사를 즐겼다. 이 빌어먹을 히틀러의 몸은 고기를 많이 먹으면 꼭 탈이 났기 때문에 식사를 잘 조절해야만 했다. 눈앞의 통돼지구이도 양껏 먹을 수 없다는 슬픈 현실에 대한 분노가 롬멜의 말을 튕겨낼 수 있는 힘을 주었다.

롬멜을 소환한 후 파견한 아르님은 내 뜻에 따라 리비아 국경을 많이 벗어나지 않고 아프리카 전선을 잘 유지했다. 아프리카군단 사령부에서 들어오는 일상 전문을 보면서 나는 아프리카 전역의 가치에 대해 다시 한 번 생각했다.

아프리카 전선이 영국 육군을 끌어들이는 효과가 있는 건 맞다. 하지만 그걸 굳이 엘 알라메인까지 찾아가서 맞이해야 할 필요는 없다. 우리가 리비아에서 기다리고 있으면 저들이 죽으러 올 테니까, 토브룩을 최전선 보급기지로 삼아 국경 일대에서 기동방어를 펼치면 그것으로 충분하다. 사실 내심으로는 트리폴리 주변을 벗어나지 말라고 하고 싶은데, 빌어먹을 이탈리아가 명색이 우리 우방이다 보니 차마 그렇게 말하지는 못할 상황이다.

어느새 지금이 6월 말이니…, 실제 역사에서라면 조만간 토치 작전이 실시될 때가 되었다. 내 기억으로 11월 2일인가, 3일인가 미군과 영국군이 토치 작전으로 프랑스령 북아프리카에 상륙해서 엘 알라메인에서 철수하던 롬멜의 뒤통수를 아주 멋지게 후려갈겼다. 하지만 다들 알다시피 이번 전쟁에 미국은 아직 뛰어들지 않았다. 미국은 태평양에서 일본을 상대하는 것만으로도 골머리를 앓고 있으니, 토치 작전은 아마도 일어나지 않을 것이다.

자, 북아프리카가 안정되었으니 이제 마음을 푹 놓고 다른 일을 좀 해볼까?

8장
1, 2차 케르베로스 작전, 실시!

1

"귀 선박의 소속을 밝혀라! 밝히지 않으면 발포한다!"

남부 전구 사령부가 몰타 상륙작전을 한참 준비하고 있던 1942년 3월 27일 23시 경. 본래 로리앙에 배치되어 있었으나 최고사령부의 지시를 받고 급하게 생나제르로 파견된 독일 구축함 Z25호[1]는 영국 공군의 폭격 때문에 항구로 들어가지 못하고 바깥 바다에 잠시 머무르고 있었다.

폭격은 금방 끝났으나 이번에는 항만사령부가 항구 바깥을 초계하라는 명령을 내려 투덜거리면서도 막 뱃머리를 돌리는 참이었다. 갑자기 견시로부터 수상한 선박을 발견했다는 보고가 들어오면서 함교가 긴박하게 돌아갔다.

1 독일의 1936A형 구축함. 기본배수량 2,500톤, 만재배수량 3,600톤.

"전방에서 소속 불명 선박 접근! 함형은 23형 어뢰정[1]과 유사하며, 우리 해군기 게양 중!"

"우리 측 송신에 응답 없음!"

소속 불명의 군함은 크기도 23형 어뢰정과 비슷하고 굴뚝도 23형 어뢰정처럼 2개였다. 발광신호기가 대답 없는 상대를 향해 찰칵거리며 재차 신호를 보냈다.

"반복한다. 귀 함정의 소속을 밝히지 않으면 발포하겠다!"

야간이니만큼 갑자기 마주친 함선 상호간의 응급교신은 발광신호기를 사용한다. 무전기로 통신을 하는 편이 확실하지만 주파수가 안 맞았다는 핑계로 상대가 받지 않을 수도 있으니까. 하지만 장님이 아니면 발광신호를 못 볼 수는 없다.

"포격 준비!"

Z25는 생나제르 항구로 들어가는 수로를 가로막은 채 모든 포문을 덩치가 1/3밖에 안 되는 정체불명의 상대를 향해 돌렸다. 탑재하고 있는 4문의 15cm 주포는 발포 명령만 내리면 즉시 표적을 향해 불을 뿜을 태세였다. 두 배 사이의 거리는 약 4km, 이 정도 거리라면 탄착 수정도 필요 없이 초탄에 명중시킬 수 있었다. 함포 요원들이 상대를 겨냥한 방아쇠를 당기려는 찰나에 무선실로 상대편 함의 통신이 들어왔다.

"입전! 아군의 23형 어뢰정 6번함 제아들러라고 합니다. 다른 동형 함선들과 합류하라는 명령을 받고 소형 어뢰정 두 척의 호위를 받으며

---

1 23형 어뢰정은 1,200톤 가량의 배수량을 가진 독일의 군함이다. 이 정도 배수량은 다른 나라 해군에서는 구축함으로 분류할 크기지만 독일 해군은 베르사유 조약의 해군력 제한을 회피하기 위해서 20년대에 이 배를 건조하면서 어뢰정으로 불렀고, 본격적인 재무장이 시작된 뒤에도 다른 나라들을 혼란시키기 위해 계속 어뢰정으로 불렀다. 연합군에서는 구축함으로 호칭하기도 했다.

왔다고 하는데, 어떡할까요?"

발포하기 직전에 무전이 연결됐다. 지금 생나제르 항구에 이미 23형 어뢰정 4척이 있다는 사실을 알고 있는 함장은 잠시 생각하다가 무전수에게 명령을 내렸다.

"암호 확인해!"

잠시 침묵이 흘렀다. 무전수가 급히 보고했다.

"23형 어뢰정 제아들러로부터 암호 수신! 출항 전 지급받은 41년 4분기 암호집과 코드 일치합니다!"

함장은 로리앙을 출항하기 전에 함대 사령관이 보여주고 곧바로 태워버린 극비문서를 떠올렸다. 세상에, 설마 했는데 정말로 일어날 줄이야! 함장의 입이 곧바로 열렸다.

"알겠다. 제아들러에게 송신하라! '귀함의 소속 확인, 입항을 허가한다.' 항로를 비킨 후, 제아들러가 항구로 향하면 퇴로를 차단하고 조용히 뒤를 따르라!"

함교 안의 요원들이 놀란 눈으로 함장을 바라보았다. 아군인지의 여부가 확인되었으니 입항을 허용하라면서 퇴로를 차단하라고? 하지만 함장은 주변의 의아한 눈길에는 신경을 쓰지 않고 무전수에게 재차 명령을 내렸다.

"생나제르 항만사령부에 타전하라. '지크프리트가 물을 마신다.' 알겠나?"

"아…, 알겠습니다!"

의미를 알 수 없는 지시에 잠시 멍해 있던 무전수가 급히 함장의 지시대로 무전을 보내는 동안 조타장은 다소 어리둥절한 표정을 지으며 키를 돌렸다. Z-25호가 '제아들러'를 항구로 들여보내자 함장의 명령이 계속 이어졌다.

"제아들러의 뒤를 따라 생나제르 항구로 접근하라. 상호 거리 4km를 유지! 포반은 전원 전투준비 상태로 대기하라!"

Z25는 항로를 비키면서 크게 선회하여 '제아들러'의 뒤로 따라붙었다. 상대편에서는 이쪽이 곧 다른 쪽으로 갈 거라고 생각했는지 처음에는 별 말이 없었지만 Z25가 계속해서 뒤따르는 것을 의아하게 여긴 듯 발광신호를 보냈다.

"제아들러로부터 입전! 기뢰 부설 해역으로 들어가는 것도 아니니 안내는 필요 없고, 정 안내를 하려거든 뒤가 아니라 앞에서 하라고 합니다. 뭐라고 답하면 좋겠습니까?"

잠시 생각하던 함장은 시계를 보았다. 오전 1시 15분, 항구에서도 준비가 갖추어졌을 시간이다. 결심한 함장은 여기까지 오면서 생각해 두었던 문구를 신호수에게 알려주었다.

"이렇게 답해라. '노르웨이에서의 복수다'라고!"

함교 요원들이 깜짝 놀랐다. 심호흡을 한 함장이 호령했다.

"저놈들은 영국 코만도다! 전 포문, 사격 개시!"

"사격 개시!"

Z25의 함수포가 곧바로 15cm 포탄 두 발을 토해냈다. 날아간 포탄이 목표에 명중하기도 전에 루아르강의 양쪽 둑에서 서치라이트가 켜지더니 해안포대도 불을 뿜었다. 수십 개의 물기둥이 '제아들러' 주변에서 피어올랐다. 무전수가 고함을 질렀다.

"제아들러로부터 입전! 아군으로부터 포격을 당하고 있다며, 포격 중단을 요청해오고 있습니다!"

"무시해! 저 놈은 뫼베급 어뢰정 제아들러가 아니라 위장하느라 굴

뚝 2개를 자른 영국 구축함 캠벨타운[1]이다! 옆에 붙어서 따라가는 조그만 놈들은 코만도가 탄 모터보트야! 모조리 쏴버려!"

제아들러, 아니 캠벨타운은 필사적으로 회피기동을 하며 생나제르 최대의 보물, 노르망디 도크의 수문을 향해 달려들려고 했다. 하지만 이미 준비해 놓고 기다리고 있는 화망 속으로 뛰어들어봐야 자살행위가 될 뿐이었다. 20mm에서 105mm까지, 해안포가 쏘아대는 다양한 구경의 포탄이 캠벨타운을 향해 쏟아졌다. 만신창이가 되어 불꽃과 연기를 토하던 캠벨타운의 뱃머리에서 갑자기 불꽃이 솟더니 거대한 섬광과 굉음이 주변을 강타했다.

"제…캠벨타운 굉침! 탄약고가 유폭한 것 같습니다!"

"뱃머리에 장착해 둔 폭약이 터졌군. 놈들은 배를 통째로 도크 갑문에 충돌시킨 뒤 저 폭약을 터트려서 갑문을 날려버리려고 했던 거야. 정말이지 아찔한 광경이다."

함교요원들이 질린 표정을 짓는 옆에서 함장이 고개를 내저었다. 무전수가 보고했다.

"생나제르 항만사령부에서 입전! 포격을 중단하고, 코만도 생존자를 구출하라고 합니다."

"알겠다. 사격 중지! 배를 천천히 몰아 적선에 접근하라. 항해장, 지금부터 생존자 구조를 위해 접근하겠으니 쓸데없이 반항하지 말라고 스피커로 토미들에게 알리도록. 놈들도 바보는 아니니까, 순순히 말을 들을 거다."

---

1 본래 1차 세계대전 때 미국이 건조한 위크스 급 구축함 뷰캐넌이었으나 전쟁이 끝난 후 필요가 없어 보존처리 되었다. 2차 세계대전 초기 유보트 때문에 전황이 급박해진 영국이 카리브 해에 있는 해군기지와 미국이 가진 구형 구축함 50척을 교환하자고 제안하여 영국으로 넘겨지면서 캠벨타운으로 이름이 바뀌었다. 배수량은 1,260톤으로 독일의 23형 어뢰정과 비슷한 크기이다.

"알겠습니다, 함장!"

Z25는 혹시라도 영국군 생존자들이 스크루에 말려들지 않도록 천천히 현장으로 접근했다. Z-25 승무원들은 싣고 있던 구명보트를 전부 내려 물 위에 떠 있는 영국군 시체와 부상자를 건져 올렸다. 이들을 돕기 위해 항구 쪽에서 독일군 어뢰정과 모터보트 여러 척이 다가오고 있었다.

2

"최종적으로 현장에서 발견한 영국 해군 장병 및 코만도 대원의 시체는 187구, 전의를 상실하거나 부상을 입고 포로가 된 자의 수는 372명입니다. 사살되었지만 시체가 어두운 바다에 가라앉아 찾을 수 없는 자, 어둠 속에 숨어 도피한 자의 수는 미확인입니다."

수문을 파괴하여 기능을 마비시킴으로써 생나제르에 있는 노르망디 도크를 무용지물로 만들려던 영국군의 계획은 완벽하게 실패로 돌아갔다. 원래 프랑스 선적의 대형 여객선 노르망디 호를 건조하고 유지하기 위해 건설한 이 도크는 대서양 연안에서 비스마르크급 전함 티르피츠를 수용할 수 있는 유일한 도크였으므로 매우 중요한 전략적 가치가 있었다. 이 도크가 존재함으로 인해 독일 해군은 대서양에서 자유롭게 움직일 수 있게 되는 것이다. 이런 시설이 날아가는 꼴을 내가 두 눈 뜨고 그냥 볼 리가 있겠는가.

"만우절에 듣는 소식이지만 거짓이 아니라 매우 즐겁군. 적이지만 용기 있는 자들이니 수습한 시신은 예를 갖춰 장례를 치러 주고, 포로가 된 자들에게도 인도적인 대우를 해주도록 하라. 물론 도주하는 코만도는 모두 추적하여 체포해야 한다."[1]

"물론입니다, 총통."

레더 원수가 고개를 숙였다. 내가 생나제르를 목표로 하는 코만도 습격에 대비하라는 직접 명령을 내렸을 때는 긴가민가했던 모양이지만 그것이 실제로 이뤄지자 확실히 탄복한 듯하다. 영국군 쪽에서도 이쯤 되는 대실패를 겪었으면 차후에도 코만도 작전을 계속 실시할지에 대해 심각하게 생각하게 되리라. 나는 가공(架空)의 이중첩자들에게 큰 포상을 내리도록 아프베어에 지시해두었다. 영국인들이 내부에서 정보가 새어나갔다고 생각하도록 말이다.

"자, 그럼 도크가 안전하게 확보되었으니 브레스트에 있는 우리 해군의 세 주력함 샤른호르스트, 그나이제나우, 프린츠 오이겐 세 척을 생나제르로 아예 옮겨버리는 안에 대해서 최종 결정을 내리도록 하지."

전략회의 구성원들은 잠시 시선을 마주쳤다. 그리고 가장 직접적인 당사자라고 할 수 있는 레더 원수가 먼저 조심스럽게 입을 열었다.

"총통, 저는 대양함대의 통상파괴전을 위해서는 브레스트보다는 생나제르가 더 좋은 항구라고 생각합니다. 브레스트는 대서양으로 나가기에 좋은 곳이긴 하지만 영국군의 감시에 지나치게 노출되어 있어 제대로 출격을 할 수 없습니다. 함선이 항구 밖으로 나가기만 하면 폭격기가 벌떼같이 몰려드니 작년 한 해 동안 우리 주력함 세 척은 사실상 브레스트 항구 안에 봉쇄되어 있었습니다."

밀히가 레더를 거들었다.

"브레스트는 영국 본토에서 폭격기가 직선으로 날아오면 곧바로 도

1 실제 역사에서 코만도의 치고 빠지기식 습격에 골이 난 히틀러는 코만도 포로는 모조리 즉결처분하라는 명령을 내렸다. 하지만 일선 지휘관들의 반발로 실제 시행되지는 않았다.

착하는 곳이다 보니 사실상 전투기로 요격하기가 불가능합니다. 하지만 세 주력함을 생나제르로 옮긴다면, 영국 공군은 이 배들을 폭격하기 위해 브르타뉴 반도를 가로지르거나 멀리 대서양을 우회하는 두 가지 방법 중 하나를 택해야 합니다. 어느 쪽을 택하건 저들은 그만큼 큰 비용과 위험을 감수해야 할 것입니다. 비행거리가 길어지는 만큼 더 많은 연료를 소모하면서도 폭격기가 탑재하는 폭탄의 양은 줄어들 것이고, 우리 방공망에 오래 노출되는 만큼 손해는 커질 테니까 말입니다."

내 시선을 받은 육군의 레프 원수는 침착하게 고개를 내저었다.

"이 문제는 순수하게 해군의 작전 영역에 속하는 일이니 저로서는 의견을 밝히지 않는 편이 더 도움이 된다고 생각합니다. 다만 한 가지 의문이 있습니다만."

"무엇이 궁금한가?"

"대서양에서 수행하는 통상파괴전은 적이 호위전력을 증원하면서 점점 힘들어지고 있다고 알고 있습니다. 생나제르로 함대를 파견한다고 해도 딱히 큰 성과를 거둘 수 있다는 보장은 없지 않습니까? 그럴 거라면 차라리 본국으로 함대를 소환하여 정비한 후 노르웨이 해안 방어에 사용하면서 북극해 방면 호송선단을 견제하는 데 투입하는 편이 보다 효과적이지 않을까 싶습니다. 일단 저 개인의 의견은 그렇습니다."

개인의 의견이라고 하나 독일군 전군을 통틀어 두 번째 선임자에다 육군총사령관인 사람의 '개인적 의견'은 비중이 다른 법이다. 레더 원수는 내 양해를 얻어 레프 원수가 가진 의문에 답해 수상함대가 계속 대서양에 투입되어야 하는 이유를 설명했다.

"적이 호위전력을 증강하고 있다고 하나, 현재 호송선단을 위협하는 가장 큰 위험요소가 유보트인 탓에 증원되는 전력도 어디까지나 유보트 대처에 중점을 맞춘 소형 호위함들입니다. 우리가 대형 수상함을 투입하면 그런 너절한 호위 함정들은 도주하는 것 외에는 방법이 없고, 영국군 역시 주력함정을 출동시켜 대응해야 합니다. 작년에 비스마르크가 출격했을 때 대서양에서 진행되던 모든 선단수송이 중단되었던 것처럼 말입니다."

"하지만 대제독, 비스마르크는 첫 출격에서 그대로 격침되지 않았소. 비록 일본이 전쟁을 일으키는 바람에 영국 해군이 분산되었다고는 하지만, 유럽 해역에 남아있는 영국 해군만으로도 우리보다 압도적인 전력을 가지고 있는 것으로 아오. 대서양 선단수송을 며칠 마비시키는 대가로 매번 주력함 한 척을 잃는다면 그건 너무 손해가 크지 않소?"

"비스마르크는 작전 투입을 너무 서두르다가 전력이 부족한 상태로 출격했기 때문에 무력하게 격침당했습니다. 본래 예정대로라면 샤른호르스트, 그나이제나우와 함께 출격해야 했습니다만, 양함이 모두 공습과 정비 때문에 출격할 수 없게 된데다 티르피츠는 미완성이었으므로 프린츠 오이겐만 거느리고 나갔던 것입니다. 하지만 지금은 세 함정이 모두 출격 가능하니 한꺼번에 바다로 내보낸다면 전함 한두 척쯤은 쉽게 제압할 수 있습니다. 영국 해군은 공포에 휩싸일 것입니다."

사실 주력함들이 출격하면 영국은 분명히 그 이상의 전력을 집결시켜 아군 주력함들을 사냥하려 할 것이므로 수송선단 따위는 제대로 잡지도 못하고 빈손으로 돌아오게 될 가능성이 크다. 그럼에도 내가 이를 승인한 것은 이 녀석들을 가지고 직접 적과 치고 박을 생각에서가 아니었다. 내가 생각하는 주력함들의 역할은 호위대를 끌어내는 것이고, 호위가 약해진 수송선단은 유보트의 손쉬운 먹이가 될 터였기 때문이다. 호위대 역시 매복한 유보트를 이용하면 쉽게 처치할 수 있다.

여기에 덧붙이자면 41년 한 해 동안 유럽 대륙에 영국이 떨어트린 폭탄 중 75%가 브레스트에 떨어졌다. 그만큼 이 함정들이 영국인들에게 위협적인 존재라는 이야기고, 추후 영국이 폭격을 강화할 것을 생각하면 이들이 가진 가치는 매우 크다. 영국 공군 폭격기 수천 기가 독일 내에 있는 산업지대를 폭격하는 대신 생나제르로 날아가게 할 수 있으니 말이다. 노르웨이에선 그만한 위협을 줄 수 없으므로 주력함들은 프랑스에 있어야 했다. 물론 이것들은 둘 다 레더 제독의 앞에선 하기 곤란한 이야기다.

"하지만 대제독, 본관이 듣기로 비스마르크가 적에게 붙잡힌 결정적인 원인은 영국 해군 항공모함에서 발진한 뇌격기가 쏜 어뢰에 맞아 조타장치가 파괴된 탓이라고 들었소. 주력함 세 척을 함께 내보냈다가 영국 해군이 항공모함을 출동시킨다면 또 제대로 손도 쓰지 못하고 당하게 되는 것 아니오?"

레프 원수의 다음 질문은 의외로 날카로웠다. 레더 제독이 미처 대답하지 못하고 머뭇거리는 사이 내가 토론에 끼어들었다. 사실 나는 이 문제의 해답을 이미 생각해두고 있던 터였다.

"그 문제에 대한 해결책은 간단하네. 우리도 항공모함을 내보내면 되지. 티르피츠에 이어 그라프 체펠린이 취역했지 않나? 그라프 체펠린과 티르피츠까지 함대로 편성해서 함께 대서양으로 내보낸다. 티르피츠-샤른호르스트-그나이제나우로 전대를 편성하여 호송선단을 치도록 하고, 그라프 체펠린으로 하여금 항공엄호를 제공하게 하면 그 어떤 선단이 와해되지 않고 버티겠는가? 그리고 프린츠 오이겐은 선단 공격에 나서기보다는 그라프 체펠린의 직접 엄호를 맡도록 하면 더 좋겠다는 게 내 생각일세."

내 이야기를 들은 레더 제독은 고개를 내저었다.

"총통, 티르피츠를 위해서 생나제르에 있는 노르망디 도크를 확보하기는 했습니다만 실제로 티르피츠가 그 도크를 사용하는 날은 오기 힘듭니다. 비스마르크가 출격한 이후 북극해를 통해 대소련 원조선단이 활동하기까지 하면서 노르웨이에서 북대서양으로 나가는 항로가 매우 험난해졌습니다. 그 먼 거리를 우회하여 생나제르에 무사히 도착하기는 곤란합니다."

"레더 대제독, 나는 그 두 척이 북대서양을 멀리 한 바퀴 돌아가도록 할 생각이 전혀 없네. 목적지로 가는 최단경로, 영불해협을 통과하면 되지 않나!"

레더 만이 아니었다. 임석해 있던 7명의 장성 전원이 눈이 튀어나올 듯한 표정을 지었다. 나는 짜릿한 쾌감을 느끼면서 내 주장을 피력했다.

"나는 레더 제독의 의향에 따라 함대를 대서양으로 내보낼 생각이지만 그러려면 항공모함이 꼭 필요하다고 생각한다. 하지만 아이슬란드 북방으로 나간다면 시간도 너무 걸리고 위험성도 크다. 따라서 그라프 체펠린과 티르피츠는 세 주력함이 생나제르로 빠져나간 뒤 영불해협을 돌파하여 브레스트로 보내고, 브레스트에서 다시 생나제르로 보낸다. 생나제르에 집결한 우리 주력함 5척은 늑대 떼 정도가 아니라 사자 떼가 되어 대서양을 휩쓸 것이다!"[1]

---

1 대서양에서 활동하는 유보트들은 선단에 대한 공격 효과를 높이기 위해 초계하던 잠수함

영불해협을 돌파한다! 내가 내놓은 너무도 대담한 구상에 장군들의 튀어나온 눈은 들어갈 줄을 몰랐고 벌어진 입은 다물어지지 않았다. 레더 제독 한 사람만 간신히 정신을 차리고 그 작전의 위험성을 지적했다.

"하지만 총통, 영불해협에는 적과 아군이 부설한 기뢰가 잔뜩 깔려있고 영국군이 설치한 레이더와 감시초소가 빽빽하게 늘어서 있습니다. 레이더를 탑재한 폭격기가 항공초계를 돌고 있기도 합니다. 조금만 수상한 눈치가 보이면 곧바로 수백 대의 항공기가 날아들고 영국 해군이 출동할 텐데 어떻게 영불해협을 통과한단 말입니까?"

"바로 그렇기 때문에 가능하다! 저들은 우리가 절대 그런 짓을 시도하리라고 믿지 않을 테니까, 해협을 경계하는 태도도 의외로 허술할 것이다. 그 허점을 노려 시도한다. 우리는 단 한 번만 죽을 각오로 해협을 통과하면 돼! 지나간 뒤에 적이 해협을 더 엄중하게 틀어막건 말건 알 바 아니다. 대서양으로 나간 함정들은 승리한 뒤에 당당히 독일로 개선하든지, 대서양에서 최후를 맞이하든지 둘 중 하나의 운명을 맞이하게 될 것이다."

실제 역사에서 독일로 돌아온 이 배들은 제대로 활동하지도 못하고 폭격에 격침되거나 폐기처분되었다. 그러느니 멋지게 활약할 기회라도 주는 편이 낫지 않겠는가? 게다가 알 만한 사람은 다 아는 이야기지만, 비스마르크급 전함의 설계는 2차 대전에 걸맞은 구조가 아니다. 하지만 그렇다고 지금 그걸 뜯어고치고 있을 시간도 비용도 없으니, 결국 선택할 수 있는 대안은 허명을 이용한 블러핑 전략을 쓰는 것뿐이다.

한 척이 선단을 발견하면 무전으로 인근에 있는 동료들을 불러 모아 한꺼번에 공격에 나섰다. 이를 늑대가 사냥감을 잡기 위해 힘을 합치는 것에 비유하여 늑대 떼, 혹은 울프팩(wolfpack) 전술이라고 한다.

내가 함대를 생나제르로 보내겠다고 확실히 결정을 내리자 반대하는 이는 아무도 없었다. 나는 힘차게 고개를 끄덕이며 명령을 내렸다.

"좋아! 그럼 브레스트에서 생나제르로 주력함 세 척을 모두 이동시킨다는 해군총사령부의 〈케르베로스[1] 작전〉을 승인한다! 또한 티르피츠, 그라프 체펠린을 이동시키는 〈제2차 케르베로스 작전〉 실시를 위한 준비도 명한다. 서부 전구 공군 사령부와 협조하여 구체적인 작전 계획을 수립하도록 하라!"

"알겠습니다, 총통."

4월 1일, 몰타 공략을 한참 준비하고 있던 때였다.

3

"작전 개시! 출항한다!"

구령 소리와 함께 52,600톤에 달하는 거함이 천천히 수면 위를 미끄러져 나가기 시작했다. 독일군 최대의 군항인 킬을 출발하는 비스마르크급 전함 티르피츠에서는 제독이 승선했음을 알리는 제독기가 나부끼고 있었고, 독일 최초의 항공모함 그라프 체펠린이 이 깃발을 휘날리는 티르피츠 뒤를 따랐다.

이들을 둘러싼 함대는 구축함 7척, 그리고 대공장비를 증설하여 방공순양함으로 개장한 경순양함 라이프치히와 뉘른베르크였다. 사실상 영불해협 돌파작전에서 이들이 직면할 최대의 적이 영국 공군이었기 때문이다.

항공모함인 그라프 체펠린 역시 비행기는 모두 내려놓고 비행갑판 가득 대공포를 실어 고슴도치 같은 외양을 자랑했다. 함재기인

1 그리스 신화에서 지옥문을 지키는 머리 세 개 달린 개.

Bf109T형 전투기 24기와 Ju87C형 슈투카[1] 20기는 만약을 대비해 자기 발로 움직여서 생나제르로 갔다. 어차피 이동 중의 방공 임무는 공군이 맡아줄 터이므로, 귀중한 전력인 이들 함재비행대 조종사들을 미리 소모할 필요는 없었다.

"이런 날이 오게 될 줄은 상상도 하지 못했는데."

티르피츠의 함교에서 아직 어두컴컴한 북해 바닷길을 바라보며 '외해 전대' 전단장 오토 칠리악스 중장이 혼잣말을 중얼거렸다. 원양 작전을 펼치기 위해 특별히 편성한 외해 전대에는 브레스트에 있던 주력함 세 척이 모두 포함되어 있었고, 칠리악스는 지난 5월 19일에 감행한 1차 케르베로스 작전으로 이 배들을 무사히 생나제르로 탈출시켰다. 허를 찔린 영국군은 제대로 저지하지도 못했다.

칠리악스는 세 척의 함선이 무사히 생나제르에 도착하자 곧바로 독일행 비행기에 올랐다. 빌헬름스하펜으로 가서 티르피츠와 그라프 체펠린을 인수받아야 했기 때문이다. 이제 티르피츠가 칠리악스의 기함이었다. 옆에는 티르피츠의 함장 칼 토프 대령이 서 있었다.

"비스마르크가 이루지 못한 꿈, 뤼첸스 제독께서 이루지 못하신 꿈을 제독께서 이루시는 순간이군요. 거기에 그라프 체펠린까지 더해지다니."

그라프 체펠린은 1936년에 건조를 시작한 독일에 단 한 척뿐인 항공모함이다. 1938년 12월에 진수되긴 했지만 1939년에 전쟁이 발발하면서 작업이 중단되었다. 그러던 중 작년 5월에 비스마르크가 침몰하고, 8월에 갑자기 무슨 바람이 불었는지 그라프 체펠린을 완공하여 실전에 투입시키라는 총통 명령이 떨어졌다. 유보트 건조에 지장을 주지 않

1 원래는 급강하폭격기를 뜻하는 독일어 일반명사지만 Ju87을 가리키는 고유명사화되었다.

는 범위에서 가용한 해군의 자원이 모조리 투입되었고, 다소 무리가 있긴 했지만 그라프 체펠린은 올해 2월에 마침내 독일 해군 최초의 항모로서 정식으로 취역할 수가 있었다.

작년 12월에 공군 총사령관 괴링이 암살당하자 올 3월에는 괴링의 반대 때문에 기존에 파견 형식으로 운용되던 해군 항공대 소속 항공기 및 운용인원들과 그라프 체펠린의 함재비행대가 모조리 정식으로 해군으로 전속되었다. 이로써 해군과 공군 사이의 지휘권 다툼도 일단락되었고 이제 출격하는 일만 남게 되었다. 초고속으로 건조가 진행되는 동안 선발된 함재기 조종사들은 발트해에 띄워 놓은 바지선에 비행갑판을 만들어 놓고 이착함 훈련을 했다.

함재기 구성에 실제 역사와 달리 뇌격기를 아예 빼고 전투기와 슈투카로만 편성한 것은 내 지시였다. 어차피 항공모함으로서의 성능이 떨어지는 그라프 체펠린 한 척으로는 미국과 일본이 태평양에서 한 것 같은 항모결전을 할 수가 없기 때문이다.

그라프 체펠린에 탑재한 전투기들은 함대방공을 최우선으로 하도록 훈련을 받았고, 슈투카는 근접하는 적 소형함 처리와 대형함을 마비시키는 역할을 맡았다. 레이더나 사격통제장치, 함교를 날려버리면 배를 꼭 격침시키지 않아도 전투력을 상실시킬 수 있다. 어차피 영국 군함은 한두 척 격침시켜봐야 큰 소용이 없다. 영국은 나머지만 가지고도 독일을 압도한다.

"생나제르의 세 척과 합류할 때까지는 아직 그 꿈이 이루어진 게 아닐세."

강력한 함대를 이끌게 되었으니 다소 자만할 수도 있으련만, 칠리악스 제독은 조심스러운 태도를 버리지 않았다. 칠리악스보다 3년 선임자였던 뤼첸스 제독은 작년 5월에 비스마르크와 프린츠 오이겐 두 척을 이끌고 자신만만하게 선단 공격을 위해 출격했다. 영국 해군의 자랑, 순양전함 후드를 격침할 때만 해도 영광의 절정에 있었지만 귀로에서 영국군의 집중공격을 받고 비스마르크와 함께 대서양 한복판에 가라앉았다.

"제독께서는 이미 1차 케르베로스 작전도 성공시키시지 않았습니까. 2차도 당연히 성공할 겁니다. 게다가 우리가 만든 가짜 모형에 속은 영국군은 아직도 이 티르피츠가 노르웨이에 있는 줄 알고 있지 않습니까."

토프 함장이 칠리악스에게 덕담을 건네자 칠리악스는 고개를 가로저었다.

"아닐세. 1차 작전에서 성공을 거둔 건 영국군이 몰타에 신경이 쏠려 있었던 덕이 컸어. 게다가 저녁에 출발해서 새벽 해가 뜨기 전에 생나제르에 들어갔으니 저들이 저지할 기회 자체가 없었지. 하지만 지금은…."

칠리악스는 어두운 표정으로 고개를 돌렸다. 이야기를 나누는 사이 어느새 해가 뜰 때가 되었는지, 동녘 하늘이 서서히 밝아오고 있었다. 칠리악스는 한숨을 쉬며 중얼거렸다.

"차라리 지금 우리가 가는 길을 거꾸로 해서 브레스트에서 빌헬름스하펜으로 들어가는 게 훨씬 쉬울 걸세. 적어도 영국에서 점점 더 멀어지는 길이니까."

4

"엄호 비행대, 영국군 정찰기와 접촉! 스핏파이어 2기!"

"쫓아버려. 무리해서 따라갈 필요는 없다. 격추해 봐야 이미 발견 보고는 보냈을 테니까."

독일 공군 전투기대 총감 아돌프 갈란트 대령은 아브빌에 있는 JG26 사령부에서 무전으로 휘하 전투기들을 통제했다. 영불해협을 북에서 남으로 횡단하는 두 척의 주력함을 호위하기 위해 250기에 달하는 Bf109와 Fw190이 이 작전에 동원되어 있었다. 이들을 순차적으로 착륙시켜 연료와 탄약을 보급하도록 하는 일도 쉬운 일은 아니었다.

"이거, 2년 전 생각이 나는 걸."

갈란트는 너털웃음을 웃었다. JG26은 과거 영국에 대한 항공전 – 영국인들은 배틀 오브 브리튼이라고 부르는 – 을 치를 때 갈란트가 비행단장으로 재직했던 바로 그 비행단이었기 때문이다. 원래 전투기대 총감을 맡고 있던 친우 베르너 묄더스가 작년 12월에 비행기 추락사고로 사망하는 바람에 묄더스의 뒤를 이어 전투기대 총감에 취임하기 위해 JG26을 떠났지만, 1년 반이 지난 지금도 원 소속부대에 대한 갈란트의 애정은 여전했다.

"0923시, 영국 뇌격기 6기 함대에 접근! 소드피시[1]!"

"전투기 엄호도 없이? 소드피시 6기 정도는 단박에 격추할 수 있다. 자기네 코앞으로 다가오는 함대를 기다려서 일거에 전력을 집중하는 게 나을 텐데. 멍청한 놈들."

갈란트는 입술을 일그러뜨려 성급한 영국군 조종사들에게 비웃음

---

1 영국 해군 항공모함 및 공군 지상기지에서 운용한 뇌격기. 어뢰, 폭탄 또는 기뢰 1기를 주무장으로 한다. 시대착오적인 복엽기에 속도도 시속 200km를 겨우 넘을 정도로 느렸지만 추축군이 항모를 보유하지 못한 대서양 전선에서는 맹활약했다.

을 보내며 시가를 물었다. 가슴 깊이 연기를 빨아들인 갈란트가 입을 열어 구름을 뿜으며 부하인 통제관들의 주의를 환기시켰다.

"이제 시작에 불과하다. 함대는 이제 겨우 됭케르크 앞바다를 통과했어. 칼레에서 셰르부르에 이르기까지의 구간이야말로 정말 위험한 장소다. 백주대낮에 대형함 2척이 통과하는 거야. 각자 담당한 항공대의 통제에 최선을 다하라! 또한 추격에 너무 열중해서 아군 함대 상공으로 들어가지 않도록 주의하라. 해군 대공포에 맞을 우려가 있다. 해군 대공포 사수들에게는 아군기를 격추해도 처벌받지 않는다는 지시가 내려가 있으니까, 죽으면 우리만 억울한 거다."

"예!"

통제관들은 입을 모아 대답했다. 조종사들에게는 함대로부터 3km 이내로 접근하지 말라는 명령이 이미 내려져 있었지만, 치열한 공중전을 치르다 보면 그런 주의를 잊을 만큼 흥분한 조종사가 나오기 마련이었다. 머리에 피가 오른 조종사들을 진정시키는 것이 이들 통제관들의 임무였다.

"함대, 칼레에 접근!"

"영국 본토에서 대규모 항공기 무리가 출현했습니다. 현재 확인된 숫자, 스핏파이어 60여 기, 쌍발 보포트 뇌격기 40여 기, 소드피시 뇌격기 20여 기!"

"본격적으로 시작하는군. 요격편대 전개해."

갈란트는 침착하게 상황판을 주시했다. 통제관들이 분주하게 독일과 영국 양쪽 항공기 편대를 나타내는 푯말을 상황판 위에 올리기 시작했다. 바야흐로 독일 함대를 매개로 한 양측 공군의 대규모 항공결전이 막 시작되려는 참이었다.

5

"토미들이 온다! 전기, 평소 훈련한 바를 잊지 않고 침착하게 활동하도록! 뇌격기는 JG2가 맡는다. 우리는 JG2를 덮치는 스핏파이어를 상대한다! 늘 해오던 일이니, 쓸데없이 긴장하지 않도록!"

– 야볼(Jawohl, 영어의 yes)!

편대 무선망에서 JG26 1중대 편대원들이 일제히 대답했다. 지금까지 72기를 격추하여 자신이 JG26 최고의 에이스라고 자부하는 중대장, 요제프 프릴러[1] 대위는 웃으며 부하들을 격려했다.

"자, 가자! 기사십자장이 날아온다!"

양측에서 투입한 항공기들 중 함대에 가장 큰 위협은 역시 영국 공군 뇌격기들이었다. 가득 실은 대공포로 탄막을 형성하면서 지그재그 기동을 하는 목표를 직주어뢰로 명중시키려면 회피기동 따위는 꿈도 꿀 수 없다. 대공포가 만드는 탄막도 탄막이지만 등 뒤에서 덮쳐드는 JG2의 발톱은 어떻게 피해 낼 수가 없었다. JG2의 새 날개인 Fw190들은 20mm 기관포로 허약한 뇌격기들을 조각내버렸다.

"호오, 형제들이 잘 해주고 있군! 그럼 우리는 형제들이 뒤통수를 걱정하지 않게 도와줘 볼까!"

프릴러의 애기, Fw190A–2는 우렁찬 엔진음과 함께 급강하했다. 프릴러는 급강하 중에도 윙맨이 자신의 뒤를 잘 따르는지 확인하는 것을 잊지 않았다.

"잘 가라, 토미!"

---

1 독일 공군의 에이스 중 하나. 1915.7.27.~1961.5.20. 전쟁 기간 내내 서부전선에서만 총 101기의 영국군, 미군 항공기를 격추하여 독일군 에이스 중 103위에 해당한다. 그중 스핏파이어가 68기나 되어 스핏파이어 킬러라고 불리며 노르망디 상륙작전 때 가장 먼저 출격한 독일군 조종사로도 유명하다. 전쟁이 끝날 때 계급은 대령으로, 전후 사업가로 살아가다가 심장마비로 사망했다.

지금 프릴러의 밑에서는 스핏파이어 한 대가 소드피시 한 대를 불덩어리로 만들어 바다에 처박은 다음 기수를 쳐들고 상승하려는 JG2 소속 포케불프를 노리고 있었다. 목표를 잡는 데 너무 집중하다가 자기 자신이 목표가 되었음을 깨닫지 못한 부주의한 스핏파이어를 향해 프릴러가 유유히 방아쇠를 당겼다.

"73!"

한 치도 어긋나지 않은 명중탄은 프릴러의 정확한 조준과 정밀하게 가공된 독일제 포신의 합작품이었다. 십여 발의 20mm 포탄이 명중하자 스핏파이어의 왼쪽 날개가 부러지고 조종석 보호 유리가 사방으로 터져나갔다. 그대로 연기를 뿜으며 급강하한 스핏파이어가 해면에 격돌하는 광경을 확인하면서 프릴러는 유쾌하게 흥얼거렸다. 이때 무전기에서 윙맨이 급하게 외치는 소리가 들려왔다.

– 중대장, 정면 상방에 적기!

"알고 있어!"

윙맨을 잃은 복수라도 하려는지 스핏파이어 한 대가 마치 멧돼지처럼 무모하게 돌진해왔다. 프릴러는 러더를 한 번 차고 간단히 조종간을 움직여 급강하하는 적기를 손쉽게 회피했다.

"내가 중폭격기라고 생각하는 거냐. 감히 이 나를 상대로 정면공격을 시도하다니."

아무래도 방금 격추시킨 녀석이 편대 리더였던 모양이다. 리더가 격추당하자 용기 말고는 가진 게 없는 초보 파트너가 복수한답시고 달려드는 것 같았다. 프릴러가 보기에는 하룻강아지가 범 무서운 줄 모르고 달려드는 형국이었지만.

"영국군이 지금도 저렇게 조종사가 부족한가? 이런 풋내기가 최전선에 나오다니. 그것도 나 요제프 프릴러님의 면전에 말이야."

풋내기의 6시 방향을 잡는 것은 쉬운 일이었다. 나직한 소리로 휘파람을 분 프릴러가 조용히 방아쇠를 당겼다.

"74!"

이번에 발사된 것은 기수에 장착한 13mm 기관포였다. 날아간 포탄은 필사적으로 회피기동을 시도하던 스핏파이어의 허리를 분지르고 연달아 조종석 위에서 작렬했다. 홱 뒤집힌 채로 해면으로 추락하는 풋내기를 바라보면서 프릴러가 짧은 애도의 말을 던졌다.

"아멘. 신께서 너를 받아주시기를."

조종간을 잡아채어 상승한 프릴러는 잽싸게 주변 상황을 살폈다. 자신의 중대원들 중 격추된 이는 아직 아무도 없었지만 JG2는 2,3기 정도 줄어든 것 같았다. 영국군 전투기는 2/3 정도 살아남아 JG26 및 JG2 소속 전투기들과 뒤엉켜 싸우고 있고, 뇌격기들은 그 틈을 뚫고 필사적으로 어뢰를 떨구고 있었다. 다만 함대도 필사적으로 회피기동을 하는데다 대공포는 고슴도치처럼 포탄을 뿌려대고, 독일 전투기들이 뒤통수를 갈겨대니 명중한 어뢰는 단 한 발도 없었다.

"쯧쯧, 접근하지 말라니까 거 참 말 안 듣는구만."

아군 경순양함에서 500m도 안 되어 보이는 지점까지 접근해서 보포트 뇌격기를 격추한 뒤 급상승하는 JG2의 1중대장 에리히 라이어 대위의 포케불프를 보면서 프릴러가 혀를 찼다. 다행히 경순양함의 대공포는 오사를 우려해선지, 라이어를 믿어서인지 발포하지 않았지만 위험천만한 행동이었다.

– 요제프! 교대하러 왔다. 철수해!

"요아힘? 좋아. 맡기고 가도록 하지. 1중대! 비행장으로 복귀한다!"

영국 공군과 서로의 꼬리를 물며 분투하던 1중대 비행기들은 어느새 탄약과 연료가 고갈되어가고 있었다. 요아힘 뮌헤베르크[1] 대위가 지휘하는 2중대가 때맞춰 도착해서 1중대의 역할을 이어받았고, JG2 역시 다음 중대가 나타나 임무를 교대했다. 살아남은 영국군 전투기들도 지쳤는지 물러나고 있었고, 다음 편대가 서쪽 하늘에 모습을 나타내고 있었다.

"1738 셰르부르 통과! 현재까지 본함 어뢰 2기 피뢰, 그라프 체펠린 어뢰 1기 피뢰. 응급수리로 항해에 지장 없음!"

사관들의 보고를 받으며 칠리악스 제독은 잠시 생각에 빠졌다. 어차피 티르피츠 차원에서 실시하는 회피기동은 토프 함장의 소관이니만큼 칠리악스가 끼어들 부분이 없었다.

"예정보다는 시간이 좀 더 걸렸습니다. 회피기동을 하려니 아무래도 속도가 늦어지는군요."

"어쩔 수 없는 일이지. 뇌격기 200대의 공격을 받지 않았나."

영국 공군은 거의 다섯 차례에 걸쳐 공격을 가해왔다. 공군이 배치해 준 엄호전투기들도 최선을 다했지만 방어선을 뚫고 접근하는 뇌격기의 수가 상당했다. 심지어 영국 해군 어뢰정까지 5척, 6척씩 나타나 함대에 접근했다. 하지만 빌헬름스하펜에서부터 엄호를 맡은 구축함 7척과 셰르부르에서 마중 나온 12척의 어뢰정 편대가 물샐 틈 없는 엄호를 했으므로 함대가 어뢰정에게 위협 받을 일은 없었다. 결국 영국

1 독일 공군의 에이스 중 하나. 1918.12.31.~1943.3.23. 서부전선, 동부전선, 지중해전선 등 노르웨이를 제외한 독일군이 싸운 모든 전선에서 싸웠다. 격추 기수는 135기로 전체 독일군 에이스 중 49위. 튀니지에서 135번째 적기를 격추한 직후 적기의 폭발에 휘말려 사망하였다.

구축함 한 척은 어뢰 사정거리에 들어오기도 전에 티르피츠의 함포 사격을 받고 격침당했다.

“공군으로부터 통보! 적 4발 중폭격기 출현! 대형 폭탄에 대비하라고 합니다!”

“이번엔 중폭격기인가. 늘 보던 곳과 다른 곳에서 보려니 기분이 묘하군.”

쉴 새 없이 적기 출현의 무전이 들어왔다. 칠리악스 제독은 지금 나타난 중폭격기들이 평소에 브레스트를 폭격하던 그 비행대 소속 기체들임을 알 수 있었다. 아마 브레스트 항만사령부 예하 대공포병들은 오늘 평안한 저녁을 보낼 수 있으리라.

“중폭격기가 고공에서 떨어트리는 폭탄은 도리어 회피하기 쉽다. 폭격기 대부분은 엄호 전투기대가 처리해 줄 테니, 각 함정은 대공방어 및 회피기동에 만전을 기하라!”

무전수는 신속하게 제독의 명령을 각 함선에 전달했다. 함대는 대공포에 탄약을 보충하고 폭격기가 다가오기를 기다렸다. 상처 없이 여기까지 온 만큼, 사기는 매우 높았다.

7

“제기랄, 4발 중폭격기까지 나오다니.”

세 번째 출격을 한 프릴러는 투덜거리며 방아쇠를 당겼다. 필사적으로 사선을 벗어나려고 몸부림치던 스핏파이어의 오른쪽 날개에 20mm 포탄이 쏟아졌다. 급기동중에 한 쪽 날개가 조각나자 균형이 깨진 기체는 급격한 회전에 돌입했고, 그대로 해면을 향해 추락했다. 이름을 알 수 없는 영국군 조종사는 탈출하지 못했다.

"77."

오늘 하루 격추한 적기만 5기, 해가 지고 있어서 아마 이번 출격이 마지막일 듯 하니 많아야 두어 대 정도 더 잡으면 오늘 전투는 끝이다. 영국군도 이제 싸움이 막바지라는 것을 알고 있기 때문인지 지독하게 달려들었다. 하긴, 50기 이상의 항공기를 상실했으면서도 격추 전과는 20기도 안 되니 프릴러 자신이 영국군 지휘관이라도 꼭지가 돌 것이다. 게다가 가장 중요한 목표인 대형함 두 척에는 별다른 손상을 입히지 못했다.

"폭격기에 욕심내지 마라. 우리 역할은 JG2가 폭격기 요격에 전념할 수 있도록 폭격기를 엄호하는 영국군 전투기를 제압하는 거다."

4발 중폭격기는 떨어트리기 힘들지만 그만큼 탐나는 표적이기도 하다. 프릴러는 부하들이 쓸데없는 욕심을 내지 않도록 주의를 환기시켰다.

"조금만 더 있으면 해가 진다. 슬슬 철수해야 할 테니, 돌아가기 전에 마지막으로 한 판만 더 하고 간다는 생각으로 전투에 임해라. 하지만 적기를 격추하기보다는 자신이, 동료가 살아서 돌아가 맥주를 즐기는 일이 더 중요하다는 사실을 잊지 말도록!"

– 야볼!

부하들이 무선망에서 일제히 외치는 소리를 들으며 프릴러는 기분 좋게 급강하를 했다. 지금 조준기에 들어온, 아마도 오늘의 마지막 사냥감이 될 스핏파이어는 포케불프에 탄 JG2의 신참을 하나 격추하고 막 상승하려는 참이었다. 다행히 피격당한 JG2 조종사는 탈출했다.

"우리 병아리가 살았으니, 네 녀석도 목숨은 살려주지."

프로펠러 뒤에 위치한 포구가 불을 토하면서 20여 발의 13mm 탄환이 허공을 날았다. 스핏파이어의 수직꼬리날개와 뒷날개가 포탄에 맞아 박살이 나면서 상승하던 비행기는 급격하게 고도가 떨어졌다. 조종사가 급히 낙하산을 펴고 뛰어내리는 모습이 보였다.

"하하, 뒷날개가 날아갔으니 안전하게 탈출할 수 있겠군? 통제실, 탈출한 적 조종사가 있다. 해군에 연락하여 구조 바란다. 현 위치는…."

프릴러는 진심으로 영국 조종사가 운이 좋다고 여겼다. 기체 이상이나 피격으로 탈출하던 조종사가 기류에 휘말려 뒷날개나 수직꼬리날개에 충돌하는 일은 의외로 흔했기 때문이다. 탈출 중에 그런 일을 당하게 되면 물론 죽는다.

– 중대장, 적이 돌아가고 있습니다.

– 통제실이다. 적 조종사는 해군이 구조하도록 하겠다. JG26 1중대는 그만 귀환하라. 이제 야간전투기대가 출동한다.

"알겠다. 1중대! 집으로 돌아간다!"

프릴러는 즐거운 기분으로 기수를 돌렸다. JG26 1중대는 오늘 2기를 잃었지만 목숨을 잃은 조종사는 1명뿐이었다. 그에 반해 프릴러와 부하들이 격추한 영국기는 스핏파이어와 허리케인을 합쳐 18기에 달했다. 게다가 함대 보호라는 목적도 완수했다. 이만하면 오늘, 6월 10일의 전투 결과는 자랑스러워하기에 충분했다.

8

치밀한 작전과 공군의 강력한 엄호, 그리고 같은 시기에 진행된 헤라클레스 작전의 영향 덕분에 1차, 2차 케르베로스 작전은 완전히 성공했다. 특히 2차 케르베로스 작전에서 아군의 손실은 전투기 17기, 그리고 두 주력함이 어뢰에 맞아 약간 파손된 것뿐이었다. 경미한 손상이라 브레스트에 들러 수리하지 않고 그대로 생나제르로 직행해도 무방할 정도였다.

이에 반해 영국 공군의 손실은 끔찍할 정도였다. 80기 가까운 항공기가 우리 전투기에게 격추되었고, 함대에서 쏘아댄 대공포화도 13기를 격추시켰다. 2차 케르베로스 작전 당시 너무 큰 피해를 입은 영국 공군은 뉘른베르크를 비롯한 호위함대가 독일로 돌아가는 움직임을 포착하고도 저지에 나서지 못했다.

"레더 제독! 어려운 일을 정말 훌륭히 해냈소. 칠리악스 제독에게 기사 십자장을 수여하도록 하겠소."

"감사합니다. 모두 공군의 헌신적인 협조 덕분에 가능했습니다."

"해군이 적극적으로 정보를 제공하며 도움을 청한 덕분입니다. 현장에서 해군과 연락을 주고받으며 각 비행대로 하여금 적절히 움직이게 한 갈란트 대령의 공이 컸습니다."

아아, 레더와 밀히가 서로 주고받는 겸양의 대화를 들으니 마음이 정화된다. 괴링 그 뚱땡이를 치워버린 것만으로 해군과 공군 사이가 이렇게 화목해지다니, 진심으로 눈물이 날 지경이다. 기분이 좋아진 나는 치사(致謝)의 강도를 올렸다.

"좋아! 그렇다면 갈란트에게 다이아몬드 곡엽 검 기사십자장[1]을 수여하고, 계급도 소장으로 진급시키도록 하라. 제3제국의 전 전투기 세

1 유명한 철십자 훈장의 여섯 번째 단계. 2급 철십자장 – 1급 철십자장 – 기사십자장(수여자 7,318명) – 곡엽 기사십자장(882명) – 곡엽 검 기사십자장(160명) – 다이아몬드 곡엽 검 기사십자장(27명) – 황금 다이아몬드 곡엽 검 십자장(한 명)의 순으로 격이 올라간다. 전쟁이 길어지면서 1급, 2급 철십자 훈장이 거의 표창장화되었으므로 기사십자장부터 실질적인 무공훈장이다. 아돌프 갈란트는 실제로 다이아몬드 곡엽 검 기사십자장의 두 번째 수여자였다. 첫번 째 수여자는 갈란트의 친우 베르너 묄더스이다.

력을 관할하는 전투기대 총감의 계급이 고작 대령이라니, 말이 안 되는 일이 아닌가? 진즉에 승진시켰어야 할 일이었다."

내 나름대로는 갈란트에게 상을 주고, 공군의 사기를 끌어올리려고 한 일이었다. 그런데 정작 당사자인 공군 총사령관 밀히가 떨떠름한 표정을 지었다.

"총통께서 갈란트 총감의 공을 높이 평가하시는 것은 알겠습니다만, 훈장과 승진이 동시에 주어진다면 주변의 질시가 집중될 수 있습니다. 제 사견입니다만, 일단 이번에는 훈장만 수여하시고 장군으로 승진하는 시기는 조금 더 간격을 두고 결정하시면 어떨지요."

주변에서 갈란트를 질투할 수 있으니 상을 너무 몰아서 주지 말라는 이야기렸다? 뭐, 나쁜 이야기는 아니니까 받아들였다. 당장 상관인 공군 총사령관이 꺼림칙해 하는 인사를 강요할 필요는 없지 않겠는가. 대위를 소령으로 승진시키는 것도 아니고 말이다.

"알겠다. 그럼 승진은 몇 달 있다가 실시하도록 하지. 혹시 서운해 하지 않도록 본인에게는 슬며시 언질을 주도록."

"알겠습니다, 총통."

헤라클레스 작전, 케르베로스 작전이 모두 성공하면서 내게는 정말 큰 자신감이 붙었다. 서부전선과 남부전선에서 모두 큰 성과를 거두었으니 이제 동부전선의 소련군만 해치우면 불리하지 않은 조건으로 강화를 맺을 수 있을 것 같았다. 괜한 욕심을 부리느라 전쟁을 오래 끌다가 미국이 뛰어들면 만사가 끝나니까, 그 전에 전쟁을 끝내야 한다. 잘하면 올 겨울이 오기 전에 전쟁을 끝낼 수 있을지도 모른다.

물론 미국의 참전을 막으려면 먼저 영국이 전쟁을 포기하게 만들어야 한다. 그리고 영국이 전쟁을 포기하게 만들려면 해상로 차단이 첩경이다. 생나제르 항구에 집결한 우리 외해 전대가 가끔 출격할 기미를 보이는 것만으로도 영국 호송선단은 패닉에 빠졌고, 전함과 항모로 구성된 강력한 전대가 늘 대서양 한가운데 대기했다. 결국 내 예상대로 외해전대는 별다른 전과를 올리지는 못했지만 그 존재 자체가 호송선단의 활동을 제약하고 있었다.

가끔 출격했을 때도 영국 해군과 정면으로 붙지는 않았다. 대신 해군은 외해 전대 자체를 미끼로 활용하여 영국군을 단단히 농락했다. 소수로 접근하는 정찰기나 뇌격기는 아군 함재전투기의 밥이 되었고, 정찰을 위해 따라붙은 한두 척의 순양함이나 구축함은 레이더 탐지거리에 들어오기도 전에 급강하폭격기의 맹공으로 대파되곤 했다. 유보트를 추적하느라 정신이 없는 영국 폭격기를 발견하여 손쉽게 격추하기도 하고, 역으로 아군 폭격기에 쫓기던 영국 구축함이 어뢰 한 방에 용궁 구경을 하기도 했다.

그리고 외해 전대가 출격할 때는 꼭 잠수함대로 덫을 쳤는데 이게 제대로 대박을 쳤다. 아군 전함들이 2개의 편대를 구성하여 갈라졌다고 오산한 적 사령부가 각개격파를 위해 한쪽을 급하게 쫓았는데, 그러다가 실수로 유보트 전대의 그물 속으로 들어갔던 것이다.

전함을 보고도 놓칠 수는 없는 법, 그나이제나우의 진로를 차단하려고 기동하던 퀸 엘리자베스급 고속전함 바람이 유보트의 어뢰 세 발을 맞고 대서양 한 가운데서 격침되었다. 실제 역사대로라면 작년 11월 25일에 지중해에서 격침되었을 녀석이지만 내가 지중해로 유보트를 보내지 말라고 명령하는 바람에 죽지 않고 지브롤터 함대에 있었는데, 결국 격침되고 만 것이다.

게다가 영국 해군이 이쪽으로 주력함대를 돌리는 바람에 스캐퍼플로에 있던 함대가 크게 축소되면서 노르웨이를 거점으로 소련행 렌드리스를 차단하는 북빙양 항로 공격이 더 쉬워졌다. 적에게 전함의 호위가 사라진 덕분에 포켓전함[1]이나 중순양함, 구축함으로도 어느 정도 성과를 낼 수 있었기 때문이다.

서부, 남부에서 계획한 일들은 꽤 잘 진행되었다. 게다가 작년과 달리 모스크바가 아니라 캅카스를 목표로 하는 동부전선의 지상전도 비교적 원활하게 전개되어 모처럼 마음 편한 나날을 보내는 중인데 요들이 갑자기 사무실로 허겁지겁 뛰어 들어왔다.

"무슨 일인가?"

내 느긋함과는 달리 요들의 얼굴은 백짓장처럼 창백해져 있었다. 의아해진 내가 재차 질문하려는 참에 요들의 입에서 폭발하듯 급보가 튀어나왔다.

"총통! 비상사태가 발생했습니다! 영국군이 북아프리카에 상륙했습니다!"

"뭐, 뭐라구?!"

나는 급히 달력으로 눈을 돌렸다. 11월 2일, 토치 작전이 벌어진 날짜다! 하지만, 하지만 이 세계에서는 미국이 아직 참전하지 않았는데! 게다가 생나제르에 우리 해군 주력이 진을 치고 있고 몰타까지 우리가 차지했다. 도대체 영국은 무슨 배짱으로, 아니 무슨 힘으로 토치 작전을 실행에 옮긴 거지?!?!

---

1 포켓 전함은 서구에서 붙인 별명이고 독일에서는 장갑함으로 불렀다. 베르사유 조약의 배수량 제한을 회피하기 위해 함포와 엔진을 강화한 대신 장갑을 약화시킨 함선으로 통상파괴에 중점을 둔 함정이었다. 함포는 작은 전함급인데 장갑이 경순양함 수준이라 함대전에는 매우 취약했다.

9장
토치 작전, 개시!

1

사실 요들이 내 집무실 문을 박차고 들어오기 전 나는 간만에 긴장을 풀고 잠시 즐거운 시간을 보내는 중이었다.

"크라프트 소위, 안마."

"아, 네!"

베르타 크라프트 소위는 작년에 뽑은 엘사 슈나이더 소위와 달리 올해 가을에 새로 뽑은 부관이다. 나이는 올해 스물하나, 금발인 엘사와 달리 갈색 머리의 늘씬한 미녀다. 보던 서류를 책상 위에 던져 놓고 털썩 하고 소파에 몸을 기대니 급히 뒤로 다가온 크라프트 소…아오, 계급 붙여서 성으로 부르려니 입맛 떨어진다. 그냥 이름으로 부르자. 베르타가 내 어깨를 주무르기 시작했다.

"힘 좀 더 줘. 근육이 풀리지를 않는다."

"예, 예! 총통!"

베르타에게 좀 더 세게 주무르라고 한 다음 고요히 지난 1년의 세월을 되새겨보았다. 돌이켜보면 근 1년 이상, 정말 긴장을 풀 수 없는 시간을 보냈다. 난데없이 히틀러가 되어 내 위치를 파악하느라 생고생을 했고, 동쪽의 소련군과 서쪽의 영국군 사이에 끼어 양쪽의 적을 상대하느라 진땀을 빼야 했다. 처칠도 스탈린도 만만한 상대가 아니니까 말이다.

그나마 편한 시간을 보내게 된 것은 요 근래에 와서의 일이었다. 몰타를 함락시켜 지중해를 통해 아프리카로 가는 보급로를 안전하게 하고, 케르베로스 작전을 성공시켜 영국 전쟁지도부에게 제대로 엿을 먹여 주었다. 영국을 상대로 두 번이나 대승리를 거두고 동부전선에서도 카스피 해에 도달하기 위한 진격이 비교적 순조롭게 진행되면서 비로소 마음이 평화로워졌다. 덕분에 이런 여유도 부릴 수 있게 되었다.

'부드럽군.'

딱딱하게 굳어있던 몸에 베르타의 부드러운 손길이 닿자 삽시간에 피로가 가시면서 기분 좋은 쾌감이 밀려왔다. 아아, 원래 세계에서는 누가 어깨 주물러 주겠다고 하면 질색을 하면서 피했는데, 여기서는 이러고 있다니. 내가 50대의 늙은 몸을 가지고 있다는 사실을 새삼 저주했다.

눈을 감고 고개를 뒤로 젖힌 채 잠시 무아지경에 빠져 있으려니 베르타의 숨소리가 조금 가빠지는 것을 알 수 있었다. 하긴, 원래 안마사도 아닌 애가 20분이 넘게 내 어깨를 주무르고 있으려니 힘이 들겠지. 그런 생각을 하면서도 눈을 뜨고 베르타에게 그만 안마를 끝내라고 할 생각은 들지 않았다. 그러기에는 너무 기분이 좋았으니까.

아무 생각 없이 누워 있는데 문득 스물한 살 미녀가 내는 가쁜 숨소리가 내 귀로 들어왔다. 일단 의식하기 시작하자 호흡 속에 들어있는 처녀의 향기가 내 후각을 자극하고, 허리까지 기른 베르타의 갈색 생머리는 살짝살짝 흔들리며 내 얼굴을 간지럽혔다. 그리고 레코드판에서 은은하게 흘러나오는 음악이 실내를 채우고 있었다.

이제까지 경험해보지 못한 이런 공감각적인 자극을 받자 문득 지난 1년, 아니 평생 동안 한 번도 해본 적이 없는 짓을 하고 싶다는 생각이 머릿속을 채웠다. 나는 가까스로 침착함을 유지하면서 베르타에게 명령을 내렸다.

"크라프트 소위, 저쪽 카우치에 가서 앉도록."

"예? 아…예, 알겠습니다, 총통."

어리둥절한 표정을 지은 베르타가 안마를 중단하고 카우치에 가서 앉았다. 나는 자리에서 일어나 천천히 의자에 앉아 있는 베르타 앞으로 걸어가 무슨 영문인지 몰라 하는 베르타의 얼굴을 음흉하게 내려다보았다. 으음, 마침 오늘은 바지가 아니라 치마를 입었군. 침대가 있으면 더 좋겠지만 그건 침실에 있지 여기엔 없으니까 카우치로 만족해야지. 나는 침실과 집무실은 확실히 분리해야 한다고 생각하는 사람이다.

"초…총통?"

베르타가 떨리는 목소리로 나를 불렀다. 하지만 나는 개의치 않고 베르타의 옆에 앉았다. 그리고 손을 들어 베르타의 긴 생머리를 쓸어 올리며 그 부드러운 감촉을 내 손바닥으로 느껴보았다.

"초, 총통, 저어…."

베르타의 목소리가 바람결에 드러난 촛불처럼 흔들렸다. 하지만 나는 괘념치 않고 몸을 돌려 베르타의 다리를 베고 카우치 위에 누웠다.

베르타의 온몸이 마치 감전이라도 된 것처럼 사시나무 떨듯 떨리는 것을 내 뒤통수로 느낄 수가 있었다.

"초, 총통! 이러시다 브라운 양께서 보시면…!"

에바 브라운이 여부관들에게 보이는 질투는 이미 부관들 사이에도 파다했다. 총통관저에 들어온 지 한 달 밖에 안 된 베르타도 알고 있을 정도이니…나는 피식 웃으며 베르타를 달랬다.

"걱정 마, 브라운 양은 내 집무실에는 절대 오지 않는다는 것을 잊었나? 그리고 나는 잠시 누워서 쉬고 싶은데 베게가 필요할 뿐이다. 내가 귀관의 허벅지를 잠시 베고 누웠다고 해서 그게 무슨 문제라도 되나? 아니면, 귀관은 제3제국의 총통인 내가 휴식을 위해 필요하다고 하는데도 다리를 내주기 싫은 건가?"

"아, 아닙니다! 제가 감히 그럴 리가 있겠습니까!"

베르타가 소스라치게 놀라며 대답하자 바짝 긴장한 그녀의 허리가 꼿꼿하게 펴졌다. 나는 베르타가 뭐라고 더 거부하는 말을 내뱉기 전에 쐐기를 박았다.

"그럼 가만히 앉아 있으면 돼. 귀관의 역할은 그것이니까."

나는 베르타가 거부하지 못하도록 입을 막아 버린 뒤 조용히 눈을 감은 채 베르타의 부드러운 허벅지를 만끽했다. 침대는 아니지만, 푹신한 소파 위에서 스물한 살 처녀의 허벅지를 베고 누워 있으니 이 세계에 온 후 최고로 편안했다. 몽롱한 기분으로 그 상태를 즐기고 있으려니 온갖 잡념들이 두서없이 나타났다 사라졌다.

…아아, 직책이 가진 힘을 이용해서 하급자를 성적으로 학대하는 짓을 하게 될 줄이야. 21세기 같았으면 당장에 사내 성희롱으로 붙잡혀 들어갔을 테지. 하지만 여기선 내가 무슨 짓을 하건 제동을 걸 사람

이 없다. 이 맛에 의자왕이 삼천궁녀를 들이고 진시황은 아방궁을 만든 건가. 나도 마음만 먹으면….

나도 모르게 머릿속에서 이제까지 생각해본 적 없는 망상이 구체화되기 시작했다. 게르만과 슬라브에서 가려 뽑은 금색, 검은색, 붉은색, 갈색머리의 미녀들에게 세일러복, 메이드복, 군복, 숙녀복, 교복, 승마복, 야회복, 발레복, 체조복, 수영복 등등을 입혀…. 아아, 이 세계에서는 히틀러라는 이름이 정치사에 확실히 남을 뿐 아니라 문화사에서도 비키니 수영복을 발명한 사람으로 남을 수 있겠군! 그리고 그 미녀들과 베르히테스가덴에서….

베르타의 부드러운 허벅지를 벤 채 이런 생각을 하고 있으려니 점점 내 안의 음란마귀가 눈을 뜨기 시작했다. 나는 슬며시 오른손을 들어올려 머리맡에서 바들거리며 떨고 있는 베르타의 엉덩이와 의자 사이로 찔러 넣었다.

"초, 총통! 이, 이러시면…!"

베르타는 마치 엉덩이 밑에 뜨거운 철판이라도 깔린 것처럼 소스라치게 놀라며 온몸을 움찔거렸다. 하지만 두툼한 친위대 제복 너머로 만져지는 것이긴 해도, 미녀의 부드러운 엉덩이에서 느껴지는 환상적인 감촉에 나는 온몸에 전류가 흐르는 듯했다. 나는 은근한 쾌감을 만끽하면서 나직한 목소리로 베르타를 억눌렀다.

"난 원래 누워 있을 때 베개를 만지작거리는 습관이 있다. 귀관은 지금 베개야! 베개답게, 가만히 있기 바란다."

내가 강하게 말하자 베르타는 낯빛이 창백해졌으면서도 더 이상 반항을 하지 못했다. 피할 엄두도 내지 못하고 바들바들 떨고 있는 엉덩이와 허벅지를 기분 좋게 주무르다 보니 욕심이 더 커졌다. 이제 슬슬

베르타의 치마를 들치고 허벅지 사이로 손을 넣어 볼까 하고 생각하는 참이었다.

"총통! 총통! 급보입니다! 들어가도 되겠습니까?"

…제기랄, 하필이면 바로 이때! 하지만 지배자가 듣기 싫은 소리라고 외면하기 시작하면 그것은 바로 망국의 징조라고 철학자 파울 폰 오베르슈타인도 말했다.

나는 나직하게 욕지거리를 내뱉으며 자리에서 일어난 다음 베르타에게도 일어나라고 손짓했다. 그리고 책상 앞에 앉아 표정을 가다듬은 후 요들에게 들어오라고 외쳤고, 문 밖에 있던 남자 비서가 문을 열어 줄 틈도 없이 직접 문을 박차고 들어온 요들이 그 끔찍한 소식을 내게 전했던 것이다. 영국군이 북아프리카에 상륙했다는.

2

"말도 안 되는 일이야! 도대체 영국군이 어디에 여유병력이 있어서 북아프리카에 병력을 보낸단 말인가? 이집트에서는 아르님이 이끄는 아프리카군단이 영국군을 붙들고 있고, 아시아에서는 일본군이 버마까지 휩쓸었는데! 게다가 프랑스에서는 롬멜이 영국 본토를 위협하고 있지 않은가!"

소리를 지른 다음 순간 갑자기 머리에 찬물을 뒤집어 쓴 것처럼 정신이 들었다. 미군! 그래! 원래 세계에서도 미군이 끼어들었기 때문에 토치(횃불) 작전이 가능했어. 혹시 여기에서도?

"참모장! 혹시 미군인가? 미군이 마침내 유럽의 전쟁에 뛰어든 건가? 선전포고도 없이?"

"아니, 아닙니다! 상륙군의 구성 문제에 대해서는 확실한 보고가 있었습니다. 10만에 달하는 영국군이 수송선 500척에 타고 카사블랑카, 오랑, 알제 세 항구로 들이닥쳤습니다. 드골의 자유프랑스군이 일부 포함된 것 같기는 한데, 숫자는 미미합니다. 수송선단에는 영국이 용선한 미국 국적의 수송선이 상당수 포함되어 있지만, 호송하는 전투함이나 상륙부대를 구성하는 병력은 모두 영국군이었습니다."

어처구니가 없어진 나는 얼굴을 싸쥔 채 책상에 주저앉았다. 그토록 역사와 다르게 진행되게 만들려고 했는데, 토치 작전이 실현되다니? 이제 아프리카군단은 양면에서 들이닥치는 적을 맞아 분쇄되고, 우리는 아프리카를 잃게 되는 건가? 그리고 그 다음 순서로 몰타, 시칠리아, 이탈리아를 잃게 되는 거야? 이건 너무 비참하잖아! 그토록 역사와 달라지게 하려고….

다음 순간 머릿속에 천둥이 쳤다. 그래, 난 역사와 다르게 군대를 움직였어. 아프리카 전선이 일거에 붕괴되지 않게 하려고, 아프리카군단이 이집트 국경까지만 진격하게 한 다음 진격을 멈췄다. 우리가 5개월이 넘게 이집트를 공격할 기미를 보이지 않았다는 사실은 곧…. 내가 미처 구체화하지 못한 그 한 마디가 요들의 입에서 나오고 있었다.

"리비아 전선이 교착 상태로 들어가면서, 보급 곤란 때문에 리비아에서 반격하기를 포기한 영국군이 새로운 전선을 열기 위해 새 공세를 벌인 것 같습니다. 저들은 우리가 이집트를 공격했다면 이집트에 투입했을 병력으로 프랑스령 북아프리카를 공격한 것으로 판단됩니다. 북서아프리카 방어 준비가 전혀 갖춰져 있지 않은 지금 상황에서는 북아프리카 주둔 프랑스군을 의지하는 수밖에 없습니다."

세상에 이런 나비효과가 다 있을 줄이야. 나는 그저 아프리카군단이 더 이상 병력과 물자를 빨아들이는 블랙홀이 되지 않도록, 전선을 안정화시킬 생각으로 이집트 공격을 금지했는데 그게 토치 작전을 가능하게 만드는 변수로 탈바꿈하다니. 나는 요들이 하는 말을 들으면서 그저 신음을 토하고 욕이나 퍼붓는 수밖에 없었다.

"제기랄, 제기랄, 제기랄! 그러고 보니 카사블랑카가 기습당하는 건 어쩔 수 없다고 치세. 하지만 오랑과 알제에 대한 공격은 왜 알아채지 못한 거지? 수송선과 전함 수백 척이 지브롤터를 통과하는데, 그걸 수상하게 여기지 않았단 말인가! 지브롤터와 북아프리카에 있는 우리 정보원들은 눈구멍 속에 뭘 넣고 있는 거야!"

"아프베어에서는 지중해로 들어온 선단이 영국군이 몰타를 탈환하려고 동원한 병력이라고 판단했습니다. 그래서 남부 전구를 통해 이탈리아군에 함대 출동 준비를 하라고 연락하고 시칠리아와 몰타에 항공대를 집결시켜놓고 대기하고 있었는데 그만 당했습니다."

"알겠다! 이탈리아에 있는 케셀링에게 비시 프랑스 당국과 교섭할 권한을 부여하겠으니, 프랑스인들과 협력해서 영국군을 저지하라는 명령을 내려라. 하지만 지금 당장 우리 병력을 프랑스령으로 보낼 필요는 아마 없을 것이다. 프랑스인들도 자기네 영토를 지킬 생각 정도는 있을 테지. 그리고 곧바로 최고전략회의를 소집하고, 이번에는 리벤트로프와 카나리스를 부르도록 하게."

"알겠습니다, 총통."

요들이 경례를 하고 나가자마자 나는 책상 위의 서류 뭉치를 거칠게 집어던졌다. 점심때지만 밥 생각도 나지 않았다. 욕지거리를 내뱉으며 방 안을 이리저리 걷고 있으려니 문득 베르타가 책상 옆에서 바짝 굳어있는 모습이 눈에 들어왔다. 좀처럼 보이지 않는 내 거친 행동에 놀란 모양이었다. 아아, 난 여부관들 앞에서는 진짜 히틀러랑 달리 히스테리 따위 좀처럼 부리지 않는 온화한 상전으로 코스프레를 하고 있었지, 참(…).

"귀관이 잘못한 것이 아니니 그렇게 긴장할 필요 없다. 잠시 혼자 있을 시간이 필요하니, 부관실로 잠시 돌아가 있도록 하게. 그리고 지금 여기서 있었던 일에 대해서는 입을 다물도록 하게. 내 측근으로서 최대의 조건은 입이 무거워야 한다는 것이야."

나는 표정을 풀고 온화한 목소리로 베르타를 달랬다. 아까와 전혀 다른 목소리를 들은 베르타가 잠시 멍한 표정을 짓는 것 같더니 갑자기 얼굴을 확 붉혔다.

"무, 물론입니다. 오늘 일은 누구에게도 말하지 않겠습니다. 소, 소관은 부관실에서 대기하다가 언제든 호출하시면 바로 대령하겠습니다."

얼굴이 마치 홍당무처럼 붉게 물든 베르타가 잠시 더듬거리는 목소리로 대답을 하더니 심호흡을 하면서 밖으로 나갔다. 재가 왜 저러나 하고 생각하던 나는 곧 이유를 깨달았다.

망할, 북아프리카 전선 현황에 대해 입 다물라고 한 건데 내가 지 몸에 손댄 걸 남들에게 말하지 말라는 걸로 오해했구먼. 저런 식으로 자기가 '총통의 여자'가 된 걸로 착각하기 시작하면 그것도 골치 아픈데…. 하긴 내 이미지 관리를 위해서도 떠벌리고 다녀서 좋을 건 없는 이야기다만.

그런데 베르타에 대한 생각을 하다 보니 갑자기 아까 실컷 주무른 부드럽고 늘씬한 엉덩이와 허벅지가 머릿속에 떠오르는 것이 아닌가. 나는 세차게 고개를 내저어 그것들을 뇌리에서 털어냈다. 에라, 모르겠다. 될 대로 되라지.

3

"되니츠 제독으로부터 한동안 적이 북대서양에서 호송선단을 움직이지 않는다는 보고가 들어온 바 있습니다. 우리 해군에서는 생나제르에 주류하고 있던 우리 주력함들이 주는 위협 때문에 호송 대책을 마련하느라 적이 선단 출항을 줄였다고 분석했습니다만, 그것이 아무래도 이번 작전을 위한 준비 때문이었던 모양입니다."

레더 원수가 침울한 표정으로 보고했다. 마땅히 적이 상륙하기 전에 막았어야 할 해군의 총수로서 책임감을 느낀 탓이겠지 아마.

"현재 외해 전대는 영국 공군이 11월 1일 밤 폭격기 400기를 동원한 대폭격을 가해 오는 바람에 항내에서 상당한 손상을 입고 수리중입니다. 격침된 배는 없으나 모든 배를 수리하는데 적어도 2개월이 필요하고, 당장 출격하여 적 상륙전단의 배후를 치는 것은 무리입니다."

"출격해 봤자 영국 함대가 칼을 갈며 우리가 나오기만 기다리고 있을 터, 맞대결에서 승산은 없다고 보아야 하지 않겠는가."

나는 이를 갈았다. 영국군이 생나제르를 폭격한 이유가 상륙작전을 방해받지 않으려는 의도임이 분명했기 때문이다. 그리고 생나제르 항구 바깥에는 영국 해군 잠수함들이 진을 치고, 카사블랑카 근해에는 강력한 영국 함대가 우리 함대가 바깥으로 나오기를 기다리고 있으리라. 그래도 회의를 시작하기 전에 잠시 혼자 있으면서 마음을 다스린 덕에 아까처럼 흥분한 상태는 아니었다.

"지금 프랑스군은 어쩌고 있지? 북아프리카 방어를 맡은 총책임자가 누구인가?"

분명히 듣긴 했지만 기억이 나질 않는다. 다행히 요들이 냉큼 답을 내놓았다.

"현재 북아프리카 주둔 프랑스군을 지휘해서 가장 치열하게 싸우고 있는 사람은 모로코 총독 샤를 누게스 장군입니다. 알제리 주둔군은 마스트 장군이 맡고 있습니다."

"그들은 어떤 자들인가? 페탱 원수에게 충성 서약은 했나?"

카나리스가 우울한 목소리로 대답했다.

"물론입니다. 누게스 장군은 1940년에 우리가 프랑스와 강화조약을 맺었을 때는 북아프리카에서 계속 항전하자고 주장했던 강경파였습니다만, 우리가 프랑스 식민지를 빼앗지 않고 해군 함대에도 손을 대지 않겠다고 약속하자 저항을 포기하고 강화조약에 따라 우리와 우호관계를 유지했습니다. 게다가 메르 엘 케비르 사건에 대해서도 잊지 않고 있습니다."

메르 엘 케비르 사건이란, 1940년에 6주간의 이른바 〈전격전〉에 패한 프랑스가 싸울 의지를 잃고 독일과 강화조약을 맺자 안달이 난 영국이 프랑스 해군이라도 계속 독일과 싸우게 하려다 일으킨 사건이다. 당시 프랑스 해군은 미국–영국–일본에 이어 세계 4위의 전력을 가지고 있었으므로 만약 프랑스 함대가 우리 편에 서게 된다면 영국은 해상에서의 우위를 잃고 위기에 빠질 수 있었다.

위기에 처하면 영국인들은 늘 단호하게 움직인다. 아주 단호하게, 영국군은 해외에 주둔중인 프랑스 함대를 일거에 습격하여 손에 넣었다. 영국 본토로 피해 있던 프랑스 함대는 모조리 나포되었고 일부 프랑스 수병들은 저항하다가 영국군에게 살해당했다. 알렉산드리아에 있던 함대는 연료를 뽑히고 함포의 주요 부품이 제거되어 무장해제를 당했다. 다른 지역에 있던 함선들도 비슷한 꼴을 당했지만 최악의 사태가 벌어진 곳이 바로 알제리의 오랑 근처에 있는 메르 엘 케비르 정박지였다.

메르 엘 케비르에는 프랑스가 보유한 최신예 전함 4척, 순양함 1척, 구축함 5척이 정박하고 있었다. 영국 해군은 이들을 포위한 뒤 함께 독일에 맞서서 싸우거나, 영국에 배를 넘기거나, 서인도제도에 있는 프랑스 식민지로 가서 중립국, 즉 미국으로부터 감시를 받으며 무장해제를 하든가, 이 자리에서 자침하든가 넷 중 하나를 선택하라고 했다. 이 중에서 하나를 선택하지 않는다면 "우리 마음대로 하겠다."는 통보가 맨 마지막 줄에 있었다.

프랑스 함대를 지휘하던 장술 제독은 당연히 네 가지 중 어느 것도 선택할 수 없었다. 필사적으로 협상을 시도하는 중에 영국군이 포화를 퍼붓기 시작했고, 전투 준비가 되어 있지 않던 프랑스 함대는 삽시간에 궤멸되었다. 전함 브르타뉴 호는 격침, 덩케르크와 프로방스는 대파되어 항구 안에 주저앉았고, 구축함 수척이 파괴되었다. 수병 1,300여 명이 목숨을 잃고 300명 이상의 부상자가 발생했다. 프랑스에게 있어서 바로 어제까지 동맹국이었던 영국군에게 당한 이 사건은 미국이 진주만 기습을 당했을 때 느낀 것과 별반 차이가 없을 정도의 큰 충격이었다.

"총통, 총통께서 프랑스인들을 만날 때마다 '메르 엘 케비르를 기억하시오!'라고 말하신 것을 잊으셨습니까? 페탱 원수와 라발 총리를 비롯한 비시 정부 고위 인사들, 그리고 북아프리카에 주둔하고 있는 프랑스군 장병 전원은 메르 엘 케비르에서 영국이 저지른 배신을 잊지 않고 있습니다. 프랑스군은 절대 영국군과 손을 잡지 않을 것입니다."

외무장관 리벤트로프는 자신 있게 주장했다. 나도 리벤트로프와 같은 생각이었다. 원래 세계에서 토치 작전이 성공할 수 있었던 이유는 미군이 참가한 것이 결정적이었는데, 이쪽 세계에서는 미국이 아직 참전하지 않았다. 영국군만 왔다면 자존심 강한 프랑스인들이 절대 협력할 리가 없었다. 아마 저 마스트인지 돛대인지 하는 녀석은 연합국에 협력했던 녀석으로 기억하는데, 그놈도 미군 없이 영국군만 온다면 호응하지 않을 거다. 그래도 혹시나 싶어 카나리스를 돌아보았다.

"누게스는 그렇다 치고, 마스트는 어떤 자인가?"

"별다른 특이사항은 보고된 바가 없습니다."

카나리스는 간단히 대답하고 입을 다물었다. 뭔가 미심쩍었지만 일단 그냥 넘어갔다.

"총통, 제게 영국군을 그대로 지중해에 처넣을 수 있는 묘안이 있습니다만."

뜬금없이 리벤트로프가 회심의 미소를 지으며 나섰다. 하지만 비시 프랑스 쪽에서 어떤 태도로 나오고 있는지 물어보려고 불렀을 뿐, 전략적인 의견 따위를 들을 생각은 없었던 리벤트로프가 필승의 전략이 있다고 하자 나는 기대보다는 어떤 개소리를 하려나 하는 의구심부터 들었다.

아니, 이 주류도매상 녀석이 남몰래 밀덕질이라도 하고 있었단 말인가? 저 녀석이 도대체 무슨 군사적인 지식이 있다고?

"툴롱에 있는 프랑스 함대를 출격시키는 겁니다. 지금 비시 정부와 우리 제3제국은 매우 우호적인 관계를 유지하고 있습니다. 비록 정식으로 추축동맹에 가입하지는 않았지만 동맹국이나 마찬가지지요. 그러니만큼 프랑스 함대로 하여금 영국군을 요격하게 해서 알제부터 구출하고, 오랑에 상륙하려는 적을 쳐부수면 북아프리카를 지킬 수 있습니다. 지브롤터를 통과하는 것은 무리지만, 설사 카사블랑카가 함락된다고 해도 영국군이 설마 프랑스군과 싸우면서 육로로 튀니스까지 오지는 못할 겁니다."

…개소리가 아니었다.

4

사실 메르 엘 케비르에 대한 기억과 영국에 대한 증오심만으로 프랑스군이 영국군을 상대로 그렇게 열심히 싸우지는 않을 것이다. 여기에는 리벤트로프가 '독일과 프랑스는 동맹관계나 마찬가지'라고 언명할 만큼 아주 관대한 대프랑스 유화정책이 배경으로 깔려 있었다.

다들 알겠지만 프랑스를 점령한 독일군은 실제 역사에서도 점령 초기에는 매우 신사적으로 행동했다. 여기에 너무도 급격한 패전으로 인한 충격 효과가 겹쳐 프랑스인들의 태도 역시 온순했다. 이로 인해 일부 불만분자들 외에는 모두가 평화로울 수 있었다. 하지만 패배한 프랑스인들이 품을 수밖에 없는 울분과 대독협력자들에 대한 분노, 고압적이고 경직된 독일의 점령정책으로 양측 사이의 관계는 점차 험악해졌다.

여기에 소련과 전쟁을 시작하면서 분위기가 전격적으로 바뀌었다. 소련과 독일이 동맹관계일 때는 '어떤 대가를 치르더라도 독일과 평화를 유지해야 한다'고 주창하던 공산주의자들이 손바닥 뒤집듯 태도를 바꿔서 점령군에 대한 테러를 시작했으니 말이다. 독일군은 민간인에 대한 대량보복으로 응수했고, 테러와 테러에 대한 독일군의 보복이 점차 확대되면서 프랑스인들의 반감이 커지고 레지스탕스가 확산된 것이다. 바로 이 에스컬레이션이 본격적으로 시작되는 시점에 "깨어난" 나로서는 이 증오의 악순환을 차단해 둘 필요가 있었다.

첫 단계로 이미 시작된 대규모 보복을 중단하고 무고한 인질에 대해서는 재판 후 석방시켰다. 테러 용의자가 확인된 경우 용의자의 가족을 프랑스 경찰이 구금하도록 조치하는 것까지는 용인했지만, 무고한 인질을 대량으로 잡는 행위는 금지시켰다.

다음 단계로는 내가 알고 있는 레지스탕스 요인들, 대표적으로 장 물랭을 비롯한 주요 지도자들이 본격적인 활동을 시작하기 전에 모조리 체포, 독일로 압송했다. 공산당 놈들만은 이미 잠적하여 활동하는 터라 쉽게 잡을 수 없었지만 감시할 만한 대상을 찍어 놓고 그 주위에 덫을 깔자 여럿이 걸려들었다. 여기에 소련의 주구 공산당의 파괴 공작에 대해 사실과 허위를 적절히 뒤섞은 선전을 하고, 프랑스 사회 기저에 깔려 있는 보수주의를 자극하는 선전활동을 강화했다.

프랑스인들의 민심을 좀 더 우리 쪽으로 끌어당긴 최종적인 조치는 1940년에 잡은 프랑스 포로들 중 아직 석방되지 않고 독일에 억류되어 있던 190만 명에 달하는 숫자의 포로들을 추가적인 조건 없이 모두 석방한다는 선언이었다. 이때가 1941년 10월이었으므로, 독일에 대한 체계적인 레지스탕스 활동은 아직 본격화되지 않고 있었다.

오매불망 돌아오기를 기다리던 아버지와 남편, 아들들이 집으로 돌아오자 독일에 대한 프랑스인들의 적대감은 확실히 더 줄어들었다. 물론 완전히 사라질 수는 없고, 전쟁이 끝났을 때 마땅히 풀어주었어야 할 포로들을 이제 와서 석방하는 정도로 프랑스인들의 증오가 다 사라질 거라는 기대는 나 역시 하지 않았다. 다만 프랑스 내에 있는 친독파가 독일에 대한 우호적인 태도를 드러낼 수 있는 구실을 만들어주고자 했을 뿐이다.

독일 내에서는 이 조치에 대한 반대가 많았다. 그동안 포로들은 여기저기의 공장이나 농장에서 강제노동에 투입되었는데, 이들 노동력이 사라지면서 당장 현장에서 일손이 부족해졌기 때문이다. 나는 이 문제를 해결하기 위해서 여성 노동력을 동원하고, 소비재 생산을 줄여 여기에 종사하던 인원을 군수생산으로 돌렸다. 내 세계의 역사에서 히틀러가 국민들이 불만을 품는 것을 저어해 44년에야 가서야 총동원체제를 본격적으로 가동했지만 그때도 아무 일 없었던 것을 생각하면, 조금 일찍 허리띠를 조인다고 해서 반발이 일어날 일은 없으리라 판단했다.

그리고 좋은 대우를 미끼로 해서 소련군 포로들 중에서 일할 의사가 있는 이들 백만 명을 독일의 공장과 농장으로 불러들였다. 일을 하겠다는 동기가 독일을 위해서든, 자신의 보다 나은 생존을 위해서든 그건 상관없었다. 열심히 일할 의사가 있는 자라면 얼마든지 환영이었다. 실제 역사에서라면 그냥 수용소에서 죽어서 썩어버렸을 이들을 살린 것이니, 뭐 서로 좋은 일 아닌가.

이렇게 했더니 노동력 충원에는 애를 먹었지만 군사적으로는 확실히 이득을 보았다. 포로 감시 및 레지스탕스 진압에 필요한 병력 소요가 줄었고, 덤으로 대소전선에서 싸우기 위해 무장친위대에 자원하는 프랑스인 의용병의 수가 늘었다. 덕분에 42년 여름 공세에 완전 편제된 프랑스인 사단 2개를 편성하여 투입할 수가 있었다! 〈샤를마뉴〉, 〈클로비스〉로 명명한 이 사단들은 남부집단군 예하에 편제되어 용맹을 떨쳤다.

그 외에도 1940년에 노획했던 프랑스군의 전차와 항공기 등 장비를 모두 비시 정부에 반환하고(사실 독일제 최신 장비에 비하면 성능이 떨어져서 큰 쓸모도 없다) 비시 정부가 아직 지배하고 있는 지역에 대한 방어

업무를 일임했다. 자유프랑스가 공격해오는 바람에 적도아프리카와 시리아는 이미 상실했지만, 그래도 본토와 북아프리카가 비시 정부의 손에 남아 있었다. 그리고 툴롱에서 꼼짝도 못해 썩어가고 있긴 했지만, 상당한 전력의 프랑스 해군도 아직 남아 있는 것이다.

5

자신의 제안을 듣고도 내가 망설이는 기색을 보이자 리벤트로프가 결정을 재촉했다.

"총통, 설사 프랑스 함대가 패한다고 쳐도 우리가 손해를 볼 것은 없지 않습니까? 어차피 우리는 강화조약에서 프랑스 함대를 건드리지 않겠다고 약속했고, 설사 그 약속을 무효화하고 프랑스 함대를 나포한다고 쳐도 프랑스 군함들을 운용할 능력도 없습니다. 레더 대제독, 그렇지 않습니까?"

잠시 침묵하고 있던 레더는 무겁게 고개를 끄덕였다.

"외무장관께서 하신 말씀이 맞습니다. 지금 우리 해군의 상황으로는 순양함 두어 척을 추가로 운용할 수 있는 정도의 승조원을 차출하기도 벅찹니다. 게다가 인원을 차출한다고 쳐도 낯선 구조인 프랑스 군함을 다루는 훈련도 시켜야 하니 그만큼 시간이 필요합니다. 프랑스인 승무원을 쓸 수 없다면, 프랑스 함대는 그저 고철일 뿐입니다. 기껏해야 잠수함 몇 척 정도나 인수가 가능합니다. 대형함을 그나마 운용하려면 이탈리아 해군에게나 넘겨야 할 겁니다."

전쟁 전 이탈리아 해군은 프랑스 해군과 거의 같은 규모였다. 게다가 개전 이후 상당히 많은 대형함을 손실했다. 당연히 승무원 숫자에 여유가 있다.

"들으셨지요? 총통, 프랑스 함대는 어차피 우리 손에 넣을 수 없는 신포도[1]입니다. 저들을 움직여 영국군과 싸우게 하는 방안이 프랑스 함대를 가장 효과적으로 활용하는 방법이라고 생각합니다."

결정을 내리기 전 나는 잠시 생각했다. 이 주류도매상 녀석은 의외로 쓸모 있는 아이디어를 내놓았지만, 문제는 프랑스 함대가 양날의 칼이라는 점이다. 그놈들이 우리 제안대로 순순히 영국군을 요격하러 간다면 좋겠지만 만약, 정말 만약 프랑스 함대가 영국군과 합세해서 적으로 돌아선다면? 실제 역사 속 히틀러는 그것을 두려워하여 툴롱에 있는 프랑스 함대를 나포하려고 했고 프랑스 해군은 모든 군함을 자침시키는 것으로 응수했다. 결국 아무도 프랑스 군함을 가질 수 없었다.

"외무장관. 괜찮은 방안이라는 점은 인정하겠네. 그런데 외교 업무에도 바쁜 그대가 그런 생각을 스스로 해낼 여유는 솔직히 없었을 것 같군. 그대에게 프랑스 함대를 출격시킨다는 구상을 알려준 사람이 누구인가?"

이런 구상이 리벤트로프 자신에게서 나왔을 리는 없다. 내가 조심스럽게 질문하자 이 정도면 자기 제안이 받아들여진 거나 다름없다고 생각한 듯 리벤트로프가 활짝 미소를 지었다.

"비시 정부의 프랑수아 다를랑 제독입니다. 북아프리카에서 장교로 복무하던 아들이 며칠 전 소아마비 발작을 일으키는 바람에 알제에 다녀왔는데, 현지에 있는 장병과 관리들 모두 영국에 대한 적개심을 불태우고 있는 것을 확인하고 왔다고 합니다. 베를린이 허락해 주기만

1 이솝우화에서, 먹음직스럽게 열린 포도를 먹으려면 여우가 울타리 때문에 얻지를 못하자 태도를 바꿔 '저 포도는 신 포도다'라고 말하고 떠났던 우화 참조.

한다면, 당장이라도 자기가 직접 툴롱에 있는 함대를 이끌고 출격해서 알제와 오랑을 공격하는 영국 함대를 박살내고 싶다고 제게 연락해 왔습니다."

다를랑…, 다를랑. 원래 역사에서는 연합군과 협상하여 북아프리카와 여기 주둔하고 있던 프랑스군을 넘겨준 사람이다. 그런 한편으로는 히틀러와 회담을 하게 되었을 때 프랑스가 새로운 유럽에서 지금보다 더 큰 몫을 할 수 있으니 역할을 맡겨 달라고 했었지. 나, '히틀러' 말고 나도 올해 초에 한 번 다를랑을 만났는데, 선입견을 가지고 본 탓인지 별로 믿을만한 인물로 보이지는 않았다.

으음, 하지만 다시 생각해 보면 실제 역사에 나오는 다를랑 역시 미군의 침공이 확실했기 때문에 연합군 편에 섰지, 영국은 좋아하지 않았다. 게다가 툴롱에서 외양요격함대를 직접 지휘하는 라보데 제독, 연안방위함대를 지휘하는 마르키 제독 역시 영국을 싫어했다. 그렇다면 한번 맡겨 봐도 되리라. 하지만 확인은 필요했다.

"레더 대제독, 프랑스 함대가 출격하면 확실히 영국군을 쳐부술 수 있다고 생각하시오?"

"가능합니다. 영국 함대는 지금 최소한 셋으로 나뉘어 있으며, 확인된 바에 따르면 셋 중 가장 강력한 함대는 우리 외양전대와 잠수함대의 공격을 대비해야 하는 카사블랑카 공격 함대입니다. 현재 들어온 정보에 따르면 알제 공격 함대는 단 한 척의 전함도 없이 소수의 순양함과 구축함뿐이라고 했으니, 툴롱 주둔 프랑스 함대가 출격하면 곧바로 궤멸될 겁니다. 적이 항공모함을 동원한다 해도, 알제리에 있는 프랑스 공군기들이 엄호할 수 있으니 괜찮습니다."

뭔가 아직 걸리는 것이 있었지만 딱히 의심할 만한 증거도 없었다.

어차피 독일군이나 이탈리아군으로 영국군의 상륙을 저지할 수도 없다. 나는 천천히 고개를 끄덕였다.

"좋소. 외무장관, 다를랑 제독에게 연락해서 출격을 승인하겠으니 영국군을 멋지게 무찌르라고 전하시오. 그렇게 되면 프랑스는 확실히 우리와 공동교전국이 될 테니, 거의 준동맹국의 위치에 오를 수 있을 거요. 우리 독일과 프랑스가 한층 더 높은 수준의 협력을 하게 된 것에 대해서 페탱 원수에게도 감사의 뜻을 전하도록 하시오."

"알겠습니다, 총통!"

자기 제안이 채택되다 기뻐서 어쩔 줄 몰라 하는 리벤트로프를 보고 있으려니 내 기분도 살짝 누그러졌다. 나는 미소를 지으며 질문을 던졌다.

"다를랑 제독은 언제쯤 출격할 예정이오?"

"전혀 출동 준비가 되어 있지 않은지라, 3일 정도는 준비 기간이 필요하다고 했습니다. 현지 수비대도 그 정도는 버틸 수 있을 테니, 염려하지 말라고 했습니다."

"3일이라…그럼 11월 11일이구려. 별로 마음에 들지 않는 날이군."

11월 11일은 1차 세계대전 휴전 협정이 체결된 날이다. 독일이 패배한 그 날은 프랑스에서 그동안 성대하게 축하해 온 승전 기념일이기도 했다. 게다가 실제 역사에서, 다를랑은 그 날 북아프리카 주둔 프랑스군에게 연합군과의 전투를 중단하라는 명령을 내렸다. 이쪽 세계에서도 역사의 톱니바퀴가 거의 저쪽 세계와 맞아 들어가는 것을 보면 혹시…?

아니다. 다를랑은 지금 북아프리카가 아니라 비시에 있고, 프랑스 해군은 확실히 영국을 증오하고 있다. 설사 다를랑이 영국에 항복한다 해도 순순히 그 뒤를 따르지는 않을 것이다. 게다가 원래 역사에서 툴롱 주둔 프랑스 함대가 자폭한 날은 27일이었잖은가. 아마 이쪽 세계에서 일이 터진다고 해도 그날 터질 것이다. 역사가 바뀌었으니 아마 영국 해군과 싸우다가 궤멸되거나, 아니면 패전한 뒤 나포당하지 않으려고 자폭하거나 하겠지.

뭐, 큰 탈은 없을 거야.

다를랑에게 출격 허가를 내린 뒤에도 처리할 일은 얼마든지 있었다. 동부전선에서는 본격적인 겨울이 닥치기 전에 카스피 해에 도달해야 했고, 리비아에서 반격의 기회를 노리던 영국군이 치고 나올 가능성에도 대비해야 했다. 그러면서 영국 본토에 타격을 줄 수 있는 새로운 작전도 수립해야 했다. 모기떼 작전은 놈들을 귀찮게 할 뿐, 정말 타격을 주지는 못하고 있으니까.

골치 아픈 갖가지 일들을 처리하기 위해 요들을 필두로 한 국방군 최고사령부 참모들을 거느리고 며칠 동안 계속 머리를 쥐어짜고 있는데 얼굴이 새파래진, 정말로 새파래진 리벤트로프가 회의실로 뛰어 들어왔다.

“무슨 일인가? 외무장관, 마치 집에 불이라도 난 사람 같군.”

“초⋯총통! 프랑스 함대가, 프랑스 함대가 적에게 넘어갔습니다!”

그 말을 듣는 순간, 나는 순간적으로 숨을 쉴 수가 없었다.

6

『영광스러운 프랑스 공화국 해군 장병들에게 고한다! 오늘은 어떤 날인가? 오늘은 바로, 24년 전 우리 아버지들이 야만적인 독일인들을 상대로 승리를 거두었던 바로 그 날이다! 영광의 날이다! 그런데 우리는 지금 이 날을 자랑스럽게 기념할 수 있는가? 축배를 나누며 환희를 느낄 수 있는가?

우리가 지나간 승리를 자랑스러워할 수 없는 것은 우리 조국 프랑스가 2년 전에 패전한 대가로 독일에게 지배받고 있기 때문이다. 하지만 우리는 적에게 정복당하지 않았다. 육군은 몰라도 우리 프랑스 해군은, 단 한 번도 독일에게 패하지 않았다. 단지 정부가 명령했기 때문에 강화조약을 준수하여 적과 평화를 유지했던 것이다.

군대는 무엇 때문에 존재하는가? 그것은 국가와 국민의 영광을 수호하기 위해서다. 그 영광을 지키기 위해서 지금 우리 프랑스군이 최우선으로 해야 하는 것은 빼앗긴 나라를 되찾는 것이다. 그러기 위해서는 일시적으로 영국인들과 손을 잡아야 한다. 영국인들은 메르 엘 케비르의 배반자들임을 어찌 내가 잊겠는가? 하지만 우리 영토를 강점하고 내놓지 않는, 그 뻔뻔하고 사악한 독일인들보다 영국인들이 악하겠는가? 일단 독일부터 몰아내자. 독일을 몰아낸 뒤에 영국 정부에 정식으로 메르 엘 케비르에 대한 사죄와 배상을 요구하자.

영국뿐만이 아니다. 소련도 독일과 싸우고 있고, 조만간 미국도 독일과 싸우기 위해 우리 편에 합류할 것이다. 나는 신뢰할 만한 미국 정부 관계자로부터 얼마 안 가서 미국이 히틀러를 타도하기 위한 전열에 우리와 함께 설 것이라는 확약을 받았다. 장래 미국과 영국과 소련이 유럽을 나치로부터 해방할 때 '프랑스인들, 그대들은 나치를 물리치기 위해 무엇을 했는가?'라고 묻는다면, 그대들은 어떻게 대답할 것인가? '우리는 아무 것도 하지 않았소. 독일과 강화를 맺었기 때문이오'라고 답할 것인가? 그렇다면 그들은 이렇게 물을 것이다. '그럼 독일인들은 강화를 맺고 프랑스 땅에서 떠났는가?' 그때 우리는 이렇게 대답할 수밖에 없을 것이다. '아니오, 독일인들은 강화조약을 맺고서도 우리 땅을 차지하고 우리를 지배했소. 우리는 감히 그들을 거스를 수 없었소'라고. 그런 대답을 받은 미국인과 영국인들은 이렇게 우리를 비웃을 것이다. '그건 프랑스가 독일의 노예였다는 뜻이로군'이라고.

그대들 중에는 우리가 독일을 적대한다고 선언하면 독일군이 가족에게 복수를 할 거라고 생각하고 걱정하는 이들도 있을 거다. 하지만 제아무리 잔악한 독일군이라 해도 무고한 여자와 아이들을 해치지는 않을 것이다. 설사 불상사가 발생한다 한들, 그것이 우리의 항거를 막지는 못한다. 조국을 위하여, 어느 정도의 희생은 불가피함을 잊지 마라.

용감한 프랑스 해군 장병들이여! 2년 전 우리는 국가를 위해 싸울 기회 자체를 타의에 의해 빼앗겼다. 하지만 지금 우리는 우리 스스로의 손으로 우리의 사랑하는 조국 프랑스를 위해 싸울 기회를 얻으려는 것이다. 우리는 절대 영국군에게 항복하는 것이 아니다. 영국인들의 초청을 받아, 전우로서 대독전선에 함께 서는 것이다. 영국인들이 북아프리카에 온 것도 우리 영토를 빼앗기 위해서가 아니라 이탈리아를, 독일을 쳐부수기 위해서임을 알아주기 바란다.

용감한 프랑스 해군 장병들이여, 메르 엘 케비르의 원한은 잠시 미루어두자! 우리 조국을 먼저 되찾자. 그리고 나서 시비를 따지자. 침략자 독일을 물리치는 것이야말로 우리가 가장 먼저 해야 할 일이다.』

비시 정부를 통해 입수한 다를랑의 연설문을 받아든 내 손은 내 의지와 반해서 부들부들 떨었다. 리벤트로프는 내 얼굴에 서린 노기를 차마 마주보지 못했다.

"어제 아침 출항한 다를랑이…사르디니아 근해를 벗어난 지점에서 무전으로 전 함대에 이 연설문을 낭독하고, 자신은 영국군에 합류하기로 결정했다고 통고했습니다. 당연히 반발하는 이들도 있었지만, 주요 함정에서 요직을 차지하고 있는 장교들이 죄다 다를랑의 직속 인맥이어서 모조리 제압되고 말았습니다. 게다가…."

"게다가?"

내 눈초리가 저절로 치켜 올라갔다. 임석해 있던 참모들은 입도 벙끗하지 못하고 나와 리벤트로프를 번갈아 바라보았다.

"다수의 함정에서 다를랑 지지파와 반대파가 다툼을 벌이느라 제대로 함대가 움직이지 못하는 사이, 영국 해군이 나타나 프랑스 함대를 포위해 버렸습니다. 일이 이렇게 되자 다를랑 반대파가 싸울 의지를 잃으면서 대부분의 함정이 영국 측으로 넘어가버렸습니다."

"제기랄!"

순간적으로 이성이 마비되었다. 다를랑, 개자식! 순전히 지 정치적 입지에만 관심이 있어서, 정치적 야심을 충족시키기 위해서라면 메르 엘 케비르의 원한 따위는 얼마든지 잊어버릴 수 있는 놈! 침략자 영국군과의 전투를 진두지휘하겠다면서 바다로 나간 주제에, 바다 위에서 연합군에 참가하겠다고 선언하다니! 한참 동안 혼자서 욕지거리를 퍼부어댄 나는 쓰러지듯 의자 위에 주저앉았다. 그리고 맥이 풀린 목소리로 되물었다.

"대부분이 적에게 넘어갔다는 말은, 돌아온 배들도 있다는 이야긴가?"

리벤트로프는 모기만한 목소리로 대답했다.

"그렇습니다. 페탱 원수 밑에서 해군 장관을 맡고 있는 가브리엘 아우팡이 알리기를, 순양함 2척과 구축함 5척이 탈출해서 돌아왔다고 합니다. 그러나 이 배들은 다를랑 파의 함선들 및 영국 해군의 포격으로 상당한 피해를 입었기 때문에 수리가 필요한 상태입니다. 그 외에 연안방위함대에 소속된 구축함 4척, 잠수함 4척, 무장상선 3척이 툴롱에 남아 있습니다."

"허, 허."

그저 웃음밖에 나오지 않았다. 전함 3척과 순양함 7척, 그 외 구축함과 잠수함, 보조함 등 70척 가까운 배가 일거에 영국군의 손에 들어갔다. 이제 프랑스 해군이 통째로 적의 손에 들어갔으니 지중해 서부 해역의 제해권은 그냥 영국이 차지했다고 보는 게 맞았다.

"총통! 당장 대책을 세워야 합니다. 모로코와 알제리에 남아서 영국군과 싸우고 있던 프랑스군은 이제 프랑스 본토와 완전히 단절되었고, 보급지원도 받을 수 없습니다. 케셀링 원수의 남부 전구가 가진 병력으로는 리비아에 있는 아르님 장군을 지원하기에도 부족하며, 알제리에 있는 프랑스군에게까지 보급을 해 줄 수 없습니다. 튀니지 정도라면 가능할 겁니다만."

요들은 역시 참모장답게 두뇌 회전이 빨랐다. 삽시간에 상황을 정리한 요들은 내 결단을 재촉했다.

"총통, 북아프리카 전선을 유지하려면 튀니지에 병력을 파견하여 현지 프랑스군과 함께 방어선을 구축해야 합니다. 다를랑은 분명히 함대를 손에 넣은 것으로 만족하지 않고 아프리카에 주둔한 프랑스 육군도 자기 손에 넣으려고 할 것입니다. 너무 늦지 않게 시칠리아에 있는 네링 장군에게 튀니지로 가서 영국군으로부터 튀니지를 지키라는 명령을 내려 주십시오. 자칫하면 튀니지까지 연합군 편으로 돌아서서 이탈리아령 리비아를 배후에서 공격하게 됩니다."

"리비아와 튀니지에서 양면전선을 유지하는 게 가능하긴 한가? 저들은 프랑스 해군까지 손에 넣었어. 알제리에 전진기지를 확보한 뒤에는 지중해를 통과하는 우리 해상로에 한층 더 격심하게 공격을 가해 오겠지. 우리가 두 개의 보급선을 원활하게 유지할 수 있을지 의문일세."

요들은 괴로운 표정을 지었다.

"이탈리아 해군은 전투의지가 부족한데다 연료가 심각할 정도로 부족합니다. 몰타 공략 때 함대 전력 전체를 움직이면서 연료 재고를 거의 다 써버린 탓에 연합군 함대가 쳐들어와도 영격이 불가능합니다. 적이 몰타 탈환에 나선다고 해도, 사실상 공군과 잠수함밖에는 동원할 수 없는 형편입니다. 군사적인 견지에서만 말씀드리자면, 즉시 아르님에게 튀니지까지 철수하라고 명령하는 편이 낫다고 생각합니다. 이럴 경우 이집트 주둔 영국군이 당장 치고 나올 것이므로 리비아는 당연히 잃게 될 것입니다. 이탈리아인들의 반발을 무시하고 그렇게 하시겠습니까?"

요들의 조언은 내가 생각한 바와 일치했다. 나는 이를 악물고 결단을 내렸다.

"맞다. 미군도 없이 영국군 단독으로 공격해 오기는 했지만, 알제리와 리비아에서 양면작전을 벌이면서 전선을 유지한다는 것은 불가능하다. 이제 프랑스 함대까지 저쪽에 붙었는데 이탈리아에서 리비아로 가는 보급선이 유지될 턱이 있겠는가. 그나마 보급선이 짧은 튀니지를 고수하면서 가능한 오래 버티는 수밖에 없다. 외무장관! 튀니지는 아직 비시 정부에 충성한다고 했나?"

"그렇습니다. 튀니지 지사와 주둔군 사령관은 아직까지 비시 정부에 충성을 바치면서 우리에게도 적극 협조하고 있습니다."

"그나마 다행이군. 알겠다. 그대는 그만 돌아가라."

"아, 알겠습니다. 총통."

리벤트로프가 허겁지겁 회의실을 나갔다. 다를랑 건으로 크게 혼쭐이 날 줄 알았을 텐데 별 말 없이 물러갈 수 있게 되어 다행이라고 여기는 듯했다. 뭐, 나로서는 딱히 리벤트로프를 나무랄 생각은 없었다. 다를랑 그놈이 의도적으로 리벤트로프를 속인 거지, 리벤트로프가 일부러 일을 그렇게 꾸민 건 아니지 않은가.

"그런데 총통, 안톤 작전 말입니다. 발령하시겠습니까?"

안톤 작전은 비시 정부가 통제하고 있는 프랑스 남동부, 이른바 '자유지역'을 독일군과 이탈리아군으로 점령하여 프랑스 전토를 완전히 독일의 수중에 넣는 작전의 암호명이다. 만약의 경우에 대비해 준비해 둔 계획이지만 지금까지는 실시할 생각이 없었다. 그런데 요들이 조심스럽게 꺼낸 말 때문에 눈앞에 닥친 고민이 되었다.

이제 비시 정부를 완벽하게 믿을 수 없게 되었음은 분명하다. 또 다른 다를랑이 어디서 나올지 모른다면, 과연 프랑스 본토 방어를 비시 정부에게 일부라도 맡길 수 있을 것인가? 비시 프랑스가 아직 지배하고 있는 자유지역을 점령하게 될 경우 프랑스는 마지막 자존심을 잃게 된다. 그렇게 된다면 친독적인 태도를 보이고 있는 프랑스인들도 격렬하게 반발하지 않을까? 그런 위험을 각오하고 안톤 작전을 발령해야 할 것인가?

"그건 아직 좀 생각해 보세…. 우리를 배반하려는 자가 얼마나 있을

지 아직 모르니까."

하지만 후에 생각해 보니 사실 이런 고민을 할 수 있었던 상황도 사치였다. 며칠 가지 않아서 동부전선에서 소련군의 대대적인 반격이 시작되었던 것이다.

10장
42년, 동부전선

1

소련군이 가해온 반격에 대해 이야기하기 전에 올 한해 동부전선 이 어떻게 진행되어왔는지부터 일단 설명을 해야 하겠지.

이미 언급을 했지만, 1941년 동계 전역은 내 노력에도 불구하고 진짜 히틀러가 얻은 결과와 거의 차이가 없는 선에서 전선이 안정되었다. 1942년 봄이 왔을 때 독일군이 차지하고 있는 소련 영토는 레닌그라드–데미얀스크–르제프–오렐–스탈리노를 잇는 선 서쪽에 해당했다. 이것도 이미 언급했지만, 그나마 병력 손실이라도 내가 살던 세계의 역사보다 적었던 게 정말 천만다행이다.

새 전쟁 시즌을 맞아 내가 내려야 했던 첫 번째 결정은 올해의 전략 목표를 무엇으로 잡아야 하는가 하는 문제였다. 중부집단군에 전력을 집중하여 작년에 함락시키지 못한 모스크바를 다시 노려야 하는가? 아니면 진짜 히틀러가 그랬듯이, 남부집단군에 공세 중점을 두어 우크라이나와 캅카스로 진격해야 하는가. 북부집단군은 레닌그라드를 점령하면 더 이상 전과를 확대할 곳이 없으니 아예 논외로 쳐야 하고 말이다.

물론 모스크바는 소련의 심장이다. 소비에트 사회주의 공화국 연방의 수도로서 전 세계 공산주의자들의 마음의 고향이고, 2억이 넘는 소련인이 우러르던 붉은 깃발이 휘날리고 있다. 많은 산업시설이 집중되어 있음은 물론이고, 소련의 모든 철도망이 모스크바를 중심으로 소련 각지로 뻗어나갈뿐더러 백해에서 발트 해, 흑해, 카스피 해까지 소련을 남북으로 연결하는 중요한 운하망이 모스크바를 지나고 있다. 모스크바를 점령하면 소련은 말 그대로 두 쪽이 나게 된다.

하지만 내가 아무리 생각을 해 보아도 올해 공세를 집중시킬 곳은 실제 역사에서 히틀러가 그랬듯 남부전선이 될 수밖에 없었다. 히틀러는 41년 전역이 실패하면서 단기전을 통한 승리가 불가능해졌기 때문에 독일은 장기전을 치를 각오를 해야 한다고 주장했다. 그리고 장기전을 치르기 위해서 우크라이나의 밀과 석탄, 캅카스의 석유를 확보해야 한다는 논리를 내세우면서 42년에도 모스크바를 공략해야 한다는 부하들의 의견을 억눌렀다. 하지만 나는 히틀러와는 조금 생각이 달랐다.

내가 모스크바 공략을 반대한 가장 큰 이유는 우리가 그렇게 할 거라고 소련이, 정확하게는 스탈린이 믿고 있기 때문이다. 정확한 규모는 지금 잘 모르겠지만 – 더구나 실제 역사와 달라졌을 가능성이 높으니까 – 소련군은 모스크바 정면에 대규모 예비전력을 집중시켜놓고 독일군이 모스크바를 공격하러 오기만 기다리고 있을 터이다.

그렇지 않아도 빠듯한 전력을 내가 왜 소련군 주력과 정면충돌시켜 날려먹어야 하는가? 독일군이 오지 않으리라고 생각하는 곳을 쳐야 아군이 손해를 덜 보면서 적에게는 큰 타격을 줄 수 있다. 게다가 모스크바를 공격하면 스탈린에 대한 충성심이 보다 강한 러시아 본토를 쳐야 하지만, 남부에서는 소련 체제를 증오하는 우크라이나와 캅카스가 주전장이 된다. 모스크바와 스탈린이 벌인 폭압통치에 시달리던 이 지역의 소수민족들은 독일군이 가까이 가면 기꺼이 독립의 기치를 들 것이다.

하지만 나는 진짜 히틀러가 그랬듯이, 석유를 얻기 위해 바쿠를 공격할 생각은 없었다. 몇 번을 말했지만 내가 원하는 것은 반공 러시아인 및 소수민족들을 봉기시켜 소련을 조각내는 것이었고, 그러자면 내가 석유를 얻는 것보다 소련이 석유를 얻지 못하게 하는 편이 낫다. 어차피 진짜 히틀러도 캅카스를 차지하여 석유를 확보하려고 그렇게나 노력했지만 결국 실패했다는 사실을 알고 있는 내 입장에서 바쿠는 별 매력도 없었다.

내가 수립한 작전에 따라, 남부집단군에서 북익을 맡은 B집단군은 돈 강을 따라 진격한다. 먼저 보로네시를 확보하고 다음 순서로 스탈린그라드를 함락시켜 볼가 강을 차단한다. 그리고 스탈린그라드를 함락시킨 뒤 4기갑군을 분리하여 볼가 강을 따라 동진시킨다.

남익을 맡은 A집단군은 마니히 강을 따라 진격하여 캅카스가 아닌 카스피해로 진군, 아스트라한을 점령한다. 하지만 남부집단군이 마음 놓고 진격하려면 우리 뒤에 남아있는 소련군 교두보를 완전히 제거해야 했다. 크림 반도에 있는 소련군 흑해 함대의 모항, 강력한 요새도시 세바스토폴에 주둔한 소련군 10만 명 말이다.

"발사!"

천지를 진동시키는 포성과 함께 구스타프 열차포가 토해낸 첫 번째 80cm 포탄이 하늘로 치솟았다. 귀를 막고 있던 250명의 운용요원들은 포탄이 포구를 떠나자 곧바로 개미떼처럼 달려들어 다음 포탄을 발사할 준비를 시작했다. 이 거대한 녀석은 덩치답게 포탄 한 발을 쏘는데 준비 시간이 매우 길었다. 최소 15분, 보통 20분이다.

"하긴 이런 놈들을 보통 야포 쏘듯이 쏘려면 강철로 된 포병과 우주 초합금으로 된 포신이 필요하겠지. 피와 살로 된 인간은 저놈이 내는 포성에 미쳐버리고 강철 포신은 쪼개져 터질 테니까 말이야."

세바스토폴 공략을 총지휘하고 있는 에리히 폰 만슈타인 상급대장은 다음 포탄을 발사할 때까지 걸리는 시간이 너무 긴 것을 송구해하며 쩔쩔매는 포병 지휘관에게 괜찮다는 듯 손을 저어 보였다.

"그리고 소리도 소리지만 저런 놈이 1분에 두 발씩 쏘아댄다면 그 포탄을 무슨 수로 감당하나? 게다가 너무 시끄러워서 내가 시찰하러 오지도 못할 거야. 하루에 두 발을 쏴도 좋으니, 꼭 필요할 때 필요한 만큼만 위력을 발휘해 주면 돼."

"알아주셔서 감사합니다."

세바스토폴 포위진에는 지금 네벨베르퍼를 포함해서 1,800문에 달하는 화포가 집중되어 있다. 만슈타인 자신도 가능한 많은 포를 긁어모았지만 총통이 레닌그라드를 포위하고 있는 북부집단군이 장비한 포들까지 일부 차출하여 세바스토폴 공략에 동원하라고 지시하면서 투입할 수 있는 포가 늘었다. 히틀러가 일부러 신경을 써서 보내 준 대포만 근 300여 문이었다.

"덕택에 요새를 좀 더 쉽게 깨부술 수 있어 다행이군."

케르치 반도에 상륙해서 후방을 교란하려던 소련군을 격파하느라 세바스토폴 공략이 늦어진 것을 아쉬워하던 만슈타인은 6월 2일부터 시작한 이번 총공세에 사활을 걸었다. 11군은 병력 손실을 줄이기 위해 충분한 포병전력이 집결할 때까지 시가지에 병력을 돌입시키지 않았다. 소련군이 요새 방어를 강화하는 중임을 뻔히 알면서도 공격하지 않는 건 좀이 쑤셨지만 총통의 명령이 워낙 확고하니 어쩔 수가 없었다.

– 독일의 아들들을 개죽음시켜서는 안 된다. 공세 준비가 완료될 때까지, 정찰 이상의 활동을 금지한다!

그리고 그 준비는 이제야 완료되었다. 공세 4일째, 독일 최대, 아니 세계 최대의 거포는 이제 첫 실전 투입을 맞아 거대한 용트림을 하고 있었다. 잠시 후 거대한 포구가 두 번째 불꽃을 토했다. 7톤의 중량을 자랑하는 철갑탄이 소련군의 '세바스토폴 요새'를 향해 창공을 가르며 사라져갔다. 마침 세바스토폴을 향해 날고 있던 슈투카 편대에서도 표적지가 된 해안포대에서 굉음과 함께 거대한 먼지구름이 이는 것을 볼 수 있었다.

2

– 멋진 포격인데요, 우리가 낼 수 없는 위력이군요.

"이봐, 헨첼! 저딴 거 부러워 할 필요 없어. 맞지도 않는데 세기만 하면 뭐하나? 우리가 떨어트리는 폭탄이 훨씬 더 정확하지."

– 맞아요, 루델 중위님. 우리가 더 정확하죠!

독일 내에서 잠시 보충대에 복무하다가 다시 전선으로 돌아온 슈투카 에이스, 한스 울리히 루델은 애기인 슈투카의 둔중한 조종간을 부드럽게 움직였다. 지금 루델이 조종하는 슈투카는 동체 중앙 파일런에 500kg짜리 철갑탄을 장착하고 있었다. 작년에 소련 전함 마라를 격침시켰을 때 쓴 1톤 폭탄보다는 약할지 몰라도 이것도 상당히 위력적인 폭탄이다

"곧 목표 상공에 도착한다. 대공포화가 꽤 맹렬한데?"

– 누가 그러더군요. 보기에는 아름답지만 죽음을 가져다주는 목화송이라고 말입니다.

루델 편대가 도착한 세바스토폴 상공은 소련군이 쏘아대는 대공포화로 인해 지면이 보이지 않을 정도였다. 루델은 아래쪽을 내려다보며 미소를 지었다.

"맹렬하게 퍼붓고 있긴 하지만 조준사격이 아냐. 그냥 맹목적인 탄막사격이다. 좌측을 보니 탄막이 엷은데, 저리로 내려가서 목표를 잡도록 하자!"

– 저야 중위님 가시는 대로 갈 뿐이지 말입니다?

"하하, 그런가? 편대! 강하 개시!"

조종간을 잡아채며 페달을 조작하자 루델의 슈투카는 왼쪽으로 기체를 기울이면서 급강하를 시작했다. 따라오던 11기의 다른 슈투카들도 각기 흩어져 목표를 향해 급강하했다. 목표는 소련군이 항구 방어를 위해 건설해 놓은 요새들 중 하나인 스탈린 요새. 각 슈투카가 요새의 어느 지점을 목표로 삼아 폭격할지는 출격 전에 이미 다 배분되어 있었다.

"헨첼! 세계에서 가장 빠른 썰매를 뒤로 타는 기분이 어떤가?"

– 궁금하시면 중위님이 한번 후방석에 타 보시는 건 어떻겠습니까?

조종은 제가 기꺼이 해드리겠습니다.[1]

쓸데없는 소리는 안 하는 루델이 오늘따라 자꾸 말장난을 걸었다. 헨첼이 지지 않고 대거리를 하자 루델도 웃었다.

"하하, 그것도 나쁘지 않겠지만 그렇게 하면 이 재미를 못 느낀단 말이야!"

어느새 슈투카는 폭탄 투하고도인 고도 1,000m까지 급강하하고 있었다. 귀가 째질 듯이 울리는 사이렌 소리를 들으면서 루델이 움직인 손가락이 폭탄 투하 방아쇠를 당겼다. 폭탄을 떨어트린 루델은 순간 가벼워진 조종간을 잽싸게 당겨 기체를 상승시켰다. 상승이 늦으면 저고도로 내려가 대공포화에 근거리에서 직접 노출되는 시간이 길어질뿐더러, 자칫하면 자신이 투하한 폭탄의 폭발 화염을 뒤집어쓸 수도 있다.

– 명중! 포탑이 박살났습니다!

"그래? 나도 확인해 볼까?"

포수 헨첼의 환성이 들리자 루델은 무사히 상승을 마친 기체를 천천히 오른쪽으로 선회시켰다. 과연 요새 한가운데, 목표인 거대한 장갑 포탑이 있던 장소에서 검은 연기가 피어오르는 것이 보였다.

– 여기는 5번기. 전기 피해 없이 이탈 확인.

"좋았어. 모두 기지로 복귀한다! 새 폭탄을 달고 다시 돌아오도록 하자."

– 야볼.

12기의 슈투카는 유유히 비행장을 향해 기수를 돌렸다. 거포와 폭

---

1 급강하폭격기인 슈투카에 타는 후방기관총수는 뒤를 보고 탄다. 다른 2인승 기들도 대부분 같다.

격기가 연달아 공격하여 폐허가 된 요새를 향해 진격할 보병들이 저 밑에서 다음 순서를 기다리고 있었다.

포병과 폭격기가 먼저 도시 전체를 폐허로 만들었다고는 하지만, 막상 독일군 보병이 진격을 시작하자 폐허 속에 진지를 구축한 소련군은 치열하게 저항했다. 그럼에도 만슈타인은 한 달 이내에 비교적 무난하게 세바스토폴을 장악할 수 있었다. 아군이 입은 손실은 사상자 약 2만 명. 그리고 루마니아군이 낸 손실이 약 1만이었다. 실제 역사에서 독일 11군이 2만 7천, 루마니아군이 8천 명 정도 손실을 냈던 것을 생각하면 맹렬한 포폭격에 더해서 루마니아군을 방패삼아 독일군이 입은 손해를 크게 줄인 셈이다.

7월 9일에 들어온 세바스토폴 함락 보고는 모두를 기쁘게 만들기에 충분했고, 나는 기꺼운 마음으로 만슈타인을 원수로 승진시켰다. 세바스토폴 함락은 1942년 하기공세가 성공적으로 진행될 것이라는 희망을 가질 수 있게 했다. 그리고 그 직후에 또 하나의 낭보가 들어왔다.

3

남부집단군이 세바스토폴을 공략하면서 캅카스를 향한 공세 준비를 진행하고 있을 때 북부집단군은 실제 역사에서 그랬듯이 레닌그라드 포위전을 계속했다. 아직 역사를 바꿀 만한 요인이 충분히 쌓이지는 않았는지, 소련군 역시 레닌그라드 포위를 뚫기 위해 내가 아는 역사와 똑같이 행동했다. 원래 역사 그대로 안드레이 블라소프가 지휘하는 제2충격군이 투입되어 돌파에 나선 것이다. 정확히 말하자면 제2충격군이 돌파 시도를 하다가 일차 저지된 뒤에 블라소프가 지휘권을 인

계받아 날아든 것이긴 하지만.

보고를 받은 나는 북부집단군에게 알아서 하라고 했고, 북부집단군 사령관 게오르크 폰 퀴흘러 상급대장은 제2충격군을 소택지로 몰아넣어 성공적으로 섬멸했다. 3월부터 6월까지 벌어진 이 전투로 소련군 7만 명이 전사하고 3만 명이 포로가 되었다. 퀴흘러는 이 승전에 대한 포상으로 만슈타인과 함께 원수로 진급했다. 하지만 북부집단군이 거둔 최고의 노획물은 바로 사령관인 안드레이 블라소프 중장이었다.

– 총통! 적 사령관 블라소프 중장을 붙잡았습니다. 지금 심문중이며, 심문을 마치는 대로 후송하여 본국에 있는 특별 포로수용소로 보내겠습니다.

"아니, 그럴 것 없다. 지금 당장 비행기를 보낼 테니 대기하고 있다가 비행기가 도착하는 대로 곧바로 내게 보내도록 하라."

세바스토폴이 함락된 사흘 뒤인 7월 12일, 퀴흘러로부터 블라소프를 잡았다는 보고가 들어왔다. 나는 즐거운 기분으로 동프로이센에 있는 총통지휘벙커, 볼프스샨체(늑대굴)에서 블라소프의 도착을 기다렸다. 블라소프야말로 소련을 산산조각 내려는 내 계획에 꼭 필요한 인재였기 때문이다.

"한때 소비에트의 장래를 책임질 위대한 군인으로 추앙받던 장군께서 이렇게 초라한 모습으로 내 눈앞에 나타날 거라고는 생각하지 못했소."

정말 생각하지 못했다. 내가 인터넷과 책에서 본 사진 속의 블라소프는 소련군복이든 독일군복이든 멋지게 손질해서 차려입고 있었으니까. 하지만 지금 내 눈앞에 있는 사나이의 얼굴에는 깎지 못한 수염이 무성하고, 표정은 우울하기 짝이 없었다. 포위망에 갇혀 있는 동안 한 번도 씻거나 옷을 갈아입지 못했는지 여기저기가 헤진 걸레 같은 군복을 걸친 채 냄새를 폴폴 풍겨대고 있었다. 거기다 그동안 제대로 먹지도 못했는지 190cm나 되는 장신이 비쩍 말라서 걷는 것도 힘겨워 보일 정도였다. 그나마 부상은 입지 않은 것 같고, 포로가 된 뒤에 식사를 했는지 당장 배고파 보이지는 않았다.

인사말을 건넨 뒤 뒷말을 잇지 못하는 내 당황한 기색을 보고 북부 집단군에서 블라소프를 데리고 온 호송장교가 난처한 듯 변명을 했다.

"죄송합니다, 총통. 중요인물이다 보니 일단 심문부터 하고 나서 개인정비를 시킬 생각이었는데, 급히 송환하게 되는 바람에…."

"아니, 됐다. 내가 너무 서두른 탓이지."

들으나 마나다. 당장 총통이 보낸 비행기가 온다고 하니까, 목욕이고 뭐고 비행장에 데려다 놓고 기다렸으리라. 하긴 갈아입을 옷을 주려고 해도 독일군 옷은 블라소프가 거부했겠지.

"총통, 잠시 회견을 미루시고…."

"아니, 먼저 이야기를 끝내야 해. 블라소프 장군은 내 계획에서 아주 중요한 인물이다."

수석부관 슈문트 대령이 내 표정을 살피며 블라소프를 일단 씻기겠다는 의사를 표현했지만 나는 완강히 거부했다. 그리고 악취를 참으며 블라소프 쪽으로 고개를 돌렸다.

"장군께서는 소비에트 체제에 대해서 생각하는 바가 많으실 거요. 나 역시 소비에트, 아니 러시아가 어떤 장래를 맞이해야 할지에 대해 생각이 많소. 지금 당장 이야기를 나누고 싶은데, 괜찮겠소?"

통역의 이야기를 듣고 잠시 침묵하던 블라소프가 무뚝뚝하게 입을 열었다.

"좋습니다."

작은 목소리였지만 분명한 독일어였다.

"그래서, 제게 반공 러시아군을 이끌라는 말씀이십니까?"

회견 장소는 원래대로라면 회의실이겠지만, 블라소프의 몸에서 풍기는 냄새가 하도 고약하여 벙커 근처에 있는 나무그늘 아래로 변경했다. 탁자 하나와 의자 두 개를 갖다놓아 우리 두 사람이 마주앉고, 옆에 작은 책상을 놓고 속기를 익힌 여비서에게 회견 내용을 기록하게 했다. 통역은 내 뒤에 서 있었다.

"그렇소. 장군께서는 불가능한 작전 목표를 요구하고, 달성하지 못하면 처형하는 스탈린 체제가 러시아 민중의 행복에 얼마나 공헌하고 있다고 보시오? 이건 구 제정보다 못한 게 아니오? 차르도 반역자를 스탈린만큼 탄압하지는 않았소."

블라소프는 아무 대답도 하지 않았다. 하긴 이제 막 포로가 된 직후이니 아직 생각이 정리되지 않았으리라. 나는 차분하게 설득을 계속했다.

"차르도 반역죄를 지은 사람을 시베리아에 유형보냈지만 그 시절의 유형지는 그래도 사람이 살 만한 곳이었소. 하지만 레닌과 스탈린이 만든 강제수용소가 어떤 곳인지, 장군께서도 알고 계시지 않소? 장군의 부친께서도 부농이라는 이유로 수용소에 끌려가신 뒤 살해당하셨다고 들었소. 늦었지만 애도를 표하는 바요."

아버지 이야기가 나오자 블라소프의 얼굴이 묘하게 변했다. 도대체 어디서 그런 개소리를 들었느냐는 의문이 명백히 드러난 블라소프의 표정을 보고 나도 조금 당황했지만[1], 일단 개의치 않고 준비해둔 이야기를 계속했다.

"장군의 부친뿐이 아니오. 수백만에 달하는 러시아, 우크라이나, 폴란드, 기타 각 지역에 살던 사람들이 저 조지아 출신 인간백정에게 자유와 생명을 빼앗겼소. 대관절 그 악당에게 무슨 권리가 있어서 그 많은 사람들을 학살할 수 있는 거요? 물론 우리 독일군이 소비에트를 침공하여 많은 사람을 죽게 한 것은 인정하오. 하지만 우리는 저 악마로부터 세계를 구원하고자 결단을 내린 거요. 러시아 영토에 대한 욕심 때문에 진군한 게 아니오."

이런 말을 하기는 솔직히 낯 뜨거웠지만 어쩔 수 없었다. 나는 화장수에 적신 손수건으로 얼굴을 닦는 척 하면서 표정을 숨겼다.

"만약 장군께서 우리 제안을 받아들여 스탈린을 타도하기 위한 전선에 우리와 같이 설 것을 승낙한다면, 우리 제3제국은 장군을 러시아 해방군을 이끄는 사령관이자 러시아 해방위원회 위원장으로서 대우할 생각이오. 스탈린의 손으로부터 러시아를 해방시키는 군사 및 정치 지도자로서 명실상부한 우리의 동맹이 되는 것이오."

블라소프는 얼굴을 숙인 채 아무 말도 하지 않았다. 나로서도 블라소프가 지금 이 자리에서 바로 제안을 받아들이리라고 생각진 않았다. 잠깐 내버려 두었더니 블라소프가 고개를 들고 물었다.

"만약 그 제안을 수락한다면 나는 어떤 군대를 지휘하게 됩니까?"

당연한 질문이니만큼 이 질문에 대한 답은 이미 준비되어 있었다.

"장군이 바로 며칠 전까지 거느렸던 제2충격군 소속 포로 3만 명이

1 국내 인터넷 일부에 블라소프의 아버지가 부농이라서 강제수용소로 보내졌다는 말이 있는데, 블라소프는 가난한 재단사의 13째이자 막내로 태어났다.

있지 않소? 그리고 우리는 작년 한 해 동안 소련군 포로 3백만 명을 잡았지만 그 중에서 장교 및 정치장교를 제외하고 사병 및 하사관은 모조리 석방했소. 석방된 포로들은 대부분 집으로 돌아갔지만, 고향이 아직 스탈린 치하에 있는 이들은 임시로 독일에 가서 노동자로 일하고 있는데 그 숫자가 수십만에 달하오. 그 포로들 중에서 볼셰비키들로부터 고향을 해방시키기 위해 싸울 의사가 있는 이들을 선발하고, 수용소에 있는 장교 포로들 중에서 동참할 이를 고른다면 몇 개 군단쯤은 너끈히 만들어낼 수 있을 거요."

물론 그 군단에는 스탈린에게 지시를 받는 정치장교가 없는 대신 독일군 고문관, 아니 연락장교가 감시 임무를 띠고 배치될 테지만 그런 이야기를 지금 할 필요는 없다. 대답을 듣고 골똘히 생각에 빠졌던 블라소프가 다시 고개를 들어 나와 눈을 마주치며 두 번째 질문을 했다.

"군대는 그렇다 치고, 정치적 지도자로서는 누구를 대표합니까?"

"우리 독일군이 이미 해방시킨, 그리고 앞으로 장군과 힘을 합쳐서 해방시킬 러시아 공화국의 전 인민이오. 보다 현실적으로 이야기하자면, 우리는 장군께 우리가 해방시킨 러시아 각 주의 지사와 시장을 임명할 권리까지 드릴 생각이오. 물론 그러한 대우에 대한 보답으로 스탈린과 볼셰비키들을 쓰러트리는 그날까지 우리 독일에 최선을 다해 협력하셔야 하겠지요."

블라소프는 깊이 심호흡을 했다. 하긴 이런 이야기를 곧바로 받아들이기는 힘들 것이다. 블라소프의 반응은 내 예상과 다르지 않았다.

"생각할 시간이 필요합니다."

"얼마든지. 이 근처에 숙소를 마련해드릴 테니 편안히 쉬면서 내 제안을 깊이 고려해 보시오. 러시아의 모든 인민을 위한 결단일 테니까."

블라소프가 부관 한 명에게 안내를 받아 떠나자 나는 그동안 참고 있던 숨을 한껏 내쉬었다. 아아, 습지에서 3개월 동안 썩은 사람의 냄새라는 거, 생각보다 독하구나.

하지만 블라소프가 실제 역사에서처럼 반공 러시아군을 조직하는 데 앞장선다면 적어도 20만에서 30만 정도의 병력은 충원할 수 있을 거다. 물론 한 전선을 몽땅 맡기지는 못하겠지만, 군단 단위로 편제해서 여기저기 땜질하는 용도 정도로는 쓸 수 있겠지. 물론 후방 치안 유지 임무도 맡길 수 있다. 러시아–우크라이나–벨로루시인 부대가 후방을 제대로 맡아준다면 독일군은 모조리 전선에 투입할 수 있다. 아, 얼마나 전쟁에 도움이 될 것인가.

다만 저놈들이 부대 단위로 배반해버릴 가능성이 있으니만치 확실히 믿을 수 있는 자들만 선발해야 하는데 그게 잘될지는 솔직히 모르겠다. 일단 편성하고 난 다음 감시를 철저히 하는 수밖에.

세바스토폴 함락 이후로도 한동안은 모든 일이 잘 되어갔다. 롬멜을 빼낸 리비아 전선은 평화로웠고, 대서양에서는 외해전대가 가끔씩 바다로 나가 영국 해군의 어그로를 끌면 유보트들이 신나는 사냥 축제를 벌였다. 모기떼들은 매일 밤 수백 발의 로켓을 영국 해안도시에 퍼부었다. 물론 영국 공군이 퍼붓는 전략폭격에 비하면 새 발의 피지만, 그래도 전혀 반격을 못 하는 것보다는 낫지 않은가.

낭보는 동부전선에서도 잇달았다. 먼저 두 달 동안 고민을 거듭하던 블라소프는 마침내 반공 러시아군을 편성하고 그 지휘관이 되는데 동의했다. 포로수용소에 있던 제2충격군 생존자들 중 블라소프를 따르기로 한 2만 명이 당장에 석방되어 블라소프 휘하에 다시 배치되었고,

독일 본토나 폴란드 또는 점령한 소련 영토에서 노동에 종사하고 있던 소련군 포로들 중에서도 지원자가 줄을 이었다. 이미 집에 간 포로들이 모집 공고를 보고 참가하기도 했다.

그리고 빨치산 문제도 비교적 잘 풀려나갔다. 개전 초기에는 실제 역사에서처럼 이쪽 세계에서도 소련군 패잔병이나 지역 공산주의자로 구성된 빨치산들이 독일군 수송부대를 습격하고 독일군에 협조한 소련인들을 처형하는 등 후방을 교란하고 있었다. 저쪽 세계에서 독일군은 학살과 공포로 빨치산을 소멸시키려다가 적만 늘리고 말았지만, 나는 그런 실수는 가능하면 피할 생각이었다. 개는 개로 잡아야지, 사람이 개처럼 싸울 수는 없는 것 아닌가.

"지당하신 말씀입니다. 우리 독일군으로서는 병력을 가능한 아껴야 합니다. 끝없이 밀려오는 소련군과 싸우기도 벅찬데 후방 안정화 작업에까지 투입할 자원은 없습니다."

"맞는 말이네, 참모총장."

요들은 우크라이나 민족주의자들로 구성된 우크라이나 저항군[1], 벨로루시 출신 독일 협력자들로 구성된 벨로루시 방위군[2]을 후방 안정화 작업에 주력으로 투입하고, 독일군은 일부 지원만 한다는 내 계획을 열성적으로 찬성했었다.

---

1 우크라이나 저항군(Українська Повстанська Армія, Ukrayins'ka Povstans'ka Armiya, UPA)은 독립을 도와줄 줄 알았던 독일에게 실망한 우크라이나 민족주의자들이 1942년 10월에 결성한 항독 군사조직이다. 독일군을 상대로 게릴라전을 펼치던 이들은 소련 지배로 다시 돌아가는 것 역시 원하지 않았기에 독일이 물러가자 소련을 상대로 계속 싸웠고, UPA의 소련에 맞선 무장투쟁은 1950년대까지 계속되었다.

2 벨로루시 방위군(Беларуская краёвая абарона, Bielaruskaja Krajovaja Abarona, BKA)은 벨로루시 중앙 의회가 형식상 관리한 독일의 괴뢰군이다. 동부전선에서 패색이 짙어진 독일이 보조병력으로 활용하기 위해 1944년에 벨로루시인들을 징집해서 편성하였으나, 이들의 충성심을 신뢰하지 못한 독일은 이들을 소련군과의 전투에 투입하지 않았다. 일부 부대는 서부전선으로 보내서 서방 연합군과의 전투에 투입했지만 나머지 병력은 소련군이 다가오자 모두 해산시켰다.

"이런 문제를 해결하는 능력에서는 현지 협력자가 외부에서 온 점령군보다 훨씬 낫다는 것이 역사적으로 입증되어 있습니다. 게다가 우리가 집단농장을 해체하고 토지를 분배해주었으므로, 지주와 농민들은 대다수가 독일에 대해 지극히 우호적인 입장이어서 민심도 많이 안정되어 있습니다. 현재 각 지역 사령부는 우리에게 협조하는 현지 인력으로 조직한 민병대를 동원하여 각 지역 내에 존재하는 빨치산 집단과 싸움을 벌이고 있으며, 민병대에 참가하고 있는 러시아인-우크라이나인-벨로루시인은 약 30만에 달합니다."

"빨치산의 수는 얼마나 되나?"

이번에는 카나리스가 대답했다. 전선에서의 정보 수집 역시 아프베어가 맡아서 하는 일이기 때문이다. 아프베어 관할에서 각종 특수작전을 담당했던 브란덴부르크 사단[1]에 우크라이나인 부대가 있지만, 이들은 임무 분야가 달라서 우크라이나 저항군과 직접 연결되지는 않았다.

"현재 빨치산 세력은 매우 위축되어 기껏해야 20만 정도밖에 되지 않을 것으로 판단됩니다. 지금과 같은 추세로 토벌이 계속된다면 곧 근절할 수 있을 것 같습니다. 현재 빨치산 소탕은 각 지역 민병대가 주력이 되고 필요에 따라 우크라이나 저항군과 벨로루시 방위군, 우리 국방군이 지원에 나서는 형태로 진행되고 있으며, 우크라이나 저항군

1 브란덴부르크 사단은 독일군이 편성한 특수전 부대다. 서유럽 침공과 소련 침공 시에 적군으로 위장하고 적 전선 후방에 침투하여 파괴 및 교란활동을 벌여 정규군이 진격하기 쉽도록 적을 혼란시켰다. 독일로 망명한 우크라이나 민족주의자 다수가 조국 해방을 위해 이 부대에 입대해서 소련군과 싸웠지만, 독일이 우크라이나 독립국 건설이라는 약속을 지키지 않으면서 갈수록 사기가 떨어진다. 전쟁 후반에는 대체적인 전투 양상이 방어전으로 흘러가면서 공세에 나설 때나 쓸모가 있는 이 사단의 특성이 무시되고 일반 보병부대로 전선에서 소모되었다. 숙련된 특수전 요원들은 이런 현실에 불만을 품었고, 많은 수가 새로 편성된 오토 슈코르체니의 무장친위대 특수부대로 옮겨갔다.

과 벨로루시 방위군은 각기 10만 명, 5만 명 정도 규모입니다. 계속 지원자를 받아 규모를 확대하고 있습니다."

나는 만족스럽게 고개를 끄덕였다. 이만하면 충분히 전쟁의 한 축을 저들에게 맡길 수 있다. 점령한 소련 영토에서 필요한 후방 치안유지 활동은 전부 이 슬라브인들에게 맡기고, 추축동맹군은 독일군, 루마니아군, 헝가리군까지 모두 전선으로 내보낼 수 있을 것 같다. 참, 하나 더 있지.

"발트 지역 국가들은?"

"발트 지방에서는 리투아니아 국방군, 에스토니아 국방군, 라트비아 국방군이 재창설되어 빨치산 소탕전을 벌이고 있습니다. 이들은 합쳐서 7만 정도 됩니다."

"좋아! 누구와 힘을 합치든, 스탈린만 쓰러트릴 수 있다면 상관없다. 우리가 소련과 전쟁을 시작했을 때 처칠이 스탈린 지지를 표하면서 그랬다지? '히틀러가 지옥에 쳐들어간다면 나는 악마를 지지하는 연설이라도 할 수 있다'고 그랬다면서?"

나는 요들과 카나리스를 보며 폭소를 터트렸다. 카나리스는 예전에 영국 정보기관과 간간이 연락하면서 나를 축출하기 위한 음모를 꾸몄지만 셸렌베르크를 시켜 감시한 바에 따르면 요즘은 확실히 접촉이 없다. 적어도 지금은 배반행위를 저지르지 않고 있는 것 같다. 일단 믿어보자.

"나도 상관없다! 유대-볼셰비즘의 본거지인 소비에트만 멸망시킬 수 있다면, 우크라이나 민족주의자건 차르의 잔당이건 누구든지 환영이다. 지금 진행하는 작전이 잘 이뤄지면 스탈린이 쓰러질 것은 분명하지 않은가? 곧 다가올 겨울을 잘 넘긴다면 말이지만."

"현재까지는 잘 진행되고 있습니다. 주공인 남부전선에서는 바익스 상급대장이 지휘하는 B집단군이 보로네시와 스탈린그라드를 모두 점령하고 북쪽에서 내려올 소련군을 막기 위한 방어태세를 굳히고 있습니다. 북부 및 중부집단군은 각자 자기 전면의 소련군을 붙들어놓는 임무를 매우 잘 수행했고, 덕택에 모스크바에 있던 소련군 전략예비대는 남부전선을 지원하지 못했습니다. 다만 리스트 원수가 이끄는 A집단군은 조금 걱정이 됩니다. 아직까지는 비교적 순조롭게 아스트라한을 향해 진격하고 있지만, 점점 길어지는 보급로 때문에 일선부대에 연료, 탄약, 식량과 같은 보급물자를 전달하기가 갈수록 더 힘들어 지고 있습니다. 특히 연료 부족으로 전진이 멈추는 날이 잦습니다."

요들의 입에서 나온 스탈린그라드라는 이름을 듣자 반사적으로 온몸에 오한이 들었다. 하지만 곧 이성이 돌아오면서 스탈린그라드가 내 세계에서처럼 악몽이 벌어지는 무대가 되지는 않을 거라는 믿음이 나를 안정시켰다. 나는 저쪽 세계의 파울루스가 연료 부족으로 스탈린그라드를 조기에 점령하지 못했었다는 사실을 기억하고 있었고, 그래서 A집단군에게 보내는 연료를 줄여서라도 제6군에게 충분한 연료가 가도록 조치했으니까 말이다.

진격을 멈추지 않은 파울루스는 소련군이 미처 방어태세를 갖추기도 전에 스탈린그라드에 들이닥쳤다. 제6군은 단 4일간의 시가전만으로, 농성할 준비가 전혀 되어 있지 않았던 소련군을 스탈린그라드 시가지에서 완전히 축출할 수 있었다. 7월 27일자로 스탈린그라드를 함락시킨 제6군은 예하 부대를 옆으로 펼쳐 볼가 강을 따라 방어선을 구축했다. 얼마 뒤 루마니아군이 도착하자 제6군의 좌우 측면을 루마니아군이 맡았다. 비록 장비와 훈련이 부족하긴 해도 루마니아군은 소련을 매우 싫어해서 잘 싸우는 편이었다.

"A집단군이 하루 멈추면 그만큼 아스트라한을 지키는 소련군이 방어태세를 강화하겠지. 연료 보급을 최우선으로 해서 진격이 멈추지 않도록 하게."

이미 캅카스에서 모스크바로 올라가는 철도는 차단했다. 볼가 강도 스탈린그라드에서 차단했다. 이제 A집단군이 아스트라한에 도달하여 카스피해 수로만 끊으면 캅카스에서 생산한 석유는 물론 영국과 미국이 이란 경로를 통해 소련에 제공하고 있는 렌드리스 물자까지 완전히 차단할 수 있다. 소련으로 들어가는 렌드리스 경로 중 북극해 루트는 노르웨이를 기지로 하는 독일 해공군의 위협을 받고 있어 매우 위험하고 태평양 루트는 비전투물자만 수송이 가능한 만큼, 가장 안전한 이란 루트를 끊으면 소련은 군수물자 조달에 치명타를 받을 것이다.

"예, 그래도 아직은 큰 문제는 없습니다."

이제 모든 것이 흡족했다. 블라소프가 풍기던 악취에 대한 기억도 사라졌고, 남은 고민이라고는 단지 괴벨스가 유대인과 슬라브족을 하루빨리 박멸해야 한다고 매일같이 떠들어대는 소리를 참아야 한다는 것밖에 없었다.

맑고 화창한 10월의 가을 하늘을 마음껏 만끽하던 이 가을날에 리벤트로프가 잔뜩 찌그러진 얼굴을 하고 나타났다. 그 입에서 나온 소식이야말로 1942년을 마무리하는 불행의 시초였다.

5

"외무장관, 무슨 일인가? 표정이 매우 좋지 못한데?"

"긴히 드릴 말씀이 있습니다. 미국 대사관에서 매우 중요한 보고가 들어왔습니다."

"무슨 보고인지는 모르지만 어디 들어 보도록 하겠네. 참모총장과 정보국장이 동석해도 상관없겠지?"

리벤트로프는 연신 이마의 땀을 닦으며 대답했다.

"무, 물론입니다."

나는 회의 중에 굳은 몸을 풀어줄 겸 팔다리를 쭉 펴면서 리벤트로프를 맞이했다. 한참 기분 좋은 이야기를 주고받은 끝이라 마음에 여유도 있었다.

"그래, 보고할 사항이 무엇인가?"

긴장을 푼 몸을 의자에 기대자 급히 달려온 베르타가 내 어깨를 주물렀다. 느긋한 내 태도와 달리 리벤트로프의 얼굴은 아직도 파랗게 질려 있었다. 의자를 당겨 요들과 마주보고 앉은 리벤트로프를 보자 나와 요들의 얼굴에는 도대체 무슨 소식이기에 그러나 하는 의아한 표정이 떠올랐다. 하지만 카나리스는 언제나 그렇듯 무표정했다.

"먼저 들어온 소식부터 말씀드리자면…미국이 주, 중립법[1]을 폐기해 버렸습니다."

"뭐라구?!"

미국이 그간 영국과 프랑스, 소련에게 정식으로 무기를 제공하지 못

---

1 미국 의회는 1929년, 35년, 36년, 37년에 연이어 현재 교전중인 국가나 단체에는 무기를 팔지도 차관을 주지도 않겠다는 내용의 중립법을 통과시켰다. 이 법은 어떤 전쟁에도 끼어들지 않겠다는 의지를 표현한 고립주의의 산물이었다. 이 법 때문에 에스파냐 내전에서 공화정부가 미국으로부터 무기를 구입할 수 없었고, 장개석이 이끄는 국민당은 일본과 '전쟁을 하고 있다'고 선포할 수가 없었다. 일본과 정식으로 교전 상태가 되면 미국으로부터 차관도 얻지 못하고 무기도 구입할 수 없기 때문이다.

하고 캐시 앤드 캐리니[1], 렌드리스[2]니 하는 편법으로만 간신히 제공하고 있었던 게 다 중립법 덕분이었는데, 그걸 폐기해 버렸다고?!

『전 세계가 악과 선으로 나뉘어 싸우고 있는 지금 이 순간, 우리가 중립법을 유지하는 것은 아무 의미가 없습니다. 지금 우리 자신부터가 한 악의 축과 싸우고 있습니다. 그렇다면 또 다른 악의 축과 싸우는 이들에게 도움을 줄 수 있는 수단을 가진 우리가, 왜 그것을 포기해야 하겠습니까?』

나는 리벤트로프가 가져온 루즈벨트의 의회 연설문을 읽다가 신음소리를 내면서 그대로 집어던졌다. 그리고 아무 말도 못 하고 있는 리벤트로프를 노려보았다.

"그래서, 이 법안 폐기에 따른 파급효과는?"

중립법이 폐기되었다는 이야기는 교전국에 대해 미국이 자유롭게 무기를 수출할 수 있게 되었다는 의미다. 중립법으로 따지면 독일은 미국과 전쟁을 하고 있지 않으므로 우리와 싸우고 있는 영국과 소련에 대해서 미국도 중립 의무를 준수해야 한다. 하지만 이젠….

"미국 의회가, 영국에 대해 60억 달러 어치의 차관을 1차로 제공한

---

1 Cash and Carry. 미국은 2차 세계대전이 발발하자 중립법을 완화하여, 어떤 국가든지 대금을 현금으로 지불하고 자국 선박으로 운송한다면 미국으로부터 무기를 구입할 수 있도록 했다. 이론상으로는 독일이나 이탈리아도 현금을 내고 미국으로부터 무기를 실어갈 수 있었지만 영국 해군이 대서양의 제해권을 잡고 있는 이상 현실적으로 불가능했다. 이는 실질적으로 영국과 프랑스를 위한 조치였다.

2 Lend Lease. 무기대여법이라고도 한다. "옆집에 불이 났는데 소방호스를 빌려주지 않으면 우리 집까지 불이 번질 것이다."라는 논리로 루즈벨트가 의회를 설득하여 이루어낸 조치로, 1941년 3월에 이 법이 통과되면서 중립법은 실질적으로 무력화되었다. 무기를 비롯한 각종 물자를 영국 등 연합국에 "빌려"주고 전쟁이 끝난 뒤에 돌려받는 것을 원칙으로 했으며, 전쟁이 길어지면서 현금자산이 바닥난 영국 정부의 간청으로 이루어졌다. 영국 외에도 소련, 중국 등 모든 연합국이 적용 대상이었고 영국은 이때 진 빚을 21세기까지 갚아야 했다.

다는 법안을 통과시켰습니다. 소련에게는 30억 달러, 중국에게는 10억 달러를 제공하기로 했습니다. 당장 현금을 제공하는 것은 아니고, 이미 통과된 렌드리스 법안에 따라 제공되는 물자의 대금을 차관에서 상계하는 형식으로 지불한다고 합니다."

나는 도저히 의자에 앉아 있을 수가 없었다. 벌떡 일어나 회의실 안을 걸으며 화를 삭이고 있으려니 카나리스가 음산한 목소리로 입을 열었다.

"전선에서는 이미 한참 전부터 미제와 영국제 물자로 무장한 소련군에 대한 보고가 계속 올라오고 있습니다. 러시아 본토의 인적자원이 본격적으로 동원되고 있는데다가 우랄 산맥에 자리를 잡은 소련 산업시설[1]들도 하나둘 설치를 마치고 재가동하기 시작한 바, 미국이 중립법을 폐기했다면 소련이 군사력을 재건하는 속도가 더 빨라질 것은 분명합니다."

카나리스의 말을 들은 나는 세차게 고개를 내저었다.

"아니, 아니! 잠시 진정하고 다시 생각해 보세. 미국은 이미 무기대여법으로 영국과 소련을 돕고 있었어. 그렇다면 중립법을 폐기했다고 해 봐야 명분 문제일 뿐이지, 실질적으로 달라질 것은 없지 않은가? 루즈벨트가 의회에서 우리를 〈악의 축〉이라고 불러 봐야, 그것만으로 우리에게 날아오는 폭탄을 두 배로 많아지게 할 수는 없지. 암, 암! 그건 됐어! 외무장관! 이건 그대가 생각한 것만큼 나쁜 소식은 아니야. 그런데 방금 전에 '먼저'라고 했지? 그럼 그 다음 안 좋은 소식은 뭔가!"

1 독일군이 진격하자 소련은 독일에게 빼앗기지 않기 위해서 가능한 한 모든 공장을 철거하여 기계류를 비롯한 설비를 노동자들과 함께 동쪽으로 피난시켰다. 심지어 제철소 용광로까지 뜯어서 옮겼으며, 이 공장들은 안전한 우랄 산맥 일대에서 다시 조립되어 42년 말부터 무기를 쏟아내기 시작했다.

내 노려보는 눈길을 받은 리벤트로프는 어깨를 움츠렸다.

"일본이…우리가 미국과 일본 사이의 전쟁에 개입하지 않듯 자기들도 독일과 소련 간에 벌어진 전쟁에서 엄정중립을 지키겠다며, 미국에서 소련으로 가는 민간선박에 대해 손을 대지 않겠다고 선언했습니다. 적성국인 미국 선박이 일본 영해에 들어오면 당연히 나포하겠지만, 소련-일본중립조약[1]에 따라 어떤 물자를 싣고 있건 소련 선박은 손대지 않겠다는 겁니다."

"뭐라고!"

리벤트로프의 보고를 듣는 순간 아까보다 더한 노기가 치밀어 올랐다. 저 쪽발이 새끼들이 내 꼬리자르기에 대해서 분명 뭔가 뒤끝 있는 행동을 할 가능성이 높다고 생각하긴 했지만, 이런 식으로 대놓고 엿을 먹이다니. 이럴 줄은 정말 몰랐다. 진짜 역사에서도 군수물자는 통과시키지 않았단 말이다!

"중립국으로서의 의무를 위배한 데 대한 항의문은 보냈나?"

"무시당했습니다. 도쿄 주재 대사관으로부터 보고가 들어온 즉시 대사를 통해 항의문을 넣었습니다만, 일본 외무대신은 아무 답도 하지 않았습니다."

"제길, 우리가 알아 봐야 자기네한테 앙갚음할 능력도 없다, 이건가!"

나는 분노하며 회의실 안을 이리저리 쏘다녔다.

"유보트로 북빙양 루트를 차단하고, A집단군이 캅카스 루트를 차

---

1 1941년 4월 13일, 소련 정부와 일본 정부가 상대방의 영토를 침범하지 않고 제3국과 전쟁을 할 때도 개입하지 않는다는 내용으로 체결한 조약. 유효기간은 5년이었고 이의를 제기하지 않으면 자동으로 연장되었다. 일본은 이를 핑계로 소련과 전쟁을 하지 않았고, 후에 독일이 완전히 붕괴되자 소련은 아직 기한이 남아있는데도 중립조약을 파기하고 일본을 공격한다.

단하더라도 태평양 루트를 통해 미국 물자가 극동으로 들어간다면 모든 것이 도로아미타불이야. 시베리아를 횡단하는데 시간이 좀 걸릴지 몰라도 결국 미국이 보낸 물자는 스탈린의 손에 쥐어지겠지. 안 돼, 안 돼!"

내 발에 걷어차인 의자가 방 저쪽으로 날아갔다. 정강이가 아플 법도 했지만 통증도 느껴지지 않았다. 나는 홱 하고 고개를 돌려 요들을 쳐다보았다.

"참모장, 미국에서 소련으로 가는 북태평양 항로를 차단할 수 있겠나? 습격함을 시켜서 기뢰라도 부설할까?"

요들은 고개를 가로저었다.

"불가능합니다. 잠수함도 습격함도 도저히 항속거리가 되지 않습니다. 일본 영토에서 재보급을 할 수 있다면 모르겠습니다만, 소련으로 가는 미국 군수물자를 통과시켜줄 정도로 독일에 대한 일본의 감정이 악화되어 있다면 우리 잠수함에게 보급품을 제공해 줄 턱이 없습니다. 설사 습격함으로 기뢰를 부설한다고 해도, 북태평양의 망망대해에서는 기뢰가 의미가 없습니다. 게다가 캐나다, 알래스카 등지에서 이륙한 미군 초계기가 계속 항로를 감시할 겁니다."

나는 그대로 의자에 주저앉아 머리를 감싸 쥐었다. 입에서 절로 욕지거리가 튀어나갔다.

"자손만대로 빌어 처먹을 쪽발이 놈들! 이 빌어먹을 원숭이새끼들은 우리가 미일전에서 중립을 선언한 데 대한 앙갚음으로 이러는 것이 분명하지 않은가!"

나는 부하들 앞이라는 것도 신경 쓰지 않고 마구 화를 냈다. 리벤트로프는 어쩔 줄 몰라 하고 요들은 난처해했지만 카나리스는 그저 무표정할 뿐이었다. 베르타? 이럴 때는 걔는 좀 잊자 좀(…). 나는 카나리스를 향해 눈길을 돌렸다.

"저주받을 원숭이 놈들! 제독, 제독이 생각하기에도 우리가 북태평양 루트를 차단할 방법이 없는가?"

"없습니다."

카나리스는 간단히 대답했다.

"이미 참모장이 보고한 대로입니다. 공격할 수 있는 수단이 전혀 없습니다. 미국 내 첩보망을 동원해서 파괴공작 같은 것을 하다가는 곧바로 요원들이 체포되고 미국이 선전포고를 할 겁니다. 비록 미군이 지금 태평양에서 고전중이긴 합니다만, 친영파와 친소파가 주도권을 잡고 있는 미국 정부는 여전히 우리에게 선전포고를 하고 싶어 합니다. 명분을 주지 않으시는 편이 좋다고 생각합니다."

카나리스의 말을 들은 나는 이를 악물고 신음을 내뱉었다.

"그래, 이 원숭이들이 무슨 심산으로 이런 짓을 벌였는지 바로 알 수 있겠어! 이 원숭이들은 우리와 똑같은 생각을 했던 거지. 미국의 방대한 생산력이 내가 아닌 다른 놈을 향하게 한다는 것 말이야! 일본에 있는 원숭이들은 소련에게 보다 많은 미국의 물자가 보내지게 함으로써 자기들의 코앞에 떨어지는 미군 포탄의 수를 줄이려고 한다, 이 말이렷다!"

내가 흥분해서 씩씩거리는데도 카나리스의 태도에는 변함이 없었다. 머쓱해진 나는 헛기침을 하며 의자에 앉았다. 그래, 앙갚음을 제대로 하려면 나부터 일단 냉정을 유지해야지.

"이대로 우리만 저 노란 원숭이들에게 골탕을 먹고 끝날 수는 없다. 놈들은 공개적으로 저지른 배신행위에 대한 대가를 톡톡히 치러야 할 것이다. 그대들은 각자 집무실로 돌아가서 업무를 살피면서 일본을 응징할 수 있는 방법을 생각하도록 하라."

"알겠습니다, 총통."

리벤트로프, 요들, 카나리스가 차례로 나가자 나는 그대로 의자 등받이에 몸을 기댔다. 그리고 이를 갈면서 생각했다. 돌대가리 쪽발이 새끼들, 쉬쉬거리면서 조용히 통과시켰으면 나도 한동안 몰랐을 텐데, 그걸 그렇게 동네방네에 선전을 해? 독일과 싸우는 데 사용할 군수품을 싣고 가도 막지 않겠다고?

몰랐으면 어쩔 수 없었겠지만, 알아챈 이상 그냥 넘길 수는 없다. 그래, 기왕 이렇게 된 거 너희도 한번 제대로 엿 먹어 봐라.

"크라프트 소위!"

"예, 총통!"

저만치 떨어져서 내가 부르기를 기다리고 있던 베르타가 급히 달려왔다. 나는 기댄 채로 지시를 내렸다.

"SD의 셸렌베르크를 불러라. 지금 당장."

"알겠습니다!"

"그러니까, 일본에 대한 군사정보를 미국 정부에 넘기라, 그 말씀이십니까?"

"그렇다."

내 지시를 받은 셸렌베르크가 괴링을 제거한 사실은 다들 기억하고 있을 것이다. 그것도 벌써 근 1년 전 일이군.

그 뒤로도 셸렌베르크는 내 직속 실행라인으로서 이런저런 임무를 담당하고 있었다. 내가 지휘계통을 넘어서 셸렌베르크를 직접 부리는

데 대해서 셸렌베르크의 직속상관인 라인하르트 하이드리히가 탐탁지 않아 하는 분위기가 보였지만, 하이드리히도 내 눈 밖에 나기는 싫었는지 딱히 훼방을 놓지는 않았다. 어차피 그놈도 폴란드 총독으로 일하느라 바빴다.

"하지만 총통, 비록 소련 공격을 돕지는 않았지만 아직까지 일본은 우리와 동맹관계를 유지하고 있습니다. 그런 일본에 해가 되는 정보를 미국에 넘겨도 되겠습니까?"

"상관없다! 그 원숭이들은 소련으로 가는 군수물자를 무제한으로 통과시키는데, 우리가 일방적인 손해만 봐야 하는가? 놈들은 자신들이 저지른 공개적인 배신에 대해 대가를 치르는 것이다."

잠시 의문을 표하던 셸렌베르크는 내 의도를 이해했는지 잠자코 있었다. 나는 곧바로 지시를 시작했다.

"귀관에게는 미국 본토에 연락선이 없지. 베를린 주재 미국대사관은 아직 철수하지 않았으니 미국대사관과 접촉해서 정보를 전달하라. 일본군의 편제, 장비, 계획, 전술상 습관, 수뇌부 인적정보 등 일본군에게 타격이 될 만한 사실은 모조리 전해. 그것이 놈들이 배신에 대해 치러야 할 대가다."

"하지만 저희 6국(SD)[1]에는 일본의 군사정보가 별로 없습니다."

"전달할 정보는 내가 주겠다. 주기적으로 내게 와서 정보를 받아가도록."

"아, 알겠습니다."

나는 셸렌베르크를 내보내 놓고 무엇부터 미국 측에 알려줄지 리스

---

1 셸렌베르크의 6국은 대외정보를 담당하고 있었고 6개 하위부서 중 C과가 소련과 일본을 담당하고 있기는 했다. 다만 일본보다는 아무래도 소련이 중심이고, 일본이 차지하는 비중은 낮았다.

트를 작성하기 시작했다. 오늘이 10월 13일이니까 태평양에서는 과달카날 전투가 아직 한참 진행되고 있을 것이다. 지금쯤 공고와 하루나가 쏘아대는 14인치 포탄이 헨더슨 비행장을 헤집어놓고 있겠지. 여기 대처하기 위한 정보가 긴요할 것이니 일단 제일 먼저 보내자.

미드웨이 해전은 내가 굳이 끼어들지 않아도 미국이 이길 것이기에 신경을 쓰지 않았지만, 과달카날은 내가 귀띔을 좀 해주면 미국이 좀 더 유리해질 것이다. 아, 쓰지 마사노부 그 개자식은 살아서 돌아갈 수 있었으면 좋겠구만. 그래야 일본이 두고두고 더 엿을 먹을 테니까.

당연히 미국에 대한 일본 측 정보 제공은 이번 한번으로 끝내지 않을 생각이다. 이대로 내가 알고 있는 일본에 대한 사실을 계속 알려줘서 제대로 엿을 먹게 만들어주마. 아주 그냥 작은 총통을 건드리면 어떻게 되는지 톡톡히 맛을 보여주지, 이 쪽발이들에게.

6

당연하다면 당연한 일이지만, 미국인들은 셸렌베르크가 전달한 일본군의 작전계획에 대한 정보를 믿지 않았다. 나는 조급해하지 않고 느긋하게 기다렸다. 내가 제공한 정보가 사실임을 미국인들이 깨달을 때까지.

미국대사관 소속 정보담당관이 미친 듯이 셸렌베르크와 접촉하려고 시도하기 시작한 것은 첫 만남이 있은 지 보름 가까이 지난 11월 초였다. 셸렌베르크가 넘긴 정보를 정보담당관의 상관들 중 하나가 유심히 읽어보긴 했고, 혹시나 하는 마음으로 보관해 두었다가 과달카날에서 확인된 사항들과 정확히 일치하는 것을 깨달았던 것이다. 당연히 셸렌베르크에게 더 많은 정보를 얻으려고 접촉해올 수밖에 없었다.

셸렌베르크에게 미국 측의 접촉 제안에 대한 보고를 받으면서 나는 정말 기분이 상쾌했다. 2차로 건네줄 정보를 알려줘서 내보낸 다음 느긋하게 휴식을 취하다가 베르타를 불러 안마를 지시했다. 그러다가 음란마귀가 동해서 잠시 엉뚱한 짓을 하는 참인데 허겁지겁 달려온 요들이 토치 작전이 개시되었다고 알렸던 것이다. 그리고 리벤트로프는 일본에게 보복하는데 자기가 아무 보탬도 되지 않은 것에 죄의식을 느꼈는지 다를랑과 개별접촉을 해서 그놈을 출격시킨다는 아이디어를 들고 왔다가 제3제국에 아주 그냥 제대로 엿을 먹였고 말이지.

다를랑 때문에 터진 화를 간신히 삭여가면서 각 전선을 챙기면서 하루하루를 보내는 참인데 며칠 안 가서 또다시 급보가 들어왔다.

"총통! 소련군이 대공세를 가해 왔습니다! 스탈린그라드가 포위되었습니다!"

"뭐라고?!"

보고를 받는 순간 머릿속에서 피가 거꾸로 솟았다. 하지만 하필이면 에바 브라운을 포함한 총통관저 거주자 대다수와 육해공군 최고 수뇌부를 불러 함께 저녁식사를 하는 만찬 자리였던 터라 드러내놓고 화를 낼 수가 없었다. 급히 일어선 요들이 연락장교의 손에서 전문을 잡아채는 것을 보면서 나는 잠시 고개를 숙이고 주먹을 쥐었다. 손톱이 손바닥을 파고들 정도가 되자 나는 표정을 풀고 자리에서 일어섰다. 앉아있던 이들 모두 굳은 얼굴로 나만 바라보고 있었다. 나는 어색하게 웃어보였다.

"괜찮으니 귀관들은 식사를 계속하도록. 다만 육해공군 총사령관 세 사람과 작전국장, 슈나이더 소위, 다섯 사람만 집무실로 따라오게."

다섯 사람을 거느리고 집무실로 가면서 나는 나 자신을 끝없이 꾸

짖었다. 아아, 42년 겨울이 되면 소련군이 동계 대공세를 실시할 거라는 사실은 이미 알고 있었잖아! 그리고 소련군이 스탈린그라드를 목표로 할 거라는 사실도! 그러면서 다른 데 정신이 팔려 대공세를 막기 위한 조치는 아무 것도 하지 않다니! 스탈린그라드를 철저히 요새화하는 작업도 해두지 않았을 텐데. 과연 시내에 비축해 둔 물자는 얼마나 될까? 그나마 진짜 히틀러처럼 이 시점에 베르히테스가덴[1]에 가 있지 않고 볼프스샨체에 있는 게 그나마 다행이다.

"자, 슈나이더 소위. 6군 관련 문서 다 찾아와. 그리고 작전국장, 현재 스탈린그라드 주변 상황은 어떻게 된 것이지? 포위당했다고?"

집무실에 들어오자마자 내 목소리가 높아졌다. 엘사는 3분도 되지 않아서 내가 필요한 서류들을 모조리 책상 위에 올려놓았다. 사무적인 일은 역시 엘사가 베르타보다 백만 배 낫다.

"스탈린그라드가 포위당했다는 연락장교의 보고는 흥분해서 전문을 서두만 잘못 읽은 것입니다. B집단군이 보낸 전문을 상세하게 살펴보니, 스탈린그라드에 있는 6군 사령부 좌우측면에 배치한 루마니아군이 돌파되었다는 내용일 뿐 스탈린그라드가 아직 포위된 것은 아닙니다. 하지만 소련군이 스탈린그라드를 포위할 의도를 가지고 있음은 명백합니다. 현재 6군 정면으로 소련군 1개 군이 전선 고착을 위한 공격을 가해오고 있고, 양측면의 루마니아군 전선에는 이미 각기 50km에 가까운 돌파구가 형성되었다는 보고입니다. 소련군 4개 군 이상이 그 돌파구로 쏟아져 들어오고 있습니다. 방치하면 이들은 스탈린그라드 일대에 방어진을 구축한 6군을 그대로 포위해버릴 것입니다."

---

1 알프스 자락에 위치한 바이에른 지방의 소도시. 히틀러의 별장인 독수리 둥지(Adlerhorst)가 있다. 이 별장은 전쟁이 끝난 뒤에 소유주가 바뀌었고, 현재는 레스토랑으로 사용되고 있다.

나는 요들의 보고를 받으면서 이를 악물었다. 그렇게 피하려고 했던 상황에 또 처하다니? 빌어먹을 역사의 복원력, 프랑스 함대를 날린 걸로는 부족한가? 육군 총사령관 레프 원수가 조언했다.

"총통, 6군을 철수시키는 게 나을 것 같습니다. 루마니아군이 돌파되면 스탈린그라드를 거점으로 하고 있는 6군 병력 9만 명이 그대로 포위됩니다. 제4기갑군은 A집단군을 지원하기 위해 볼가 강을 따라 동진 중이므로 6군을 지원할 수가 없습니다. 바익스 상급대장이 노력하긴 하겠지만, 6군은 사실상 혼자 힘으로 난관을 벗어나야 합니다."

그나마 원래 역사보다 나은 점이라면, 스탈린그라드 시내에서 소련군과 시가전을 치르지 않고 있으니까 대병력을 집어넣을 필요도 없었다는 점이었다. 스탈린그라드 일대를 방어하는 책임을 진 6군은 스탈린그라드 시내에는 말 그대로 일선 경계를 맡을 정도의 병력과 그에 맞는 규모의 지원부대만 배치했다. 나머지는 후방에 예비대로 배치되어 루마니아군 2개 군까지 후방에서 지원하도록 되어 있었다.

"참모장으로서 말씀드리지만 저도 지금 당장 6군을 철수시키는 편이 낫다고 생각합니다. 구축해 놓은 방어시설과 비축물자 상당량을 버려야 합니다만, 그렇게 하면 전선을 유지하면서 후퇴할 수 있습니다. 6군이 후방에 보유한 예비대로 루마니아군 전선에 형성된 돌파구를 잠시 막도록 하고, 그 사이에 스탈린그라드에 있는 2개 군단을 빼내야 합니다. 4기갑군이 아스트라한을 향하고 있는 지금, 스탈린그라드를 지켜내기에는 병력이 모자랍니다."

안다, 안단 말이다. 하지만 스탈린그라드를 포기하면, 그 다음은?

"아스트라한을 향하는 A집단군은 지금 어디까지 진군했지?"

"쿨쿠타라는 곳까지 진격했습니다. 아스트라한까지 80km 정도 남았습니다. 1주일 안에 아스트라한을 점령할 수 있을 겁니다."

나는 이를 악물었다. 뿌드득거리는 소리가 들렸는지 요들이 흠칫하는 모습이 보였다. 아아, 50대의 약한 치아를 이렇게 학대하면 안 되는데. 하지만 이따위를 후회하고 있을 틈이 없다.

"A집단군을 철수시킨다! 설사 A집단군과 4기갑군으로 아스트라한을 점령한다고 해도 스탈린그라드가 뚫리고 적이 그대로 후방을 차단한다면 아스트라한에서 물자도 없는 채로 그대로 고립되어버린다. 지금 아군에는 6군을 뒤에서 떠받쳐 줄 수 있는 병력이 없다. 그나마 가까이 있는 17군도 캅카스 전선에서 방어 태세에 들어가 있지 않은가!"

A집단군 소속인 17군은 진격하는 A집단군의 우측 방어를 맡아 캅카스에 있는 소련군이 남쪽에서 올라오지 못하게 막고 있었다. 스탈린그라드 전선을 돌파한 소련군 주력과 캅카스에 있던 소련군이 동시에 남북에서 협공을 가한다면 버텨낼 수 있을 리가 없다.

세바스토폴을 함락시킨 만슈타인 휘하의 11군이 출동 준비를 하고 있었다면 예비대로 쓸 수 있었으리라. 하지만 이 녀석들은 병력 일부를 남부집단군으로 차출하고 나머지는 크림 반도 수비 임무를 받아 방어태세에 들어가 있었기 때문에 지금 바로 투입할 수가 없었다. 그리고 진짜 히틀러처럼 보급도 못 받는 병사들을 러시아의 눈과 얼음 속으로 밀어 넣을 수는 없었다.

"조만간 또 겨울이 온다. 아스트라한으로 가는 철도도 없고 수송차량도 부족한데 보급이 끊어질 걸 뻔히 알면서 A집단군을 그대로 전진시킬 수는 없어! 게다가 양쪽에 있는 루마니아군이 이미 무너지고 있으니, 6군은 스탈린그라드 일대에 모여서 방어진지를 구축하고 적이 아군 전선을 완전히 돌파하는 것을 저지하라. 파울루스에게 최선을 다해 적을 막아내도록 하고, 6군이 시간을 버는 사이 A집단군을 철수시켜 전선을 재구축한다."

"스탈린그라드 시가지에 이미 들어가 있는 일부 병력도 아니고, 6군 전 병력을 일부러 포위되게 만든다는 말입니까?"

깜짝 놀란 레프 원수가 내게 결심을 바꿀 것을 종용했다.

"지금 6군에게는 질서 있게 후퇴할 기회가 있습니다. 루마니아 군이 그대로 무너진다고 해도 포위망이 완전히 형성되려면 사흘 이상 걸릴 겁니다. 더구나 후방에 있는 6군 예비대가 퇴로를 확보하고 있는 지금 후퇴하지 않으면 언제 후퇴합니까? 물자를 다 버리고 병력과 장비만이라도 빼내야 합니다."

"육군 총사령관! 지금 6군이 철수하면서 소련군을 끌고 들어오면, 치르 강 방어선은 제대로 구축하기도 전에 무너진다. 그렇게 되면 아스트라한으로 간 병력은 그대로 끝장이야! 6군이 스탈린그라드에서 적을 붙들고 있는 동안 11군, 17군에서 병력을 차출하고 루마니아군, 헝가리군을 재편성해서 치르 강 방어선을 구축한다. 그리고 아스트라한 방면에서 A집단군과 4기갑군이 돌아오면, 그 병력으로 포위를 깨고 6군을 구출하면 되지 않나!"

그러니까 쉽게 말하자면 파울루스랑 제6군이 스탈린그라드에 틀어박혀서 소련군 어그로를 끌면서 탱커 노릇을 해야 한단 말이지. 소련군도 20만 병력을 배후에 두고 진격하지는 못할 테니까, 치르 강 방어선을 구축할 시간은 벌 수 있다. 최악의 경우라도 6군 20만 명을 날리는 대신 백만 명이 넘는 A집단군을 구하는 거다.

"4기갑군을 이제 A집단군 예하로 편성하고, 가능한 빨리 철수하도록 해서 6군 구출에 투입한다. 11군과 17군에서 차출한 병력을 돈 집단군으로 명명하고, 만슈타인에게 지휘권을 주어 치르 강 방어선 구축 및 6군 구출 준비를 명한다. 알겠나!"

"알겠습니다."

지시를 내리고 나니 맥이 풀렸다. 과연 스탈린그라드 방어는 가망이 있을까? 점령한 지는 4개월 가까이 되었지만 설마 이쪽 세계에서도 소련군이 반격을 할까 싶어 요새화를 해놓지 않았고, 식량과 연료도 넉넉히 비축해 놓지 않았다. 6군이 보유하고 있는 물자는 고작해야 2주일 동안 버틸 수 있는 양이고, 그 이상 버티게 하려면 항공보급을 하는 수밖에 없다.

"공군 총사령관, 스탈린그라드를 작년 데미얀스크처럼 공수보급으로 유지한다면 매일 얼마나 많은 양을 보급할 수 있는가?"

"6군 병력을 유지하려면 하루 400톤의 물자는 필요할 겁니다만, 공군이 확실히 보급할 수 있는 양은 100톤 정도입니다. 날씨가 나빠지기 시작한데다가 수송기도, 승무원도 부족합니다. 게다가 소련 전투기와 대공포가 수송 작전을 방해할 겁니다."

밀히는 침울한 목소리로 대답했다. 하긴, 수송기들은 여기저기 전선마다 필요하다고 노래를 불러대니 당장 여기 충분한 수를 모을 수가 없다. 그래도 어쩔 수 없었다.

"200톤만 매일 성공시켜주게! 6군이 이미 가지고 있는 재고물자도 있으니까, 매일 그만큼만 보급해주면 한 달 정도는 버틸 수 있을 거고 한 달 뒤에는 A집단군이 복귀해서 6군을 구출할 거야. 공군이 분투하기를 기대하겠네."

진짜 히틀러가 괴링에게 600톤을 요구한 걸 생각하면, 200톤 정도는 무리가 아니다. 밀히는 아무 말 없이 고개를 숙였다. 갑자기 불안감이 엄습했다. 으으, 설마 나도 진짜 히틀러처럼 스탈린그라드와 6군을 잃게 되는 건 아니겠지?

나는 입술을 꽉 깨물었다. 6군을 스탈린그라드에 고립시키면 6군을 잃을지도 모르지만, A집단군은 확실히 구할 수 있다. 그리고 A집단군을 구하면 6군도 구할 수 있을 것이다. 도박이지만 해보는 수밖에 없다. 소련군이 중부 및 북부에서 붙잡혀 있을 거라고 속편하게 생각하고 공세를 예상하지 못한 시점에서 이미 망조가 들기 시작한 거니까.

아아, 나는 1943년의 새날을 밝은 기분으로 맞이할 수 있을까?

외전 2 사보이아!

1

"어, 덥다."

2중대 1소대장 카스톨디 중위가 그늘에 앉은 채 맥없이 내뱉었다. 남국인 고향 이탈리아에 비해서도 더웠다. 이 우크라이나 땅은 마치 초열지옥 같았다. 해가 질 때가 되어 가는데도 더웠다. 눈앞에 있는 볼가 강이 아니었다면 모두 미쳐 버렸을 것이다.

"중대장님, 여긴 우크라이나입니다. 뭘 그리 덥다고 호들갑이십니까?"

소대 선임하사관인 마리오 알디니 중사가 웃으며 말을 건넸다. 카스톨디 중위의 기억이 정확하다면, 중사는 남부인 칼라브리아 출신이었다.

"자네 고향은 남쪽이라 이 더위가 낯설지 않을지도 모르지. 하지만 포 강 유역은 여기처럼 덥지 않단 말일세!"

지금은 8월. 우크라이나에서는 작열하는 태양이 장병들의 머리를 뜨겁게 달궜다. 이 더위 속에서 이탈리아군 러시아 원정사단 소속 제3 기병연대 〈사보이아〉는 스탈린그라드를 점령한 독일 제6군의 측면 엄호를 맡아 볼가강변에 주둔한 채 무료한 나날을 보내고 있었다.

"오늘이 8월 23일이니, 여기 도착한지 근 열흘이군요. 아스트라한으로 가는 기갑군 선두는 지금 어디까지 갔다고 합니까?"

"몰라. 관심도 없고. 본국으로 복귀한 놈들이 부러울 뿐이야."

두체[1]는 원래 1개 군단을 러시아에 파견했다. 하지만 작년 동계 전역을 치르고 난 뒤 독일 정부는 이탈리아군을 1개 사단만 남기고 모조리 본국으로 돌려보냈다. 그건 괜찮다. 그런데 왜 하필 우리 연대를 남겼느냐는 말이다!

"제기랄, 더워 죽겠군."

"하지만 중위님, 우리는 사보이아 기병연대입니다. 이정도 더위야 견딜 수 있지 않습니까?"

사보이아 기병연대. 이 부대는 매년 900명의 지원병을 받아 그중 30%만을 합격시키는 이탈리아 육군 최정예 기병대다. 사보이 왕가의 이름을 부여받은 만큼 구성원의 명예심과 전투 의지는 최강이었다. 다만 홀로 이 우크라이나 평원에 버려져 있는 처지가 짜증날 뿐.

"소련군은 나타나지 않고, 우군은 진격중이고, 보급도 그럭저럭 유지됩니다. 근처에 여자가 없는 문제만 빼면 그럭저럭 양호한 상황 아닌가 합니다."

"그렇긴 하지. 이대로 여유롭게 지내다가 귀향할 수 있다면 좋겠는데…."

---

1 Duce. 이탈리아어로 '영도자'를 뜻한다. 무솔리니를 가리키는 칭호로 쓰였다.

중위가 말을 채 끝내기도 전에 요란한 기관총 소리와 폭음이 울렸다. 순간적으로 땅에 엎드린 두 사람은 잽싸게 주변을 살폈다.

"틀림없어! 소련군 중기관총과 76mm 야포 포성이야!"

"이 주변은 아닙니다."

근처에 개인호를 파고 경계 중이던 병사들도 총을 잡았지만 눈앞에 적은 없었다. 요란한 총성과 포성은 동쪽, 루마니아군 1개 대대가 맡고 있는 방면에서 들려오고 있었다.

2

연대본부는 울려대는 전화와 참모장교들의 고함, 연락병의 발소리로 시끄러웠다. 연대장이자 1920년에 사보이아 기병연대에 부임한 이래 단 한 번도 연대를 떠나지 않았던 알레산드로 베토니 백작은 미간을 찌푸렸다.

"멍청한 루마니아 놈들! 그걸 제대로 경계를 못 해서 백주 대낮에 도하를 허용해?"

일몰이 시작된 직후에 소련군 시베리아 연대가 포병 지원을 받으며 볼가 강을 도하했다. 스탈린그라드가 함락되고 A집단군이 아스트라한을 향해 달리는 이 시점에 적이 이쪽 방면에서 반격을 가해오리라고 생각도 하지 않고 있던 루마니아군 1개 대대는 그대로 패주했다. 그 우측에 있던 대대도 마찬가지인 모양이었다. 연락이 되지 않았다.

강을 건너 루마니아군을 격퇴한 소련군은 신속하게 참호를 파고 기관총을 설치하며 진지를 구축했다. 아직은 방어태세를 취하느라 움직이지 않고 있지만, 그 시간은 길지 않으리라. 놈들은 교두보 우측방의 안전을 위해서 분명히 이쪽으로 공세를 펼칠 것이다.

"소련군 1개 연대가 만든 교두보는 하루가 지나면 사단이 되고 또 하루가 지나면 군단이 된다. 놈들은 여기서 돌파구를 형성해서 아스트라한으로 달려가는 독일군을 후방에서 차단할 셈이야. 어떻게든 저 교두보를 없애야 한다."

"하지만 연대장님. 지금 우리에게는 충분한 전력이 없습니다. 사단 사령부에 지금 전문을 보내기는 했습니다만, 집단군 소속 기동전력이 대부분 아스트라한 진격에 배치된 사실은 아시지 않습니까. 지원부대가 오려면 이틀은 걸릴 겁니다."

깊게 한숨을 쉰 베토니 백작이 옆에 서 있는 독일 공군 소령을 향해 고개를 돌렸다. 만약을 위해 루프트바페에서 파견을 나온 연락장교였다.

"피셔 소령, 독일 공군은 사정이 어떻소? 지원해 줄 수 있겠소?"

"유감입니다만 백작님, 저희 항공군도 A집단군을 지원하느라 여력이 없습니다. 오기는 하겠지만, 항공전력만으로 교두보를 완전히 제압할 정도는 안 될 겁니다."

어느 편에서도 희망적인 정보는 없었다. 부연대장 주세페 카씨안드라 중령은 들어온 정보를 일단 모두 취합했다. 파악한 바에 따르면 인접해 있던 루마니아군 대대를 몰아낸 소련군은 약 1,000명. 상대하기 어려운 숫자는 아니지만 그게 전부가 아니라는 점이 문제였다.

해가 지기 전에 간신히 도착한 독일군 정찰기에서 알려준 바로는 강 건너에서 추가 도하를 준비하고 있는 대규모 적 병력이 있었다. 강변에 있는 주정의 수효로 볼 때 내일 해가 뜨기 전에만 해도 적어도 2,000명 정도는 더 건너올 것으로 보였다.

"루마니아 놈들이 지원 요청은 했다고 하니 곧 포격이 시작될 겁니다만, 도하를 막는 데는 큰 도움이 안 될 겁니다. 지금 바로 놈들을 막는데 동원할 수 있는 전력은 우리 연대원 700명뿐입니다. 치려면 놈들이 교두보를 더 강화하기 전에 쳐야 합니다."

"이미 해가 거의 떨어졌습니다. 야간에 전투를 벌일 순 없습니다. 내일 새벽에 치지요."

지금 당장 치고 나가자는 부연대장의 의견에 반대하고 나선 사람은 2중대장 프란체스코 사베리오 데 레온 대위였다. 2중대는 정예인 사보이아 연대 내에서도 최정예로, 기마술과 사격술 등 모든 역량이 가장 우수했다. 그 2중대를 만들어낸 사람이 데 레온 대위였다.

"2중대장, 기다리는 사이 놈들이 먼저 우리 진지를 공격해 온다면 어쩔 셈인가?"

"연대장님, 놈들 역시 야간전에는 부담을 느끼고 있을 겁니다. 더구나 놈들은 대규모 반격을 위해 교두보를 확보하고자 도하한 만큼, 충분한 병력이 모이기 전에는 공세를 취하지 않을 겁니다. 적어도 내일 아침까지는 말입니다."

데 레온 대위의 말이 끝나기가 무섭게 소련군이 쏜 포탄이 연대본부를 향해 날아들었다. 파편과 폭풍이 몰아치면서 연대본부는 순식간에 아수라장이 되었다.

"뭐야! 무슨 일인가!"

먼지투성이가 된 연대장이 땅바닥에서 일어났다. 연대장이 입고 있는 코트에는 파편이 뚫고 나간 자리가 여러 군데 나 있었다. 하지만 변덕스러운 행운의 여신 포르투나가 지켜주었는지 몸에는 상처 하나 나지 않았다.

"강 건너에 있는 적 포병이 제압사격을 시도한 것 같습니다."

"제기랄! 피해를 보고해!"

어두워서인지 소련군은 금방 사격을 멈췄다. 아마 놈들은 여기가 연대본부인 줄도 몰랐을 테고, 무턱대고 아무 곳이나 겨냥해서 갈겨댄 게 분명했다. 아마 이쪽에 있는 병력도 루마니아군이라고 여기고, 포탄 몇 발이면 도주하리라고 생각한 모양이었다.

어쨌든 덕분에 부상자 치료를 비롯한 피해수습이 빠르게 이루어질 수 있었다. 연대 군의관이 달려와 부동자세로 보고했다.

"부연대장께서 다리에 부상을 입었습니다. 중상이라 움직이면 위험합니다."

"연대본부에서 입은 다른 피해는 없나?"

"렌쪼 아라곤 대위가 무릎을 다쳤습니다. 그 외에 본부요원 중 중상자는 없고, 경상자만 약간 발생했습니다."

"각 중대가 입은 손실은?"

"집계해야 합니다만, 대부분이 경계태세로 분산되어 있었으니 별 피해는 입지 않았으리라고 판단됩니다."

"알았다."

이번 포격으로 연대가 입은 손실은 미미하다. 하지만 병력 및 화력에서의 열세는 분명했다. 소련군도 그 점은 분명히 파악했을 테고, 오늘은 도하거점을 확보하기 위해 자제할지 몰라도 내일 아침에는 본격적인 공격을 가해올 공산이 컸다.

"일단은 방어태세로 들어간다. 지금 치고 나가기에는 우리도 준비가 안 되어 있고, 놈들도 반격에 대비하고 있을 거다. 도리어 놈들이 선공을 칠 수도 있으니, 접적 전면에 개인호를 파고 전투에 대비하라."

"내일 하루가 지나면 놈들이 교두보를 더 강화할 겁니다. 오늘 밤에 쳐버리는 게 낫지 않겠습니까?"

"일단 놈들이 강화되는 상황을 보고 결정하겠다. 계속 정찰대를 내보내서 교두보를 감시하도록 하라! 만약을 대비해서 각 중대장들은 즉시 병력을 집결시켜 전투준비에 들어가도록."

"알겠습니다!"

3

연대에 배속되어 있는 포병중대는 일단 밤새 침묵했다. 보유하고 있는 화포가 안살도 사가 제작한 75mm 경야포 6문뿐이라 위력이 부족하기도 했고, 거리가 너무 가까워서 적에게 제압당할 우려도 있었다. 강 건너에는 훨씬 사정거리가 긴 소련군 야포들이 진을 치고 있으니까.

대신 인접한 루마니아군 보병사단에서 보유한 포병대대가 도하점 일대에 지원포격을 가했다. 문제는 루마니아군 포병대가 보유한 화포도 프랑스제 구식 75mm M1897 포가 전부라서 위력부족 문제는 마찬가지라는 사실이었다.

"포탄이 거의 안 맞습니다. 강물 위에 떨어지거나 강변 언덕에 떨어질 뿐입니다!"

"제원을 뽑아 주는 관측반이 없으니 당연한 일 아닌가."

정찰에 나선 아리스티드 보티니 상병이 분개하는 모습을 본 에르네시토 코몰리 상사가 핀잔을 주었다. 지금 사보이아 기병연대는 독일 제6군 예하에 속한 독립연대로, 루마니아군 사단과는 체계적인 연락 체계가 없었다. 당연히 그쪽에서 파견을 나온 포병 관측장교도 없었다.

"놈들은 벌써 참호선을 구축하고 있다. 이거 쉽지 않겠는데."

야간용 쌍안경을 든 코몰리 상사가 걱정스러운 목소리로 중얼거렸다. 소련군은 이미 사보이아 연대 방면으로 1천 미터에 걸친 정면에 참호를 파서 방어선을 만들어 놓고 있었다.

"상사님, 저쪽에 접근하는 놈들이 있습니다!"

두 사람은 조심스럽게 말을 몰아 접근했기 때문에 상당히 가까운 거리까지 접근했음에도 소련군에게 들키지 않았다. 하지만 그것도 이제 끝난 모양이었다.

적에게 들키지 않기 위해서 조용히 바닥에 엎드린 두 사람이 조심스럽게 앞을 살폈다. 둥그스름한 철모를 쓴 보병 1개 분대 가량이 천천히 앞에서 다가오고 있었지만 어둠 속이라서 확실히 보이지는 않았다. 입술을 찡그린 코몰리 상사가 중얼거렸다.

"우리 동태를 살피려는 소련군 정찰대인가, 아니면 몸을 숨겼다가 경계가 소홀해진 틈을 타서 빠져나오는 루마니아군 패잔병인가?"

"어두워서 구분이 잘 안됩니다만…."

더 가까이 다가오면 확실히 구분할 수 있으리라. 하지만 가깝게 접근한다는 건, 저들이 적이라면 도피할 수 있는 안전거리를 좁히게 된다는 의미다. 코몰리 상사는 모험을 걸어 보기로 마음먹었다.

"멈춰! 네놈들은 누군가!"

아직 200m나 떨어져 있었다. 하지만 야간에는 나직하게 외치는 소리도 멀리까지 퍼지는 법이다. 접근하던 병사들은 경고하는 목소리를 듣고 일시에 바닥에 엎드렸다. 두 사람은 언제든 응사할 수 있도록 휴대하고 있던 베레타 기관단총을 겨누었다.

"저놈들이 우리말을 알까요?"

"몰라!"

두 사람이 피식거리며 농담을 주고받는 사이, 저쪽에서 그림자 하나가 조심스럽게 일어섰다. 그리고 이쪽을 안심시키려는 듯 두 손을 휘저으며 조심스럽게 접근했다. 안도의 한숨을 쉰 상사가 몸을 일으키려고 했다.

"루마니아군 맞는 모양인데."

"아니, 좀 더 보시죠."

보티니 상병이 상사를 제지하는 사이 상대는 약 50m를 천천히 접근했다. 그때 마침 빗나간 루마니아군 포탄 한 발이 정체불명의 그림자 근처에서 폭발했다. 순간적으로 번쩍인 섬광이 다가오는 사람 그림자를 비췄다.

"철모에 붉은 별! 소련군입니다!"

"제기랄!"

보티니가 고함을 지르자 상사가 욕지거리를 내뱉으며 급히 몸을 땅바닥에 붙였다. 보티니가 그대로 방아쇠를 당기자 연발로 울리는 총성이 침묵을 깨트렸다. 다가오던 사람 그림자가 곧바로 풀밭 사이에 쓰러졌다. 저쪽에서도 총구화염이 번쩍이면서 탄환이 빗발치기 시작했다.

"정찰을 시도하는 적 전초와 접촉, 바로 돌아간다!"

무전기에 대고 소리친 코몰리 상사도 총을 들어 적진을 향해 탄환을 퍼부었다. 두 사람은 적이 바로 쫓아오지 못하도록 번갈아 사격을 가하면서 말을 놓아둔 곳으로 물러섰다. 느긋하게 걸어서 후퇴할 여유 따위는 없었다.

4

"적이 박격포와 중기관총으로 공격해오고 있습니다. 전초가 아군 정찰대와 충돌한 데 대한 보복으로 추측됩니다."

"열이 바짝 오른 모양이군."

코몰리 상사와 보티니 상병은 소련군을 최소한 세 명 쓰러트렸고, 두 사람은 상처 하나 입지 않고 돌아왔다. 적은 패배가 분했는지 사보이아 연대 진지를 향해 박격포와 중기관총을 마구잡이로 퍼부었다. 야간이라 조준이 제대로 되지 않아서인지 피해는 별로 없었다.

"좋아. 전 병력을 동원해서 승마돌격을 실시한다. 준비시켜!"

참모들이 일순간 동요했다. 이들은 대부분 백작이 '원군이 올 때까지 방어전을 펼치라'는 명령을 내리리라고 예상하고 있었다. 아직 4시도 되지 않은 밤중인데 승마돌격이라니? 인사참모가 이견을 제시했다.

"대령님, 저들은 참호선을 형성한데다가 기관총과 박격포로 중무장하고 있습니다. 자칫하면 놈들이 펼친 화망을 뚫지도 못하고 연대가 전멸할지도 모릅니다!"

"1917년에 비어쉐바에서 오스트레일리아군은 백주대낮에 그걸 해냈지. 심지어 기병창도, 기병도도 없이 말이야."

비어쉐바 전투는 1차 세계대전 때 이집트를 출발한 영국 원정군이 팔레스타인으로 진군하면서 벌인 전투다. 이 도시에서 터키군이 완강하게 지키는 방어선을 돌파하지 못한 영국군 지휘부는 오스트레일리아군 경기병 2개 연대를 터키군 방어선에 정면으로 돌격시켰다.

그런데 이때 오스트레일리아 기병들은 말이 좋아 경기병이지, 진짜 기병(Cavarly)이 아니었다. 그들은 말은 그저 이동수단으로 사용하고 전투는 도보로 수행하는 승마보병(Horseman)[1]들이었다. 그래서 기병도

1 같은 역할을 한 기병으로 근대 이전 시대의 병과인 용기병(dragoon – 명칭의 유래는 이들이 사용하던 dragon이라는 이름의 총신이 짧은 기병총)이 있다. 또한 이 승마보병들은 자동차를 타고 이동하는 차량화 보병이나 장갑병력수송차를 사용하는 기계화 보병의 직접적인 선조이다.

도 없고 기병으로서 전투하는 방법에 대한 훈련도 전혀 받지 않았다.

그럼에도 불구하고 이 용감한 병사들은 기병도 대신 총검을 손에 들고 터키군 참호에 정면으로 돌격했다. 그리고 터키군 방어선을 돌파, 항복을 받아냈다. 붙잡은 포로만 2천 명에 가까웠지만 오스트레일리아군이 낸 전사자는 20명뿐이었다.

"우리는 사보이아 기병연대다! 오스트레일리아에서 온 양치기들이 해낸 일이라면 우리가 못할 리 없다. 4중대는 진영을 방어하도록 하고, 나머지 3개 중대를 총동원해서 적진을 돌파한다. 돌파한 뒤에는 반전해서 다시 혼란에 빠진 적을 궤멸시킨다."

주변에 모인 참모장교 및 중대장들이 연대장의 결단을 깨닫고 힘차게 고개를 끄덕였다. 그들 모두는 사보이아 연대 소속이라는 사실을 명예로 여겼다. 연대기 아래에서 죽을 수 있다면, 그 이상 가는 영예는 없었다. 베토니 백작이 구체적인 지시를 내렸다.

"2중대가 선두에 서서 전차중대와 함께 돌격한다! 1중대, 3중대가 양익을 맡아 후속한다. 4중대는 배속된 포병중대와 함께 지원사격을 가하다가 적진이 붕괴되면 추격과 전과확대를, 돌격이 실패하면 후퇴하는 우군에 대한 엄호를 실시한다."

"알겠습니다."

4중대장 실바노 아바 대위가 거수경례를 하고 자기 부하들을 향해 뛰어갔다. 4중대는 화기중대로 지정되어 있어서 기관총, 박격포 등으로 중무장을 하고 있었다. 연대 주력이 망치 역할을 하고 한 개 중대가 모루 역할을 한다면 4중대가 모루로 제격이었다.

"저, 전차중대는 말씀대로 움직이기가 좀 힘든 상황입니다."

포병중대와 전차중대는 원래 사보이아 연대 소속이 아니다. 둘 다

사단에서 배속시킨 지원부대라 연대 작전회의에는 거의 참가하지 않았다. 전차중대장과의 연락을 맡고 있는 작전참모가 난감한 표정을 지었다.

"전차중대장이 보고하기를, 자기 중대는 출동이 곤란하답니다. 제대로 전방 관측도 할 수 없는 어둠 속에서, 제대로 구축된 적 방어선에 무턱대고 돌격했다가는 전과도 올리지 못하고 전멸할 게 분명하다고…."

"겁쟁이 놈들."

베토니 백작이 혀를 찼다. 무익한 전멸이 걱정된다고? 싸워보지도 않고?

화가 나기는커녕 실망감도 느끼지 않았다. 사단에서 보내서 그 겁쟁이들을 받았을 뿐, 전차중대 따위는 애초에 사보이아 연대 소속이 아니었으니까. 그런 놈들이 사보이아 연대원으로서 제대로 된 감투정신 따위를 가지고 있을 리가 없었다.

"그럼 본진에서 4중대와 함께 화력지원이나 하면서 예비대로 대기하라고 해. 만약 우리 공세가 실패하면 후퇴할 때 엄호를 맡기겠다. 하긴, 그 깡통 같은 탕케트[1] 를 가지고는 제대로 싸울 수도 없겠지."

사실 전차중대가 보유한 '전차'라고 해 봐야 3톤도 안 되는 L3 경전차 15대가 고작이다. 장착한 무기는 8mm기관총 2정밖에 없고, 장갑판은 기관총 탄환이나 겨우 막을 정도다. 전차가 아니라 장갑차라고 부르기도 부끄러운 물건이었다.

1 Tankette. 양차대전 사이에 유행했던 소형 전차로, 승무원 1~2명에 기관총 정도로 무장했으며 소형 승용차보다 작은 크기로 정찰, 보병 지원, 견인 등의 업무를 맡았다. 적은 비용으로 많은 전차를 장비하려는 선택이었지만, 전투력이 워낙 낮아서 대전중에는 실질적인 전력으로서의 의미를 갖지 못했다.

소련군이 보유한 T-34 같은 제대로 된 전차와 붙으면 당연히 상대도 안 된다. 대전차포는 고사하고 대전차소총[1]조차 막지 못하는 물건이다. 그 따위 양철깡통을 타고 소련군에게 정면으로 돌격하라면 전차병들도 싫기는 할 것이다.

"정찰대가 충돌한 이상, 놈들도 조만간 공격해 올 거다. 그 전에 먼저 쳐야 해."

전투가 임박하자 연대본부 요원들도 결의를 다졌다. 백작의 지시가 잇달아 떨어졌다.

"나는 2중대와 함께 돌격하겠다. 부연대장이 부상을 입었으니 작전참모가 부연대장 대행을 맡아 4중대와 함께 대기하라. 나머지 본부요원들은 1중대, 3중대에 반씩 나눠어 동참하도록. 그럼 제군의 건투를 빈다."

지시를 마친 백작이 막 말에 오르려는데 계급장 없는 군복을 입은 민간인 넷이 쭈뼛거리며 다가왔다. 백작은 이들이 두체가 특별히 파견한 파시스트 당 선전부 요원들임을 알아보았다.

"무슨 일인가?"

"이야기하시는 내용을 들었습니다. 저…저희도 돌격합니까?"

새벽의 짙은 어둠 속에서도 네 사람이 파랗게 질려 있는 모습은 볼 수 있었다. 한숨을 쉰 백작은 고개를 저었다.

"자네들은 나설 필요 없네. 자네들 임무는 전투가 아니고 선전이잖

---

1 1차 대전부터 2차 대전 이전까지만 해도 전차의 장갑판이 그렇게 두껍지 않았기 때문에 일반적인 소총보다 강력한 탄환을 발사하는 대전차소총이 존재가치가 있었다. 하지만 2차 대전 발발 이후 전차의 장갑이 급속히 두꺼워지면서 대전차소총은 전차를 상대하는 무기로서의 가치가 거의 없어졌다. 때문에 대부분의 참전국들은 판처파우스트(독일), 바주카(미국), PIAT(영국) 등 성형작약탄을 사용하는 개인 휴대용 대전차화기를 개발했지만 소련은 이런 장비를 만들지 못해서 계속 대전차소총을 개인 휴대용 대전차화기로 사용했다.

나? 4중대와 함께 본진에 머물러 있으면서 전투 장면이나 촬영하게. 혹시 사보이아 기병연대가 어떤 최후를 맞는지 기록할 수 있을지도 모르니까."

선전요원들은 어물거리며 물러갔다. 혀를 찬 백작이 적진을 살폈지만 아직 적진에서는 별다른 움직임이 없었다. 애마에 오른 백작이 돌격 준비를 마친 2중대원들에게 합류했다. 연대 기수와 나팔수, 부관이 뒤를 따랐다.

"준비는 마쳤겠지?"

"물론입니다!"

2중대장 데 레온 대위가 단호한 목소리로 외쳤다. 주변을 메운 기병들은 굳게 입을 다물고 말고삐를 단단히 잡고 있었다. 말들이 투레질하며 콧김을 내뿜는 소리, 흥분해서 발굽으로 바닥을 차는 소리 외에는 어떤 소리도 나지 않았다. 모두 한마음으로 돌격을 준비하고 있었다.

천천히 선두로 나선 백작이 단호한 손놀림으로 기병도를 뽑아들었다. 그리고 잠시 고개를 돌려 기수가 들고 있는 연대기를 바라보았다. 연대에 부임한지 22년, 지금 이 순간이 연대기 아래에서 맞는 최후의 순간이 될지도 모르지만 결정에 후회는 없었다.

"나팔수, 신호를 보내라!"

곧 돌격을 의미하는 낭랑한 나팔소리가 사방으로 퍼져나갔다. 4중대가 장비한 기관총과 박격포, 전차중대의 기관총과 포병중대의 야포가 적진을 향해 불을 뿜었다. 그 포성 아래에서, 손에 든 기병도를 높이 치켜든 백작이 우렁차게 외쳤다.

"연대, 돌격! 사보이아!"

"사보이아!"

"사보이아!"

검을 든 백작을 선두로 해서 400필이 넘는 말들이 일제히 앞으로 나갔다. 처음에는 완보로 나가던 걸음이 얼마 안 가서 속보로 바뀌었고 곧 전속력으로 달리기 시작했다. 한 손에 무기, 한 손에 고삐를 잡은 기병들이 함성을 지르며 적진을 향해 박차를 가했다.

5

과거의 전장이었다면 기병창이 적의 가슴을 꿰뚫고, 기병도가 목을 내리쳤을 것이다. 맞서는 적 보병들은 기병이 쉽게 뚫지 못하도록 대형을 이루어 창을 들고 맞섰을 테고.

하지만 지금은 20세기였다. 방어하는 소련군은 방진을 짜는 대신 참호를 팠고, 장창 대신 총을 들었다. 그리고 공격하는 이탈리아군 기병들도 창과 칼을 쓰지 않았다. 이들의 무장은 베레타 기관단총과 독일제 수류탄[1]이었다.

"머리를 내미는 놈들은 모조리 쏘아버려라! 참호에는 수류탄을 던져라!"

1소대장 카스톨디 중위는 목소리를 높였다. 적이 패주하는 중이라면 소련군 소속 코사크 기병들[2]처럼 칼을 뽑아 들고 휘둘러도 좋겠지

---

1 이탈리아제 수류탄은 겉을 붉게 칠했는데, 안전장치가 쓸데없이 복잡하고 충격신관(땅에 부딪히는 충격으로 작동하는 신관)이 잘 작동하지 않아서 '붉은 악마'라고 불릴 만큼 불발될 확률이 높았다. 때문에 일선에서는 이탈리아제 수류탄을 폐기하고 독일제 수류탄을 사용하는 경우가 많았다.

2 소련군 소속 기병들인 코사크는 제정 러시아 시절부터 정예 기병으로 유명했다. 2차 대전에서도 "항복하려고 치켜든 독일군의 두 팔까지 잘라버렸다"는 말이 나올 정도로 용명을 떨쳤다. 다만 독일 편에 선 코사크도 있었고, 이들은 주로 빨치산 토벌에 투입되어 잔학행위로 악명을 떨쳤다.

만, 참호 속에 있는 적을 기병도로 벨 수는 없었다. 칼을 들고 돌진하는 사람은 바로 앞을 달리고 있는 연대장, 그리고 중대장이면 족했다.

기병 수백 기가 한꺼번에 돌격하자 적군이 흔들리는 모습이 보였다. 급히 포구를 돌리려던 대전차포는 포병들이 사살당하면서 그 자리에 멈췄다. 뒤늦게 불을 뿜던 중기관총도 4중대가 퍼붓는 제압사격을 받고 침묵했다. 참호 속에 있는 소련군 보병들이 혼란에 빠지고 있었다.

"돌격! 짓밟아 버려!"

소련군 진지에 철조망도, 지뢰밭도 없어서 다행이었다. 하룻저녁 사이에 급히 구축한 교두보여서인지 참호선도 단순해서, 제대로 연결되지 않은 개인호들이 이어져 있을 뿐이었다. 적이 진지를 제대로 구축한 뒤였다면 이런 돌격은 불가능했으리라.

마침내 카스톨디 중위가 첫 번째 참호를 뛰어넘었다. 연대장에 이은 두 번째 돌파였다. 중대장 데 레온 대위는 조금 뒤에서 2소대와 함께 오고 있었다.

"받아라, 이 러시아 놈들아!"

손에 들고 있던 베레타 기관단총이 불을 뿜었다. 참호에서 뛰어나와 도망치려던 소련군 세 명이 순식간에 총에 맞아 널브러졌고 앞서 가던 한 명은 연대장이 휘두르는 기병도에 맞아 그대로 쓰러졌다. 뒤를 따르던 병사 하나가 수류탄을 참호에 던져 넣어 청소를 마무리했다.

"적 도하거점에 도착할 때까지 멈추지 마라! 계속 돌격!"

연대장이 호령하고 있었다. 여기저기에 소련군이 파놓은 참호와 포탄 구멍, 시체 등 장애물이 눈앞에 널려 있었지만 연대장은 거침없이 앞으로 달려 나갔다. 역시 전 유럽에서 열린 승마대회를 제패하며 수백 개나 되는 우승컵과 트로피를 거둔 명기수다운 솜씨였다.

"연대장님을 따른다! 사보이아!"

"사보이아!"

소대원들이 일제히 카스톨디 중위를 따라 함성을 질렀다. 여기저기에 파 놓은 참호에서 소련군 병사들이 연달아 기어 나와 도망쳤다. 아무것도 제대로 보이지 않는 어둠 속에서, 사방에서 말발굽 소리와 이탈리아어로 지르는 함성 소리가 들리니 공포에 질린 것이다.

카스톨디 중위를 비롯한 소대원들은 겁에 질려 우왕좌왕하는 소련군 병사들 옆을 질주하면서 기관단총을 갈겨 댔다. 움직임이 있건 없건 참호마다 수류탄이 하나씩 들어갔다. 공포에 질린 소련군들을 파리 잡듯 때려잡는데 앞에서 연대장의 호령 소리가 들려왔다.

"돌파가 최우선이다! 적을 하나하나 쓰러트리는데 너무 열중하지 마라!"

장병들이 함성으로 답하며 연대장을 뒤따랐다. 질주하는 기병들의 눈앞에 소련군 박격포 진지가 나타났다. 설마 적이 여기까지 당도하리라고는 생각하지 못했는지, 박격포병들이 당황하는 모습이 보였다.

"쓸어버려! 수류탄은 쓰지 마라!"

뒤쪽에서 목이 터지게 고함을 지르는 중대장 데 레온 대위의 목소리가 들렸다. 지시가 없었더라도 여기서 수류탄을 던질 멍청이는 없었으리라. 박격포 포상에 늘어세워 놓은 포탄들이 유폭이라도 일으키면, 연대원들 스스로가 위험해질 테니까.

쏟아지는 총탄과 내리쳐지는 기병도에 동료들이 줄줄이 쓰러지자 소련군 박격포 중대원들은 무릎을 꿇고 두 손을 들어 항복했다. 카스톨디 중위가 1개 분대를 남겨 포로를 감시하게 하려는데 데 레온 대위가 급히 지시했다.

"포로 따위는 버려두고 가! 돌파가 더 급하다!"

"아, 알겠습니다!"

하긴, 연대장의 명령대로 어서 도하지점을 확보하고 적 증원을 차단하지 않으면 계속 강을 건너오는 적 때문에 전투가 끝나지 않을 것이다. 이 전투는 신속하게 도하 거점을 장악하고 적이 계속해서 지원군을 보내지 못하게 하는 데 핵심이 있었다.

기병들은 급히 말에 박차를 가했다. 해가 떠서 소련군이 이쪽 규모를 확실히 파악하고 제대로 대응을 시작하기 전에 모든 일을 끝내야 했다.

6

– 도착. 나루터와 주정(舟艇)이 보인다. 대공포나 적 전투기는 보이지 않는다.

"좋아. 공격 바란다. 추가 도하만 차단하면 나머지는 이탈리아군이 해결할 거다."

– 알겠다. 바로 공격에 들어가겠다.

4중대와 함께 본진에 머물러 있던 독일 공군 연락장교 레온하르트 피셔 소령이 회심의 미소를 지었다. 어슴푸레하게 밝아 오는 하늘 위에, 남쪽에서 날아온 갈매기 날개 형상을 한 날개를 가진 비행기 8기가 머리 위를 선회하고 있었다.

"주정과 북쪽 대안(對岸)만 공격하라. 양군이 혼재되어 있어 오폭할 우려가 있다."

– 알겠다. 염려 마라.

근접지원이라면 이골이 난 자신들을 모독한다고 생각했는지 통명스러운 대답이 돌아왔다. 그리고 곧바로 8기 전부가 일제히 급강하를 시작했다. 각 기체가 4발씩 탑재한 50kg 폭탄이 날개에서 분리되었고, 강변과 강물 위에서 엄청난 불꽃과 폭음이 일었다.

피셔 소령이 있는 관측소에서는 소련군이 대응하는 모습까지는 보이지 않았다. 하지만 폭탄을 투하하고 상승한 Ju87들이 다시 적을 향해 강하하면서 기관총을 퍼붓는 모습은 확인할 수 있었다. 이 정도 타격이면, 소련군은 도하를 중단할 수밖에 없다.

"그리고 20분만 있으면 두 번째 편대가 온다. 엄호기까지 거느리고 말이야."

백작이 좀 더 차분하게 기다렸으면 공군이 적진을 두들긴 뒤에 공격을 개시할 수 있었으리라. 평범한 지휘관이라면 분명히 그렇게 했을 공산이 컸다.

하지만 피셔 소령이 보기에도 백작이 내린 판단이 옳았다. 공군이 오기를 기다렸다면 어둠을 이용할 수 없었을 테고, 여명 속에서 돌격하다가는 괴멸적인 피해를 입을 가능성이 컸기 때문이다. 그것도 이쪽이 뜨는 해를 정면으로 바라보면서 달려들어야 하는 상황이다.

"어차피 겨우 슈투카 16기를 가지고는 교두보 전체를 제압할 수 없으니까. 후속 도하병력이 대기하고 있는 대안과 도하에 쓸 주정만 폭격해 주면 돼. 과연 이탈리아군이 마무리를 잘 해 줄지는 좀 걱정이지만, 설사 실패한다고 해도 저런 일을 시도할 수 있다는 게 정말 놀랍군."

잠시 혼잣말을 중얼거리던 피셔 소령이 쌍안경을 전투 현장 쪽으로 돌렸다. 아직 빛은 충분하지 않았지만, 말을 탄 사람 무리가 질주하는 모습은 확인할 수가 있었다.

7

"적 도하점 돌입!"

카스톨디 중위가 우렁찬 목소리로 외쳤다. 강물 위에는 독일 공군 급강하폭격기들이 폭탄을 투하해 소련군 증원을 차단하고 있었고, 이쪽 강변에서는 혼비백산한 소련군 보병들이 사보이아 연대의 말발굽에 짓밟히고 있었다.

"모조리 제압해! 투항하는 놈들은 한쪽에 모아!"

중대장 데 레온 대위의 호령 소리도 들려왔다. 적이 워낙 당황하여 제대로 대응하지 못했기 때문에 아군 사상자는 그리 많지 않았다. 카스톨디 중위가 보기에 1소대 내에서 발생한 사상자는 손가락으로 꼽을 정도였고, 중대장과 연대장도 모두 무사했다.

"아직 싸움은 끝나지 않았다! 전 연대, 즉시 반전하여 해를 등지고 적 잔여병력을 후방에서 공격한다! 이번에는 3중대가 선두다!"

중대장이 내린 명령에 따라 소련군 도하점을 제압하려는 참에 연대장이 다시 명령을 내렸다. 카스톨디 대위가 생각하기에도 그편이 더 옳은 판단 같았다. 적 방어선에는 이제 구멍 하나가 뚫렸을 뿐이니까. 그리고 2중대는 첫 돌격을 선도하느라 상당히 지쳐 있었다.

"돌격 방향은 잔여 적 좌익! 돌격하라!"

"사보이아!"

장병들이 내지르는 함성 소리는 처음 돌격을 개시할 때보다 도리어 더 높았다. 첫 돌격이 대성공을 거두면서 사기는 충천했고, 내지르는 말발굽에는 거칠 것이 없었다.

첫 돌격에서 기관단총 탄환을 다 써 버린 카스톨디 중위도 이제 기병도를 뽑아들었다. 많은 연대원들이 중위처럼 총을 집어넣고 검을 들고 있었다. 치켜든 칼날이 새벽 햇빛을 받아 번쩍이며 빛났다. 우왕좌왕하던 소련군들이 광채를 발하는 칼날에 맞아 피를 뿜으며 쓰러졌다.

8

"세상에 이럴 수가!"

비행기를 타고 급히 날아온 6군 사령관 파울루스 상급대장은 눈앞에 펼쳐진 광경을 보고 벌린 입을 다물지 못했다. 평온할 줄 알았던 전선에서 소련군이 공세를 가했다는 사실도 놀라웠지만, 그 공세를 일거에 제압해버린 이탈리아군의 활약이야말로 경악할 일 그 자체였다.

"백작, 귀관과 귀관이 거느린 연대원들은 진짜 영웅이요! 소련군 연대 병력을 3분의 1도 안 되는 병력으로 쳐부수면서 아군 사상자는 1백 명도 되지 않다니! 그것도 기갑부대도 아닌 기병으로! 이건 정말 대단한 위업이요! 어떻게 이런 성과를 낸 거요?"

"조국과 국왕 폐하를 위하여, 최선을 다했을 뿐입니다. 적을 섬멸하지 못해 유감입니다."

베토니 백작은 거만하게 굴지 않았다. 연대가 사살한 소련군이 184명, 포로로 잡은 수는 863명이었다. 나머지는 근처 들판으로 도망치거나 강물에 뛰어들어 도망쳤다. 그들을 포위할 병력이 없어 완전히 섬멸하지 못한 게 아쉬울 뿐이었다.

"루마니아군이 완전히 패주하지 않고 교두보를 견제해 줬다면 완전히 섬멸할 수 있었을 겁니다. 적이 도하한 정면 뿐 아니라 그 우측방에 위치하던 루마니아군까지 도주해 버려서 참으로 유감입니다."

하지만 사보이아 연대가 단독으로 거둔 전과만으로도 파울루스는 감탄을 멈추지 못했다. 아니, 단독으로 거둔 성과기에 더더욱 벌린 입을 다물지 못했다. 그저 경비전력 정도로 생각하고 이탈리아군을 배치한 그로서는 경탄할 수밖에 없기는 했다.

"아니, 이 정도면 충분하오! 당장 베를린에 보고하겠소. 귀관에게 기사십자장을 수여해 달라고 말이오!"

"당연히 수여해야지!"

파울루스로부터 날아온 보고서를 받은 나는 함박웃음을 지으며 책상을 내려쳤다. 아아, 사보이아 연대를 남겨둔 보람이 있었어! 내가 아는 역사보다 더 멋지게 해치웠잖아!

"연대장 베토니 백작과 돌격을 선도한 2중대장 데 레온 대위, 두 번째 돌격을 선도한 3중대장 프란체스코 마르코 대위, 적 주력을 견제하다가 전사한 4중대장 아바 대위에게 기사십자장을 수여한다! 이들 모두 충분한 공을 세웠다!"

잠시 생각한 뒤 나는 곧바로 두 번째 지시를 내렸다.

"이들 외에도 전투를 지휘한 사보이아 연대 장교 및 하사관 전원에게 1급 철십자 훈장을, 병사들에게도 전원 2급 철십자 훈장을 수여한다. 이것은 용감히 싸운 동맹국 장병들에게 내가 보여줄 수 있는 가장 작은 성의이다!"

서훈을 준비하라는 지시를 내린 뒤 기분 좋게 안락의자에 몸을 묻었다. 아아, 통쾌하다. 물론 현장에서 이 장관을 직접 봤으면 더 좋았겠지만, 현실적으로 힘드니 이렇게 소식을 듣는 정도로 만족하는 수밖에 없다. 아, 선전대라도 보내서 현장에서 촬영이라도 하게 해둘 것을.

혹시 이탈리아군이 자체적으로 촬영한 사진이나 동영상이 있다면 꼭 공유해 달라고 무솔리니한테 부탁해야겠다. 그러려면 정말 멋진 축전을 하나 써서 보내야겠군. 전사자 32명에 부상자 52명이라는 적은 손실로 적 1개 연대를 쳐부순 용감한 기병들을 찬양하는 편지를 말이야.

편지에 사보이아 기병연대 장교들의 용맹을 칭찬하는 내용을 쓰는 걸 잊지 말아야지. 그 얼마 안 되는 사상자 중 장교만 전사자 3명, 부상자 5명일만큼 사보이아 연대 장교들은 선두에 서서 용감히 싸웠으니까.

그리고 용전분투에 대한 포상의 의미로 사보이아 연대 전원을 본국으로 귀환시켜 감사를 표해야겠다. 이 연대원들에게도 내 이름으로 감사 편지를 하나 보내야겠군.

써야 할 편지가 늘었다. 나는 급히 연필을 놀렸다. 더운 여름밤이 깊어 가고 있었다.

11장
〈최종해결〉을 실시한다! 그런데…?

1

지금 독일에 있어서 가장 중요한 문제는 영국군 및 소련군을 상대로 하는 전투다. 특히 영국군은 공격자의 혜택을 한껏 누리고 있었다. 독일이 영국 본토에 대해 공세를 펼 능력이 없는 이상, 영국은 노르웨이건 프랑스건 북아프리카건 마음대로 공격할 수 있다. 우리는 적이 어디를 공격할지 알 수 없는 전략적 방어자의 입장에서 모든 지역에 병력을 배치해야 한다. 이건 정말 골치 아픈 일이었다.

하지만 독일에게는 사방에서 영국과 소련을 상대로 총화를 교환하는 전선 말고도 내부에 형성된 힘겨운 전선이 하나 더 있었다. 나치 정권이 들어서는데 지대한 영향을 끼쳤고 이번 전쟁이 일어나는데도 한몫 단단히 한 문제, 바로 유대인을 상대로 하는 반유대주의 이념투쟁 전선이다.

『국제 사회주의가 유럽 문화에 새로운 비전과 장을 열었던 반면, 볼셰비즘은 인간이하의 존재인 유대인들이 문화 그 자체에 대항하려 내놓은 선전 포고인 것입니다. 그것은 반부르주아적일 뿐만 아니라 반문화적이기도 한 것입니다. 결론적으로, 이는 자신들을 유대인이라고 규정하면서 뿌리도 없이 유랑하는 국제적 음모 파벌들의 이익을 위해 서구 문명이 만든 경제적, 사회적, 국가적, 문화적, 그리고 문명적 발전의 완전한 파괴를 의미합니다.』

이 문장은 나치의 선동가, 괴벨스가 1935년에 뉘른베르크에서 했던 연설의 일부다. 이것은 그래도 전쟁이 일어나기 한참 전에, 나치 정권이 체면도 차리고 주변국들 눈치도 볼 때 한 연설이라 비교적 절제한 면이 있다. 하지만 최근에 괴벨스의 선전부가 내놓는 반유대주의 구호들은 노골적이고 살벌하기 그지없었다.

"유대인은 짐승이다! 이들은 모두 사정없이 칼로 잘라내야 한다!"

"이 전쟁은 유대인을 말살하기 위한 성전이다! 유대인과 볼셰비즘을 말살할 때 독일에 영구한 번영이 올 것이다!"

"유대인은 독사와 같다! 독사의 알을 짓뭉개듯이, 유대인이라면 어린아이라도 없애라!"

"볼셰비즘이라는 페스트를 퍼뜨리는 유대인이라는 쥐와 벼룩을 총탄으로 말살하라!"

이 정도는 일부에 불과하다. 차마 내 입으로 옮기기 부끄러울 정도로 잔혹하고 증오를 가득 담은 구호가 사방에 넘쳐났다. 괴벨스가 쓴 선전용 구호에는 등줄기가 오싹할 정도 분노와 저주가 가득했다.

하지만 나는 "진짜" 히틀러가 그랬던 것처럼 가스실을 만들어 유대인들을 밀어 넣을 생각은 눈곱만큼도 없다. 물론 내가 살던 시대, 현대의 이스라엘이 팔레스타인의 아랍인들을 상대로 저지른 학살과 파괴는 나 역시 잘 알고 있다. 내 주변에서도 이스라엘과 유대인들의 만행에 분개하여 이스라엘을 혐오하는 사람들이 많았지만, 그 근원을 따져보면 이스라엘이 악마가 된 것은 결국 나치의 학살 때문이었다. 그런 학살을 또 당하지 않으려다보니 자기가 먼저 저지르게 된 거다.

내가 "히틀러"로서 유대인을 학살하지 않고 나름대로 유대인 문제를 "최종해결"한다면, 저쪽 세계와 같은 형태의 이스라엘도 피할 수 있지 않을까?

물론 여기까지 와 버린 이상 유대인들에게 1933년 이전의 지위를 완전히 회복시켜주는 것이 불가능하다는 것은 나도 너무 잘 안다. "진짜" 히틀러가 불어넣은 반유대주의 사상으로 불타오르고 있는 독일인과 동유럽의 반유대주의자들을 어떻게 하란 말인가. 게다가 내가 유대인 문제를 놓고 고민해야 할 상대는 유럽인들만이 아니었다. 그래서 더 큰 문제였다.

2

"만나 뵙게 되어 영광입니다, 총통각하. 알라의 평안이 그대와 함께 하시기를."

"그대에게도 알라의 평안과 자비와 축복이 있기를."

내가 예루살렘에서 온 손님을 맞이한 날은 괴링이 죽기 며칠 전, 1941년 11월 28일 저녁이었다. 회견이 이루어진 집무실에는 통역관과 속기사, 1933년부터 알 후세이니와 펜팔 친구로 지내온 친위대 사령관 힘러, 내 부관 엘사 외에는 아무도 없었다. 아, 회견 내용을 녹음하기 위해 녹음기도 돌아가고 있긴 했다.

"총통께서 외로운 망명자에 불과한 저를 기꺼이 만나 주시다니 감사할 뿐입니다."

"외로운 망명자라니, 겸손이 과하시오. 우리는 영국과 유대인, 그리고 볼셰비즘에 맞서 투쟁하는 동지가 아니오? 마땅히 서로 의견을 교환하며 보다 효과적인 투쟁 방안을 논의해야 할 일이오. 나 역시 명망 높은 예루살렘의 대 무프티를 만나 무척 반갑구려."

예루살렘의 대(大) 무프티, 무함마드 아민 알 후세이니는 눈처럼 하얀 턱수염을 기르고 파란 눈을 하고 있었다. 흰색 터번과 금테안경은 무척 점잖아 보였다. 하지만 이 중년 아랍인은 외모가 주는 인상과 달리 팔레스타인 최강의 암살단을 거느리고 있었으며, 아랍 측에서 으뜸가는 강경파 반유대주의 인사였다.

"독일제국은 총통의 지도를 받아 세계에 새로운 질서를 도입하고 있습니다. 우리 팔레스타인 아랍인들은 총통께서 이룬 위업에 열렬한 찬사를 보내고 있으며, 총통께서 영국 제국주의자들의 압제를 물리치고 우리 아랍인들에게 자유를 선물해 주시기를 희망합니다. 그리고 감히 우리 조국을 빼앗으려 하는 유대인들을 모조리 쓸어버리도록 도와주십시오! 총통께서도 지금 말씀하셨지만, 우리는 영국과 유대인, 볼셰비즘을 상대로 함께 싸우는 동지가 아닙니까?"

…그래, 바로 이게 문제지. 극렬 아랍인들. 이자들도 나치만큼이나 유대인을 싫어한다. 독일에서야 내가 유대인 문제 해결을 전쟁이 끝날 때까지 미룬다고 하면 미뤄지겠지만, 과연 팔레스타인에서도 이 문제가 미뤄질 수 있을까?

내가 얼른 대답하지 않고 생각에 잠겨 있자 몸이 달았는지 알 후세이니가 채근했다.

"총통, 우리 무슬림들은 당면한 세 가지 적과 맞서기 위해서 독일과 최선을 다해 협력할 것입니다. 지금 독일이 점령중인 발칸 지역에는 수많은 무슬림 주민들이 있지 않습니까? 저는 이들이 독일을 위해 일어나 총을 잡도록 설득할 수 있습니다. 소련에 거주하는 무슬림들도 제 호소에 기꺼이 응할 것입니다."

알 후세이니의 호언장담이 허풍이 아니라는 사실은 알고 있었다. 실제 저쪽의 역사에서도 보스니아 지역의 무슬림들이 1개 사단을 구성하여 무장친위대에 편입된 건 사실이니까 말이다. 하지만 이 〈한트샤르〉사단은 전투의지가 정말 바닥이라 전력으로서의 가치가 거의 없었다. 그 한 개 약골사단을 얻자고 이 극렬 과격파 영감을 받아들여야 할까.

"보스니아뿐만이 아닙니다. 지금 영국이 지배하고 있는 시리아, 팔레스타인, 이라크, 이집트 등의 아랍 지역에 살고 있는 무슬림들도 기꺼이 총통을 도울 것입니다. 독립을 원하는 아랍인들이 나서서 철도와 송유관을 파괴하고 영국군 기지에 폭탄을 던진다면, 그리고 우리 땅을 빼앗는 유대인들을 처단한다면 어떻게 저 제국주의자들이 독일군과의 전투에 집중할 수 있겠습니까? 총통께서는 베를린과 빈에서 받는 환영을 예루살렘에서도 받으실 수 있을 겁니다."

"무프티의 말이 맞습니다. 총통께서 내는 성명서는 많은 이들에게 용기를 줄 것입니다."

두 사람의 요구에 나는 팔짱을 끼려다가 멈칫하고 두 손에 깍지를 낀 채 탁자 위에 내려놓았다. 내 호의적인 반응을 원하는 이 아랍 독립운동가에게 적당한 대답을 해 주려면 잠시 생각을 정리할 필요가 있었다.

"나 역시 아랍의 독립에 대해서는 그대와 같은 의견을 가지고 있소. 하지만 말이오, 안타깝게도 우리 국방군이 팔레스타인으로 진격하기는 무리가 있소. 그대도 알겠지만 우리 아프리카군단은 이집트의 영국군 방어선을 뚫지 못하고 있고, 터키는 완강하게 중립을 고수하고 있소. 터키군이 우리 편에 서 준다면 곧바로 팔레스타인으로 갈 수 있겠지만…."

"터키인 따위는 필요하지 않습니다!"

알 후세이니가 버럭 화를 내자 나는 물론 그의 옆에 앉아 있던 힘러까지 움찔했다. 하긴, 팔레스타인은 오스만 제국의 지배를 거의 4백년이나 받아야 했으니 터키라는 말만 들어도 격렬한 반응을 보일만하다.

"우리는 터키인들로부터 벗어나기 위해 영국과 함께 싸웠습니다. 그리고 배반당했습니다! 영국인도, 터키인도 우리에게는 쫓아내야 할 압제자일 뿐입니다. 우리는 오직 아랍인에 의한 아랍을 원합니다."

"말씀하시는 바는 잘 알겠소. 하지만 지금 독일은 유대인이 보유한 두 성채, 곧 영국과 소련 두 나라를 상대로 생사를 건 투쟁을 하고 있단 말이오. 지금 이 시점에 팔레스타인까지 병력을 보낼 여유가 없소. 그대도 이해하겠지만, 아랍의 궁극적인 해방은 소비에트를 타도해야만 이루어질 수 있소."

후세이니가 흥분할 기색을 보이자 나는 급히 손을 내저어 진정시켰다. 후세이니도 자기가 지나쳤다는 것을 깨달았는지 헛기침을 하며 대화의 방향을 돌렸다.

"흠, 흠. 저 역시 총통께서 처한 곤란한 상황을 잘 이해하고 있습니다. 제가 바라는 것은 당장 독일군을 예루살렘에 입성시켜 달라는 것이 아닙니다. 저는 총통께서 우리 아랍인들의 민족운동을 지지하고 있으며, 유대인들의 시오니즘을 타도하고자 한다는 공식 성명을 발표해 주신다면 그것으로 충분합니다."

등 뒤로 식은땀이 흘렀다. 나는 가능하면 노골적인 반유대주의를 '내' 입으로 천명하고 싶지 않았다. 미국에 있는 유대인들의 심기를 조금이라도 덜 거슬러야 미국 참전이 늦어진다. 게다가, 나는 유대인들을 이용해서 영국을 약화시키는 또 다른 작전을 구상하고 있었다.

"결전을 치러 조만간 소비에트를 타도하고 나면 우리 독일은 유럽의 유대인들이 이제까지 끼쳐 온 해악을 청산할 것이고, 마땅히 다른 지역의 유대인들도 그동안의 죄악에 대한 대가를 치르게 될 거요. 팔레스타인의 유대인들도 마찬가지요. 우리 총통께서는 일찍이 단 한 명의 유대인도 아랍에 발을 붙이지 못하게 하겠다고 언명하셨소."

알 후세이니는 힘러가 전한 '내' 말을 듣고 만족한 듯했다. 하지만 '나'는 그런 말 한 적 없다! 내가 여기에 오기 전에 있었던 '히틀러'가 한 거지! 어쨌든 잠시 알 후세이니의 태도를 살핀 뒤 나는 조곤조곤히 설명했다.

"하지만 지금 최우선적으로 물리쳐야 할 것은 유대인들이 세운 볼셰비즘의 요새, 소비에트요. 소비에트만 타도하면 쥐새끼 같은 유대인들은 자연히 유럽과 근동에서 사라질 거요. 굳이 터키를 참전시키지 않더라도, 소비에트가 무너지고 캅카스를 통해 우리 독일군이 진격할 수 있게 되면 유대인의 유산은 아라비아에서 완전히 사라지게 될 거요. 우리의 목표가 그러한 이상, 말뿐인 성명서 같은 것을 낼 필요는 없다고 생각하오. 확연한 진리를 굳이 말로써 설명할 필요가 있겠소?"

"옳은 말씀입니다. 하지만 그래도 저희 팔레스타인에서는 총통께서 저희를 지지해 주신다는 확실한 표지가 필요합니다. 영국의 압제를 견디고 있는 우리 동포들에게, 총통께서 도움을 주시리라는 약속은 매우 큰 희망이 될 것입니다."

지원 제안을 거절할 게 아니라면 더 이상 회피할 도리가 없다. 나는 상대가 알아채지 못하게 나지막하게 한숨을 쉰 뒤 고개를 끄덕였다.

"알겠소. 그럼 선전장관을 시켜 적당한 형태로 발표하도록 하리다."

"감사합니다!"

그 뒤로 몇 가지 쓸데없는 잡담을 주고받은 다음 나는 알 후세이니를 힘러와 같이 내보냈다.

하아, 과격론자를 상대하는 건 역시 힘들다. 게다가 팔레스타인 진공 따위는 불가능하다는 걸 나 스스로가 잘 알고 있으니 거짓으로 대할 수밖에 없고.

내게 있어서 가장 슬픈 일은 내가 만나게 된 테러리스트가 이 자 하나로 끝나지 않았다는 사실이었다. 난 유대 테러리스트고 아랍 테러리스트고 다 싫은데 말이다.

3

"셸렌베르크, 과연 이 자가 제정신이라고 생각하는가?"

내 질문을 받은 셸렌베르크는 뭐라 형용하기 복잡한 표정을 지었다.

"저로서는 그가 일종의 몽상가라고 생각됩니다. 아프베어에서는 대놓고 미친놈으로 취급하여 아예 그의 제안을 들어보려 하지도 않았습니다만, 소관으로서는 이용가치가 있다고 판단되기에 일단 보고를 드렸습니다."

"아프베어는 아예 무시했단 말이지, 흐음."

나는 손에 들고 있던 편지를 내려놓고 잠시 생각에 잠겼다.

카나리스, 실제 역사에서처럼 대놓고 연합군과 내통하지는 않는 것 같지만 이런 식으로 사보타주를 하는 건가. 하긴 이런 제안을 받았다면 제안한 놈을 미친놈으로 취급하는 게 당연한 일이긴 하다.

"팔레스타인에서 주둔 영국군을 상대로 파괴공작을 할 테니 자금과 무기를 대 달라, 그리고 유럽에서 여기에 필요한 인력을 조달하게 해 달라…. 과연 가능하겠나?"

"프랑스령 시리아를 빼앗기지 않았다면 육로로도 지원이 가능하겠습니다만, 지난 5월에 드골파가 시리아를 차지했기 때문에 팔레스타인을 지원하려면 전적으로 지중해를 통해야 합니다. 비행기와 잠수함을 이용한다면 이들이 원하는 정도의 무기와 자금을 전달해 주는 정도는 어렵지 않을 겁니다. 인원은 유럽에서 얼마든지 조달할 수 있으니 말입니다. 팔레스타인으로 갈 수 있다면 무슨 일이건 하겠다는 자들은 넘쳐날 겁니다."

"그러니까 귀관의 생각으로는 가능하단 말이지?"

내 확인을 받은 셸렌베르크는 조용히 고개를 끄덕였다. 나는 소파에 몸을 묻고 생각에 잠겼다. 이 제안을 받아들인다면 큰 비용을 들이지 않고도 영국령 팔레스타인을 한층 더 혼란으로 밀어 넣을 수 있다. 그리고 미국에서 반영 여론이 더 일어나도록 만들 수도 있다.

"하지만 하잘것없는 일개 유대인인데다 갱 두목에 불과한 이런 자를 내가 직접 만날 수는 없는 일이야! 자네가 만나보고, 내게 결과를 보고하도록. 이 슈테른이라는 자가 지금 아테네에 있다고 했나?"

"아닙니다. 로도스 섬에 있습니다."

"그럼 베를린으로 불러. 자네가 위험하게 로도스로 갈 것까진 없네."

"알겠습니다, 총통."

셸렌베르크가 나가자 나는 소파에 기댄 채 한숨을 쉬며 찬바람이 부는 창밖을 보았다. 동부전선에서 독일군이 한참 밀려나는 중이라 골치가 아파 죽겠는데 이런 엉뚱한 일이 생기다니.

앞서 묘사한 알 후세이니의 방문을 포함해서 이제까지 일어난 일들은 대부분 실제로 있었던 일이었지만 지금 눈앞에 닥친 일은 저쪽 세계에서는 분명히 없었고 나로서도 정말 예상하지 못한 일이었다. 영국군과 맞서 싸우겠다면서 나치에게 도움을 청하는 유대인 테러리스트를 만나게 될 거라고 내가 어떻게 상상할 수 있었겠는가?

셸렌베르크가 아브라함 슈테른이라는 정신 나간 유대인 테러리스트와 회견을 마치고 다시 내 눈 앞에 나타난 것은 열흘 뒤의 일이었다.

"총통, 지원할 가치는 있어 보입니다."

"그 자들이 정말 팔레스타인 주둔 영국군을 쫓아낼 수 있다는 소리인가?"

"그럴 리가 있겠습니까? 어디까지나 팔레스타인 주둔 영국군을 성가시게 하고 아랍인들과 충돌을 일으켜 영국 정부의 신경을 거슬리게 하는 정도밖에는 못 할 겁니다. 하지만 그 정도만 해도 충분합니다."

"놈이 거느린 조직원의 수는 얼마나 되지? 백 명은 되나?"

내 질문을 받은 셸렌베르크는 고개를 저었다.

"영국 경찰이 계속 이들의 조직을 때려 부쉈기 때문에 지금 팔레스타인에 남아있는 조직원은 많아야 서른 명 정도라고 합니다. 하지만 충분한 자금과 무기만 있으면 단박에 수백 명의 대원을 모을 수 있다고 합니다. 그만큼 팔레스타인 거주 유대인들 사이에는 영국을 몰아내려는 열기가 강하다고 합니다만, 그자의 주장을 신뢰할만한 근거는 없습니다."

곰곰이 생각해 보았다. 내가 알기로도 분명 영국군에 대한 유대인들의 테러는 상당히 심했다. 실제 역사에서 저 아브라함 슈테른이란 놈은 전쟁 중에 영국 경찰에게 사살됐지만 슈테른이 이끌던 조직은 살아남아 이르군(의미가 뭐였더라?)이라는 조직을 결성하고 전쟁이 끝난 뒤에 킹 다윗 호텔 폭파[1] 같은 테러를 줄줄이 벌였다. 데이르 야신 마을 학살사건[2]도 이놈들이 일으켰다. 그리고 이놈들의 방식을 훗날에 PLO가 그대로 모방했다. 알 후세이니나 이놈들이나, 똑같은 놈들이다.

"그런데, 그 놈은 도대체 무슨 생각으로 우리에게 지원을 청한 거지?"

"이미 알고 계시지 않습니까? 그 자가 우리에게 지원을 청한 일차적인 이유는 우리가 영국과 싸우고 있기 때문입니다. 자기들도 영국과 싸우고 있으니 '적의 적은 동지'라는 논리지요."

"아니, 그것만으로는 충분한 이유가 되지 않아! 지금은 잠시 멈춘 상태지만, 우리 제3제국의 궁극적인 목표는 유럽에서 유대인을 싹 쓸어내는 것임을 그자가 모르는 건가?"

일단 부하들 앞에서 말은 이렇게 해 두어야 한다. 유대인은 세상을

---

1 1946년 7월 22일에 예루살렘 소재 킹 다윗 호텔이 폭파된 사건. 영국군 사령부가 위치하고 있다는 이유로 이르군이 폭탄을 설치했다. 91명이 사망했고 이중 17명은 유대인이었다.

2 1948년 4월 9일에 예루살렘 인근에 있던 아랍인 마을인 Deir Yassin(인구 약 600)을 점령한 유대인 테러조직이 최소 107명에서 최대 254명에 달하는 주민을 학살했다. 이 학살은 아랍인들이 서둘러 팔레스타인을 떠나게 만든 결정적인 계기 중 하나였다.

오염시키는 독이라고 몇 년을 외쳐 놓고 갑자기 유대인은 무해한 존재라고 할 수는 없는 것이니까.

"슈테른의 주장에 따르면 바로 그렇기 때문에 우리가 자신들을 도와야 한다는 겁니다. 팔레스타인이 유대인의 조국이 되면 유럽의 모든 유대인을 팔레스타인으로 데려갈 것이며, 그렇게 되면 독일은 유대인 없는 유럽을 얻을 수 있는 것 아니냐고 열변을 토하더군요. 과거 우리가 실제로 그렇게 주장한 적도 있으니 일리가 없는 소리는 아닙니다."

전쟁이 터지기 전에 알프레트 로젠베르크를 비롯한 나치 사상가들이 유대인들을 유럽에서 내보내기 위해 시오니즘을 지원해야 한다고 주장한 것은 사실이었다. 문제는 유대인을 받아들여야 할 영국 정부가 팔레스타인의 문호를 개방할 생각이 전혀 없었다는 데 있었다. 아랍인들이 반발할 것이 분명했으니까. 그렇다고 다른 나라들이 유대인을 받아주지도 않다 보니 유대인을 해외로 추방하는 계획은 자연스럽게 흐지부지되었다.

만약 이런 소리가 골다 메이어나 다비드 벤구리온[1]의 입에서 나왔다면 확실히 신뢰하면서 작업을 진행할 수 있을 것이다. 하지만 저 사람들은 영국 정부와 합법 투쟁을 하는 중이니 반유대주의의 기치를 높이 든 '히틀러'와 협상하겠다고 날아올 리가 없다. 미친놈들의 집단인 나치와 협상하겠다고 나서는 놈은 어리숙한 바보 멍청이거나, 똑같이 미친놈이거나 둘 중 하나이리라. 그리고 저 슈테른이라는 놈은 분명히 후자에 속할 거다.

"좋아. 귀관이 직접 관리하는 안전가옥에 슈테른을 숨겨 놓고 구체

1 두 사람 모두 이스라엘이 독립하는 과정에서 큰 역할을 했고 독립한 후에도 총리를 역임(벤구리온 : 1948~1953, 1955~1963, 메이어 : 1969~1974)한 거물 정치인들이다.

적인 지원 방안에 대해 논의해 보도록. 약간의 무기와 자금 이외에 다른 지원방안도 연구해 보도록 하게. 영국 놈들과 유대 놈들이 서로 치고받게 만들 수 있다면 괜찮은 일이지."

"알겠습니다!"

내부가 아닌 외부의 적에 대한 공작 거리가 생겨서인지 셀렌베르크는 꽤 유쾌해 보였다.

"그런데 총통, 친위대 제국지도자(힘러)가 예루살렘의 대 무프티와 함께 머무르면서 무슬림들을 전쟁에 동원할 준비를 하고 있는 것으로 알고 있습니다. 슈테른을 지원한다는 정보가 그쪽 귀에 들어가면 충돌이 일어나지 않겠습니까?"

"어쩔 수 없는 순간이 올 때까지는 기밀을 유지해야지. 양쪽 다 영국군을 적대하고 있는 만큼 둘 다 소란을 일으키면, 아니면 서로 싸우게 되더라도 영국인들은 충분히 골치를 앓게 될 것이야. 그리고 북아프리카에 전력을 투입하기 힘들어지겠지."

이 시점에 북아프리카 전선은 아군이 신나게 밀리는 중이었다. 나로서는 어떻게든 영국군이 롬멜 추격을 중단할 계기를 하나라도 더 만들어야 했다.

아, 아직 슈테른 건에 대한 내 의문은 풀리지 않았다. 실제 역사에서는 독일과 연계하려는 시도는 했어도 방문까지는 하지 않았던 슈테른이 왜 직접 온 거지? 도대체 알 수가 없다. 혹시 이쪽 세계의 특수한 전개인가? 아니면 내가 눈치를 채지 못한 어떤 변화요인이 있었던 것일까?

4

베를린의 겨울 하늘을 뿌연 구름이 덮었다. 동부 전선에서는 추위와 보급품 부족에 시달리는 병사들이 러시아의 눈 속에서 힘겹게 전투를 계속하고 있었지만, 반제 호수 옆에 위치한 그로센 반제 56–58번지의 저택에서는 따뜻한 열기와 맛좋은 음식 냄새가 가득 흘러넘쳤다. 상석에 앉아 있던 키 큰 사나이가 자기 앞에 있는 잔을 들고는 자리에서 일어서서 일동의 주의를 환기했다.

"자, 코냑도 나왔으니 이제 오늘의 주제에 대해 본격적으로 논의해 봅시다. 총통께서는 우리가 유대인 문제를 확실히 처리할 최종적인 실행 방안을 마련하기를 바라시고 계시니까."

이 자리를 주관하는 장본인은 폴란드 총독이자 제국보안본부(RSHA) 장관 라인하르트 하이드리히였다. 그는 커다란 테이블 주위에 둘러앉은 14명의 유대인 정책 실무자들을 쭉 둘러보았다. 저쪽에 떨어진 작은 탁자에는 타이피스트 한 명이 회의 내용을 기록하기 위해 대기하고 있었다.

"유대인 문제에 대해 총통께서 기울이시는 관심에 대해서는 모두 다 잘 알고 있을 거요. 그리고 그 실행에 대해서는 친위대 제국지도자 각하와 본관이 총책임을 맡고 있소. 유럽 어느 곳에 거주하는 유대인이건 모두 내 책임 아래 처리하게 된다는 말이오. 오늘 여러분을 모이라고 한 것은 그 실행에 있어서 구체적인 요건 및 방법을 논의코자 함이오. 원래는 지난달에 모이려고 했지만 전임 공군 총사령관의 장례와 일본의 대미 개전 때문에 워낙 혼란스러워 늦어진 점, 양해를 구하는 바요."

고개를 살짝 숙여 보인 하이드리히가 자리에 앉자 RSHA 유대인 담당 과장 아돌프 아이히만이 조심스럽게 입을 열었다.

"각하, 총통께서는 유대인 말살을 그만두기로 작정하신 것입니까? 작년 8월에 갑자기 국방군 및 친위대에게 러시아 전선에서 유대인을 함부로 사살하지 말라는 명령을 내리시더니 후방 지역에서 현지 주민들이 벌이는 유대인에 대한 '징벌'도 가능한 억제하라고 명령하시지 않았습니까."

"유대인에 대한 현지인들의 '응징'이 완전히 금지된 것은 아닙니다. 유대인들을 게토로 보내고 그 재산을 몰수하는 일은 대부분의 동부 지역에서 일상적으로 일어나고 있습니다. 다만 야만적인 방법, 그러니까 길거리에서 대놓고 총으로 유대인을 사살하거나 마을 근교에서 집단으로 처형하는, 그런 활동만이 금지되었습니다. 게토에서 규정에 어긋난 행동을 하거나 이송 과정에서 반항 하는 유대인은 즉시 사살됩니다."

하이드리히 대신 동부점령지구 사령관 알프레드 마이어 박사가 말을 받았다.

"독일 본국과 서유럽에 소재한 유대인들을 처리하기 위해 동부로 이송하는 작업에는 막대한 비용이 듭니다. 그 비용이야 이주 대상인 유대인들에게 징수하면 됩니다만, 전선에서 시급히 필요한 물자와 병력을 수송해야 하는 열차로 유대인을 운반하면서 생기는 낭비는 회복할 수가 없습니다. 총통께서 유대인의 처리를 전쟁이 끝난 뒤로 미루신 데는 그런 배경이 있다고 봅니다만."

독일 경제 부흥을 책임진 4개년 계획청 차관(4개년 계획청 장관은 레지스탕스에게 암살당한 헤르만 괴링이었고, 아직 후임자가 정해지지 않았다) 에리히 노이만이 조심스럽게 입을 열었다. 그로서는 재정적인 문제에 대해서 신경을 쓰지 않을 수가 없었다.

"게다가 프랑스군 포로들이 모두 석방되면서 노동력 수요가 폭증했습니다. 프랑스인들이 배치되어 있던 노역장과 공장, 농장 등에 배치할 근로자가 필요합니다. 유대인들을 당장 처리해 버리는 대신에 노동을 시킨다면, 전시에 필요한 노동력 수요를 상당부분 충당할 수 있습니다. 러시아와 우크라이나의 유대인들은 전선에서 필요한 도로나 철도 공사에 투입하고, 중서부 유럽의 유대인들은 군수공장과 공습 피해 복구에 투입하면 우리는 많은 독일인 노동력을 아낄 수 있다, 이 말입니다."

하이드리히는 무표정한 얼굴로 노이만의 이야기를 들었다.

"전쟁이 끝나면, 유대인들을 우리 주변에 놓아둘 필요도 없어집니다. 저는 그때 가서 유대인들을 추방해도 상관없다고 생각합니다. 시베리아로 보내버려도 되고, 아프리카로 보내버려도 되고 말입니다. 프랑스 정부가 유대인을 마다가스카르에 이주시켜도 좋다고 이미 동의했으니까요."

"이주 이야기가 나왔으니 말인데."

하이드리히는 코냑 한 모금을 입술로 흘려 넣고 잔을 내려놓았다.

"총통께서는 유대인들의 해외추방을 조만간 재개하려고 생각하시는 것 같던데 그 문제는 어떻게들 처리하시겠소?"

"해외추방이라고요? 어디로 보낸단 말입니까?! 미국은 이미 한참 전부터 유대인들을 받아들이지 않고 있고, 마다가스카르 계획은 프랑스는 승인했지만 영국 해군이 바다를 봉쇄하고 있는 이상 전쟁이 끝날 때까지는 실천할 수가 없습니다."

외무성 차관보 마르틴 루터가 깜짝 놀라 소리를 쳤다. 다른 참석자들도 놀란 눈빛으로 하이드리히를 바라보거나 옆에 앉은 동료와 시선을 교환했다. 하이드리히는 팔짱을 끼며 태연히 대답했다.

"총통께서는 유대인들에게 놈들이 그토록 바라는 팔레스타인으로 가도록 해주겠다고 생각하고 계시오. 본관의 생각으로는 충분히 가능할 것 같은데. 물론 모조리 보낼 수는 없겠지만 말이오."

하이드리히의 말을 들은 루터 차관보의 두 눈이 접시만큼 커졌다.

"지중해에서 영국과 전쟁을 하고 있는데 영국이 지배하는 팔레스타인으로 유대인들을 보내요? 아무리 총통께서 내리신 명령이라고 해도, 그건 불가능합니다. 혹시 시리아가 아직 페탱 원수의 영향 하에 있다면 시리아를 중계점으로 해서 육로로 보낼 수도 있겠지만 지금 시리아는 드골파의 손에 들어가 있습니다."

"그럼 차관보께서는 길이 없다고 보는 거요?"

"그렇습니다. 미국이 압력을 가한다면 모를까, 영국은 절대 팔레스타인에 유대인들을 받아들이지 않을 겁니다."

루터 차관보는 고개를 내저었다. 하이드리히는 마땅찮은 듯 콧방귀를 뀌었지만 딱히 질책하지는 않았다.

"알겠소. 그럼 총통께는 외무부에서는 현 시점에서 유대인의 해외추방이 불가능하니 관여하기 싫어하더라고 보고를 드리도록 하지."

"아, 아니! 그게 아닙니다!"

"괜찮소. 어차피 유대인 문제를 해결하는 모든 책임은 친위대 제국지도자께 위임을 받은 내가 지고 있지 않소. 외무부에서는 서유럽 점령지에서 유대인들을 모아오는 일이나 신경 쓰도록 하시오."

얼굴이 창백해져서 자리에서 일어나려는 루터 차관보를 손짓으로 자리에 앉힌 하이드리히가 차분하게 총통의 의사를 전했다.

"폴란드에 유대인 처리를 위한 전용 수용소를 세운다는 예전 계획은 폐기됐소. 하지만 총통께서는 놈들을 죽을 때까지 노역에 투입하기로 결정하셨고, 놈들은 우리 제3제국을 위해 몸을 쥐어짜 가면서 군수공장과 노역장에서 일하다가 죽어갈 것이오. 굳이 우리가 비용을 들여 제거하지 않더라도 꾸준히 소모되어 사라질 거라 이 말이지."

임석해 있던 나치 간부들은 서로의 얼굴을 마주보며 흡족한 표정을 지었다. 인류의 적 유대인들을 당장 쓸어 없애지는 못하더라도 놈들이 고난을 겪게 될 거라는 이야기는 그들에게 있어 무척 반가운 이야기였다. 총통께서는 현실적인 필요 때문에 놈들의 박멸을 잠시 미루기로 하셨지만, 이 전쟁만 끝나면 꼭 놈들을 이 유럽에서 쓸어내실 것이다!

"외무부가 할 일은 점령지 현지 정부와 협력하여 현지 행정관서가 유대인 감시 및 통제에 최선을 다하도록 하는 일이오. 그리고 각지의 군수공장 및 동부 지역에 있는 노동부서에서 추가 인력이 필요하다는 요청이 들어오면 즉시 필요한 만큼의 인력을 조달하여 동부로 보내야 하오."

"알겠습니다. 유대인 문제의 최종 해결은 전쟁이 끝날 때까지 기다려야겠군요. 그럼 폴란드에 건설하던 수용소들은 어떻게 됩니까?"

"그 수용소들은 공장을 부설한 노동수용소로 개편할 거요. 아우슈비츠, 트레블린카 모두. 기존에 예정되어 있던 대규모 가스실과 소각로 건설은 모두 취소하고, 해당 부지에는 군수공장을 건립할 예정이오. 아, 물론 수용 중 발생한 사망자를 처리하기 위한 소각로는 필요하니까 당초 예정보다 좀 축소된 소각로가 설치될 거요."

참석자들은 고개를 끄덕였다. 물자와 비용을 소모하며 유대인을 제거하기보단 죽을 때까지 이용하는 것이 보다 합리적이며 전쟁 수행에도 도움이 될 것이니까. 그런데 이야기를 듣고 있던 내무부 차관 빌헬름 슈트카트 박사가 고개를 갸웃거리며 질문을 던졌다.

"그런데 각하, 작년까지 수립한 계획대로라면 노동능력이 있는 유대인은 좀 더 살려서 노동에 투입하지만 노동능력이 없는 여자나 아이, 노인들은 우선적으로 제거하도록 되어 있었습니다. 유대인을 사살하거나 전담 수용소에서 처리하지 않는다면, 노동능력이 없는 자들은 전쟁 기간 동안 어떻게 처리해야 합니까?"

"전쟁수행에 도움이 되지 않는 유대인 여자나 아이, 노인들은 해외로 추방한다는 게 총통께서 내리신 결정이오. 어디로, 어떻게 보낼지는 결정이 되면 알릴 것이니 그리 알고만 있도록."

"알겠습니다. 그럼 강제이송 및 추방, 노동력 동원의 대상이 되는 혼혈 유대인의 범위는 어떻게 정합니까?"

"유대교 신봉 여부 및 유대인의 피가 섞인 비율, 배우자의 인종 여부에 따라 달라질 거요. 그 범위에 대해서는 지금 이 자리에서 토론을 통해 확실히 하도록 합시다. 자, 다들 앞에 놓인 표를 살펴 주시오."

오른손으로 서류를 집어든 하이드리히는 천천히 왼손에 든 꼬냑 잔을 기울였다.

하이드리히는 유대인을 딱히 증오하거나 절멸시켜야 한다는 의무감을 느끼지 않았다. 유대인을 죽이지 않아도 되는 것이 다행이라고 생각하지도 않았다. 그저 총통이 전쟁부터 먼저 끝내고 유대인은 나중에 쓸어버리겠다고 결정한 이상 총통의 결심에 따를 뿐이다.

하이드리히의 보고서를 받은 나는 안도의 한숨을 쉬었다. 이렇게 해서 결국 이쪽 세계에서의 반제 회의는 유대인에 대한 〈최종 해결〉을 학살과 인종 청소가 아니라 노동과 추방으로 결론지었다. 현재 독일이

해결해야 하는 제1의 과제는 전쟁의 승리이며 유대인 추방은 뒤로 미루어도 되는 부차적인 문제로 간주한 것이다.

독일 사회 내에 융화되어 있던 1/2, 혹은 1/4 유대인에 대한 색출도 실질적으로 중단했다. 이로써 최소한 전선에서 용감히 싸우던 장병이 느닷없이 소환되어 단지 유대인이라는 죄목으로 수용소에 처넣어지는 어처구니없는 상황은 일어나지 않게 되었다. 하지만 내가 호전시킬 수 있었던 것은 여기까지였다.

이미 만들어진 반유대주의 법률과 게토를 없앨 수는 없다. 이미 죽은 유대인들을 살릴 수도 없고 앞으로 유대인들이 받을 박해를 원천 차단할 수도 없다. 그리고 전쟁에 이기기 위해 정치적으로 유대인을 이용하는 일을 멈출 수도 없다. 하지만, 적어도 절멸수용소였던 아우슈비츠와 트레블린카, 소비부르 등등등을 단순한 강제수용소인 작센하우젠 수용소 정도 레벨로 만들 수는 있었다.

뭐라고? 작센하우젠도 지독하기는 아우슈비츠랑 별 차이가 없다고?

적어도 작센하우젠은 아우슈비츠처럼 살육 자체를 목적으로 하는 "살인공장"은 아니다. 하지만 반발은 이게 끝이 아니었다. 아니, 어쩌면 내가 과욕을 부렸던 탓에 자초한 반발이 이어졌다.

"지금 러시아 전선에는 더 많은 병력이 필요하다. 우크라이나와 벨로루시에서는 현지 민병대가 편성되어 후방 경계를 맡기로 했지만, 아직 충분한 인원수가 준비되려면 멀었다. 또한 후방 각지에 소재한 유대인 게토를 통제하고 강제이송을 담당하며 강제수용소를 경비할 인력도 더 많이 필요하다! 그러니 유대인을 모병해서 이런 후방의 너절하고 지저분한 임무를 담당하도록 하면 어떻겠는가? 게토에 있는 가족에 대한 식량배급이라든가 주거조건 등에 대한 우대를 조건으로 독일어 구사가 가능한 자를 모병하여 중대 또는 대대 단위로 편성하고, 소련군 형벌대대처럼 최전선에 투입하거나 유대인 강제수용소 경비 등 후방임무에 투입하는 것이다. 유대인 병사를 지휘하겠다는 독일인 장교는 없을 테니 군대 경력이 있는 유대인을 장교로 임용하여 지휘케 하고 말이다. 내 생각에는 10만은 충분히 모을 수 있을 것 같은데."

내 말을 듣자마자 힘러는 마치 다리 여덟 개 달린 시궁쥐를 본 노처녀처럼 히스테릭한 반응을 보였다.

"총통. 이 세계를 파괴하는 세균인 유대인을 처단하는 것은 저희 친위대가 갖는 신성한 의무 중 하나입니다! 당면과제인 소비에트와의 전쟁 때문에 유대인 박멸을 일시 중단하시려는 의도는 이해할 수 있으나, 이것만은 총통께서 내리신 명령이라 해도 도저히 받아들일 수 없습니다! 유대인에게 총을 주고 우리와 같은 전선에 어깨를 나란히 해서 서게 하다니요!"

이놈이 그 순둥이 돌쇠 힘러 맞나? 얼굴이 새빨개진 채 숨을 헐떡이는 힘러를 보면서 나는 내 눈을 믿을 수가 없었다. 유대인 학살을 지상과제로 여기던 놈이니 받아들이기 힘든 아이디어인 건 알겠는데, 이토록 심하게 반항할 줄은….

"총통, 친위대뿐 아니라 국방군에서도 그런 조치는 환영하지 않을 것입니다. 이미 독일인으로서 국방군에서 복무중인 혼혈 유대인들이 계속 복무하는 것을 묵인하는 정도는 저도 반대하지 않겠습니다만, 장교까지 유대인으로 편성한 유대인 부대라니요? 설사 유대인 부대가 총통께 충성을 서약하고 절대 배신하지 않는다고 해도 안 됩니다. 유대인 부대가 생긴다는 소식을 듣기만 해도 일선 장병들의 반발은 장난이 아닐 것입니다. 어떤 사단장도 유대인들을 휘하에 두고 싶어 하지 않을 것이고, 전방이건 후방이건 유대인 부대가 배치된 곳은 노골적인 경계와 불신의 대상이 될 것입니다. 유대인 부대의 편성에 대한 생각은 재고하실 것을 부탁드립니다."

"으음!"

힘러의 히스테리컬한 반응에 이어 요들의 논리적인 반대에 부딪히자 나로서도 생각을 계속 밀고 나갈 수가 없게 되었다.

내가 생각하기에는 정말 괜찮은 생각 같은데. 이이제이(以夷制夷), 아니 이유제공(以猶制共)도 좋지 않은가? 게다가 유대인을 등용하면 나치가 반유대주의 정권이라는 국제적인 비난도 누그러뜨릴 수 있지 않은가. 답답해서 한 마디 하려는데 흥분이 가라앉지 않은 힘러가 또다시 열변을 토했다.

"더러운 유대인과 어깨를 나란히 하고 전선에 서다니, 상상할 수도 없습니다! 더구나 유대인들은 우리 독일민족을 감염시키려는 병원균들입니다! 이미 지난 대전에서 우리 독일을 뒤에서 찔러 패배시킨[1] 경력이 있는 자들에게 또다시 총을 주다니요? 놈들은 분명히 우리를 배반하고 적들과 내통할 겁니다! 절대 놈들을 군대에 동원해서는 안 됩니다!"

'어휴, 이 파시스트 꼴통새끼. 당장이라도 대가리를 까고 싶은데 적당한 후임자를 찾지 못해서 살려 둔다, 이 공처가 새끼야. 뭐, 나란히 전선에 서? 네놈은 그 〈전선〉에 한번이라도 나가 봤냐? 유대인 처형하

1 1차 세계대전에서 독일은 전선에서 패배하기 이전 국내에서 정권이 붕괴되면서 항복했다. 이는 독일 국민들 사이에서 독일 군대는 패배하지 않았으나 정치가들이 배신한 탓에 전쟁에서 졌다는 인식을 불러일으켰다. '배신'의 주체로 거론된 이들은 주로 사회민주주의자들이었으나 나치는 이를 유대인으로 특정했다.

는 장면만 보고도 구토했던 새끼가 입만 살아서 지랄하기는…. 후임자만 정하면 넌 그대로 골로 가는 거야, 새끼야!'

…라고 속으로만 생각했다.

"다른 분들은 어떻게 생각하시오? 정말 안 되겠소?"

나는 시선을 돌려 육해공군의 사령관인 세 장군을 바라보았다. 세 사람은 서로 시선을 교환하면서 한참을 침묵하더니 한 사람씩 조심스럽게 입을 열었다.

"해군으로서는 병력 보충을 위해 유대인 부대를 조직할 필요성을 전혀 느끼지 못합니다. 이미 편성된 병력으로도 충분합니다."

"공군에서는 인원을 도리어 줄여야 할 판입니다. 전임 사령관이 과다하게 병력을 계상하여 규모를 확장시켜놓았기 때문에 병력이 남아돌고 있습니다. 현재 잉여 인원을 차출하여 육군으로 넘기는 작업을 준비하고 있습니다."

레더와 밀히가 한 마디씩 하는 동안 육군의 폰 레프 원수는 입을 다물고 있었다. 다른 두 사람이 말을 마치고 나자 레프 원수가 조용히 입을 열었다.

"육군에서는 보다 많은 병력이 필요한 것이 사실입니다. 또한 어제까지 전우였던 이들이 약간의 유대인 피가 섞였다는 이유로 군에서 추방되고 그때까지 세운 공훈도 인정받지 못하는 비극이 벌어지는 결과은 군인으로서 마음 아픈 일입니다. 본관은 총통께서 그들에게 진정 독일인으로서 충성과 명예를 입증할 기회를 주시려는데 대해 감사하게 생각합니다."

나는 속으로 안도의 한숨을 내쉬었다. 아아, 레프 원수가 찬성해 줄 모양이니 그나마 참 다행이다. 육군만 찬성하면 계획 진행은 쉽지. 역시 이 영감은 진짜 군인이야!

"그럼 유대인 부대 편성에 대해 육군 총사령관은 찬성하는 거요?"

"아니오, 분명히 반대합니다."

"…뭐라고?!"

내가 놀라건 말건 레프는 침착하게 자기가 할 말을 했다.

"제 생각은 국방군 총사령부 작전국장(요들)과 같습니다. 독일인으로서, 이미 국방군에 복무하고 있는 혼혈 유대인을 축출하는 데는 반대합니다. 하지만 지금 군인도 아닌 유대인을 새로이 모병하여 군에 배속한다고 하면, 지난 10여 년 동안 유대인을 증오하는 교육을 받아 온 장병들의 반발이 클 것입니다. 일선에서 유대인 부대를 배속 받은 상급 지휘관이 임의로 유대인 병사들을 모두 사살해 버린 뒤, 부대가 전멸한 경위를 허위로 보고하는 사례가 생기지 않으리라고 장담할 수 없습니다. 그런 분란을 각오하느니, 유대인 부대 10만을 포기하는 편이 낫습니다. 1천만을 넘는 독일국방군 전체 병력에 비하면 그 정도 숫자는 별 의미도 없습니다."

폰 레프 원수까지 이렇게 나온다면 도리가 없다. 나는 무거운 한숨과 함께 유대인 부대 편성에 대한 아이디어를 포기했다.

"이 일대 국경선은 아직 봉쇄되지 않았으니 저쪽으로 곧바로 가라. 국경을 넘어서 프랑스 관헌을 만나면 보호를 요청하고, 팔레스타인으로 보내달라고 하라."

"정말, 정말 가도 되는 겁니까?"

"이제까지 뭘 들은 건가? 가라. 하지만 돌아온다면 후회하게 될 거다."

트럭 위에서 이쪽으로 기관총을 겨누고 있는 터키군 병사들과 단호하게 명령하는 터키군 장교를 번갈아 쳐다보던 8백여 명의 유대인들은 이고 진 짐 보따리와 함께 국경을 넘어 프랑스령 시리아로 들어섰다.

성인 남자는 별로 없고 부녀자가 대부분인 이들 무리는 모두 보름에 걸친 기차 여행으로 지쳐 있었다. 하지만 나치의 손아귀에서 벗어났다는 환희, 그리고 새로운 삶에 대한 희망이 이들로 하여금 황야를 걷게 했다. 이를 위해 독일의 수용소나 공장에 남은 가족의 희생이 있기는 했지만, 그래도 이 유대인들은 생명의 길을 얻은 것이다.

유대인들이 인적이 없는 골짜기를 따라 국경 안쪽으로 3km 남짓 걸어 들어가는 동안에는 아무 일도 없었다. 하지만 일행의 경계심이 사그라지고 대열이 흐트러질 때 쯤 수십 발의 총성과 함께 비극이 시작되었다.

"대위님! 또 놈들이 나타났습니다."

"여기서도? 운이 없는 유대인들이군."

유대인들을 데려온 인솔담당 장교인 터키군 대위는 고개를 가로저으며 쌍안경을 집어 들었다. 3백여 명쯤 되어 보이는 무장한 아랍인들이 말을 탄 채 언덕 꼭대기에서 골짜기 아래쪽의 유대인들을 향해 짓쳐 들어갔다.

거의 여자와 아이뿐인 유대인들은 어떡해야 할지 몰라 허둥대다가 연달아 총에 맞거나 말발굽에 짓밟혀 쓰러졌다. 아이를 안은 채 터키인들이 있는 쪽을 향해 있는 힘껏 달려오던 유대인 여자가 말을 탄 아랍인의 언월도에 맞아 그대로 나뒹구는 모습을 담담히 지켜보던 대위가 옆에 선 부하 장교에게 말을 건넸다.

"비록 유럽 각지에서 밀려드는 유대인들을 터키 공화국이 몽땅 떠

말을 수는 없는 일이긴 하지만 불쌍하군. 중위, 왜 상부에서는 유대인들에게 아무 경고도 주지 못하게 하는 걸까? 고작해야 프랑스 관헌을 빨리 찾으라는 말밖에 해줄 수 없다니."

"그야, 죽음과 약탈이 기다리고 있다는 걸 알면 어떤 유대인도 시리아로 가려고 하지 않을 테니까요. 뭐, 무사히 프랑스 관헌을 만나는 유대인들이 없는 것도 아니고요."

"그렇긴 하지만 안 된 건 안 된 일이야."

두 사람이 몇 마디 이야기를 나누는 사이 학살은 끝났다. 아랍인들은 황량한 땅 여기저기에 널브러진 유대인들의 짐을 뒤지며 귀중품을 찾고 있었다. 대위가 요행히 살아남은 젊은 유대인 여자 몇이 말을 탄 아랍인에게 밧줄로 묶여 개처럼 끌려가는 모습을 망원경으로 보고 있는데 중사 한 사람이 다가왔다.

"대위님. 쌍안경으로 보니 시체 틈에 생존자가 있는 것 같은데, 구하러 가도 되겠습니까?"

"프랑스인들이 처리해야 할 일이다. 임의로 국경을 넘어갔다가 문제라도 생기면 곤란해."

"…알겠습니다."

중사가 경례를 하고 물러가자 대위는 고개를 돌려 저쪽에서 아무 말 없이 사진촬영 중인 독일인들을 노려보았다.

망원렌즈가 달린 카메라와 영화 촬영기로 학살 현장을 열심히 필름에 담고 있는 저 독일인들이 독일 선전부에서 나온 요원들이라는 사실을 대위는 알고 있었고, 저들이 왜 학살 장면을 촬영하는지도 어렴풋이 눈치 채고 있었다. 대위는 독일인들이 듣지 못하도록 속으로 욕지거리를 퍼부었다.

"대위님! 비행기입니다."

중위가 보고하자 대위는 고개를 치켜들었다. 프랑스군 정찰기가 학살 현장을 발견했는지 상공을 맴돌고 있는 것이 보였다. 대위는 조그만 비행기를 보며 혀를 찼다.

"쯧쯧, 이제야 왔어? 자, 이제 우리는 철수한다. 전원 차에 올라라!"

유대인을 군대로 동원하는 프로젝트가 좌절된 뒤에도 내게는 아직 유대인 문제 해결에 대한 한 가지 아이디어가 남아 있었다. 뭐냐고? 이미 이야기하지 않았나? 대외 추방!

어디로 보내느냐고? 마다가스카르? 설마 그럴 리가. 그건 불가능하다고 이미 말했지 않은가. 내가 선택한 추방 목적지는 바로 〈팔레스타인〉이었다!

이 대외추방을 성공적으로 밀고 나가기 위해서 나는 강제노동이나 거주지 제한, 사유재산 몰수, 학살하겠다는 '위협'과 같은 유대인들에 대한 노골적 박해를 "완전히" 중단하지 않았다.

이미 언급했듯이 독일 사회에 녹아든 유대인에 대해서는 잠시 묵인하는 조치를 취해나갔다. 하지만 순수 유대인, 또는 동유럽 유대인을 대상으로 현지에서 벌어지는 "자발적"인 박해에 대해서는 개입하지 않았다.

박해가 지속될수록 유대인들은 지쳐갔다. 그리고 독일 당국은 이들을 대상으로 유럽을 아주 떠날 것이며 돌아오면 그 자리에서 사살한다는 조건부로 이주 희망자를 모집했다. 노동능력이 있는 성인 1명이 유럽에 남아서 독일을 위해 노동을 하겠다고 자원하면 여자나 노인, 환자, 어린아이 등 노동능력이 없는 사람 3명에게 탈출권을 주는 조건을 붙여서.

사실 유대인 부대를 편성하는 등 유대인들에 대한 대우를 완화시키면 추방되는 유대인들을 외부에서 받아주지 않을 가능성이 더 커진다. 따라서 유대인들이 계속 박해받는 상황을 어느 정도 방임할 필요는 있었다. 그렇게 생각하니 유대군단 편성계획이 좌절된 것도 나름 전화위복이라고 할 수 있어서 딱히 실망할 필요는 없었다.

아프리카 군단이 사막의 쥐떼들과 사투를 벌이던 1942년 여름에 최초의 탈출자가 팔레스타인으로 밀려들어가기 시작했다.

처음에는 터키 영토를 통과하는 봉인열차를 동원했다. 우리에게 압력을 받은 터키 정부는 열차의 통과를 묵인했고, 자유 프랑스가 장악한 시리아 국경선에 열차 한 편당 1천여 명의 유대인들이 쏟아졌다. 예상치 못한 사태에 프랑스인들이 제대로 대처하지 못하는 사이 터키–시리아 국경 곳곳에서 유대인들이 국경을 넘어 남으로 향했다. 이들의 등 뒤에는 터키군의 기관총이 겨누어져 있었다. 이유? 뻔하지. '돌아오면' 안 되니까!

유대인의 물결과 그 이동 목적이 알려지자 일차적으로 시리아의 자유 프랑스 행정당국이 충격을 받았고 이차적으로 시리아 및 팔레스타인 일대의 아랍인들이 맹렬한 분노를 터트렸다. 비상이 걸린 팔레스타인 주재 영국 행정당국은 시리아 주재 프랑스 행정당국에 유대인들의 남하를 막아줄 것을 요구했고, 시리아–팔레스타인 국경에 철조망을 치고 검문검색을 강화했다. 유대인들의 중계지인 터키 정부에는 유대인들을 실은 열차를 통과시키지 말라고 요구했다.

얼마 안 가서 자유프랑스 당국은 터키–시리아 국경의 철도와 도로를 봉쇄하고 이미 경계선을 넘어온 유대인들은 사막의 임시 수용소에 수용했다. 독일에서 보내는 유대인은 계속 들어오는데 시리아로 가는 모든 열차 및 사람의 통행이 막히자 곤란해진 터키 당국은 프랑스인들이 지키지 않는 국경의 빈틈으로 유대인들을 들이밀었다. 그로 인해 초래된 결과가 앞에서 언급한 것과 같은 백주 대낮의 학살극이었다.

"총통! 유대인을 혐오하는 아랍인들의 손으로 유대인들을 처단하게 하심은 실로 놀라운 신의 한수셨습니다. 유대인의 입국을 거부하는 영국 및 프랑스 현지 행정당국의 처사에 대하여 미국 등 중립국으로부터 비난이 빗발치고 있습니다. 프랑스 관헌들이 아랍인들의 야만스러운 유대인 말살행위를 '방관'하는 데 대한 비난도 엄청나고요. 우리 손을 더럽히지 않으면서 적들끼리 싸우게 하시다니, 총통께서는 역시 대단하십니다."

괴벨스는 찬사를 늘어놓았지만 내 귀에는 반도 들어오지 않았다. 나는 그저 이를 악물고 속으로만 앓는 소리를 냈다.

세상에 그런 피바다가 초래될 줄은 몰랐다. 프랑스나 영국 당국이 급한 대로 임시 수용소를 만들어 유대인들을 처넣은 다음 이들을 어떻게 할지 처리하느라 쩔쩔맬 줄만 알았지, 아랍인들이 사막에서 유대인을 죽여 댈 줄이야.

"친위대 전국지도자가 접대하고 있는 무프티는 약간 불만이 있는 모양이지만, 아랍인들의 손으로 직접 유대인들을 죽일 수 있는데다가 영국인들을 난처하게 만들고 있는 것 때문인지 이번 난민 작전을 그럭저럭 받아들이고 있습니다. 터키 정부가 임기응변을 발휘해 준 덕분에, 유대인들을 우리가 직접 죽이지 않으면서도 말살할 수 있게 되어 참 다행입니다."

칠면조 같은 터키 놈들! 프랑스가 국경을 봉쇄했다고 그걸 그냥 황야로 들이밀어? 아랍인들이 반유대 감정을 폭발시키고 있는데 유대인들을 들이밀면 무슨 일이 일어날지 짐작이 안 되냐? 제기랄, 상황을 초래한 내 입장에서 할 말은 아니지만, 터키 영토 안에 임시 수용소를 만들어도 되는 거잖아!

"지금까지 시리아로 넘어간 유대인이 얼마였지?"

"유럽을 떠난 유대인이 8만, 그중에 지금 터키를 통과중인 인원이 1만입니다. 시리아로 넘어간 7만 명 중에서 대략 3만 명이 시리아를 지배하는 프랑스 당국이 만든 수용소에 있고, 4만 명은 아랍인들에게 죽었습니다. 현지에서 들어오는 정보에 따르면 팔레스타인의 영국 행정당국은 초비상사태이고, 분노한 유대인과 아랍인 모두가 영국 당국을 상대로 테러를 벌이고 있다고 합니다. 시리아에서 아랍인들에게 살해당한 유대인들의 참상과 팔레스타인에서 양자가 벌이는 테러의 모습이 사진과 영상으로 전 세계에 보도되고 있습니다."

나는 고개를 끄덕였다. 그래, 영국이 아무리 언론 통제를 하더라도 국내용일 뿐. 설마 중립국인 스위스와 스페인을 통해 미국으로 들어가는 뉴스까지 전면 차단할 수는 없겠지. 사실 유대인들을 스페인으로 내보내서 미국으로 추방할까도 생각해 봤는데, 미국 정부가 도무지 유대인들을 받아들일 조짐이 안 보이는데다 프랑코가 딱 잘라 거절하는 바람에 방법이 없었다.

"미국이 유대인들을 받아들이겠다고 확약하고 카디스에 유대인을 실어갈 수송선을 보내면 그때 유대인 수송열차 통과를 승인하겠소."

이 고집불통 자식을 아무리 어르고 달래도 요지부동이었다. 유대인 때문에 스페인을 침공할 수도 없으니 스페인 루트는 포기해야 했고, 보낼 수 있는 길은 터키뿐인데 이 사단이 나다니. 시리아의 황야가 유대인의 피로 붉게 물들고 있는 걸 알면서도 계속 밀어붙일 수는 없었다. 게다가, 조만간 역풍이 몰아칠 것이 분명하니까.

"선전장관, 터키행 유대인 열차의 출발을 모조리 중단하게. 지금 터키에 가 있는 열차도 모조리 정지시키고, 터키 당국에게 알아서 처리하라고 떠넘겨. 시리아로 보내려면 보내도 좋으니까, 도로 돌려보내는 것만 말고 뭐든 마음대로 하라고 하게."

"총통, 이 작전은 영국과 드골을 곤란하게 하고 미국 유대인들의 분노를 불러일으키며 유대인을 말살하는 세 가지 효과를 한꺼번에 얻고 있습니다. 이런 효과적인 작전을 왜 중단하신다는 겁니까?"

눈을 동그랗게 뜨는 괴벨스를 향해 나는 나도 모르게 고함을 쳤다.

"전부 선전장관 자네 때문이야! 자네가 하는 지나친 선전 때문에, 이미 독일 내에도 유럽을 떠난 유대인들의 운명이 알려지기 시작하고 있어. 이렇게 되면 누가 육로로 팔레스타인에 가는 이 프로그램에 지원하겠나? 고로 현시간부로 유대인의 육로 수송은 중단하고, 해로를 통하는 제2루트를 발동한다. 알겠나!"

"아…, 알겠습니다. 준비하겠습니다."

"나가 보도록."

쩔쩔매는 괴벨스를 내보내고 나서 나는 잠시 심호흡을 하며 마음을 가라앉혔다. 그리고 인터컴을 눌러 베르타에게 지시를 내렸다.

– 예, 총통!

"SD의 셸렌베르크를 호출해!"

"슈테른이 조직한 루치퍼(Lucifer)는 지금 훈련된 조직원 4천 명을 확보했습니다. 이들 대부분은 가족이 시리아에서 죽은 유대인 가장들입니다. 이들에게는 노획한 프랑스군과 영국군의 소총 및 권총, 기관총이 지급되었으며 난민선 한 척당 10명 이상 승선시켜 다른 승객들을 지도할 수 있는 인력으로 배치했습니다."

"좋아. 육망성 작전을 바로 시작하도록."

터키를 통한 유대인의 열차 수송 작전이 중단되자 영국 및 프랑스 식민당국은 안도의 한숨을 내쉬었다. 하지만 보름도 안 되어 영국 지중해함대는 팔레스타인을 향하는 크고 작은 수많은 난민선과 맞닥뜨렸다.

유대인을 가득 태운 이 배들은 유럽을 떠나기를 원하는 그리스인이나 프랑스인 선원 또는 선박 운항 경험이 있는 유대인들이 직접 몰고 있었다. 이 배들은 팔레스타인으로 갈 수 있는 편도 연료와 식량, 식수를 싣고 있을 뿐이었다.

영국군은 이들을 돌려보내고 싶었으리라. 하지만 탈출 초기에 유대인 4천명을 태운 프랑스 선적 대형 화물선 마르세유 호가 영국인들에게 팔레스타인 입국을 거부당하고 돌아온다는 보고를 받은 나는 공군에 명령해서 그 배를 격침시켜버렸다. 일단 유럽을 떠난 유대인들이 돌아오면 확실히 죽는다는 사실을 유대인들은 물론 전 세계에 확실히 인식시켜놔야 영국이 그들을 돌려보내지 못할 테니까.

내 기대대로, 마르세유 호 침몰사건 이후에 유럽을 출발한 유대인 난민들은 영국 해군이 앞을 막아서도 결사적으로 송환을 거부했다. 마침내 난민선에 올라타 배를 제압하려는 영국 해군 수병들과 배를 지키려는 슈테른의 루치퍼 조직원들이 총격전을 벌이는 사태까지 벌어졌다. 승선하고 있던 여자와 아이들의 피해도 막심했음은 말할 필요도 없다. 이것 역시 루치퍼 조직원들이 사진과 영상으로 촬영했고, 전부는 아니지만 일부가 새어나가 중립국 언론에 보도되었다. 반유대주의 슬로건에 동조하는 것 같은 소리지만, 유대인들의 손길은 정말로 어디에나 있었으니까.

"국가사회주의자들로부터 학살당할 위기에서 겨우 빠져나가 망명하려는 이들을 반대편에서 학살하는 영국군, 논란거리가 될 만하지."

나는 집무실 책상에 앉아 정찰기에서 찍은 항공사진이 첨부된 보고서를 천천히 넘겼다. 영국은 팔레스타인에서 아랍인들이 대대적인 봉기를 일으키는 상황을 피하기 위해 필사적으로 몸부림치고 있었다. 터키-시리아 국경과 시리아-팔레스타인 국경에는 이중삼중으로 철조망이 가설되었고 해상에는 순시선이 돌면서 유대인들의 팔레스타인 입국을 막았다.

결국 영국은 키프로스에 임시 수용소를 만들고 배를 타고 밀려드는 유대인들을 지중해 한가운데에 뜬 이 섬에 임시로 수용했다. 난민선 한 척을 나포할 때마다 유혈사태가 동반되었음은 물론이다. 내 입가에 씁쓸한 고소(苦笑)가 흘렀다.

영국이 이렇게 노력하고 있는데도 불구하고 중동에서는 이미 불길이 타오르고 있었다. 시리아와 팔레스타인의 황야에서는 무장한 아랍인들이 유대인 거주지를 습격했고 도시에서는 테러가 잇달았다. 유대인들도 피의 보복을 펼쳤고 영국 식민당국은 양자 모두로부터 공격을 받았다. 참으로 가엾고 딱한 상황이 아닐 수 없었다.

– 총통, SD 국장입니다.

"들어오라고 해."

무슨 보고지? 허리를 곧추세우자 셸렌베르크가 무척 송구한 얼굴로 내 집무실에 들어왔다. 내가 무슨 일이냐고 물어보기도 전에 셸렌베르크가 입을 열었다.

"총통, 죄송합니다. 유대인 추방을 위한 육망성 작전을 중단해야 할 것 같습니다."

"무슨 소리야? 아직 준비한 선박과 승무원은 30%밖에 사용하지 못한 것으로 아는데?"

내가 깜짝 놀라자 셸렌베르크가 우울한 표정으로 뒷말을 이었다.

"공군으로부터 보고를 받으셨겠지만, 육망성 작전의 출발지인 그리스 일대의 모든 항구가 영국 공군의 맹폭격을 받았습니다. 게다가 영국군이 폭격기와 잠수함으로 기뢰를 부설했기 때문에 항구 기능이 거의 마비되었습니다. 이것만으로는 충분하지 않은지, 발칸 반도를 종주하는 철도망까지 폭격을 받았습니다. 하필이면 난코스만 골라 폭격하는 바람에 복구에 시간이 걸립니다. 현재의 철로 및 항구 상태로는 팔레스타인으로 보낼 유대인 수송은커녕 그리스에 주둔한 우리 군의 보급을 해결하기도 곤란할 지경입니다."

보고를 받은 나는 그대로 손에 들고 있던 보고서를 바닥에 집어던졌다. 빌어먹을 영국 놈들! 원래 세계에서, 유대인들이 가스실에서 죽느니 폭격으로 죽는 게 낫다면서 그렇게 간절하게 아우슈비츠와 철도를 폭격해 달라고 할 때는 들은 척도 않더니, 그깟 난민 몇 만 명을 못 이기고 철로랑 항구를 폭격해? XX놈들!

"총통, 일단 배가 뜰 수 없어서야 작전 진행이 되지 않습니다. 당분간 유대인의 추방은 중단하시고, 비행기와 잠수함을 통해 슈테른과 루치퍼 대원들을 팔레스타인에 몰래 들여보내는 데만 집중하시는 편이 어떻겠습니까."

선택의 여지는 없었다. 맥이 풀린 나는 작전 중지를 승인하고, 당분간 대부분 유대인들에 대한 처우는 격리 및 강제노동으로 한정할 것임을 명확히 했다.

"결국 실패하고 말았군. 귀관이 보기에는 우리가 얻은 성과가 있는가? 나는 솔직한 대답을 원하네."

셸렌베르크는 내 질문을 받자 잠시 난처한 표정을 지었다. 내가 여기 오기 전에 읽은 오토 슈코르체니가 남긴 글에 따르면, 셸렌베르크는 머리는 좋지만 요령을 피우고 둘러대는 데도 달인이었다. 힘러나 '히틀러' 같은 윗사람이 불가능한 일을 시키면 파도가 지나갈 때까지 하는 척만 한다. 그리고 실제로는 아무 일도 안 한다.

그래서 나는 셸렌베르크에게 일단 과업을 부여하면 철저하게 확인하고 거짓 보고가 있을 시에는 용서 없이 질책했다. 그랬더니 지금은 최소한 자기가 사실대로 말해도 질책을 받지 않을 사항에 대해서는 솔직하게 입을 열게 되었다.

"소관이 판단하기에 저희 제3제국이 이번 작전으로 얻은 것은…, 미국 유대인들이 영국을 좀 더 증오하게 되었다는 것, 하나뿐입니다. 우리에 대한 증오야 더 커질 것도 없고 말입니다."

"…알겠다. 나가 보게."

이렇게 해서 유대인 추방작전은 끝을 맺었다. 영국인들은 시리아의 자유 프랑스 측 수용소에 있던 유대인들도 모조리 키프로스로 옮겼고, 10만에 달하는 이 유대인들을 어떻게 처리할지 고민할 동안 강제로 가둬두었다. 보어 전쟁 때 강제수용소를 처음 만든 강제수용소의 원조들이 유대인들을 가둬 놓고 고민하는 광경은 뭔가 우스웠다.

결국 영국 식민지 당국은 아랍인의 반발에 골치를 썩던 끝에 이들을 팔레스타인이 아니라 인도로 보내버렸다. 이 이송 과정에서 유대인들의 반발로 인한 충돌과 질병 등으로 또 7천 명가량이 죽었다. 비극의 씁쓸한 마무리였다.

12장
스탈린그라드, 함락되다!

1

소련군이 창문틀에 걸치고 쏘아대는 수냉식 기관총 탄환이 머리 위를 수없이 스쳐지나갔다. 2층에 설치된 기관총좌를 해치우지 않으면 저 건물로 접근할 수가 없고, 트랙터 공장을 탈환하기는 요원했다. 기관총좌 제압을 결심한 76보병사단 공병대대 2중대 3소대장 프란츠 할버슈타트 중위 옆으로 부소대장 마르틴 슐츠 상사가 기어왔다.

"중위님! 연막탄을 던지고 돌격할까요?"

"부소대장, 너무 위험해. 놈이 내려다보면서 쏘고 있어 노출면적이 너무 넓다. 연막탄으로 가려봐야 사상자가 많을 거야. 안전하게 가자. 클린스만!"

"예, 소대장님!"

"판처파우스트[1] 가져와! 둘 다!"

---

1 Panzerfaust. 직역하면 '전차를 때리는 주먹'이라는 의미다. 독일이 개발한 1회용 대전차

"야볼!"

중화기 사수 리하르트 클린스만 상병은 총통이 항공편으로 보내준 신무기, 소대에 두 발 뿐인 판처파우스트를 들고 급히 다가왔다. 하나를 받아들어 오른쪽 겨드랑이에 낀 할버슈타트 중위는 조심스럽게 목표인 소련군 기관총좌를 조준했다.

목표까지의 거리는 약 100m. 교범대로라면 유효사거리 밖이지만 지금 노리는 표적은 움직이는 전차가 아니라 한 자리에 못 박힌 기관총좌다. 조준만 제대로 한다면 충분히 맞힐 수 있다. 설사 빗나간다고 해도 제2탄이 있다.

세심하게 조준을 마친 할버슈타트 중위가 힘주어 발사 스위치를 누르자 발사기 속의 장약이 점화되면서 굉음과 연기가 주변을 채웠다. 쉴 새 없이 울리던 기관총 소리가 일순 그쳤다. 하지만 폭발이 일어난 곳은 기관총좌가 설치된 방이 아니라 그 옆방이었다.

"제길, 빗나갔다. 클린스만!"

"예!"

클린스만 상병이 두 번째 판처파우스트를 내미는 순간 잠깐 사격을 멈췄던 소련군 기관총좌가 다시 불을 뿜기 시작했다. 소련군 기관총수는 첫 번째 판처파우스트를 발사할 때 생긴 초연을 표적삼아 사격을 퍼부었다. 할버슈타트가 판처파우스트를 미처 건네받기도 전에 클린스만이 기관총탄에 맞아 가슴에서 피를 뿜으며 뒤로 자빠졌다.

"제길!"

유탄 발사기로, 전쟁 중 연합군 전차가 급격히 성능이 강화되면서 대전 초 장비한 대전차포가 무용지물이 되자 급거 개발되었다. 사정거리가 짧고 명중률이 떨어진다는 약점은 있었으나 싸게 만들 수 있고 종전 시까지 출현한 어떤 전차도 맞기만 하면 박살낼 수 있는 위력으로 애용되었다. 현용 대전차무기인 RPG-7의 직접 선조이고, 개량형인 판처파우스트3도 사용되고 있다.

할버슈타트 중위는 엄폐물 뒤에 몸을 웅크리고 탄환 세례를 피했다. 그리고는 납작 엎드린 채 클린스만이 판처파우스트를 떨어트린 곳까지 포복으로 기어가서는 간신히 이 마법의 지팡이를 손에 넣었다. 마침 소련군 기관총수는 이쪽이 제압되었다고 생각했는지 총구를 돌려 다른 쪽에 있는 소대원들을 향해 탄환을 퍼부어대고 있었다.

"이거나 먹어라, 이반!"

첫 번째 사격에서의 오차를 감안하여 약간 오조준한 할버슈타트 중위가 발사 스위치를 눌렀다. 또 한 차례 폭음과 연기가 사방으로 확 퍼지더니 허공으로 치솟은 판처파우스트의 2.9kg짜리 탄두가 정확히 기관총좌가 있는 창문으로 날아들었다. 폭음과 함께 소련군 기관총좌가 박살이 나자 소대원들이 환호성을 질렀다. 이제 쇠파이프에 불과한 빈 발사기를 던져버린 할버슈타트 중위도 목청껏 소리를 질렀다.

"3분대, 엄호하라! 로스 로스 로스(앞으로)!"

"우와아아!"

소대원들이 어느새 앞으로 나가 있던 슐츠 상사를 선두로 해서 일제히 달려 나갔고, 할버슈타트 중위도 왼손으로 자신의 StG42[1]를 잡고 오른손은 머리 위로 한껏 치켜들어 돌격 명령을 내리면서 그 뒤를 따랐다. 엄호를 맡은 3분대는 기관총반과 함께 새로 지급받은 신형 MG42 기관총으로 건물 내에 남아있는 소련군에게 열심히 제압사격을 퍼부었다. 선두에 선 병사들이 건물 입구에 거의 도착했다.

"엎드려!"

---

1 Sturmgewehr42. 독일이 세계 최초로 개발한 돌격소총이다. 42년에 원형이 개발되기는 했으나 정식으로 명명되고 실전에 배치된 시기는 44년으로, 본래는 Sturmgewehr44이다. 배치가 연기된 결정적인 이유는 기존 소총과 다른 탄환을 사용함으로써 보급에 혼선을 초래할 가능성에 대한 히틀러의 우려 때문이었다. 본작에서는 42년에 배치된 것으로 설정하여 StG42가 되었다.

경고의 일성이 울린 직후에 1층 정면에 있는 현관 안쪽에서 총구화염이 연달아 번쩍였다. 슐츠 상사가 호령했다.

"발랄라이카[1]다. 디터, 수류탄!"

선두에서 포복으로 건물 입구에 도착한 두 명의 전투공병이 눈으로 호흡을 맞추고는 계란형인 M39 수류탄 하나씩을 현관 안으로 굴려 넣었다. 잠시 후 폭음과 함께 톤이 높은 러시아어 비명 소리가 흘러나왔다. 선두에서 수류탄을 던져 넣은 요헨 뮐러 상병이 숨을 몰아쉬며 궁금해 했다.

"저놈들, 뭐라는 거죠?"

"스프가 뜨거워서 좋다고 한 그릇 더 달라는데?"

옆에 선 1분대장 디터 호르비츠 하사가 빈정거리고는 이번에는 방망이수류탄 한 개를 더 집어넣었다. 폭음이 한 번 더 울리더니 비명소리가 잠잠해졌다. 현관에서의 저항이 완전히 그치자 할버슈타트 중위가 다급하게 명령했다.

"돌입! 방마다 남아있을 적을 주의하라! 슐츠 상사와 1분대는 1층에서 적의 퇴로를 차단하고, 2분대는 나와 함께 위층으로 올라간다! 서둘러!"

올해 초부터 근 1년 가까이 손발을 맞춰 온 소대원들은 할버슈타트 중위의 지시에 맞춰 일사분란하게 움직였다. 곧바로 적이 교통로로 이용한 지하실 입구가 드러났다. 슐츠 상사가 고함을 질렀다.

"하인리히! 화염방사기!"

할버슈타트 중위는 스무 살도 안 되어 보이는 소련 여군의 시체를

1 우크라이나의 전통 현악기. 모양이 닮았다고 해서 소련제 기관단총 PPSh-41에 독일군이 붙인 별명이다. 이 총은 한국에선 '따발총'으로 잘 알려져 있다.

뛰어넘었다. 지금의 상황은 할버슈타트에게 여자아이의 시체에 연민의 감정을 느끼게 할 만한 여유를 허락하지 않았다. 연민은커녕 할버슈타트 자신이 죽지 않기 위해서, 계단 위쪽 층계참에서 나타난 또 다른 소련 여군을 향해 서슴없이 방아쇠를 당기고 있었다. 단축형 7.92mm 탄환의 철제 탄피가 줄줄이 바닥에 흘렀다.

2

"스탈린그라드에서 농성중인 제6군의 상황은?"

"아직까지는 괜찮습니다. 이제 12월 1일이니 아직까지 전투를 개시한지 2주일도 안 됐고, 병사들에게 지급할 식량도 떨어지지 않았습니다. 다만 연료와 탄약의 소모가 심합니다. 항공편으로 급거 공수한 신무기 덕분에 전투에서 우세해진 것은 좋으나 탄약의 소요가 엄청나게 늘었습니다."

"2주일'도'라니? 2주일'이나'지! 적 공군을 요격하고 항공로를 유지하자면 전투기가 쓰는 연료 소모가 느는 건 할 수 없지. 게다가 소련군에게 포위당해 격전을 치르고 있으니, 탄약 소모도 큰 게 당연하고."

스탈린그라드가 포위당한지 벌써 2주일 가까이 흘렀다. 오후 2시, 매일 있는 정기회의에서는 스탈린그라드 상황에 대한 보고가 빠지지 않았다. 다행히 포위된 상황에서도 6군은 잘 버티고 있었다. 파울루스는 휘하 장병들의 사기가 떨어지지 않도록 잘 관리했고, 포위망을 좁혀오는 적에게 수시로 역습을 가해 요충지를 탈환하고 소련군에게 큰 피해를 입혔다.

다만 식량과 탄약을 보급하는 문제는 나도 좀 골치가 아프긴 했다.

MG42는 MG34[1]보다 발사속도가 더 빠르고 그만큼 탄약 소모도 많으니까. StG42는 아예 기존에 없던 탄약을 공급해야 해서 더 큰 문제였다. 판처파우스트는 그냥 포탄을 공급한다고 생각하면 되긴 하지만.

어쨌든 현재 전황은 비교적 만족스러웠다.

"좋아. 17군은 캅카스 전선을 잘 유지하고 있고, A집단군[2]의 철수도 원활하게 진행되고 있으니 이만하면 충분하다. 오늘 회의는 이것으로 마치도록 하지."

회의실에서 돌아온 나는 소파에 몸을 파묻었다.

아아, 이놈의 전쟁 지도, 정말 사람이 할 짓이 못 되는 것 같다. 예전에 책으로만 2차 세계대전을 공부할 때는 히틀러가 보어만 따위에게 내정을 맡겨놓은 걸 보고 역시 이놈의 니트새끼는 어쩔 수 없다고 욕을 했었는데, 내가 이 자리에 앉아 보니 그 심리를 알 것 같다. 전쟁과 내정을 함께 돌본다는 건 정말 힘든 일이다! 어쩌면 나도 히틀러랑 똑같은 니트(…)라서 힘들게 느끼는지도 모르지만….

– 총통, 외무장관과 군수장관입니다.

"들어오라고 해. 참, 셸렌베르크는 도착했나?"

– 아직 도착하지 않았습니다.

"알았다."

---

1 Maschinengewehr34(34년형 기관총)은 재무장을 개시한 독일군이 확보한 주력 기관총이었다. 삼각대 부착 여부에 따라 중기관총(거점 수비용 고정식)이나 경기관총(보병 지원을 위한 휴대용)으로 용도를 바꾸어가며 쓸 수 있었고, 전차나 장갑차 등 전투차량에도 많이 탑재되었다. 하지만 제조비용이 비싸고 오염에 취약한 문제점이 있어서 성능이 개선된 MG42로 교체되었다. MG42는 내구성, 생산성, 신뢰성이 모두 우수하여 가격은 327라이히스마르크에서 250라이히스마르크로 낮아지고 만드는 데 걸리는 시간은 절반으로 줄어들었다. 발사속도는 최대 분당 1,200발에서 1,500발로 올라갔다.

2 야전군보다 상위에 위치한 육군의 최상급 제대.

정말 쉴 틈이 없군. 리벤트로프는 리벤트로프대로, 슈페어는 슈페어대로 또 일거리를 잔뜩 가지고 오겠지. 별로 일어나고 싶은 생각도 들지 않아 소파에 몸을 묻은 채 있으려니, 베르타가 문을 열어 리벤트로프를 들여보냈다.

내 눈은 진땀을 흘리며 가까이 오는 리벤트로프의 어깨 너머로, 다소곳이 문을 닫고 나가는 베르타의 찰랑거리는 생머리만 멀거니 바라보았다. 아아, 만사 다 잊어버리고 저 머릿결이나 쓰다듬고 싶다! 멍하니 있다가 문득 정신을 차리니 리벤트로프가 뭐라고 한참 떠들고 있었다.

"…총통. 미국이 중립법을 파기한지도 벌써 두 달이 지났습니다만, 요즘 미국 조야에서는 영국도 싫고 독일도 싫다는 고립주의가 다시 고개를 내밀고 있습니다. 팔레스타인 일대에서 잇달아 벌어지고 있는 유혈충돌이 미국 언론을 지배하는 유대인들에게 반발을 사고 있는 것 같습니다."

"음, 그게 당연한 일이겠지."

앞에서 언급했지만, 여름부터 시작된 유대인 추방작전은 두 달 만에 중단해야 했다. 영국군이 그리스 일대의 항구와 철로를 폭격하고, 연안항로에 기뢰를 뿌려 대는데 어떻게 작전을 지속하겠는가. 심지어 철도 중계점인 테살로니키 시의 임시 유대인수용소에 폭탄 세례가 퍼부어져 3천 명에 가까운 사상자가 발생하기도 했다.

"테살로니키 폭격과 시리아 학살 현장의 사진, 키프로스 수용소 등에 잠입시킨 유대인 협력자들의 보고, 팔레스타인 현지의 슈테른 갱이 보내는 자료, 선전부에서 만든 홍보책자와 영화가 막강한 위력을 발휘하고 있습니다. 미국 및 영국 정부는 이 자료들을 차단하려고 하고 있지만, 별다른 효과를 얻지 못하고 있습니다. 그런데 무슨 이유에선지 미국 국무부는 차단에 열심인데 국방부가 협조를 하지 않을뿐더러, 오히려 훼방을 놓기 일쑤라고 합니다."

"미국 국방부가 무슨 훼방을 놓는단 건가? 우리 대사관의 홍보활동을 방해한다는 건가, 아니면 국무부의 홍보 방해활동을 돕지 않는다는 건가?"

"후자입니다. 사실상 우리를 돕는 셈인데, 이유는 알 수가 없습니다."

"흠."

나는 기분 좋은 콧소리를 내며 팔짱을 끼었다. 물론 나는 그 이유를 알고 있지만, 리벤트로프에게 가르쳐줄 생각은 없었다.

"그리고 우리와 일본 사이의 관계가 악화일로를 걸으면서, 일본의 참전 가능성이 낮아졌다고 생각했는지 소련이 극동아시아에 배치했던 병력을 계속 줄이고 있습니다. 도쿄 주재 대사관에서 올라온 보고에 따르면, 극동 지역 배치 소련군은 30개 사단까지 감소했습니다. 일본의 공격 가능성이 아무리 낮다고 해도, 놈들이 분명히 모험을 하고 있는 것 같습니다."

"우리 쪽으로 병력을 집중할 의도겠지. 하지만 외무장관, 지나치게 희망적인 생각은 갖지 말도록. 일본의 멍청이들은 미국을 상대하는 데만도 힘이 겨워 헉헉대고 있으니까. 소련군이 아무리 서쪽으로 빠져나간다고 해도 블라디보스토크를 공격할 배짱은 부리지 못할 거야. 게다가 일본인들은 인간이 아닌 악귀들이야. 장교라는 작자들이 포로의 목을 치면서 누가 많이 베나 시합을 하고, 도시를 함락시키는데 애를 먹었다는 한 가지 이유만으로 시민을 수십만 단위로 학살하고, 멀쩡한 민간인 여자들을 억지로 데려다가 군대 내에서 성노예로 쓰는 집단이 제대로 된 집단인가?"

내 이야기를 들은 리벤트로프와 슈페어 두 사람 모두 눈이 둥그레졌다. 깜짝 놀란 슈페어가 외쳤다.

"난징에서 일본군이 벌인 참극에 대해서는 욘 라베의 이야기를 들어서 알고 있습니다만, 군대에서 부대 주변 홍등가를 이용하는 것도 아니고 여자들을 부대 안에 들여와서 성노예로 직접 부린다고요? 그게 말이 됩니까?"

"놈들은 벌써 여러 해 전부터 그런 짓들을 하고 있지. 중국이나 인도네시아 같은 곳에서는 현지인 여자들을 강제로 붙잡아다 부대 단위로 강간하고, 식민지인 한국에서는 온갖 구린 짓으로 여자들을 꼬여내서는 전선에 성노예로 보내버리고 있어. 그런 짓을 하는 나라를 우리 우방으로 취급하라니, 말도 안 되는 소리지!"

히틀러로서 독일에 있다 보니 정말 나올 일이 없었지만, 어쩌다 한국이나 한반도에 대해 이야기를 할 기회가 있으면 나는 꼬박꼬박 독일어로 〈한국(Korea)〉이라고 불렀다. 지금 이 시대의 공식적인 호칭이야 일본 식민지로서의 〈조선(Chosen 또는 Tyosen)〉이겠지. 하지만 일단 이 호칭은 나부터도 사용하기 싫을뿐더러, 마침 육군 총참모부가 소재하고 있는 베를린 남쪽의 초센(Zossen)과도 발음이 비스무레했다. 이래저래 기피할 이유는 충분했다.

"이 전쟁이 끝나고 나면, 사악한 일본인들에게 정의란 무엇인지 단단히 가르쳐야 할 걸세. 다만 우리보다 먼저 전쟁을 시작한 미국인들이 일본을 쑥대밭으로 만들어놓고 나면 우리가 쳐부술 게 남아 있을지 좀 걱정이 되는군. 하지만 그때까지는 이용할 수 있는 건 이용하고,

써먹을 수 있는 건 써먹어야겠지. 군수장관! 봉쇄돌파선들은 무사히 출발을 했는가?"

"예, 총통. 싱가포르에서 온 연락에 따르면 17척의 봉쇄 돌파선이 고무와 주석, 텅스텐을 잔뜩 싣고 출발했습니다. 몇 척이나 무사히 귀환할지는 알 수 없습니다만."

"브라질이 고무를 제공해 주면 좋겠지만, 안 되니 할 수 없지. 그렇게 조달하는 수밖에."

이쪽 세계에서는 브라질이 아직 참전하지 않았다. 나 스스로가 나서서 잠수함 작전을 엄중하게 통제하여 브라질 해역에서의 작전을 엄금했기 때문이다.

하지만 브라질 고무 산업은 어차피 붕괴 상태라서 고무를 구하기도 어렵다. 고무를 구한들 사실상 영국 편을 들고 있는 미국 대서양 함대가 신대륙 전역의 해안을 감시하고 있으니 독일 화물선이 브라질에서 고무를 싣고 나올 수도 없었다. 브라질 배로 운반하려고 시도해 봐야 미군에게 통보를 받은 영국 해군이 나포하면 그만이고, 프랑코의 비협조 탓에 스페인을 통한 중계 입수도 어려웠다.

"일본으로부터 원료를 공급받는 것도 올해가 마지막일 걸세. 늦어도 내년 겨울까지는 일본이라는 저 저질 집단과의 관계가 완전히 끊어질 것이니, 올해 선단이 꼭 무사히 입항하도록 신에게 기도라도 드리도록 하게."

"알겠습니다."

1분이라도 빨리 두 사람을 내보내고 쉬고 싶었던 나는 더 이상 할 말이 없으면 나가라고 손을 내저었다. 문이 닫히고, 이제 좀 쉬려나 싶었더니 또 인터컴이 울렸다.

– 총통, 셸렌베르크 SD국장입니다.

"…하아, 들여보내."

베르타가 살짝 문을 열자 셸렌베르크가 들어왔다. 손을 들어 하일 히틀러를 하려고 하기에 손짓으로 말린 다음 와서 앉도록 했다.

"긴 말은 않겠다. 미국 쪽과의 교섭 상황은?"

"우리가 제공한 정보들을 미국 군부가 호의적으로 받았습니다. 일본군 보급선은 효과적으로 차단되었으며, 저 멍청한 놈들은 다급히 철수할 생각은 않고 어떻게든 섬을 장악해보려는 시도를 계속 하고 있습니다. 원군도 보낼 수 없으면서 무슨 만용을 부리는지 알 수가 없습니다."

"좋아. 저 황색 원숭이들이 감히 우리에게 기어오르다니, 용납할 수 없는 일이야. 그 원숭이 놈들이 아주 철저하게 짓밟히도록, 미국 쪽에 필요한 정보를 주의해서 알려주게. 그리고 슈테른 조직의 활동은 어떤가?"

셸렌베르크의 보고를 들으면서 독일과 일본이 하는 행동에 대해 생각하니 갑자기 씁쓸한 기분이 들었다.

지금 독일과 일본은 어떻게든 자기에게 떨어질 미국제 폭탄 단 한 발이라도 상대에게 보내려고 난리를 치고 있다. 결과적으로 둘 다 미국의 손바닥 위에서 놀아나고 있는 처지이니, 훗날 누가 세 나라의 역사를 본다면 얼마나 비웃을 것인가.

3

"여기는 요한. 아군 후미를 추격하는 소련군 차량중대 발견. 전차와 트럭이 중대 규모로 섞여 있고 전차는 상부에 보병을 탑승시키고 있다."

– 정말인가? 이제까지 추격부대는 거의 없었는데. 본격적인 추격이 시작된 건가?

"그야 나도 모르지. 일단 아군 뒤를 쫓고 있기는 한데 거리는 아직 좀 멀다. 관측되는 아군 최후미와의 간격은 약 50km."

– 이봐, 그 정도 거리를 두고 있는 걸 추격이라고 할 수 있는가?

"아군 뒤를 쫓고 있으니 추격은 추격 아닌가."

– 알겠다. 폭탄이나 한 발 던져주고 돌아와라.

"따끔한 맛을 보여주고 돌아가겠다."

비행단 관제소와 통신을 마친 26구축항공단(ZG26)[1] 소속 기사십자장 수상자 요하네스 킬 중위는 애기인 Bf110[2]의 조종간을 천천히 꺾었다. 요기(僚機)인 하인츠 브란덴마이어 상사의 비행기가 뒤를 따랐다.

"상사, 놈들은 아직 우리가 위에 있는 걸 모르고 있다. 예상하지 못하고 있을 때 머리 위에 폭탄을 한번 떨궈 준 다음 이탈했다가, 재차 진입하면서 기관포로 남은 놈들을 긁어주고 나서 기지로 돌아간다. 아침 운동으로는 딱 좋은 표적이군."

– 예, 중위님.

두 대의 Bf110은 잠시 선회하며 주변 상공에 소련군 전투기가 없는 것을 확인했다. 그리고 만약의 경우에 대비해 브란덴마이어가 엄호하는 사이 킬 소위가 목표를 향해 급강하했다. 비록 예리코의 나팔이 달

1 독일 공군 전투부대는 크게 전투항공단(Jagdgeschwader, 단발전투기로 구성), 구축항공단(Stukageschwader, 쌍발전투기로 구성), 급강하폭격항공단(Stukageschwader, 급강하폭격기로 구성), 폭격항공단(Kampfgeschwader, 폭격기로 구성)으로 나뉜다.

2 전쟁 초기 독일군이 운용한 대표적인 쌍발 전투기. 긴 항속거리와 강력한 무장으로 폭격기 호위 등 장거리 제공작전을 펼칠 예정이었으나 연합군이 보유한 최신 단발기보다 속도와 기동성이 뒤처지는 바람에 공중전에서 열세를 보여 임무에서 물러났다. 2차대전 중후반에는 폭격기 요격, 야간전투기, 지상공격 등의 임무에 주로 투입되었다.

린 Ju87 슈투카처럼 표적에게 위압감을 주진 못했지만, Bf110은 슈투카보다 훨씬 빠를뿐더러 위력적인 20mm 기관포를 활용할 수 있었다.

공격 코스로 접어들자 조준선에 들어온 소련군 전차들이 황급히 대열을 풀고 도로를 벗어나 벌판으로 뛰어드는 광경이 보였다. 킬 중위는 아직 도로를 벗어나지 못한 트럭들 쪽으로 살짝 조종간을 틀었다.

"이제야 우리를 발견했군. 하지만 이미 늦었어."

킬 중위가 살짝 미소를 지으면서 폭탄 투하 스위치를 누르자 250kg 폭탄 두 발이 지면을 향해 별똥별처럼 떨어졌다. 250kg 폭탄은 정찰 임무에는 조금 과한 무장이라는 생각이 들었지만 혹시나 싶어 달고 나왔더니 또 써먹게 되었다. 500kg이나 가벼워진 기체가 급격하게 상승했다.

– 명중! 줄지어 있던 트럭 4대가 그대로 박살났습니다. 타고 있던 병력 전멸! 잔여 전차들이 사방으로 흩어져서 마구 도망치고 있습니다. 역시 기사십자장이 어디 가지 않는군요.

"이 정도 가지고 뭘. 자네도 어서 한 방 먹여야지."

– 네, 갑니다!

브란덴마이어 상사의 칭찬을 들은 킬 중위가 멋쩍게 대꾸하자 상사도 자신의 비행기를 공격 코스로 몰았다. 트럭은 이미 불타고 있었고 소련군 전차대는 이미 사방으로 흩어지고 있었으므로 브란덴마이어 상사는 폭탄은 쓰지 않고 기관포탄만 퍼부었다.

– 경전차 1대 파괴! 승차보병 5,6명 사살!

"좋아, 아직 적 전투기도 없는데 한 번 더 칠까?"

– 좋습니다.

두 대의 Bf110은 유유히 표적을 고른 뒤 다시 한 번 지상공격 코스로 접어들었다. 필사적으로 도주하는 소련군 전차들을 향해 20mm 탄과 7.92mm 탄이 한꺼번에 불을 뿜었다.

"방금 말씀드렸듯, 오늘 오전에 옐리스타 동쪽 20km 지점에서 A집단군의 철수를 뒤따르는 소련군 전차대가 처음으로 관측되었습니다. 그동안 아군의 철수를 차단하기 위해서 로스토프 일대에 공세를 집중하던 소련군이, 드디어 아군의 철수를 직접 교란하기 위한 군사행동을 개시한 것으로 보입니다."

12월 10일자 주간 상황회의. 이름을 까먹은 별 두 개짜리 육군 참모 하나가 열심히 브리핑을 했다. 소련군이 A집단군을 포위하기 위해 다른 수를 쓰고 있다는 내용이었다.

"지난 3주일 동안 소련군은 스탈린그라드에서 포위된 6군에 대한 구조를 차단할 목적으로 볼가 강 및 돈 강 구간 전체에 걸친 도하작전을 실시, 스탈린그라드 주변 지역의 점령지를 확대하여 4기갑군이 스탈린그라드에서 한참 떨어진 남쪽 볼고돈스크 방면으로 퇴로를 잡을 수밖에 없도록 만들었습니다. 게다가 A집단군 전체를 포위, 섬멸할 의도로 A집단군을 지탱하는 요로인 로스토프를 목표로 남쪽 측면에서 공세를 집중해 왔습니다."

길목을 차단하여 전방으로 진출한 적의 주력을 포위 후 섬멸한다, 전략가라면 필히 떠올릴만한 구상이다. 그러고 보니 인천상륙작전[1]도 그런 관점에서 수립한 작전이었지. 만약 맥아더가 낙동강에서 천천히 밀고 올라간다는 결정을 내렸다면 한반도에서 군사적으로, 사회적으

1 한국전쟁 당시 국군과 유엔군은 낙동강 방어선으로 밀려나 마지막 방어선을 구축하고 있었다. 유엔군 사령관 맥아더 원수는 이 상황을 일거에 타개하기 위해서 인천상륙작전으로 북한군의 배후를 차단하였다. 후방이 차단된 북한군은 말 그대로 일격에 붕괴하였다.

로 얼마나 많은 비극이 초래되었을지를 생각하고 있는 동안 브리핑은 계속되고 있었다.

"하지만 4기갑군의 측면 방어부대가 분투한 덕분에 철수 자체는 비교적 무난하게 이루어졌고, 17군의 로스토프 방어가 성공하면서 A집단군 주력도 순조롭게 철수하고 있습니다. 오늘 발견한 추격부대의 존재를 통해 미루어 판단하건데, 아무래도 소련군이 전략적 포위작전의 실패를 인정하고 A집단군의 철수작업 자체를 방해하기 위해 그동안 소홀했던 직접 추격을 시작한 것으로 판단됩니다. 교전을 통해 아군 후위부대를 붙잡아 놓음으로써 철수를 지연시키고, 로스토프 공격을 통해 아군의 퇴로를 차단할 수 있는 시간을 벌려고 하는 것으로 보입니다."

"그렇다면 우리가 택할 수 있는 대안은?"

"충분한 항공기가 있다면 공군이 후위를 맡아 적 추격부대를 지상 공격으로 제압하는 동안 육군을 신속히 퇴각시키는 것이 최상의 방법이겠습니다만, 불행히도 루프트바페에는 그럴만한 전력이 없습니다. 현재로서는 기동성 있는 기갑사단을 후위로 하여 적에 대한 융통성 있는 요격전을 전개함이 최선의 방책이라고 판단됩니다."

"알겠다. 참, 르제프 돌출부는 지금 상황이 어떻다고 했지?"

"르제프에서는 모델 상급대장의 제9군이 아주 훌륭하게 방어전을 수행하고 있습니다. 견고하게 구축한 방어진지를 이용해 적의 공세 방향을 제한하고, 적의 예상 기동축선에 포병과 보병, 기갑부대를 체계적으로 배치하여 방어선을 돌파한 적에 대해서 효과적인 각개격파를 감행했습니다. 심지어 방어선을 구축한 아군 보병중대가 전차대대의 지원을 받는 적 보병연대의 공격을 분쇄하기도 했으며, 스탈린그라드에서와 마찬가지로 여기에는 공세 직전에 지급된 신형 기관총 및 돌격소총, 로켓 발사기 등이 크게 공헌했습니다."

신무기를 지급한 보람이 있군. 참모장교의 보고를 들으며 나는 흐뭇하게 미소를 지었다.

"9군의 분전으로 인해 르제프 돌출부 공격에 투입된 소련군 돌파부대는 현재 거의 궤멸되었습니다. 적의 손실은 최소 30만 명에 달하는 것으로 파악되나 아군의 손실은 3만 명 이내에서 그칠 것으로 전망됩니다. 파괴하거나 노획한 적의 중장비는 이미 집계된 것만 수천 대에 달합니다."

"좋아, 중부집단군은 걱정할 게 없겠군."

역시 방어의 제왕, 발터 모델이다. 내 이번 동계전역을 마무리하고 나면 꼭 원수로 진급시켜줄 테다. 실제 역사상의 진급보다는 한 해 빠르긴 한데, 그 정도 당기는 게 뭐 대수겠어.

"관건은 A집단군이 얼마나 신속하게 철수하여 안정적인 방어선을 구축할 수 있는가 하는 거다. 로스토프 일대에 방어선을 구축하다가 A집단군이 귀환하면 곧바로 스탈린그라드의 제6군을 구출한다! 그때까지 충분한 물자를 보낼 수 있어야 하는데 지금 스탈린그라드의 보급 상황은?"

"그것이…별로 좋지 못합니다. 가용 수송기를 총동원하여 제6군을 지원하고 있습니다만, 수송한 물자의 양은 하루 평균 100톤에 못 미칩니다. 그나마 운반한 물자의 대부분이 항공기용 연료라, 수비대는 지금 식량이 부족한 상황입니다."

보고하던 참모는 차마 고개를 들지 못했다. 나도 자연스레 침울한 기분이 되었다.

"알겠다. 공군도 이미 노력하고 있겠지만, 좀 더 분발해 주기 바란다. 20만의 전우가 그대들의 도움만 바라보고 있으니까."

4

약간 이야기가 새는 셈이지만, 신무기 이야기를 잠깐 하자. 포위된 스탈린그라드 수비군을 구하기 위해서라도 신무기가 필요한 건 사실이니까. 새로 지급된 신무기가 보인 위력에 대해서는 다들 앞에서 이미 접했을 것이다. 그리고 놀랐겠지.

사실 히틀러의 신무기 타령이 독일 패배에 한 몫 한 건 사실이라 생각한다. 설사 개발이 완료되어 실전에 투입하더라도 제대로 써먹지도 못할 마우스나 E시리즈 전차를 만드느라 자원과 노력을 낭비하고, 21세기는 되어야 실현시킬 수 있을 것 같은 우주전투기 따위를 만들겠다고 난리를 치기도 했다. 아니 뭐 그래도 우물에서 퍼낸 맹물을 휘발유로 만든다고 난리를 쳤던 일본보다는 낫긴 하지.[1]

기상천외한 신무기 따위는 만들어봤자 성공할 리도 없고, 내가 공학자도 아닌 이상 뭔가 획기적인 무기를 만들어낼 수도 없었다. 하지만, 적어도 독일 기술자들이 만들어낸 무기들 중에 성공적으로 전장을 지배한 물건이 무엇인지는 알고 있다. 그런 만큼 지루한 토론을 생략하여 시간을 아끼고, 요구 스펙을 신속하게 정함으로써 시행착오를 줄이도록 할 수는 있었다. 그리고 고성능의 무기를 더 빨리 만들도록 한 효과는 눈부셨다.

"올해 초 총통께서 조만간 대전차포가 크게 부족해질 것이니 개인

---

1 실제 사건이다. 개전 직전 수상이었던 고노에 후미마로가 "우리 뒷집 우물물이 휘발유가 된다던데?"고 한 마디 던진 말에 일본 해군 수뇌부 전체가 낚여 물로 휘발유를 만들겠다고 난리를 쳤다.

휴대가 가능한 소형 대전차화기를 조속히 연구해 생산토록 말씀하셨지요. 말씀하신대로 한번 쓰고 버릴 수 있는 값싼 1회용 대전차탄 발사기 판처파우스트와 가격은 좀 더 비싸지만 반복 사용이 가능한 대전차 로켓탄 발사기 판처쉬렉[1], 그리고 42년형 돌격소총(StG42)과 신형 기관총의 개발이 순조롭게 완료되어 실전에 투입되었습니다. 모두가 총통께서 잡아주신 청사진에 기반을 둔 덕분입니다."

"성능에 대한 반응은 어떤가?"

"네 가지 모두 그 성능에 감탄한 전선에서 하나라도 더 보내달라는 요구가 폭증하고 있습니다. 현재 준비해 놓은 물량으로는 도저히 수요를 대지 못할 지경입니다. 급히 발주량을 늘리고 있습니다."

오후 중에 집무실에서 슈페어의 개별 보고를 들으며 나는 베스트셀러를 낸 성공한 기획자의 기쁨을 만끽했다.

하긴, 이 정도 무기들이라면 독일의 능력으로 충분히 조기에 생산할 수 있으면서 생산력에 부담도 되지 않을 물건들이다. 끝내 미완성으로 남은 환상 속의 슈퍼무기들보다 이 녀석들이 훨씬 낫다.

"판처파우스트나 StG42는 스탈린그라드에 있는 제6군에 최우선적으로 제공하게. 고립된 병력이니만큼 더 많은 화력이 필요해."

"알겠습니다. 하지만 동원 가능한 수송기 전력의 부족으로 스탈린그라드에 보낼 수 있는 양에는 한계가 있습니다. 지금도 하루에 1000발 이상의 판처파우스트를 생산하고 있습니다만, 스탈린그라드에 도착하고 있는 양은 하루 평균 50발 정도가 고작인 것으로 알고 있습니다."

---

1 판처파우스트와 더불어 독일군이 운용한 양대 보병용 대전차화기. 북아프리카 전선에서 노획한 미군의 바주카를 모델로 해서 제작하였으나, 구경이 88mm로 60mm인 바주카보다 훨씬 커서 위력도 훨씬 강했으며 유효사거리도 250m에 달했다. 다만 추진제로 무연화약(주요 화포의 장약으로 사용)을 사용했기 때문에 생산비가 많이 들어 사용이 제한되었다.

"스탈린그라드를 고수하려면 무기가 충분히 전달되도록 해야 하지만, 공군 쪽 사정이 사정이니만큼 할 수 없지. 작전국장, 어떻게 개선할 수 없겠는가?"

내가 안타까운 표정을 짓자 옆에 있던 요들이 안절부절못하며 고개를 떨어트렸다.

"총통, 요즘 날씨가 나빠진데다가, 아군 수송기가 통과하는 경로에 소련군이 대공포와 전투기를 배치해서 아군 수송기를 공격하기 시작했습니다. 호위 전투기를 붙이고 있기는 하나, 피해가 누적되면서 가용 수송기가 자꾸 줄어들어 보급을 확실히 보장하지 못하고 있습니다. 4항공군에서도 노력은 하고 있습니다."

나는 나도 모르게 한숨을 크게 쉬었다. 아아, 괴링의 허황된 계획보다 훨씬 작은 목표를 잡았는데, 그것조차 달성할 수 없었단 말인가.

"알았다. 4항공군에는 '노고는 알고 있지만, 가급적 최선을 다할 것'을 지시하고, 보급품을 수송기에 적재하기 전에 반드시 육군 소속 보급장교가 점검하도록 해서 부족한 수송기로 콘돔이나 철모 따위를 수송하는 뭣 같은 일이 일어나지 않도록 유의하게 하라. 귀관은 무슨 그런 멍청한 일이 다 있겠느냐고 하겠지만, 전쟁 중 혼란 속에서는 그 어떤 바보 같은 일도 일어날 수 있는 법이다."

"알겠습니다, 총통."

차마 이게 실제 역사에서 실제로 스탈린그라드 전투 때 일어난 일이라고 요들에게 알려줄 수는 없었다.

멍청한 괴링의 공군 놈들은 포위된 6군에게 막판에 전우들끼리 항문섹스라도 하면서 전우애를 다지라는 건지 콘돔을 수만 갑이나 실어다 줬고, 왼발이 잘린 부상자들을 위해서인지 오른쪽 군화만 수천 짝을 갖다 주는가 하면 소금도 아닌 후추를 4톤이나 갖다 주기도 했다. 뭐, 식량이 떨어져서 대포와 수레 끄는 말을 잡아먹고 있던 6군 병사들 중 일부에게는 그 후추가 나름 도움이 되긴 했다고 하더라만.

"그럼 군수장관, 아까 화제로 돌아가지. 소(小)화기의 개발은 잘 진척된 것 같고, 전차 쪽은 어떤가? 티거야 이미 레닌그라드 전선과 아프리카에서 성능을 선보이고 있고, 판터도 지금은 양산에 들어갔지? 물량도 모아야 하고, 새 차량에 병사들을 적응시키기 위한 훈련도 해야 하니 당장 실전에 투입할 수 없는 것은 이해하네. 군수장관, 그래 지금까지 몇 대나 비축했나? 6군 구출작전에 판터를 투입해서 실전 평가를 했으면 하네."

내 질문을 받은 슈페어는 다소 난감한 표정을 지었다.

"총통께서 명령하신 바에 따라…, 티거 생산공장을 2개소로 증설, 3호 전차 및 돌격포 생산라인을 차례로 폐쇄하고 판터 생산라인으로 교체하는데 시간과 비용이 좀 많이 들었습니다. 게다가 총통께서 개발 방향에 대해 상세한 지침을 내려주신 것은 개발진에게도 무척 도움이 되었으나, 개념 차원에서 지적해주신 사항들을 기술적으로 해결하는 데는 시간이 많이 필요하여 생산이 다소 지체되었습니다. 10월 중순에야 선행양산을 시작하게 된 탓에 이제까지 제작이 완료되어 성능시험까지 통과한 판터의 양은 20여 대에 불과합니다. 아직 두어 달은 더 있어야 부대 훈련까지 마친 뒤 전선 투입이 가능할 겁니다."

"뭐가 어째!"

그때까지 우울함을 참고 있던 나는 판터가 준비되지 않았다는 말에 그만 분노를 폭발시켰다.

실제 역사보다 몇 달이나 먼저 개발 방향을 확정해서 시간 낭비를 줄였는데! 판터G형에 가서야 적용된 설계상 변경을 극초기 생산형부터 적용하도록 힌트까지 줬는데!! 그런데도 생산이 늦어지다니!

"총통, 지금은 생산이 부진하지만 1월부터는 매달 100량씩 양산할 수 있습니다. 그리고 추가 생산라인이 작업에 들어갈 수 있게 되면 더 늘어날 겁니다. 부디 화를 푸십시오."

나는 난폭하게 주저앉았다. 제길, 이래서는 안 되는데. 나는 판터가 충분히 준비되면 스탈린그라드 구출작전을 시작할 때 그 녀석들을 앞세울 생각이었다. 6군의 보급품이 떨어지기 전에 구출작전을 전개한다는 내 계획, 성공할 수 있을까?

5

76보병사단 공병대대 소속 할버슈타트 중위는 나무토막처럼 굳은 몸을 간신히 들어 올려 지하실 벽 틈으로 적진을 살폈다. 거리 저편에 있는 건물 안의 소련군은 그들과 마찬가지로 웅크린 채 미동도 하지 않고 있었다.

"우린 그래도 나은 겁니다. 불을 땔 나무가 있고 벽과 지붕이 있잖아요. 서쪽 초원에 있는 녀석들은 벌판에 구멍을 파고 불도 없이 들어앉아 있답니다."

"먹을 것도 좀 있으면 좋겠네요."

작은 모닥불에 장작을 더 얹으며 소대원들의 기운을 북돋우려던 슐츠 상사의 시도는 다른 소대원들의 투덜거림에 무위로 돌아갔다. 여기보다 상황이 나쁜 타 부대원들의 이야기는 이들에게 전혀 위로가 되지 않았다. 하인리히 루터 병장이 침울한 목소리로 중얼거렸다.

"중대에서 빵 한 덩어리라도 받아 본 게 벌써 닷새 전이예요. 어제 항복한 러시아 놈 몸에서 찾아낸 빵조각도 다 떨어졌고요."

할버슈타트 중위는 한숨을 쉬었다.

"정말 한심한 놈이었지. 우리가 포위당했는데 우리 쪽으로 투항하다니."

"그놈은 자기들이 포위된 줄만 알고 있었으니까요. 너희 동료들이 지금 스탈린그라드를 빙 둘러싸고 있고, 넌 스스로 지옥에 뛰어든 거라는 이야기를 듣고 그 녀석 얼굴이 얼마나 벙 찌던지…. 포위된 뒤 가장 즐거운 구경거리였죠."

피식거리며 웃던 슐츠 상사가 지하실 벽에 여기저기 기대 누운 소대원들을 둘러보았다. 남은 소대원은 이제 소대장과 자신을 포함해서 17명, 무기도 기관총이나 화염방사기 같은 중화기는 이제 하나도 없고 개인화기와 수류탄 몇 발밖에 없었다.

"자, 기운들 내. 눈을 뜨고 있어야 뭐라도 생기면 먹을 거 아니냐. 혹시 알아? 지금 저 문으로 소시지라도 들어올지."

슐츠 상사가 이렇게 말하며 대검으로 지하실 문을 가리키는 순간 누군가가 한쪽 손에 큼지막한 물건을 든 채 쑥 들어왔다. 깜짝 놀란 소대원들의 총부리가 시커먼 그림자를 향해 집중되는 순간 상대가 급히 비어있는 나머지 손을 내저었다.

"나야, 나! 쏘지 마!"

상대는 중대장 호프만 대위였다. 긴장이 풀어진 병사들이 총을 내리고 할버슈타트 중위가 경례를 하자 호프만 대위가 웃으며 경례를 받았다.

"좋아, 좋아. 좋은 경계 자세야. 크리스마스까지는 아직 이르지만, 선물일세."

"이게 뭡니까?"

할버슈타트 중위는 의아한 표정으로 호프만 대위가 주는 피비린내 나는 자루를 받았다. 묵직한 것이, 3kg쯤 될 것 같았다.

"말고기야. 마침 대대본부에 갔다 오는 길인데 한 마리 죽어 있더라고? 옳다구나 하고 당장에 살을 베어 왔지. 1소대랑 2소대는 이미 한 덩어리씩 나눠줬고, 자네 소대가 마지막일세."

말고기라는 말을 들은 소대원들은 눈을 빛내더니 곧바로 구석에 처박혀 있던 큼직한 솥을 가져다가 모닥불 위에 얹고는 눈을 퍼 넣었다. 신나게 철모에 눈을 담아 오는 병사들을 보며 피식 웃는 호프만 대위를 보고 잠시 생각하던 슐츠 상사가 말을 건넸다.

"중대장님, 여기서 한입 드시고 가시지요? 저희 소대가 제일 인원이 적으니까, 여기서 드시는 게 제일 좋을 것 같습니다."

"예, 그러십시오. 불도 쬐시고요."

소대원들이 붙들어 앉히자 호프만 대위도 멋쩍게 웃으며 불가에 앉았다. 솥에서 익어가는 말고기를 보며 왁자지껄하게 떠들던 병사들 중 하나가 기대에 찬 목소리로 외쳤다.

"총통께서는 꼭 우리를 구해 주실 겁니다! 조금만 더 견디면, 구원부대가 보급품을 잔뜩 싣고 우리를 데리러 올 거예요. 총통께서는 우리가 고생했다고 특별 휴가도 주실 겁니다! 크리스마스에는 우리 모두 따뜻한 방에서 빵과 스프를 먹으며 예수님의 탄생을 축하할 수 있을 거라고요."

"하인리히, 말고기 맛 좀 보게 됐다고 너무 들뜬 거 아니냐?"

할버슈타트 중위는 창가에 기대서서 밖을 살피며 피식 웃었다.

제발, 제발 이 소박한 잔치가 끝날 때까지 만이라도 저쪽의 이반들이 가만히 있어 주면 좋겠다. 소대원들이 먹는 다음 식사가 언제가 될지 알 수 없는데, 말고기 한 점이라도 편히 먹게 해 주기를.

6

"전차 전진!"

12월 20일 새벽 6시, 치르 강 방어선을 유지하며 구출작전을 준비하던 만슈타인의 돈 집단군이 마침내 구출작전에 발동을 걸었다. 선도부대인 6기갑사단의 장포신 4호 전차들이 공병대가 치르 강에 설치한 부교를 일제히 건너 동쪽으로 달려가기 시작했다. 6군의 20만 전우들이 눈발 날리는 저 벌판 너머에서 구원의 손길을 기다리고 있었다.

구출작전의 중핵이 된 돈 집단군은 크림 반도에서 정비 중이던 11군을 기반으로 해서 캅카스를 방어중인 17군과 포위망 속의 6군을 합쳐 편성되었으며 먼저 철수한 4기갑군 소속 부대도 일부 포함되었다.

하지만 편성이 완료된 뒤에도 곧바로 진격할 수는 없었다. 소련군의 동계 공세로 인해 다른 지점에서도 전선이 무너지고 있었으므로 치르 강 방어선을 유지할 병력이 필요했기 때문이다. A집단군이 완전히 철수를 마치기 전까지는 돈 집단군을 움직여 스탈린그라드를 구출할 수 없었다. 스탈린그라드에서는 지원을 독촉하는 전문이 매일 날아들고 있었지만 이를 악 물고 A집단군이 철수를 마치기를 기다려야만 했다.

– 신형 총기에 쓸 탄약이 필요함.

– 연료가 부족해 차량을 움직일 수 없음.

– 식량 재고는 완전히 바닥났음. 조만간 모든 말을 도살해야 할 것.

물론 이는 6군 사령부의 일부 장교들이 엄살을 부린 전문이었다. 물자가 부족한 것은 사실이었지만 정말 6군 전체의 창고가 먼지까지 다 바닥났을 리는 없었기 때문이다. 하지만 대다수 병사들이 굶주리게 된 것은 사실이었다.

스탈린그라드에 충분한 물자를 비축할 틈이 없었던 6군은 전투 초기부터 식량 재고에 신경을 곤두세워야 했다. 그래도 전투 초기까지만 해도 병사들이 밥을 굶지는 않았지만, 포위될 때 2주일 분량밖에 없었던 보급물자는 항공수송이 목표보다 30%나 미달되자 급속히 줄어들었다. 전투가 3주째로 접어들었는데도 구원의 희망이 보이지 않자 장병들에게 지급하는 식사의 양은 반으로 줄었고 곧 없는 거나 마찬가지가 되었다. 파울루스 이하 20만 명에 달하는 6군 장병들은 말 그대로 살과 피가 마르고 있었다.

그렇다고 해서 식량 공급을 늘릴 수도 없었다. 제공권 유지에 필요한 연료도, 전투에 필요한 탄약도 줄일 수 없었기 때문이다. 나로서는 6군 병사들이 소련군의 식량을 노획하건, 굶으면서 정신력으로 버티건 어떻게든 견뎌주기만 바랄 뿐이었다.

하지만 공격을 늦출수록 포위망은 하루하루 견고해져 가고, 6군 병사들의 체력은 떨어져 갔다. 이는 돌파작전 시 성공할 확률이 갈수록 낮아져 간다는 의미였으므로 나는 매일같이 당장 치고 나가야 하나 하는 번민에 시달렸다.

"총통! A집단군 병력이 철수를 완료했습니다!"

12월 18일, 요들이 전문을 손에 든 채 집무실 문을 밀치고 들어오자 나는 곧바로 책상에서 일어섰다. 마침내 아스트라한을 목전에 두고 있던 A집단군이 12월 초부터 본격화되기 시작한 소련군의 추격을 뿌리치고 로스토프–볼고돈스크 선으로 완전히 후퇴하는데 성공한 것이다! 이젠 파울루스를 구원할 수 있다!

먼저 이쪽 전선을 방어하고 있던 17군은 임시변통이기는 해도 돈 강을 따라 방어시설을 구축해 두었다. 철벽요새는 아니지만 돈 강이라는 자연장애물도 있으니만큼 카스피 해 방면에서 철수한 A집단군은 여기서 숨을 돌리며 소련군의 추격을 저지할 수 있을 것이다. 나는 곧바로 호령했다.

"좋아! 만슈타인에게 구출작전 발동을 명령하라!"

만슈타인 휘하의 돈 집단군이 치르 강 방어선에서 출격하여 190km 떨어진 스탈린그라드로 진격하면 루마니아군이 우측 측면을, 헝가리군이 좌측 측면을 맡는다. 그리고 A집단군에서 돈 집단군으로 복귀하여 재편성을 마친 4기갑군이 스탈린그라드로 보낼 보급물자와 함께 뒤를 따르며 예비대 역할을 맡는다. 스탈린그라드에 포위된 6군을 구출하는 작전, 〈겨울폭풍 작전(Unnternehmen Wintergewitter)〉의 시작이었다.

"총통! 오늘 하루의 전투로 전면에 위치했던 소련 51군을 완전히 격파하고 40km를 진격했습니다. 6기갑사단과 17기갑사단이 완전히 강을 건너 교두보를 확보했고, 보병 3개 사단이 돌파구 확보를 위해 오늘 밤 강을 건널 예정입니다."

"좋아! 만슈타인에게 20만의 전우가 구원을 기다리고 있다는 사실을 잊지 말라고 하고, 파울루스에게는 적절한 시점에 만슈타인의 천둥작전[1]에 호응하여 내부에서 우레작전[2]을 발동하라 일러라! 적이 방수

1 스탈린그라드 포위망을 외부에서 뚫고 들어가는 작전.

2 스탈린그라드 방어군이 내부에서 호응하여 포위망을 돌파하는 작전.

후 대비할 수 있으니, 돌파 준비 명령은 무전으로 내리지 말고 항공기를 통해 연락장교를 보내서 전달하도록."

"알겠습니다."

7

돈 집단군 사령관, 에리히 폰 만슈타인 원수는 탁자 위에 펼쳐진 지도를 살피면서 고민에 빠졌다. 구출작전을 시작한지 9일째, 소련군의 포위망은 생각보다 훨씬 단단하게 구축되어 있었다. 돈 집단군의 목표는 스탈린그라드까지 190km를 진격하는 것이지만, 지난 9일간 진격한 거리는 150km밖에 되지 않았다.

병력과 장비로 담을 쌓은 소련군 방어선이 원체 조밀하다 보니 선두에 선 기갑사단들은 포병과 공군의 지원을 받으면서도 돌파에 애를 먹었다. 게다가 측면을 노린 대규모 역습까지 벌어지면서 돌파구 측면을 방호하는 헝가리군과 루마니아군은 무너지기 직전이었다. 재편성을 마친 4기갑군이 급히 양 동맹군을 지원하러 나섰지만 전선을 유지하는 게 고작이었다.

"그래, 지금 이 시점이야."

"그러시다면…?"

참모장이 조심스럽게 질문하자 만슈타인이 한숨을 쉬었다.

"애초에 작전 시작이 너무 늦었어. 총통이 잘못 판단한 거다. A집단군이 도착하지 않았더라도 적어도 1주일은 일찍 작전을 개시했어야 했다. 지금은 소련군이 구축한 견고한 방어선을 뚫고 스탈린그라드까지 갈 수가 없다. 우리가 스탈린그라드까지 돌파해 가는 건 불가능하니, 6군이 맞으러 나오는 수밖에 없다. 6군에게 준비해둔 돌파작전을 실행에 옮기도록 지시해."

"포위망 속에서 기아에 시달린 6군에게, 이 추위 속에서 40km의 적진을 돌파할 능력이 있겠습니까? 어제 6군의 보고로는, 남아 있는 연료를 모조리 쓴다고 해도 20km밖에 움직일 수 없다고 했습니다. 말도 거의 잡아먹었고요."

의구심에 찬 참모장의 얼굴을 보면서 만슈타인은 조용히 고개를 가로저었다.

"당연히 없지. 설사 소련군이 지금 회랑을 개방하고 6군을 그냥 통과시켜준다고 해도 6군의 잔존병력 중 자력으로 아군 구원부대에 합류할 수 있는 자는 20%도 안 될 거다. 총통은 스탈린그라드 자체는 포기하고 6군 병력만이라도 모두 구출하라고 했지만, 선택의 여지가 없다."

"하지만…. 지금 탈출을 시도한다면 움직일 수 없는 병자와 부상자들을 버려야 합니다."

"시도하지 않는다면, 탈출할 수 있었던 병사들조차 모두 죽게 될 거야. 설사 6군이 순순히 소련군에게 항복한다고 해도, 소련군에게 붙잡힌다는 게 어떤 의미인지 모르는 장병은 없지 않은가? 어차피 죽을 거라면, 살기 위한 시도라도 해보는 거야."

내 명령으로 인해, 실제 독일군이 저질렀던 포로에 대한 대량학살은 없었다. 하지만 전쟁터이기에 잔학행위가 어느 정도 발생하는 것은 막을 수가 없었다. 일부 독일군의 잔학행위에 대해서는 소련군 쪽에서도 잘 알고 있었고, 그들은 조국을 침범한 적에 대한 강렬한 증오심 때문에도 붙잡은 독일군 포로에 대해 매우 잔혹하게 대했다. 참모장이 잠자코 고개를 끄덕였다.

다음날 아침 일찍 연락기가 포위망 안으로 날아갔다. 다행히 굼라크, 피톰닉의 두 비행장은 아직까지 유지되고 있었다. 오후에 연락장교가 파울루스의 회답을 가지고 돌아왔다.

– 31일 밤에 우레작전을 개시하겠음. 그러나 전 병력의 탈출은 불가능하며, 이동이 불가능한 중상자와 환자의 처분에 대한 결정을 내려주기 바람.

"전문 보내, 소련군에 투항시키라고. 어차피 탈출하지 못할 병력이라면 다른 방법이 없다."

통신장교가 지휘소 밖으로 나가자 만슈타인은 참모장에게 지시했다.

"선두의 57기갑군단에게 한 발이라도 더 앞으로 나가도록 노력하라고 전하라. 6군이 포위를 돌파한다면, 조금이라도 앞에 나가서 맞이해야 할 테니까."

"알겠습니다."

8

눈밭 저편에 있는 소련군 참호선에서 총탄의 비가 쏟아졌다. 방금 지나간 슈투카 편대가 놓쳤는지, 하얗게 동계위장색을 칠한 T-34전차도 한 대 나타나 기관총과 포를 쏘며 이쪽으로 돌진해 오고 있었다.

"제길, 판처파우스트 하나만 있었으면!"

"언제 우리가 그렇게 사치스럽게 살았습니까? 원래 하던 대로 하자고요."

할버슈타트 중위의 푸념을 들은 슐츠 상사가 가볍게 쓴웃음을 지었다. 그러다 적이 가까이 오자 벌떡 일어나 손에 들고 있던 마지막 35형 대전차지뢰를 던졌다. 지연신관을 장착한 대전차지뢰는 정확히 적 전차 바로 밑에서 터졌다.

"잡았다!"

소련군 전차는 순식간에 불길에 휩싸였다. 상부 해치가 열리면서 전차장이 뛰어나오려 했지만 곧바로 총탄이 전차장의 머리를 박살냈다. 그 뒤로 밀고 나오는 사람은 없었다.

"돌격!"

어디에 그런 힘이 남아 있었는지는 알 수 없지만 할버슈타트 중위와 3소대 잔존병력은 소련군 산병호[1]를 향해 돌진했다. 날아오는 탄환에 두 명이 쓰러졌지만 돌격은 멈추지 않았다. 수류탄이 날아가 아직까지 불을 뿜고 있는 소련군 기관총 진지 안으로 들어갔다. 할버슈타트 중위는 손에 든 PPSh-41을 난사하며 목청껏 외쳤다.

"포로는 필요 없다! 모두 쏴버려!"

하긴 잡아도 끌고 갈 방법이 없다. 마침 슈투카가 한번 쓸고 간 참호선이기에 적군의 숫자도 많지 않았고, 저항도 덜했다. 참호 속의 소련군을 모두 제압한 병사들은 급히 소련군 병사들이 휴대하고 있는 식량주머니를 뒤졌다. 지난 열흘 동안 이들은 전적으로 적에게 노획한 식량으로 살았다.

"중위님, 사흘 동안 싸우고 나니 이제 9명 남았습니다. 중대본부는 어디 있을까요."

"나도 몰라. 여기저기서 포성은 들리지만."

12월 31일 밤, 6군 총사령부는 돌파작전을 개시하라는 명령을 내렸다. 이 돌파작전을 위해서 크리스마스 다음날부터 닷새 동안 공군은

---

1 흩어진 병사들이 제각기 몸을 숨기기 위해 판 참호.

다른 것은 아무 것도 운반하지 않고 연료만 죽을힘을 다해 날랐고, 덕분에 6군은 간신히 남은 차량을 40km까지 움직일 수 있는 연료를 확보했다. 소련군의 방해만 없다면 구출부대와 손을 잡을 수 있게 된 셈이었다. 부족한 식량과 탄약은 탈출 작전 중에 낙하산으로 투하하기로 했다.

문제는 차량 자체가 턱없이 부족하다는 것, 그리고 포위 탈출에 쓸 전차는 70여 대밖에 없고 도보로 탈출해야만 하는 병사들 대다수가 극도로 지쳐 있다는 점이었다. 그리고 소련군 6개 군이 이들과 만슈타인 사이를 가로막고 있었다.

파울루스는 움직일 수 있는 차량과 썰매에는 실을 수 있는 한도까지 부상자를 싣고 나머지 물건은 모조리 버리라고 명령했다. 걸을 수도 없고 차에 실을 여유도 없는 환자와 부상자 4만여 명은 남겨두고 갈 수밖에 없었다. 나머지 병사들은 모두 탈출 준비를 했다. 작전 결행은 저녁 9시였다.

57기갑군단의 맹공에 시달리고 있던 소련군은 포위망 내부의 독일군이 탈출을 시작하리라고 미처 예상하지 못했다. 하지만 자정도 되기 전에 소련군은 정신을 차리고 탈출 저지작전에 들어갔다.

"첫날에는 그래도 지금처럼 어중이떠중이들이랑 뒤섞이지 않고 대대가 같이 있었는데 말입니다. 중대장님은 무사하실지."

"우리 소대라도 같이 있는 게 어딘가. 루터, 뮐러, 호르비츠…."

잠시 중대장 호프만 대위를 생각하며 남은 부하들의 이름을 되뇌던 할버슈타트 중위는 세차게 고개를 내저었다. 지금은 죽은 전우들을 되새기는 것도 사치였다. 오직 살아나는 것만, 만슈타인에게 도착하는 것만 목표로 삼아야 했다.

"공습이다! 흑사병이다!"

아까의 슈투카에 대응하듯, 이번에는 소련군 지상공격기가 이들을 향해 급강하했다. 여기저기 흩어져서 죽은 소련군 병사들의 몸을 뒤지던 각양각색의 독일군 병사들이 급히 흩어졌다.

맹렬한 기관포 포성이 울리자 부상병을 수송하던 하프트랙이 제일 먼저 불타올랐고, 눈밭에 피와 시체가 흩뿌려졌다. 눈 위를 도망치는 독일군 병사들에게 총탄을 퍼붓던 공격기가 멀어지자마자 한숨 돌릴 틈도 없이 곧바로 소련군 포병의 포탄이 떨어졌다. 할버슈타트 중위는 엎드린 채 눈 위를 기었다.

9

"각하, 57기갑군단으로부터의 보고입니다. 도저히 더 이상은 진격할 수 없다고 합니다."

스탈린그라드까지 34km. 7일 동안 겨우 6km를 전진했다. 하지만 57기갑군단으로서도 더 이상은 어쩔 수 없었다.

진격할수록 소련군의 저항은 치열해졌고 혹한과 깊게 쌓인 눈은 57기갑군단의 전차들에게도 극복하기 힘든 장애물이었다. 게다가 구출작전을 시작한 이래 부대 교대도, 장비 정비도 하지 못하고 있는 것이다. 57기갑군단을 구성하고 있는 두 개 기갑사단은 12월 20일 이후 단 한 대의 전차도 보충하지 못했다.

"6군은 어디까지 왔지? 통신은 회복되었나?"

만슈타인의 질문을 받은 통신참모는 묵묵히 고개를 가로저었다.

"6군 사령부와의 통신은 1월 4일 15시부로 두절되었습니다. 27시간째 통신이 연결되고 있지 않으며, 무전기가 파괴되었거나 지휘부가 괴멸한 것으로 추측됩니다. 예하 군단이나 사단 사령부와는 일부 통신이 유지되나, 탈출 과정에서 건제가 와해되면서 대부분은 휘하병력과 떨어져 사령부만 눈밭을 헤매고 있습니다."

"…베레지나로군."

나폴레옹이 러시아에서 물러날 때, 추위와 굶주림에 시달리던 프랑스군은 러시아군의 추격까지 받자 완전히 건제가 무너진 거지떼가 되었다. 1941년의 독일군도 자칫하면 그렇게 되었을 수 있었다.

"안타깝지만, 돌아서야 할 것 같습니다. 우리 구출부대가 입은 손실도 감당할 수 있는 수를 넘어섰습니다. 게다가 4기갑군이 확보하고 있는 퇴로도 언제 끊길지 모릅니다."

작전참모의 보고를 들은 만슈타인이 한숨을 쉬었다. 바로 그 순간 이변이 일어났다.

"사령관님! 57기갑군단으로부터의 보고입니다. 스탈린그라드를 탈출한 생존병과 접촉했습니다! 76보병사단 공병대대 소속 장교 1명, 사병 4명이랍니다!"

급히 뛰어 들어온 참모부 소속 대위의 보고를 들은 만슈타인의 얼굴에 잠시 갈등이 스쳤다. 6군을 구출하는 작전은 명백히 실패했다. 하지만 몇몇 생존 장병이 구출부대까지 도달한 것은 사실이다. 그렇다면 기다려야 하는가? 포기하고 철수해야 하는가?

"57기갑군단과 4기갑군에 일러서 사흘만 더 전선을 유지하라고 전하라. 1월 9일 06시부로 철수를 개시한다. 그동안 돌아오는 장병이 단 한 명이라도 있다면…, 데리고 돌아간다."

"알겠습니다, 각하!"

참모들은 급히 뛰어나가 명령을 전달했다. 만슈타인은 홀로 묵묵히 지도를 들여다보았다. 과연, 몇 명이나 구할 수 있을 것인가. 구출부대가 입은 손실 이상의 병력을 살려서 데리고 갈 수 있을까?

"중위님, 장갑척탄병 놈들이 어서 안 오면 버리고 가겠다고 악을 쓰고 있습니다. 가시죠."

"가야지…."

동쪽 눈벌판 위를 하염없이 쳐다보던 할버슈타트 중위는 남은 소대원 네 명과 함께 무거운 발길을 옮겼다. 지난 사흘 동안 초인적인 노력을 한 전우 수천 명이 구원부대까지 도달했지만 그 중에 중대장 호프만 대위는 없었다. 대대장 이하 다른 장교들도 마찬가지였다.

"하인리히, 네 녀석 말대로 크리스마스를 집에서 보내지는 못하겠다만, 적어도 부활절은 스탈린그라드가 아닌 다른 곳에서 맞겠구나."

슐츠 상사의 농담에 대해 머리에 붕대를 두른 루터 병장이 뭐라고 대답하는 것 같았지만 할버슈타트 중위는 듣지 않고 있었다. 아무 말 없이 최후미부대의 하프트랙에 오른 중위는 누구에게랄 것도 없이 허공을 바라보며 허탈하게 중얼거렸다.

"6군이 사라졌어. 바로 이 벌판에서. 20만 대군이 눈 위에서 스러져 갔어…."

장갑차의 시끄러운 엔진 소리와 사방에서 울리는 포성 사이에서 할버슈타트 중위의 목소리를 들은 이는 아무도 없었다. 단지 눈송이 하나가 할버슈타트의 탄식을 싣고 허공을 날아가 눈에 묻힌 한 독일 병사의 시체 위에 살며시 내려앉았다.

외전 3
스탈린그라드의 조선인

1

크리스마스가 지난지 이틀. 오늘도 새벽부터 하염없이 눈이 내렸다. 스탈린그라드 시내를 가득 채운 눈은 녹지 않고 겹겹이 쌓이기만 했다. 무릎까지 쌓인 눈을 헤치고 바깥으로 나가 적의 동태를 살피는 일은 늘 힘겨웠다. 76사단 공병대대 2중대 3소대장 프란츠 할버슈타트 중위는 지면에 몸을 바싹 붙인 채 소련군이 차지하고 있는 길 건너 건물을 살피고 있었다.

"소대장님, 중대에서 전령이 왔습니다."

뒤쪽에서 부소대장 마르틴 슐츠 상사가 부르는 소리가 들리자 할버슈타트 중위가 조심스럽게 건물 안으로 돌아왔다. 엎드린 채 기어서 돌아와 보니 코트를 뒤집어쓴 중대 전령 한스 뮐러 병장이 슐츠 상사 옆에 서서 오들오들 떨면서 손을 비비고 있었다. 할버슈타트 중위가 눈을 털면서 물었다.

"무슨 일인가, 한스? 이틀 동안 눈 녹인 물만 먹은 우리한테 빵이라도 갖다 주려고 왔어?"

"중대본부에서도 빵 구경한 지 닷새가 넘었습니다, 중위님. 그게 아니고 공격 명령을 전달하러 왔습니다. 1시간 뒤에 전방에 있는 소련군 전선을 돌파해서 할 수 있는 데까지 서쪽으로 진격하시랍니다."

"공격? 러시아 놈들한테 감자 쪼가리랑 빵 부스러기라도 노획하러 쳐들어가라는 건가. 하긴, 굶어죽지 않으려면 그 수밖에 없긴 하군."

할버슈타트 중위가 허탈하게 중얼거리자 뮐러가 급히 손을 내저었다.

"아닙니다! 지금 만슈타인 원수께서 돈 집단군을 이끌고 우리 6군을 구원하러 오고 있지 않습니까? 조금이라도 멀리 나가서 만슈타인 원수를 맞이할 수 있도록, 우리 대대가 나서서 돌파구를 만들라는 명령이 사단에서 내려왔습니다."

"돌파구라."

할버슈타트 중위가 고개를 돌려 살아남은 부하들을 둘러보았다. 남은 소대원 숫자는 자신을 포함해 14명. 탄약도 넉넉하지 않고, 중화기는 아예 없다. 개인화기와 수류탄만 가지고 적진에 뛰어들어야 한다. 게다가 동상에 걸리거나 크고 작은 부상을 입은 대원이 절반을 넘었다. 붕대를 감고 모포를 덮어쓴 대원들은 소대장과 중대 전령이 대화를 나누는 도중에도 고개도 쳐들지 않았다.

"뮐러 병장, 자네도 보다시피 우리 소대는 이제 1개 분대 밖에 안 돼. 이 병력을 가지고 소련군 전선을 돌파하라고? 그것도 확실한 지원도 없이, 능력껏?"

"저야 명령을 전달할 뿐입니다. 중대장님도 매우 미안해하고 계십니다. 3소대가 공도 크고 희생도 많았는데 임무에서 빼주지 못해 유감이라고요."

"알겠다. 자넨 그만 복귀하게. 명령은 따를 테니 염려 말고."

"예, 가보겠습니다."

전령 뮐러 병장은 경례는 하지 않고 조용히 몸을 돌려 나갔다. 전선에서 경례 따위를 하다가는 저격수를 불러들일 뿐이니까 말이다.

"자, 다들 들었다시피 싸우러 가야겠다. 혹시 걷지 못할 사람 있나?"

뮐러 병장이 나가자 할버슈타트 중위는 소대원들 쪽으로 몸을 돌렸다. 경계병 두 명을 제외하고는 벽에 기대거나 바닥에 누워 꼼짝도 하지 않던 병사들이 말없이 하나둘 일어났다. 다행히 걷지 못할 정도로 다친 중상자는 없었다. 하긴, 중상자는 모두 죽었거나 야전병원으로 떠났으니까. 뭐 야전병원이라고 해 봐야 거기 가서 죽는다는 정도 의미밖엔 없지만.

"좋아. 장비 챙겨. 탄환 한 발도 흘리지 말고."

굳이 소대장이 강조하기 전에 이미 대원들은 주변에 놓아둔 총과 수류탄 등 무기들을 주섬주섬 챙기고 있었다. 슐츠 상사와 함께 대원들이 가진 무기를 살핀 할버슈타트 중위는 개중 대략 1/3이 소련군에게 노획한 PPSh-41이나 SVT-40[1]과 같은 소련제 화기임을 확인했다. 소대원들이 소지한 수류탄도 절반은 소련제였다.

"각자 가진 탄약을 합치면 그럭저럭 두어 번 교전을 치를만한 양은 될 것 같습니다. 요 며칠 식량은커녕 탄약도 보급이 끊겨 버려서, 원래

---

1 소련군이 사용한 반자동 소총. 볼트액션인 기존 주력 소총 모신-나강에 비해서 명중률이 낮고 고장이 잘 나는 편이긴 했으나, 화력이 훨씬 우세해서 인기가 좋았다. 독일군도 이 총을 노획해서 대량으로 사용했다.

가지고 있던 총을 버린 녀석들이 여럿 됩니다. 소대장님도 탄환 다 떨어지지 않으셨습니까?"

"탄창 3개…전투 한 번은 치를 수 있네, 나도. 이번 싸움이 끝나면 버려야겠지."

할버슈타트 대위는 가지고 있는 StG42의 탄약을 세어 보았다. 이미 오래 전부터 많이들 쓰고 있는 Kar98k[1]나 MP40[2]이라면 다른 소대원들처럼 전사자의 탄약을 긁어모아 쓸 수 있다. 하지만 이번 전투 직전에 지급된 이 총은 전용탄약을 쓰고 있어서 후방에서 보급을 받지 못하면 탄약을 구할 수 없었다.

"자, 어쨌든 가 보자고. 치고 나가야 뭐 먹을 거 한 쪼가리라도 구할 거 아닌가. 안 그래?"

"그러게 말입니다. 참, 소문 들으셨습니까?"

자리에서 일어서서 출동 차비를 하던 2분대장 쿠르트 브란트 하사가 굳은 표정으로 속삭였다. 할버슈타트 중위가 조심스럽게 고개를 숙여 귀를 갖다댔다.

"무슨 소문 말인가?"

"몇 사단인지는 모르겠는데, 배가 너무 고프다고 사람 고기를 먹은 놈들이 있다고 합니다."

할버슈타트 중위가 깊은 한숨을 내쉬었다.

"있을 수 없는 일은 아니지. 우린 그나마 그동안 해치운 소련군으로

---

1 2차 대전 당시 독일군이 사용한 제식소총. 5연발 볼트액션으로 7.92mm 탄환을 사용한다. 히틀러가 StG44를 좀 더 일찍 채용하지 못하게 했던 이유 중 하나가 이 총이 기존 총기와 호환되지 않는 전용탄약인 단축형 7.92mm 탄약을 사용하기 때문에 보급에서 곤란을 초래하리라는 점이었다.

2 2차 대전 당시 독일군이 사용한 제식 기관단총. 요즘도 군용과 민간용을 불문하고 권총에서 많이 쓰는 9mm 파라벨럼 탄환을 사용한다. 한국군도 쓰는 탄환이다.

부터 식량을 얻었지만, 그것조차 얻지 못한 녀석들도 있을 거 아닌가. 굶주림으로 눈이 돌아가면 눈앞에 있는 소련 놈들 시체에 눈길이 갈 수도 있겠지. 저번에 크리스마스 전에 중대장님이 갖다 주신 말고기처럼 말이야. 그것도 길에 죽어 있는 말이었으니까."

"아니, 아닙니다! 그 놈들은 산 사람을 잡아먹었다고 했습니다."

"뭐? 산 사람을 잡아먹어?"

경악한 할버슈타트가 자기도 모르게 눈을 크게 뜨며 목소리를 높였다. 주변에 있던 소대원들의 시선이 집중되자 브란트 하사가 당황했지만 이미 때가 늦은 뒤였다.

"브란트 하사, 그게 정말인가? 사람을 잡아먹은 놈들이 있다고?"

몰래 이야기를 나누던 두 사람 주위를 다른 소대원들이 빙 둘러쌌다. 슐츠 상사가 브란트를 추궁하자 다른 소대원들이 가세했다.

"그게 정말입니까? 로스케를 잡아먹은 건가요?"

"설마 부상을 입고 움직일 수 없게 된 동료를 잡아먹은 건 아니겠죠?"

"하사님은 그 이야기를 누구한테 들으신 겁니까?"

난처한 표정을 짓던 브란트 하사가 자기가 알고 있는 사실을 털어놓았다.

"어제 바깥 형편을 살피러 나갔다가…44사단 소속이라는 식량 조달 코만도 대원 둘과 마주쳤습니다. 구덩이에 숨어서 잠깐 몸을 녹이다가 헤어졌는데, 그때 녀석들이 이야기해 주더군요. 자기들도 들은 이야기인데, 루마니아군을 죽여서 먹은 놈들이 있었다는 겁니다."

"왜? 루마니아군은 우리 편이잖아!"

할버슈타트 중위가 뜨악한 표정을 지었다. 다른 소대원들 역시 이해할 수 없었다. 브란트 하사가 들은 이야기를 털어놓았다.

"그게, 굶주림에 지친 녀석들이 인육을 먹기로 한 다음 어떤 인육을 먹을지 토론을 했는데, 일단 전우이자 고결한 아리안족인 독일 병사를 먹을 수는 없다고 결론을 내렸답니다."

"그야 그렇지."

"그리고 열등한 슬라브족이나 인간 이하인 아시아계들로 이루어진 소련군의 고기를 먹는다면 자신들을 더럽힐 우려가 높다고 생각했습니다."

"그럴…수 있겠지."

"그래서 '딱히 고결하지도 않고 더럽지도 않은' 동맹군 병사들을 먹기로 결정하고 함께 있던 루마니아군을 죽여서 잡아먹었다고 합니다."

"미친놈들."

할버슈타트 중위를 비롯한 소대원들은 입을 딱 벌린 채 말을 잇지 못했다. 하도 어처구니없는 일이라 별다른 반응도 하지 못했다. 마른 침을 삼키던 3분대장 베른하르트 마이어 중사가 간신히 질문했다.

"그래서? 그 뒤에는 어떻게 됐지?"

"붙잡혀 있던 루마니아 병사들 중 하나가 탈출해서 인접 부대에 신고했다고 합니다. 곧바로 군 사령부 직할 헌병대가 출동해서 살아남은 루마니아 병사 전원을 구출하고 동맹군 장병에 대한 식인행위에 동참한 장병 전원을 총살형에 처했다고 했습니다."

"그놈, 어떻게 그 사정을 그렇게 상세하게 알고 있지? 혹시 식량 조달 코만도라는 건 거짓말이고, 식인에 한 몫 한 탈영병 아냐?"

마이어 중사의 날카로운 추궁에 브란트 하사는 입을 다물었다. 누구도 입을 열지 않았다. 착 가라앉은 분위기를 떨치려는 듯 할버슈타트 중위가 자리에서 일어섰다.

"끔찍한 소리는 집어치워! 자, 이제 전투에 나설 시간이다. 너무 어두워지기 전에 적 전선을 돌파해야 한다. 오늘 저녁에 뭐라도 먹고 싶으면, 그따위 괴담은 신경 끄고 총을 잡아라."

소곤거리며 귓속말을 주고받던 소대원들은 입을 다물고 총을 잡았다. 이들 역시 굶주리고 있었고, 조금 더 지나면 자신들도 인육을 먹게 될지도 모른다. 설마 소문의 그 식인종들처럼 동맹군을 잡아먹지는 않겠지만….

2

"돌입 준비!"

할버슈타트 중위가 고함을 지르자 소련군과 총화를 교환하던 대원들이 일제히 소총에 착검을 했다. 자동화기를 가진 병사들은 탄창을 꽉 찬 새것으로 교환했고 다른 병사들은 수류탄을 준비했다. 할버슈타트 중위가 단호하게 명령을 내렸다.

"창문마다 일제히 수류탄 투척!"

가지각색의 수류탄 여덟 개가 일제히 소련군이 차지하고 있는 길 건너 2층 건물을 향해 날아갔다. 폐허인 2층은 노리지 않았지만, 개중 여섯 개가 아직 비교적 멀쩡한 1층에 있는 문과 창문으로 날아 들어갔다. 창문에서 튀어나온 채 불을 뿜던 소련군의 총구가 일시에 사라지고 폭음과 함께 비명이 울렸다.

"돌격!"

"이야아아!"

StG42를 든 할버슈타트 중위가 소대원들의 앞에 서서 돌진했다. 총알구멍 투성이가 된 현관문을 몸으로 부딪쳐 부순 할버슈타트는 눈앞에서 움직이는 사람 그림자 비슷한 모든 것에다 총알을 퍼부었다. 뒤따라 뛰어든 대원들도 동참했다.

"사격 중지! 소대장님, 이쪽은 모두 해치웠습니다!"

현관 반대편으로 뛰어들었던 슐츠 상사가 숨을 헐떡이며 외치는 소리가 들렸다. 흥분해 있던 할버슈타트 중위도 그 소리를 듣고 정신을 차렸다.

"사격 중지! 인원을 확인한다."

남아 있는 대원들을 모은 할버슈타트 중위는 부하들의 수를 헤아렸다. 소대원 전원이 무사하다면 14명이 있어야 했지만 10명뿐이었다. 3분대장 마이어 중사가 침울한 표정을 짓고 있자 슐츠 상사가 대신 설명했다.

"3분대에서 프랑크, 슈타이거 두 사람이 당했습니다. 프랑크는 사격전 중에 머리에 총을 맞았고, 슈타이거는 방문을 걷어차며 돌입하다가 폭탄 덫에 걸렸습니다. 둘 다 즉사했습니다. 1분대 소속 호르비츠와 베버 두 사람은 2층을 수색해 보겠다고 올라갔을 뿐, 무사합니다."

보고를 들은 할버슈타트 중위가 깊은 한숨을 쉬었다. 소대가 스탈린그라드에 처음 도착할 때는 38명이었는데, 이제 3분의 1도 남지 않았다.

"전과는?"

"1층에서만 사살 8명, 포로는 없습니다. 노획한 무기는 모신 나강 3정, 발랄라이카[1] 2정, TT권총 4정, 우리 MP40 1정에 루거 2정입니다. 탄약도 적당히 있고, 수류탄도 독일제 3발, 소련제 6발 노획했습니다.

1 소련제 기관단총 PPSh41(따발총)의 별명.

이놈들도 우리 무기 깨나 들고 다니고 있으니 이상한 일은 아니네요."

"그보다는 먹을 게 급해. 음식은 없나?"

이번에는 브란트 하사가 맥 빠진 목소리로 대답했다.

"여덟 놈 주머니를 다 뒤졌는데 먹을 거라고는 빵 한 쪼가리도 없습니다. 지난 두 달 동안 이 빌어먹을 도시에서 이렇게 실속 없는 전투를 치러 보기는 처음입니다. 전우도 둘이나 잃었는데, 아무 것도 생기지 않다니 말입니다."

지치고 굶주린 소대원들은 침울해졌다. 감자 하나라도 얻을 수 있으리라는 기대로 돌격했는데, 그게 다 헛수고였다니. 누군가 홧김에 내지르는 소리가 났다.

"제기랄! 저기 자빠진 소련군 놈 엉덩이 살이라도 잘라내서 구워먹을까? 그냥 짐승 고기라고 생각하면 되잖아? 어차피 제대로 된 인간도 아닌 아시아 놈인데!"

"자, 자. 그만들 해 둬. 열등인종인 아시아 놈들 고기 따위, 맛도 없을 거다."

할버슈타트 중위가 부하들을 달랬다. 그 자신 나치당원으로서 당의 이념에 따르면 열등인종인 아시아계는 아리아인에 비해 한없이 떨어지는 존재임을 알고 있었지만, 그래도 상대는 사람이었다. 할버슈타트도 적어도 아직까지는 부하들이 사람을 잡아먹게 하고 싶지는 않았다.

"이젠 해가 져서 움직일 수가 없어. 그러니 여기서 잠시 휴식을 취하다가 새벽이 되면 다시 출발한다. 여기서는 재수가 없었지만, 분명히 다음 거점에서는 생기는 게 좀 있겠지. 이번에 보초를 설 차례가 누구였더라?"

소대장이 기억을 되새기는 사이, 소대원들은 툴툴거리면서도 밖에서 보이지 않게 불을 피우고 하나둘 자리를 찾아 웅크렸다. 주변을 둘러보던 할버슈타트가 갑자기 역정을 냈다.

"상사! 2층으로 올라간 놈들 둘은 뭐하느라고 안 내려오나? 아까 보니 2층은 폭격 맞고 다 무너졌던데, 지붕도 없는 2층에서 얼어 죽겠다는 거야, 뭐야?"

슐츠 상사가 뭐라고 입을 열어 답하기 전 위층에서 외치는 소리가 들렸다.

"저희 내려갑니다, 소대장님! 뭐 하나 잡았습니다!"

"잡긴 뭘 잡아?"

"숨어 있는 소련군을 한 명 잡았습니다! 장교입니다!"

"장교라고?"

3

1분대원 두 사람이 2층에서 끌고 내려온 포로는 아시아계였다. 계급장을 보니 대위였다.

"이 자식, 부서진 2층 방구석에 천막 조각을 덮고 누워서 숨어 있었습니다. 어두워지기까지 해서 도저히 보이지가 않더군요. 뭐 먹을 거 없나 뒤지다가 베버가 우연히 이 자식 손을 밟지 않았으면 모르고 그냥 내려올 뻔 했습니다."

1분대장 디터 호르비츠 하사가 끌고 온 포로를 바닥에 내동댕이쳤다. 바닥에 무릎을 꿇은 자세로 주저앉은 포로의 손에는 동상자국과 함께 군홧발에 밟힌 자국이 역력했다. 오스카 베버 병장이 깔보는 투로 포로를 내려다보았다.

"이 자식, 무기는 TT권총 한 자루 뿐인데, 총을 쏜 지 얼마나 지났는지 총이 얼음장같이 차갑더군요. 아까 싸우는 동안 한 발도 안 쏘고 숨어만 있었던 게 분명합니다."

소대원들은 겁쟁이 소련군을 비웃었다. 할버슈타트 중위가 포로에 대해 뭐라고 하기 전에 마이어 중사가 먼저 나섰다.

"야, 그건 됐어. 아무튼 예상도 못한 포로를 잡은 걸 보니 역시 야크트훈트(사냥개) 베버로구나! 그래서 이놈한테서는 뭐가 나왔어? 장교니까 뭐 특별한 거 챙겨 놓고 있었겠지?"

"다른 건 없고, 초콜릿만 네 조각 가지고 있더군요. 상사님, 여기 있으니 쪼개서 다들 나눠 주세요."

호르비츠 하사가 주머니에 넣어두었던 미제 초콜릿을 꺼내서 슐츠 상사에게 건넸다. 소대원들이 반색했다.

"야, 몇 조각 되지도 않는 거 나눠 먹어 봐야 뭐하냐. 어이, 요헨! 모닥불 위에 반합 올리고 눈 넣어. 물 끓인 다음 초콜릿 넣어서 녹여 마시자. 몸도 덥힐 겸."

"예, 상사님."

슐츠 상사와 부하들이 초콜릿을 나누느라 떠들썩한 사이, 마이어 중사가 허리에 차고 있던 권총집에서 발터 권총을 뽑았다. 그리고는 포로의 관자놀이를 겨냥했다. 할버슈타트 중위가 소리쳤다.

"뭔가, 마이어 중사!"

"제 분대원들인 프랑크와 슈타이거가 모두 이놈들에게 당했습니다. 총통께서 포로를 죽이지 말라고 하셨다지만 이 정도 복수는 당연하지 않습니까?"

"자네가 화가 난 건 알아. 하지만 뭐 알아낼 게 있을지도 모르잖나? 자네는 일단 그 총 내려놓고, 그놈 내게 넘겨."

"…알겠습니다, 중위님."

잠시 씩씩거리던 마이어 중사는 총을 집어넣더니 슐츠 상사가 있는 쪽으로 가 버렸다. 한숨을 쉰 할버슈타트 중위는 일단 포로를 심문하기로 했다. 이야기를 좀 해 보면 뭔가 쓸 만한 이야기를 들을 수 있을지도 모르니까.

"소속, 계급, 이름을 말해 봐."

부서진 탁자 위에 걸터앉은 중위가 수첩을 꺼내 들고 러시아어로 말을 걸었다. 하지만 상대는 입을 열지 않았다. 포로의 등에 총을 겨누고 있던 베버 병장이 상대의 등을 걷어찼다.

"중위님이 말씀하시는 게 안 들려!"

심문할 시간은 얼마든지 있으니, 할버슈타트는 조용히 기다렸다. 땅바닥에 처박혔던 포로는 얼굴에 먼지를 가득 묻힌 채 비척거리며 몸을 일으켰다. 상대가 다시 무릎을 꿇을 때까지 기다린 할버슈타트가 질문을 다시 시작했다.

"다시 묻는다. 소속, 계급, 이름은?"

"…극동전선군 제88독립보병여단 진지첸 대위입네다."

상대의 러시아어에는 다소 이상한 억양이 섞여 있었다. 러시아인이 아닌 탓이겠지. 가볍게 생각한 할버슈타트 중위가 연필로 메모를 시작했다.

"그래, 대위인데 대대장이란 말이지? 그런데 가지고 있는 물자가 뭐 이 따위야? 아홉 놈이나 있으면서 빵 한 쪼가리가 없나? 명색이 대대 본부인데 말이야?"

"본대와 연락이 끊어지고 사흘 동안 아무 보급도 받지 못해서…."

할버슈타트 중위는 상대가 밝힌 계급에 따라 상대를 존중해 줄 생각 따위는 없었다. 지금 스탈린그라드는 포로의 계급 따위를 상관해서 대우할 여유가 있는 곳이 아니었다.

"형편없는 놈들. 그런데 극동전선군이라고? 그거, 시베리아 너머 일본 국경에 있는 군 아닌가? 뭐 하러 여기까지 왔어?"

"지난 9월에 여단이 창설되자마자 이동 명령을 받았습네다. 준비에서 이동까지 한 달 정도 걸렸고, 두 달 전에 여기로 왔습네다."

알 만 했다. 할버슈타트 중위는 작년 모스크바 전면에서 만났던 소련군 시베리아 부대들을 떠올렸다. 서부에서 병력이 부족한 소련군은 상대적으로 평온한 일본 쪽 경계부대들을 빼내서 서쪽으로 보내고 있는 게 분명했다. 병력이 부족하니 아시아계 부대건 러시아인 부대건 가릴 틈도 없는 모양이다.

"너희 부대는 뭐 하는 부대지? 독립보병여단이라면, 전선군 직할 예비대인가?"

"창설할 때는 만주에 있는 일본군을 상대로 후방교란작전을 준비할 계획이었습네다. 그런데 왜 여기 스탈린그라드까지 오게 됐는가는 저도 모릅네다."

"일본과 너희는 중립조약을 맺고 있지 않나? 그런데 왜 일본군 후방에 대한 교란작전을 준비하지?"

"저희 부대원들은 대부분 소련인이 아니라 만주에서 항일투쟁을 벌이던 유격대원들입네다. 왜놈들의 잔인무도한 토벌 때문에 만주에서 유격투쟁을 할 수 있는 기반이 소멸하여 올 여름에 사회주의 조국인 소비에트로 일시 피하기는 했습니다만, 기회가 생기면 곧바로 만주로 돌아가 조국을 해방하기 위한 싸움을 다시 시작할 겁네다."

포로는 고개를 숙인 채 대답을 이어나갔다. 잠자코 상대가 하는 말들을 수첩에 적던 할버슈타트 중위가 가볍게 질문을 던져 보았다.

“조국 해방이 궁극적인 목표라고. 그럼 지금 소련군으로서 싸우는 데는 별 관심이 없겠군?”

“저는 소련인은 아닙네다. 하지만 저는 중국공산당 당원이며, 사회주의 조국인 소련을 지키기 위한 전쟁입네다. 관심이 없…을 수가 없습네다.”

단호하게 말했지만 목소리는 떨렸다. 할버슈타트는 이 작자를 더 심문해봐야 소용없겠다는 생각이 들었다. 외국인에다가 최근에 편입된 비정규군 출신, 제대로 훈련받은 장교도 아니다. 대위가 대대장이라기에 혹시 대단한 특수임무를 띤 부대인가 했더니 그냥 게릴라 우두머리 출신자로서 받은 의례적인 계급에 불과한 모양이다.

“그래, 그래서 네 조국인 중국을 일본으로부터 탈환하는 일보다 공산당원으로서 소련을 지키는 일이 더 중요하다 이건가?”

나올 정보도 없어 보인다. 이제 그만 한 방 쏘고 끝내자. 그런데 아무 생각 없이 던진 마지막 질문에 상대가 예상과 다른 답을 했다.

“아니, 나는 중국인이 아닙네다. 나는 조선인입네다.”

“조선인? 조선이 어디 있는 나란데?”

조선이라니, 생전 처음 듣는 나라였다. 포로의 등에 총을 겨누고 있던 베버 병장 역시 어리둥절해하는 걸 보니 모르는 게 분명했다.

“비록 지금은 왜놈들에게 지배를 받고 있습니다만, 언젠가는 꼭 해방되어야 할 우리 조국입네다. 소비에트 동지들이 꼭 도와줄 겁네다. 그날을 위해 나도 소비에트 수호에 진력하는 겁네다.”

빨갱이 놈들의 흔한 수법이다. 제국주의로부터의 해방 어쩌고 하면서 피지배국가 소속 불평분자들을 유혹하고, 자기들을 위해서 이용한 다음 이용가치가 없어지면 우두머리들부터 처단해 버리지. 그리고 남은 잔당들은 지도부를 잃고 완전히 모스크바에서 내리는 지시에 따라 움직이는 허수아비가 된다.

할버슈타트는 볼셰비키들이 얼마나 후안무치하고 탐욕스러운 집단인가 하는 나치당의 선전자료를 떠올렸다. 놈들은 자기들을 믿고 소련으로 온 외국인 엘리트 공산주의자 집단을 지난 대숙청 당시 완전히 씨를 말려 버렸다. 그러고 보니 선전부가 내놓은 선전잡지에 실린 대숙청 피해국 목록에서 조선이라는 이름을 본 기억이 나는 것도 같다.

"흠, 그래. 그런데 네가 말하는 조선이라는 나라는 오스트리아 같은 건가? 중국인들이 중국 밖에 갈라져서 독립한 나라야?"

"아닙네다! 우리 조선은 독자적인 언어와 문화, 역사를 가진 중국과 다른 나라입네다!"

포로는 갑자기 열을 냈다. 하지만 할버슈타트는 콧방귀를 뀌었다.

"거짓말 마. 네 이름이 진지첸이라며? 내가 뮌헨 대학에서 공부할 때 중국 유학생이랑 알고 지낸 적이 있는데 그 친구도 이름이 진 뭐였어. 너랑 이름도 비슷하잖아? 그리고 공산주의자 놈들은 다 자기 출신국가 공산당에 가입하는데 네놈은 중국 공산당원이라니 조선이라는 나라는 원래 중국의 일부인 게 분명해."

"아닙네다! 우리가 중국 땅에서 싸우고 있는데다가 조선공산당이 왜놈들에게 혹독하게 탄압당해 완전히 와해되는 바람에 임시로 중국 이름을 쓰고, 중국공산당으로 활동하고 있을 뿐입네다. 우리는 분명 조선인입네다."

잔뜩 흥분한 포로의 이야기를 듣고 있는데 1분대 소총수 볼프강 로텐마이어 일병이 할버슈타트 중위와 베버 병장을 위해 초콜릿 두 잔을 가지고 왔다. 물을 많이 타서 묽었지만, 따뜻하고 달콤한 음료를 죽 들이키자 몸이 따뜻해지면서 온 몸의 혈관을 타고 생기가 돌아오는 기분이 들었다. 빈 잔을 로텐마이어에게 건넨 할버슈타트가 마지막 질문을 던졌다.

"그래, 알겠어. 그런데 진지첸이 편의상 쓰는 가명이면, 네 진짜 이름은 뭔데?"

"제 이름은 김일성입니다."

4

할버슈타트 중위는 포로가 밝힌 자기 본명을 수첩에 적었다. 그리고 초콜릿 잔을 홀짝이고 있는 베버 병장에게 손짓했다.

"데리고 나가서 총살해. 고급장교거나 특별한 정보를 가진 자라면 호위를 붙여 상급부대로 보내겠는데 이 자는 그럴 필요가 없어 보인다. 총통께서는 포로 학살을 금지하셨지만 지금 우리에게는 별 가치도 없는 포로를 끌고 다닐 여유가 없어."

"알겠습니다. 야, 일어나! 밖으로 나가자!"

고개를 끄덕인 베버가 포로의 엉덩이를 걷어찼다. 하지만 뭔가 심경의 변화가 있었는지 그동안 비교적 당당하던 포로의 태도가 갑자기 달라졌다.

"자, 잠깐! 설마 날 죽이려는 거요? 살려주시라요! 내게는 아내와 갓 태어난 아들이 있단 말입네다!"

"여기 처자식 있는 사람 많아."

베버가 비웃으면서 상대의 등을 발로 찍었다.

"그러니까 어서 밖으로 나가라, 응? 아니면 그냥 여기서 쏴 줄까?"

"이보시오, 장교 동무!"

상대는 어느새 필사적이 되어 있었다.

"내, 당신들 선전 자료 보았소. 투항하는 포로는 생명을 보장하고, 다시 총을 들지 않겠다고 서약하면 귀향도 시켜준다 하지 않았소? 사, 살려만 주시오! 나는 조국과 가족에게 돌아가야 하오!"

"방금 전까지만 해도 빨갱이들끼리의 국제적인 연대를 강조하더니 왜 이래? 대대장 쯤 되면 좀 당당하게 굴지 그래."

"내게는 이제 태어난 지 열 달도 안 된 첫아들이 있소! 제발…."

할버슈타트가 비아냥거렸지만 포로는 개의치 않고 간곡하게 구명을 간청했다. 등을 밟고 서 있던 베버가 비웃었다.

"중위님, 소용없습니다. 자기 부하들이 전멸할 동안 페허 속에 틀어박혀서 꼼짝도 안 하던 새낍니다. 좀 전에 중위님 앞에서 당당하게 씨부렁거리던 건 다 허세일 겁니다. 이 새끼가 정 나가지 않으려고 하면, 여기서 그냥 끝내버리겠습니다. 우린 어차피 내일 아침 떠나니까 그때 두고 가면 그만이죠."

싱긋 웃은 베버가 손에 든 소총을 들어 포로의 뒤통수를 겨냥했다. 독일어는 모르지만 분위기를 짐작할 수는 있는지, 상대는 필사적이었다.

"브, 블라소프 군 이야기 들었소! 스탈린 대원수 타도를 목적으로 조직했다는 그 부대 말이오! 사, 살려만 주면 블라소프 군에 입대하겠소!"

"비열한 놈. 처음부터 전향 의사를 밝혔으면 모를까, 이제 와서 그래봐야 씨알도 먹히지 않아. 베버, 그대로 쏴 버려."

"예, 중위님."

입술을 일그러뜨린 베버 병장이 방아쇠에 손가락을 걸었다. 다음 순간 기관총 소리가 연발로 울리더니 방 안으로 탄환이 수없이 날아들었다. 베버가 방아쇠에 손가락을 건 채 머리에서 피와 뇌수를 뿜으며 그대로 쓰러졌다.

"적습이다! 반격해!"

"제길, 불빛이 새어나갔나?"

소대원들은 급히 모닥불을 발로 차 버린 다음 벽에 등을 대고 달라붙었다. 소련군이 두 방향에서 사격해오고 있었다.

"규모는?"

"적어도 2개 분대!"

"대대본부를 구원하러 온 건가?"

원인을 캐기보다는 일단 싸워야 했다. 응사하다 보니 어느새 마지막 탄창이 비어버렸다. 아끼던 StG42를 던져버린 할버슈타트가 조금 전 노획한 PPSh-41을 집어 들었다.

"주의해! 어둠 속이라 총구 화염이 노출된다. 놈들이 우리 규모를 알면 그대로 밀고 들어올 거야. 출입구를 주의해!"

슐츠 상사가 MP40의 탄창을 교체하면서 대원들에게 주의를 주었다. 갑작스런 기습이었지만 역전의 베테랑인 슐츠 상사의 태도는 침착함을 넘어 유쾌해 보이기까지 했다.

"으윽! 유탄이!"

이쪽 형편과는 상관없이 소련군은 중기관총을 동원해서 치열한 제압사격을 퍼부었다. 창문으로 날아든 탄환이 벽을 맞고 튀었다. 마이어 중사가 팔을 움켜잡고 주저앉았다. 이를 악물고 방아쇠를 당기던 할버슈타트 중위가 외쳤다.

"야, 중국놈! 너 정말 블라소프 군에 입대할 의사가 있나? 그렇다면 행동으로 증거를…."

"중위님! 포로가 도망칩니다!"

방금 전까지 그렇게 목숨을 애걸하던 놈이? 할버슈타트는 기가 막혀서 그쪽을 돌아보았다. 놈은 어느새 소련군이 공격해오는 반대편 벽에 뚫린 구멍으로 기어나가고 있었다. 이제 막 엉덩이가 빠져나가는 참이었다.

"에라이, 망할 자식!"

할버슈타트는 도망치는 포로를 향해 발랄라이카를 돌리고 지향사격으로 갈겼다. 벽 구멍 주위에서 탄환이 튀고 먼지가 피어올랐다. 엉덩이가 사라지기 전에 움찔 하는 모습이 보이는 듯했지만 어두워서 확실하지는 않았다.

"맞히셨습니까?"

"몰라!"

2분대장 브란트 하사가 이쪽을 힐끔 돌아보며 질문했다. 할버슈타트는 신경질적으로 대꾸하면서 총구를 돌려 다시 창밖을 향했다. 어느새 길 건너에서 다가오던 소련군은 사격을 멈추고 있었다.

"중위님, 놈들이 물러서는 것 같습니다."

"아까 그 놈을 구출하러 온 건가, 정말로."

입맛이 썼다. 어쩌면 꽤 중요한 놈이었을지도 모른다.

"우리가 의외로 거물을 놓친 거 아닐까 모르겠습니다."

슐츠 상사도 같은 생각을 했는지 쓴웃음을 지었다. 할버슈타트는 한숨을 쉬었을 뿐이었다.

"이봐, 볼프강! 그쪽 구멍 살펴봐. 혹시 아까 그 놈이 구멍 밖에 뻗어 있지는 않나?"

"핏자국은 있습니다만, 시체는 없습니다. 도망쳤나 봅니다, 상사님."

벽을 따라 접근한 1분대 소총수 볼프강 로텐마이어 일병이 조심스럽게 포로가 빠져나간 구멍 안팎을 살폈다. 조명이 부족하니 점점이 흐른 핏자국도 그저 시커먼 얼룩 몇 개로밖에는 보이지 않았다.

"아무래도 놈들이 구출해간 게 맞는 것 같습니다. 야간 이동은 좀 위험합니다만, 오늘 밤 머무를 자리를 옮기는 게 어떨까요? 놈이 패거리를 끌고 보복하러 올지도 모르지 않습니까."

슐츠 상사의 건의를 받은 할버슈타트는 잠시 고민했다. 하지만 그 건의에 따라 곧바로 움직이기에는 소대원들이 너무 지쳐 있었다.

"어둠 속에서 움직이다가는 어디서 소련군과 마주칠지 모른다. 괜히 나갔다가 매복에 걸리는 위험을 무릅쓰느니, 여기서 경계를 철저히 하면서 버티다 해가 뜰 때쯤 나가는 게 나아."

"알겠습니다. 그럼 경계를 세우죠. 브란트 하사, 자네가 칼과 함께 일단 경계를 서."

"네, 상사님."

2분대장 쿠르트 브란트 하사와 2분대 소총수 칼 지버트 병장이 총을 들고 창가에 기대섰다. 나머지 소대원들은 방금 전사한 오스카 베버 병장의 시신을 아까 전사한 막스 프랑크 일병, 헬무트 슈타이거 상병의 시신 옆에 눕혔다. 슐츠 상사가 작은 목소리로 죽은 자의 영혼을 위한 기도문을 외웠다.

소대원들은 조금이라도 휴식을 취하기 위해 가능한 편한 자세로 웅크렸다. 불을 피울 수 있는 형편이 아니므로, 가능한 체온을 유지하기 위해서 좀 전의 전투에서 사살한 소련군들이 걸치고 있던 겉옷도 벗겨

덮었다. 할버슈타트가 덮을 수 있는 것은 모두 덮어쓰고 누운 채 한숨을 쉬었다.

"불이라도 좀 피울 수 있으면 좋겠는데 말이지."

"놈들이 불빛을 보고 올 수도 있으니까요. 쿠르트, 시계 있지? 1시간 뒤에 날 깨워."

"알겠습니다, 상사님."

이제 11명이 된 소대원들은 조용히 침묵 속으로 빠져들었다. 새해가 오기까지 이제 4일 남았다. 어서 만슈타인이 오기를 바랄 뿐이었다.

13장
약, 약을 가져와! 〈전편〉

1

"총통, 식사를…."

"됐으니까 가져가!"

"그래도 사흘째…."

"안 먹겠다니까 왜 귀찮게 구나!"

내가 버럭 고함을 지르자 찔끔한 베르타가 손에 들고 있던 쟁반을 떨어트리면서 요란한 소리가 울려 퍼졌다. 베르타는 고개를 푹 숙인 채 바닥을 정리하고 집무실 밖으로 나갔다. 복도로 나간 베르타가 문을 닫기 전에 슈문트와 권셰가 복도에서 속삭이는 소리가 잠시 들려왔다.

"역시 스탈린그라드에서 6군이 괴멸당한 게 충격이 크신 모양이야."

"전사자도 전사자지만, 수만 명의 환자와 중상자가 한꺼번에 소련군 손에 넘어가 고초를 겪고 있지 않습니까. 모두 살아남지 못할 것이 분명하고요. 독일의 모든 병사들은 총통의 아들들입니다. 총통께서 식욕을 잃으실 만하지요."

닥쳐, 닥쳐, 닥쳐 이 씨X놈들아. 내가 무슨 독일의 아들들 때문에 괴로워하는 줄 아나.

고함을 지르고 싶었지만 목에서 소리가 나오지 않았다. 나는 그대로 안락의자 위에 쓰러져 눈을 감았다.

아무 생각도 하지 않고, 한층 더 격렬하고 적극적으로 아무 생각도 하지 않고 싶었지만 그럴 수도 없었다. 눈앞에 떠오르는 것은 오직 스탈린그라드 주변에 펼쳐진 설원과 그 위에 즐비하게 흩어져 있는 시체들이었다. 마침내 참다못한 나는 내 머리통을 두 손으로 움켜쥐고 바닥에 쓰러져 한숨을 토했다.

"하아, 하아, 하아…."

스탈린그라드에 있다가 살아서 독일 전선으로 복귀할 수 있었던 병사는 3만 명에 불과했다. 개중에는 아군과 제때 합류하는 데 실패하는 바람에 철수하는 돈 집단군의 뒤를 따른 끝에 자력으로 치르 강 전선까지 돌아오는 대장정을 달성한 병사도 있었다. 이 놀라운 위업에 대한 보고를 받고 나는 할 말을 잊었다.

물론 실제 역사에서는 전멸해 버린 부대에서 3만 명의 병사라도 구해낸 것은 대단한 일이다. 하지만 이들을 구하기 위해 돈 집단군이 치른 희생은 어쩔 것인가. 구출부대에서 나온 사상자는 3만 명을 넘어 4만 명에 달했다. 그리고 스탈린그라드 시내에 버려진 환자와 부상자 3만 명, 눈밭에서 쓰러진 14만 명은 어떡하란 말인가.

나도 안다. 실제 역사대로 갔으면 포위된 병사들 중 살아서 돌아온 숫자는 비행기로 후송한 만여 명 남짓밖에 안 되었을 거라는 사실을. 어차피 실패한 구출작전에서도 사상자는 났다는 사실과 더불어 포로가 된 9만 1천명의 병사들 중에 10여 년에 달하는 포로수용소에서의 혹독한 고난을 겪고 살아남아 독일 땅을 밟은 숫자는 5천 명밖에 안 될 거라는 사실도 말이다.

나는 분명히 실제 역사보다는 많은 목숨을 살려냈다. 게다가 죽은 병사들도 스탈린그라드 시내에서 고립된 채 괴롭게 얼어 죽고 맞아죽고 굶어죽는 것보다 차라리 탈출하려는 시도라도 해보려다가 총에 맞아 빨리 죽는 편이….

"에이, 씨발, 어차피 죽는 건데 더 잘 죽고 더 나쁘게 죽는 게 어디 있어!"

나는 혼잣말로 욕지거리를 내뱉으며 그 자리에서 다시 일어섰다.

스탈린그라드, 패배, 멸망, 죽음. 머릿속에 쉴 새 없이 떠오르는 절망적인 환상을 어떻게 차단할 수가 없었다. 원래 내가 있던 세계의 2차 세계대전에서도 나치 독일이 스탈린그라드 전투에서 패하면서 결정적으로 전세가 뒤집어지지 않았나? 물론 독일은 어차피 질 수밖에 없었지만 그 패배가 눈에 보이도록 드러난 것이 스탈린그라드 전투부터였다.

"난 죽기 싫어, 난 죽기 싫다고!"

나도 모르게 고함을 지르는 순간 내 손은 책상 위에 놓인 유리로 된 꽃병을 집어 내던지고 있었다. 헌데 막 꽃병이 내 손을 떠나려는 찰나, 이게 벽에 부딪혀 깨지면 분명히 누가 유리 깨지는 소리를 듣고 무슨 일이냐며 들어올 거라는 생각이 들었다. 제길, 난 지금 아무도 만나고 싶지 않아!

"어이쿠! 어느 놈이야!"

창문 밖 정원에서 퍽 하는 소리와 함께 화가 난 사나이의 고함 소리가 들렸다. 막판에 방향을 틀어 창문 밖으로 꽃병을 던졌더니 하필이면 정원사가 맞은 모양이었다.

"감히 총통관저에서 창문으로 꽃병 따위를 던지다니!"

정원사는 화를 내면서도 꽃병에 맞은 자리에 서있지 않고 투덜거리면서 가던 길을 갔다. 어떤 높은 사람이 한 짓인지 모르니까 그랬겠지.

나는 한숨을 쉬며 다시 소파에 주저앉았다. 의도한 결과는 아니었지만 꽃병에 맞은 정원사한테 잠깐 신경을 쓰는 바람에 흥분이 약간 가라앉았다. 나는 스탈린그라드에서 패배한 일이 내 운명에 어떤 영향을 미칠지 다시 한 번 차분히 생각해보기 시작했다.

독일이 전쟁에 지는 거야 원래 그럴 운명이었으니까 어쩔 수 없다. 하지만 나는, 내 목숨은 어떻게 될까?

난 분명 진짜 히틀러가 아니다. 하지만 지금 나는 히틀러다.

지금 이렇게 스탈린그라드 전투에서 패배한 뒤 내가 아는 역사대로 전쟁이 진행되어 독일이 패하면, 나는 내 머리에 총을 쏴야만 할 거다. 내가 하지도 않은 갖가지 범죄의 책임을 다 덮어 쓰고 진짜 히틀러가 서슴없이 학살했을 수백만 명을 살려냈다는 사실은 조용히 묻힌 채 전범재판 피고석에 서는 건 정말 악몽이니까. 그 꼴을 겪느니 진짜 히틀러처럼 내 머리에 총을 쏘고 말겠다.

어느새 창문 밖으로 해가 지고 있었지만 나는 저녁노을을 보면서도 아무런 감흥이 들지 않았다. 근 1년 반 동안 잊고 있던 고민이 내 머리를 채웠다.

히틀러처럼 죽지 않으려면, 전쟁에서 져서는 안 된다. 이기는 거야 불가능하겠지만 적어도 비겨야 한다. 베를린에 연합군이 밀려와서가 아니라, 평화조약에 조인함으로써 전쟁을 끝내야 한다. 그래야 내가 산다. 자, 그럼 히틀러처럼 죽지 않기 위해서, 이제부터 어떻게 해야 하지?

고뇌하던 나는 히틀러가 된 사흘째, 사흘 동안 광란한 끝에 간신히 진정했을 때 입술을 깨물며 나 스스로에게 했던 다짐을 떠올렸다. 기왕에 히틀러가 되어버렸고 집에 돌아갈 수 없다면, 최선을 다해 지금 이 모습을 가지고 살아남겠다고 결심했던 그 순간을 말이다. 베를린 상공의 버섯구름도, 베를린 시가전도 절대 일어나지 않게 하겠다고 결심했던 그 순간을 떠올리며 나는 이를 악물었다.

그래, 지금 내가 아니 독일이 처한 상황을 일단 한 번 정리해 보자. 중간결산을 해야 앞으로 사업을 어떻게 진행해 나갈지 결정할 수 있을 것 아닌가.

나는 자리에서 일어나 책상 위에 쌓인 서류 중에서 필요한 것들을 골라냈다. 그리고 지난 4일 동안 한 번도 켜지 않았던 불을 켰다. 적어도 아직까지는 등화관제를 할 필요가 없었다.

2

일단 스탈린그라드에서 잃은 것, 그리고 남은 것을 확인해 보자.

먼저 스탈린그라드 전투의 핵심, 6군은 사실상 사라졌다. 6군 사령관 파울루스는 탈출 작전을 지휘하다가 연락이 끊겼다. 6군 지휘부 자체가 통째로 사라졌고, 전사했는지 포로로 잡혔는지도 알 수가 없었다.

나는 구출작전이 완료되었다는 보고를 받고, 스탈린그라드에서 벌인 6군의 용전분투를 기리는 의미에서 파울루스에게 원수 계급을 추서하고 곡엽 기사십자장을 수여하라고 명령했다.

"하지만 총통, 만약 파울루스가 전사하지 않고 소련군에게 포로가 되었다면 어떻게 합니까? 자칫하면 독일 국방군 원수가 적에게 포로가 되는 초유의 사태가 발생할 수 있습니다. 이는 우리 독일군의 역사에

단 한 번도 없었던 일입니다. 어쩌면 스탈린은 이미 파울루스를 붙잡아 놓았으면서 우리에게 망신을 줄 더 좋은 기회를 기다리느라 공표하지 않고 있을 뿐인지도 모릅니다."

입 꾹 다물고 자기 자리를 지키는 자신의 역할을 훌륭히 수행하던 카이텔 원수가 웬일인지 파울루스를 원수로 진급시키라는 내 명령에 자기 목소리를 내고 나섰다. 뻘소리지만 의도는 이해할 수 있었기에 나는 조용히 대답했다.

"물론 국방군 원수가 소련군 포로가 되는 사태는 불명예다. 하지만 최후까지 분전했던 6군과 그 사령관에게 적절한 명예를 주지 않는다면 역시 국방군과 나치당의 불명예일 것이다. 파울루스는 원수장과 훈장을 받기에 충분한 위업을 세웠으니, 바로 절차를 진행하고 공표하도록. 파울루스 이외에 다른 6군 장병들 중에도 서훈 및 진급 대상자를 선별하여 그에 맞게 처우하도록 하라. 이 일에 이의 제기는 용납하지 않겠다."

"…알겠습니다."

관련된 서류가 올라왔는지 찾아보니 아직 선별작업을 진행하고 있다는 간단한 메모만 나왔다. 나는 다음 문제로 넘어갔다.

스탈린그라드 요새에서 구출된 장병 숫자는 총 31,263명. 이 중에서 회복시켜 전선에 돌려보낼 수 있을만한 자는 대략 2만 8천 명이었다. 나머지는 탈출 과정 막바지에 사지를 잃어서 도저히 군대로 복귀하기 불가능한 이들이 대부분이었다.

회복 불가능한 중상자가 의외로 적은 이유는 간단하다. 탈출 작전을 시작한 12월 31일 시점에서, 걸을 수 없을 만큼 쇠약해졌거나 중상을 입은 병사들은 모두 스탈린그라드에 두고 왔기 때문이다. 탈출 중에 발생한 중상자도 거의 다 죽었다.

오늘은 1월 20일, 이제 스탈린그라드에 남겨진 병사들 중에 생존자는 거의 없을 거다. 조국으로부터 버림받고 한탄하며 죽어갔을 병사들을 생각하니 갑자기 가슴이 먹먹했다. 나는 급히 책상 위의 냉수를 들이켰다.

잠시 호흡을 가라앉힌 뒤 다시 보고서를 살폈다. 병력도 병력이지만 스탈린그라드에서 입은 장비 손실도 상당했다. 공군에서는 보급품을 공수하던 공군 수송기와 폭격기 300여 대가 격추되거나 사고로 추락했고, 6군이 보유했던 트럭이나 보병 수송용 하프트랙은 몇 대가 부상자를 싣고 돌아왔지만 상태가 죄다 엿이나 바꿔먹으면 좋을 지경이라 몽땅 폐기해야 할 상황이다. 그나마 승용차는 연료가 없어 죄다 스탈린그라드 시내에 버리고 왔다.

6군이 가지고 있던 자주포나 전차는 마지막 한 대까지 후위 임무에 투입되어 싸우다가 단 한 대도 돌아오지 못했고, 탑승할 차량이 없어 보병으로 전투에 투입된 승무원 일부만 살아서 돌아왔다. 야포나 대전차포도 태반은 전투 중에 파괴되었고, 그나마 멀쩡한 놈들은 끌고 올 방법이 없어서 죄다 스탈린그라드에 놓고 왔다. 결국 6군 잔여병력이 가지고 있는 장비는 소총, 권총, 기관단총 등 개인용 소화기와 얼마 안 되는 기관총, 박격포 등 공용화기뿐이었다.

6군은 그냥 말 그대로 사라진 것이다.

새삼 탄식이 나왔지만 나는 곧 정신을 추슬렀다. 절망만 하고 있다고 만사가 해결되지는 않는다. 지금 독일의 상대로는 소련 뿐 아니라 영국도 있고, 영국과 독일은 지금 크게 네 방면에서 싸우고 있다. 영국은, 영국과의 싸움은 어떻게 되고 있지? 나는 서둘러 각 부서에서 온 보고서를 확인했다. 그리고 백지 위에 연필로 전체적인 상황을 체크하기 시작했다.

3

먼저 북아프리카 전역. 사막의 신화를 만들었던 이 전역은 사실상 추축군의 패배로 끝났다.

다를랑이 배신하면서 지중해 제해권은 완전히 연합군의 것이 되었고, 자연스럽게 프랑스령 북아프리카 거의 전역이 영국과 자유 프랑스의 통제 하에 들어갔다. 페탱의 비시 정권은 다를랑에게 반역자라며 목소리를 높였으나 비시가 실제 보낼 수 있었던 것은 폭탄이 아니라 오직 비난뿐이었다.

지금 독일 아프리카군단과 이탈리아군 잔여병력은 튀니지 북동쪽 모서리에 교두보를 형성하고 버티고 있었다. 이탈리아 정부는 리비아를 포기하라는 내 요구를 듣고 격렬한 반발을 보였지만, 프랑스령 북아프리카 거의 전역이 적으로 돌아선 상황에서 리비아를 계속 확보할 수 있는 방법은 없었다. 이집트 방면 수비를 아무리 잘해봐야 튀니지 방면에서 배후를 공격당하면 무슨 소용이란 말인가?

무솔리니는 어떻게든 내 마음을 돌려서 리비아를 지키게 하려고 온갖 애걸복걸을 다했지만 나는 귀를 틀어막고 무시했다. 사실 실제 역사대로 이탈리아에서 쿠데타가 일어나 무솔리니가 그란 사소에 감금된다고 해도 나는 오토 슈코르체니를 파견해 무솔리니를 구출해주는 일 따위는 할 생각이 없었다. 말이야 바른 말이지, 무솔리니가 히틀러 친구지 내 친구인가?

"총통, 두체께서 직접 보내신 친필 서한입니다. 제발 읽으신 뒤 답장을 부탁드립니다. 총통을 세상에서 가장 소중한 친구로 여기는 두체께서 드리는 간곡한 부탁입니다."

내가 직통전화를 받지 않으니까 베를린 주재 이탈리아 대사를 통해 징징거리던 무솔리니는 이탈리아군이 리비아에서 철수하건 말건 독일군을 튀니지로 철수시키겠다는 내 통고에 마침내 고집을 꺾었다. 11월 14일, 리비아 전역의 모든 독일군과 이탈리아군이 철수 명령을 받았다.

아프리카군단 사령관 아르님은 몽고메리의 추격에도 불구하고 성공적으로 튀니지로 철수했고, 영국군은 반격을 우려했는지 다소 천천히 진군하고 있다. 오늘까지도 트리폴리가 함락되지 않았을 정도니까.

다를랑에 대한 거부감 때문에 아직 비시 정부 편에 서 있던 튀니지 주둔 프랑스군은 알제리 방면에서 진격해 온 영국군과 자유프랑스군과 마주치자 전력으로 저항했다. 물론 이들의 저항이 우리에게 방어선을 형성할 시간을 벌어 주기 위해서는 아니었지만, 그 틈에 시칠리아 주둔 독일군과 이탈리아군 병력을 거느리고 튀니지로 달려간 발터 네링 대장이 여유를 가지고 튀니지의 산악지대에 방어선을 구축할 수 있었다.

영국군 및 자유프랑스군과 용감하게 싸우던 비시파 프랑스군은 결국 열세임을 인정하고 11월 22일에 항복했다. 북동부 해안을 중심으로 교두보 편성을 하던 발터 네링 대장이 교두보로 들어와서 함께 싸우자고 제안했지만 거절당했다.

"배반자와 싸우기 위해서라고 해도 침략자와 손을 잡을 수는 없소."

…라고 했다나.

하여튼, 북아프리카 전선은 그렇게 나쁜 상황은 아니었다.

4

영국과의 두 번째 전선은 잠수함대 15전대가 벌이고 있는 모기떼 작전이다. 이쪽도 무난하게 진행되고 있었다. 사용하는 로켓의 성능도 계속 개량되어 사정거리 40km, 작약량[1] 10kg까지 늘어났다. 다만 구경이 200mm로 늘어났고, 길이도 1.4m로 늘어나면서 적재량이 150발에서 100발로 줄어들었다. 한 번에 발사할 수 있는 로켓의 양도 20발로 줄여야 했다. 대신 발사에 동원되는 잠수함의 생존성은 훨씬 향상되었다.

하루에 최소한 한 곳 이상의 도시에 로켓탄 세례가 쏟아지자 영국군은 200대가 넘는 장거리 폭격기를 연안항공단에 배치해서 로켓 잠수함을 추적했고, 이는 대서양에서 호송선단을 공격하는 다른 전대 잠수함들의 부담을 확실히 줄여 주었다.

사실 15전대가 직접적으로 올리고 있는 전과는 보잘 것 없었다. 15전대의 진짜 역할은 영국군 대잠전력을 유인해내는 미끼 역할이었고, 이들은 성공적으로 임무를 수행하고 있었다. 나는 다소 편안한 마음으로 이쪽 서류를 덮었다.

5

영국과 맞서는 세 번째 장은 영국 공군이 유럽대륙에 대해 펼치는 전략폭격이다. 실제 2차 세계대전에서 독일을 결정적으로 〈약화〉시킨 요인이 전략폭격이었음을 감안하면, 이 전선은 정말 중요한 부분이다. 하지만 적어도 이 부분에서는 큰 고민을 할 필요가 없었다. 적어도 아직까지는 말이다.

왜 이렇게 느긋하냐고? 간단하다. 미국이 참전하지 않았으니까!

내 생각에, 실제 역사에서 독일이 괴로웠던 것은 "낮에 뜨는 양키,

---

1 탄두 속에 들어 있는 화약의 양.

밤에 오는 토미"가 콤보로 타격을 주었기 때문이었다. 낮에는 폭격기가 없으니까 복구 및 생산에 집중할 수 있고, 야간에 날아오는 영국 공군만 상대하면 되니 신선놀음이나 다름없는 게 아닌가?

아직 폭격이 본격화되지 않은 41년 말부터 나는 야간전투기 전력을 강화하기 시작했다. 가장 바람직한 해결책은 강력한 신형 전투기라고 생각했으므로 하인켈에 지시를 내려 지금 개발하고 있는 우후[1]의 완성을 재촉했다. 물론 우후의 단점인 불안정한 기체 문제를 해결하지 못하면 발주하지 않겠다는 단서는 붙였지만.

하지만 우후는 잘 해야 1943년이나 되어야 양산할 수 있을 것이므로, 그전까지 야간전투기로 사용할 임시수단이 필요했다. 내가 선택한 대안은 바로 주간 공중전에서는 고속 단발전투기에게 밀려나 퇴물이 된 Bf110이었다.

Bf110은 쌍발에 대형기다 보니 체공시간이 길고, 단발 전투기보다는 느릴지 몰라도 영국 폭격기에 비해 속도도 빨랐다. 게다가 폭격기 사냥을 위한 무거운 대구경 기관포를 많이 실어도 충분히 감당할만한 공간과 능력이 있었다.

나는 이 튼튼한 비행기에 야간전투기로서의 신기원을 개척할 신무기, 바로 슈레게 무지크(Schrägemusik)[2]를 장착하도록 명령했다. 20mm 기관포 4문으로 구성된 슈레게 무지크를 동체에 장착한 Bf110은 폭격기를 요격하기 위해 복잡한 접근 기동이나 정면 돌격을 할 필요가 없었다. 그냥 폭격기 밑에서 나란히 날면서 방아쇠를 당기기만 하면 되기 때문이다.

---

1 He219 Uhu(수리부엉이). 전문 야간전투기로 하인켈 사가 개발했다. 강력한 화력과 빠른 속력을 가졌으나 기체가 다소 불안정해서 대량으로 배치되지는 못했다.

2 '일그러진 음악'이라는 의미인데 이는 독일어로 재즈음악을 뜻한다.

신무기 장착에 대한 내 지시를 받은 메서슈미트사는 1941년 12월 말부터 세부설계에 들어갔고 2월에는 작동 가능한 완제품을 내놓았다. 곧바로 1개 비행대 24기의 Bf110이 신무기를 탑재한 야간전투기 부대로 편성되었고, 한 달에 걸친 야간비행훈련 끝에 데뷔전을 치르게 되었다. 이들의 첫 실전 출격은 1942년 3월 28일, 뤼벡 상공이었다. 처칠과 해리스의 노림수, 독일 도시들에 대한 "뤼벡화"[1]를 저지하기 위한 작전에 투입한 것이다.

Bf110들은 최선을 다했다. 하지만 쇼트 스털링, 비커스 웰링턴 같은 구형이라고는 해도 234기에 달하는 영국군 폭격기들을 고작 20기에 불과한 야간전투기가 모조리 막아낼 수는 없었다. 게다가 기관포는 달라고 명령하면 곧바로 달 수 있었지만 레이더는 그렇지 않았다.

원래 세계에서 야간전투기에 탑재되어 대활약을 펼쳤던 리히텐슈타인 레이더는 아직도 실전에 배치할만한 상황이 아니었다. 1943년이 되어야 나올 레이더를 벌써 만들어낼 재주는 없으니 조종사들은 어쩔 수 없이 육안으로 적기를 찾는 수밖에 없었다.

400톤의 고폭탄과 2만 5천 발의 소이탄, 2톤의 지뢰를 덮어쓴 뤼벡 시가지는 실제 역사에서처럼 불바다가 되었다. 레이더가 없는 야간전투기대는 뤼벡에 폭탄이 떨어질 때까지 적 편대의 위치조차 찾지 못했고, 폭격을 마친 영국군이 돌아갈 때에야 적을 포착했다.

기세등등하게 영국으로 돌아가는 영국군 폭격대를 따라붙은 소수의 Bf110들이 최선을 다했지만 고작 3기를 격추시켰을 뿐이었다. 대공포가 격추시킨 8기와 합쳐서 적의 손실은 겨우 11기였다.

---

1 중세 도시여서 목조 건물이 많은 뤼벡은 소이탄 폭격을 받고 완전히 불타버렸다. 여기서 도시를 초토화한다는 의미로 "뤼벡화하다"라는 표현이 나왔다. 비슷한 개념으로 독일 공군이 불태워버린 영국 도시 코벤트리의 이름에서 따온 "코벤트리화하다(coventrize)"가 있다.

50기쯤 격추시켰다면 영국 공군은 더 이상의 폭격을 멈췄을지도 모른다. 하지만 격추된 폭격기는 고작 11기였고, 내가 아는 대로라면 이 정도 손실은 해리스가 감수할 수 있다고 생각한 수량보다 적었다. 그리고 뤼벡 폭격의 성과에 기세가 오른 해리스가 다음 대규모 폭격 표적으로 쾰른을 선택하리라는 것을 나는 알고 있었다.

정말로 며칠 지나지 않아 263기의 폭격기가 쾰른을 폭격했고 12기가 격추되었다. 이 폭격이 있었던 날은 저쪽 세계와 같은 4월 5일 밤이었고, 이 사건은 내 기억 속에서 밀레니엄 폭격 아니 쾰른 대폭격이라는 참극을 끄집어내게 만들었다. 1천기의 폭격기를 동원한 대규모 폭격, 요격기가 휩쓸려버릴 정도로 폭격기가 물결을 이루었던 그 폭격이 벌어질 날은 실제 역사대로라면 5월 30일이었다.

폭격당하리라는 사실을 알고 있으면서도 가만히 있을 수는 없었다. 두 달 뒤에 날아올 1천기의 폭격기를 막기 위해서, 나는 최선을 다해 조치를 취했다. 슈레게 무지크를 장착한 야간전투기를 72대로 증강하고, 조종사가 육안으로도 적기를 쉽게 찾을 수 있도록 쾰른 인근에 탐조등을 대량으로 설치했다. 그리고 요제프 캄후버 중장을 실제 역사보다 6개월 빨리 야간방공사령관으로 임명하여 탐조등, 레이더, 대공포, 야간전투기로 구성된 방공망을 전체적으로 지휘하도록 했다. 그리고 기다렸다.

마침내 다다른 운명의 밤, 9백기가 조금 안 되는 대규모 폭격편대가 도버 해협을 넘어 프랑스로 들어오기 시작했다. 도버 해협을 넘어올 때까지만 해도 영국군 폭격대는 이상한 낌새를 채지 못했다. 놈들이 넘어온 구역에 배치된 야간전투기는 Do17 1기뿐이었고, 이 한 대로는 요격은 하나마나였다.

환영 행사가 시작된 것은 내륙으로 10km 정도 들어온 뒤에서부터였다. 레이더 관제소에서 지시가 내려오자 폭격대가 지나가리라고 예상한 진로에 배치된 아군 방공포대가 일제히 불을 뿜기 시작했다. 다재다능한 '전능한 포' 88mm 대공포는 물론이고 그보다 더 대구경인 105mm 대공포도 허공을 향해 불을 뿜었다.

이 순간을 위해, 나는 인근 지역에 배치한 모든 대공포를 가져다가 쾰른으로 접근하는 길목 요소요소에 배치하라고 명령했다. 만약 목표가 쾰른이라는 예측이 빗나갔다면 개망신이 될 뻔했으나 다행히도 해리스는 내가 아는 대로 움직여 주었다. 나야 고마울 뿐이고.

예상하지 못한 대규모 대공포화에 직면한 영국 폭격기들은 급히 진로를 변경했지만 상당수의 손실을 입었다. 그리고 대공포가 짠 그물을 벗어나자마자 상면을 검게 칠한 72기의 야간전투기가 저고도에서 폭격기들의 아랫배를 노리고 모여들었다.

이 전투기들은 슈레게 무지크를 장착했을 뿐 아니라, 실험용으로 제작된 야간전투기용 리히텐슈타인 레이더의 시작품을 탑재하고 있었다. 이 두 가지 장비가 합쳐지면서 나온 시너지 효과는 예상을 초월했다.

대공포화가 준 충격에서 벗어나 막 편대를 다시 구성하던 영국군 폭격기들은 느닷없는 폭음과 함께 동료기가 잇달아 추락하자 패닉에 빠졌다.

조종사와 방어기관총 사수들이 급히 사방을 뒤졌지만 주변 하늘에는 대공포탄이 터지는 불꽃도 없었고 다가오는 야간전투기도 없었다. 폭격기대의 진로에 있는 지상에서도 대공포가 불을 뿜는 모습 같은 것은 보이지 않았다.

격추되는 폭격기가 편대 후미, 하단에 집중되어 있음을 깨달은 폭격

편대 지휘관은 지상에서 발사하는 중소구경 대공포가 선도기는 통과시키고 중단부터 공격하고 있다고 생각했는지 전 편대에 고도를 더 올리라고 지시했다. 그리고 아군 야간전투기들은 유유히 폭격기 편대 뒤를 따라 고도를 올리면서 편대 하단에 있는 적기를 하나씩 사냥했다. 눈앞에 보이는 폭격기의 대집단을 뒤따르기만 하면 되니 이보다 쉬운 사냥이 없었다.

마침내 폭격대가 쾰른에 도착하자 Bf110들은 떨어져나갔다. 하지만 쾰른 주변에는 실제 역사보다 훨씬 강화된 대공방어망이 펼쳐져 있었고, 슈레게 무지크를 장착하지 않은 야간전투기인 Do217과 Ju88 200여 기가 고공에서 대기하고 있었다. 영국군 폭격대는 아래쪽에서 올라오는 대공포탄과 위에서 내리꽂히는 기관포탄에 위아래로 난도질을 당했다.

폭탄을 시내 아무데나 흩뿌리고 간신히 귀로에 오른 폭격기들의 아래쪽으로 또다시 새까만 죽음의 사자들이 숨어들었다. 휴식을 취하고 연료와 탄약을 보급한 Bf110들은 쾰른 상공의 지옥에서 살아남은 폭격기들을 또다시 슈레게 무지크의 제물로 삼았고, 연달아 지상으로 떨어진 폭격기들은 쾰른에서 바다까지 가는 도중에 길 위로 줄줄이 커다란 모닥불을 지폈다.

그나마 오는 길에 거쳤던 대공포화망만이라도 피할 수 있었던 것이 남은 녀석들에게는 행운이었다. 마침내 공격이 완전히 끝난 것은 잔존 폭격기들이 도버 해협까지 빠져나간 뒤였다.

〈2권에서 계속〉

내가 히틀러라니! 1

초판 1쇄 발행 2017년 4월 28일

저자 슈타인호프

주간 홍성완
편집 전준호
감수 주은식, 윤시원
마케팅 김정훈
발행인 원종우
발행처 (주)이미지프레임

주소 (13814) 경기도 과천시 뒷골1로 6, 3층
영업부 02-3667-2653 **편집부** 02-3667-2654 **팩스** 02-3667-2655
메일 imageframe@hanmail.net **웹** imageframe.kr

ISBN 978-89-6052-082-0 02810 **(세트)** 978-89-6052-081-3